文明诗学书系

文明理性与文明诗学

张大为 著

南開大學出版社
天津社会科学院出版社

图书在版编目（CIP）数据

文明理性与文明诗学 / 张大为著. -- 天津 : 南开大学出版社 : 天津社会科学院出版社, 2023.2

ISBN 978-7-310-06389-5

Ⅰ. ①文… Ⅱ. ①张… Ⅲ. ①诗学－文集 Ⅳ. ①I052-53

中国版本图书馆CIP数据核字(2023)第002197号

文明理性与文明诗学

WENMING LIXING YU WENMING SHIXUE

南开大学出版社
天津社会科学院出版社 出版发行

出版人：陈 敬

地址:天津市南开区卫津路94号 邮政编码:300071

营销部电话 : (022) 23508339 营销部传真 : (022) 23508542

https://nkup.nankai.edu.cn

高教社（天津）印务有限公司印刷 全国各地新华书店经销

2023年2月第1版 2023年2月第1次印刷

787毫米 × 1092毫米 16开本 19印张 300千字

定价：78.00元

如遇图书印装质量问题，请与本社营销部联系调换，电话（022）23508339

文明诗学书系
编委会

文明诗学书系总序

张大为

康德式的所谓现代性美学，建立在由黑格尔、尼采等人从西方思想史与文明史线索出发的现代生活的观念化、理论化基础之上。西方的所谓现代性哲学、现代性思想的“深刻”与浅陋，或许都与这一情形有些关系。康德看起来似乎对这种关系深有体会，也辨析得很清楚，用康德自己的比喻来说，现实当中的100块钱比单纯概念中的100块钱有着更多的东西，我们不能拿着算术运算的结果，就向银行索要100块钱。这似乎是连三岁小孩都不会犯的错误，但包括康德本人在内，这种现代文明的观念化与理论化造成的现实后果恰恰是，现代生活往往将自己的基础建立在算术公式般的抽象性之上。比如，康德美学就告诉我们，各种算术运算能力的和谐游戏，就是审美愉悦的来源。或许康德自己并非不清楚，这样的“美感”和审美愉悦本身，不能保证你的运算结果一定是正确的，更不能保证你真的拥有100块钱。但各种所谓现代性的美学和审美诗学观念，却陷落在康德式的概念圈套与思维圈套当中不能自拔。中国学者通过宗白华翻译的半部《判断力批判》，研究了半个世纪的“美学”，康德哲学和康德美学以其“平庸的深刻”，对于包括中国当代主流诗学范式——审美诗学在内的现代文学艺术理论所造成的影响难以估计。而据一种被称为“认识论的审美化”“日常生活审美化”的新进观念声称，现代生活与现代社会的建构原则，就是以这种很可能是稀里糊涂的“美感”和“审美愉悦”为中心的“审美化”原则。如果事情真是这样的话，西方文明要是不走向“虚无”与“没落”，才是值得奇怪的事情。

对于文艺理论或者诗学问题来说，这里涉及的一个核心问题，就是文学经验与文学意义的“本体论”层面上的构成与归属问题：“文学首先是审美的……”“文学必须通过审美的方式……”“文学就是文学……”“文学必须根据它本身的属性……”“基于文学本体论的依据……”当人们这样说的时候，其实已经在用某种形式性的、概念性的东西，来界定内容与实在本身，已经在用“想象”“虚构”属性，来论证一个“文学本体论”世界的自足性，或者说，已经用文学的“想象”“虚构”性的“审美本质”，置换、架空了现实经验的优先性：文学现在已经是一个“想象”“虚构”性的“本体”和“世界”了。这就像是在强调“地球必须是圆的”，但如果“地球”现在已经萎缩或被置换为一个地球仪，甚至一颗小米粒，我们该怎么办？在中华文明传统当中，“惟乐不可以为伪”（《礼记·乐记》），文学经验与文学意义，比之生活经验与客观世界的意义构成，更加不可能是“想象”与“虚构”——后者是为了让这一核心的经验和真实性得以更准确、更清晰、更全面、更“真实”地显现出来的手段，根本上服务于文学经验和文学意义的客观性呈现。“鼓天下之动者存乎辞”（《周易·系辞上》），文学修辞鼓动与驱遣的是世界经验客观性的存在，这表明文学经验和文学意义根本上是客观性的、现实性的世界性存在，而非文学性的“虚构”“想象”与拟制。

在此前提下，“物相杂”为“文”（《周易·系辞下》），“弥纶天地”（《周易·系辞上》）、“错画”“交文”（许慎《说文解字》）为“文”，“经天纬地”（孔颖达《尚书正义》）为“文”，文化学术总称为“文”（《论语·先进》），“天地之心”（刘勰《文心雕龙·原道》）为“文”，有文字著于竹帛为“文”（章太炎《国学概论》）。在文明诗学的意义上，中华文明传统当中的文学是“弥纶天地”“经天纬地”之道，是“物相杂”之文，是对于世界经验和世界意义的经纬组织、错综编织、“杂物撰德”（《周易·系辞下》），或者说“戏剧化”的组撰、呈现，而不是康德式的审美地球仪。在这个意义上，是文学修辞让这个世界“明”亮、光“明”起来，是为“天下文明”：文学的世界，是一方逐渐明亮起来的天下江山、山河大地、生活时空、人伦性情场景，而不是一个人造的、仿制的甚至伪造的供人摆弄的“审美地球仪”，这才是文明诗学之“文”——“明”的文学本体论观念。所谓的“情深而文明”(《礼记·乐记》)一类观念,也要从这个方向上去理解,而不能理解为浪漫主义式的主体论、情感论。这样的文明诗学观念,可以与柏拉图、亚里士多德为代表的西方古典诗学观念相参证,也可以与弗莱所谓作为“调节”性的艺术观念相沟通。

这样,在文明诗学的概念系统当中,“文明”的概念,意味着某种自然性基础与自然属性。中华文明通彻的自然属性,意味着中华文明的“身体”,就像“动则循卦节,静则因彖辞”(《周易参同契·天符进退章》)的自然身体一样,可以以实践的途径,通达文明经验的自然正确性与自然整全性,并直达自然法则的最高真理性和神圣性,而非必须首先经由哲学理念、概念理性的范导、反思与中介。西方式的哲学理性与理论理性,在这里没有高于文明体系的、作为世界理念原型的柏拉图式的重要性,而是具有派生性,或者说具有一种完全不同的结构位置与作用机制:我们把这种内在于文明自然机理、自然格局当中的理性叫作“文明理性”;把这种文明整体上的自然圆融性或者自然的“自然”属性,叫作文明的诗性,或者反过来,将具有这种整体性圆融的自然属性的文明体系称之为诗性文明。文明诗学的问题性,文明诗学意义上的文学的属性、地位与机能,要在这其间来理解、寻找和定位;反过来,文明诗学意义上的文学与文学修辞,不仅具有情感性、虚构性、审美性,同样也分有健全的文明理性,以及宗罗整全的文明经验与自然正确的文明价值判断意义上的深广的文明性格局。

在一个多世纪之前,中国现代学术体系的建立在很大程度上参照了西方现代相关领域的观念系统与知识结构构成。然而在今天,这其中的弊端和问题体现得越来越明显,尤其是从源头上丧失了传统经学那种对于文明总体性、根本性问题的思考视野与处置能力。文明诗学希望做到的不只是简单的学术视野的扩展与学科的交叉、叠加,而是走出学术理性的抽象空转与自我合理化,在对于东方和中国文明传统的高度自觉和价值融通的基础上,重建学术理性、理论思维与文明生活世界之间的内在关联,重建能实践的、“有用”的学术理性。如果做得好的话,文明诗学式的“文明”性的问题界面,可以成为一种“新经学”视野,成为对于传统经学之整全性与根本性的文明生活秩序视野的继承或替代性选择。当然,从这个意义上讲,文明诗学只能是更加宏大的知识系统与研究规划当中的一部分，还应该有文明易学、文明儒学、文明史学、文明礼学、文明政学……但它们之间不再是互不连通的小格子间之间的关系，而应该是棱镜的不同维面的关系，或者互相交叠的花瓣的关系。

西方所谓现代性的文明方案，是一套有着重大缺陷的文明方案，中国在包括学术思想、文学诗学在内的文明价值认知与文明发展道路上，一定要避免走上简单认同和复制这种“现代方案”的路途。中华文明能够五千年绵延不绝，绝非是偶然的结果，而是源自其内在的文明机理、文明价值、文明理想的合理性。中华文明的未来，完全无须以西方那样所谓“现代”的工商业文明、消费主义文明为样板；中华文明的复兴，意味着以中华文明内在的自然正确性与高贵性，重新界定人类文明的定义与标准，乃至重新界定人与人性本身的定义与标准！这是中华文明在历史上曾经达到过的辉煌，也是中华文明在未来应有的抱负。谨将这套文明诗学书系，献给中华文明伟大复兴破晓之际！

目　录

文明理性:中国思想与文明价值系统的核心

在近两千年以来的中华文明史上,中国传统学问的核心是儒学或者经学。在儒学和经学降维与解体之后留下的巨大空档当中,在人们的印象当中或从逻辑上讲,哲学尤其是“中国哲学”,似乎应该成为那种核心性位置和职责的主要替代者与承担者。人们当然知道儒学或者经学不等于哲学、史学、文学、政治学、法学等任何一门现代意义上的“学科”,但似乎也很少真正积极地、充分地去理解这种不同,并进行超越表面功夫的实践努力,以弥补这种古今之变带来的缺失。这里当然并不是在简单地反对“哲学”学科与“哲学”概念本身,而是说,在今天的思想与文教条件下,如果不能立刻打破这种现代的“学科”化知识体系与学问格局,那么是否可以清理、提炼出中国传统思想体系与文明价值系统的核心要素、核心层面,以求最大程度地按照其本来面目,把握中国传统学问精神及其价值诉求?在此基础上,是否可能在与现代学科化知识系统相适应的同时,尽量克服其局限性,并重建今天的学术思想与哲学人文社会科学研究的问题性界面?在这样的问题性面前,哲学尤其是一种“纯粹”性哲学的理想或者诉求,就是首先需要面对的问题。这是因为“纯粹”哲学的企望,集中体现了关于人类理性与世界经验的关系的一种元哲学理论或者理解方式。但今天推进这种元哲学理论或者理解的结果,可能恰恰不再是简单沿袭哲学的探究主题或自明前提,而是指向哲学之外的问题性的整体重建。

一、哲学在何种意义上是“纯粹”的？

“纯粹”哲学几乎是西方哲学本身与生俱来的一种内源性的冲动，但这正是问题所在。西方两千年的哲学（形而上学）传统，起源于巴门尼德思维与存在同一的命题。所谓的形而上学思维方式，就是将（概念）思维形式、思维范畴本身，变成思维的对象、内容而构成的思辨体系，用黑格尔的话来说，形而上学思维根本上是对于思维本身的思维。于是，最抽象、空洞的系动词（be）被截取出来，并抽象为最“普遍”、最“超越”的形而上学基本概念：“存在”（being）。“思维”与“存在”的某种“纯粹”关系，在这个作为思维形式、甚至哲学语言之物质性自然形式的“存在”概念身上扭合起来。西方传统意义上的形而上学，利用概念语言的自然形式（分词），指涉一种存在经验的笼统的总体性，以此来涵盖其思维整全的目标诉求。然而，哲学思维与数学数字“一”纯形式地指代客观事物相比，与形式逻辑的思维形式结构研究相比，不可能完全剔除经验内容与思维质料，因而不可能是真正“纯粹”的①：“一”可以指宇宙整体，也可以指眼前的桌子、水杯，数学与逻辑学并不关心这样的经验“内容”与思维“质料”，但哲学关注“存在”思维与“存在”概念本身（之“一”与“同一性”）的同时，不可能全然不指涉存在经验总体或存在者；毋宁说，形而上学正是以不指涉与思维特定的存在者之存在的方式，来指涉与思维一种世界经验的总体性“存在”（之“一”或“同一性”）。

这里可以从“中间”开始。当人们说近代哲学主题是思维与存在的关系时，这其中可能混合着对于“纯粹”哲学这一问题的一种内缘性的表述，并最终实质性地转换成近代形而上学思维的内在组织结构方式：“我们必须抛开一切成见，即一切被直接认为真实的假设，而从思维开始，才能从思维出发达到确实可靠

① “纯粹”哲学的精神源头虽然可以上溯至古希腊，但它的定义，无疑是在现代性问题脉络当中才得以明晰的，康德关于“纯粹”（先天）知识与“纯粹理性”的界定，可以视为这种意义上的“纯粹”哲学的标准定义。见康德《纯粹理性批判》，邓晓芒译，杨祖陶校，人民出版社2004年版，第2、18页。

的东西,得到一个纯洁的开端……我可以对一切进行抽象,也就是说,我能思维,就这一点而论,一切都是不可靠的;对一切进行抽象,恰恰就是纯粹的思维。"[①]在黑格尔《哲学史讲演录》对于笛卡尔的"我思故我在"格言翻来覆去的阐发当中,呈现了西方哲学尤其是近代哲学当中核心性的东西,在笛卡尔这里,西方形而上学传统不绝如缕。在思维与存在的"纯粹"同一性关系之笛卡尔式通透、简明的外壳当中,可以比较清楚地看到,所谓思维与存在的同一性关系,其实至少包含着人类理性(思维)与世界之间的两种可能关系:

一是理性从内容(质料)层面关联、思维世界或"存在"(实际是"假设"与置换)。

二是理性从功能(形式)层面关联、思维世界或"存在"("对一切进行抽象")。

这两者都可以以不同方式彰显思维与存在之间的同一性关系(这自然是简化了的模型,用以说明我们这里关心的问题)。笛卡尔不能像古典哲学那样,信仰思维与存在之间内容上的内在关联与同构,但也不愿意彻底走向(如先验哲学、分析哲学、实用主义)理性的功能性存在,于是,他以理性思维本身的功能性存在,进行了一种奇特的世界本体论论证与建构,即论证与建构了作为思维主体的"我"("我思")的存在。但只从近代哲学主题的"内部"视野本身,已经不能完全看清这种关系的实质,这就需要通过笛卡尔问题的"纯粹"性、"纯洁"性,向上溯源古典传统,向下对观现代性视野——柏拉图和尼采处于这一传统的两端,分别代表了这一哲学传统在不同方向上的可能性极限。柏拉图、黑格尔首先看到哲学思维与存在之间的质料性、内容性关联:

> ……可被思维的另一部分……本质上就把它们当作假设,如同动身和出发的起点,以致理性走到没有假设的领域,走向每一事物的原型,当理性依附上原型后,它就开始返回,带着一切跟随对方而来的东西,如此从高处走下,来到终点,不利用任何可被感觉到的东西,而只利用这些理念本身,

① [德]黑格尔:《哲学史讲演录》(第四卷),贺麟、王太庆译,商务印书馆 1978 年版,第 66—67 页。

从理念到理念，最终又到达理念。①

如果从理性思维的质料性、内容性关联存在世界的思维“同一性”着眼，要做到“纯粹”，根本上只有一个路径，即将经验世界与广大的存在领域，吸收进概念理性的实体性当中，这也就意味着取消经验世界的实在性与实体性。这就是我们通常理解的柏拉图的哲学体系。而黑格尔哲学呈现的，是建立在思维形式的“纯粹”性基础上，对思维本身进行的“纯粹”思维：这不仅是思维自身的“纯粹”存在，也呈现了思维与存在本身的“纯粹”连接，同时，思维还“纯粹”地论证乃至生产出（以理念与概念为其本质的）“存在”本身。这是这一走向的“纯粹”哲学路径的完善与完型。就此而言，柏拉图和黑格尔意义上的作为存在世界之置换物的形而上学理念与概念思辨体系，实际上只是主体性的偏见、局限和“视角”的实体化，是对于思维之主观性与主体性结构本身的实体化：它只是将主体关于世界充满人性化局限与人为化视角之基本态度复杂化、系统化、实体化和崇高化了。它们不可能是真正“纯粹”的，更不可能像冯友兰所说的是“一片空灵”②。

亚里士多德的哲学体系虽然外在地以“政治科学”为所有学术理性的实践归宿③，但看起来，亚里士多德的传统似乎开创了另一条“纯粹”哲学的可能路径。亚里士多德的四因说，康德的先验逻辑乃至分析哲学，将那种超越性的哲学主体镜头，主动拉回人性化的世界经验之内，成为理念论的扁平化表述与“模仿”，即不再有以理念或概念中介体系的实体性，吸纳、置换存在领域与经验世界的雄心，而是试图清空思想内容与思维质料，只保留一个功能化、形式化的思维主体性的“同一性”结构机制。在这前提下，先验哲学与分析哲学，非常直白地以数学与形式逻辑的“纯粹”性，作为理想性的哲学理性与哲学思维的样板。哲学思维的功能主体、先验主体（形式主体），当然不同于心

① ［古希腊］柏拉图：《理想国》，王扬译，华夏出版社2012年版，第249页。

② 冯友兰：《新知言》，见冯友兰《贞元六书》（下），华东师范大学出版社1996年版，第875页。

③ ［古希腊］亚里士多德：《尼各马科伦理学》，苗力田译，见苗力田主编《亚里士多德全集》（第八卷），中国人民大学出版社1992年版，第4页。

理主体、科学主体、历史实践主体、审美主体等,但它仍然不可能超出人性化生活、人性化能为与人类理性本身的边界。因此,这种所谓"纯粹"思维、构造机制及其所思维与理解的经验形态本身,只是为某种特定的人性化活动方式与思维方式设定了"界限"。这反映了在特定的哲学理念、哲学建构方式与哲学方法论当中,对于人性的边界与构成方式本身的特定理解,但"哲学"的边界肯定不会大于前者:

> 哲学上的自我并不是人,也不是人的身体或者心理学所考察的人的心灵,而是形而上的主体,是世界的界限——而不是它的一个部分。①

维特根斯坦的说法,可以说比较极端、激进地体现了这样一种诉求,但它只是看起来具有素朴和接近于"纯粹"的外表,事实上本身并没有太大的说服力,因为它整体上只是传统形而上学的思维功能受限的一个碎片。而看起来"纯粹"的形式逻辑与数学,也并非是被这一路径的"纯粹"哲学思维所神往的先天知识,它们只是作为经验的"纯粹"形式或者形式化的"纯粹"经验形态而已。在此前提下,如果将冯友兰受到逻辑实证主义影响的关于"形上学的方法"的观点,与维特根斯坦的"逻辑哲学论"结合起来看,可以发现一个基本的问题维面:

> 逻辑学中,及算学中底命题,都是分析命题,所以不可能是假底。科学中的底命题,是综合命题,可能是假底。形上学中底命题,仅几乎是重复叙述命题,所以也是综合命题,也可能是假底。不过形上学中底命题,除了肯定其主辞的存在之外,对于实际底事物,不积极底说甚么,不作积极底肯定,不增加我们对于实际事物底知识,所以它是假的可能性是很小底。②

---

① [奥]维特根斯坦:《逻辑哲学论》,贺绍甲译,商务印书馆 1996 年版,第 87 页。

② 冯友兰:《新知言》,见冯友兰《贞元六书》(下),华东师范大学出版社 1996 年版,第 873—874 页。

即使按照冯友兰的逻辑，也认为形而上学并非对于实际全无肯定，而只是甚少肯定，从而不可能（像数学公式一样）必真无假，而只是假的可能性很小。但事实上，用“真”与“假”来对形而上学命题做出判断，只是将形而上学的问题性维面减缩、狭窄化了。因此，看起来似乎“一片空灵”的形而上学思维，在某种程度上都至少是从负向性、否定性的维度上，代表了人性化生活方式对于世界经验的“存在”的整体态度，并肯定了存在之为“存在”，它们远非真正的“纯粹”与“空灵”[①]。于是，在冯友兰认为“假的可能性是很小底”的领域，在维特根斯坦看来是真正“神秘的”领域：“世界是怎样的这一点并不神秘，而世界存在着，这一点是神秘的。”[②]所以，对于维特根斯坦来说，它不是假的可能性很小，而是表明在这个问题上，哲学思考乃至一切人性化的作为，可做的事情其实很少[③]。维特根斯坦直呈了哲学的“逻辑”性限度，同时也就是直呈了哲学的“纯粹”性限度。于是，任何企图像数学与逻辑学一样对于世界做“纯粹”思考的哲学思维方式与哲学路径，本身很不“逻辑”地彰显出了一个无法“逻辑”化的巨大问题性空档，从而宣告了这种“纯粹”哲学路径的不可能，或只能在一个功能或视野上受限的、很有限的问题领域与问题层面上存在。就此而言，这第二种“纯粹”化路径，即使与柏拉图、黑格尔的路径相比，也只能是不完整、不完全的。

但这其中的关键不在于理性或思维自身的形式与内容关系，而仍然是“笛卡尔”式的，即以思维整全为目标的哲学，关于人类理性（思维）与世界经验二者之间关系的假定：从内容上关联和思维存在，不等于思维有垄断、决定乃至置换存在的权力；从形式上关联与思维存在，不等于思维形式的抽象建构，就是真正先天的标准、客观的真理。世界经验的“可被思维”性质，或世界经验之于人类

① 冯友兰如果将《新知言》一书中述及的中国哲学当中“负底方法讲形上学”的方式贯彻到底，反倒更接近“一片空灵”式的“纯粹”性理想。但冯友兰似乎并无将其普遍化为中国哲学总体方法论的意图，而可能只是将其视为中国哲学（诗）的某种局部性、比较性特征，用以与逻辑实证主义（维也纳学派）的观念相互印证。但至少逻辑实证主义只是一种片面的“正的方法”，而非“负的方法”。

② ［奥］维特根斯坦：《逻辑哲学论》，贺绍甲译，商务印书馆 1996 年版，第 104 页。

③ ［奥］维特根斯坦：《逻辑哲学论》，贺绍甲译，商务印书馆 1996 年版，第 24 页。

思维形式在前者可认知、可思维意义上的“同一性”，本来只能算是一种假定或主观设定，但形而上学思维以思维形式自身的内卷化扭结，将这种假定置换为思维自身的内在的同一性关系与关联。从此，世界经验被思维形式、思维范畴本身的结构所置换，并且形式本身也被内容化了：内容的形式化、形式的内容化，在这样的十字交叉结构当中构成一种完整的闭合循环机制，而西方形而上学视野中的世界，它所思维的经验，不过是被人类理性的形而上学机制所切割、批准、符合其“自转”机制的世界经验。因此，形而上学的思维机制，终究只是人类理性自身迷离恍惚的镜像机制，与人性化的镜像游戏。

在这种情况下，现实经验的侵入本身，是对于形而上学思维这种圆满的运转机制的侵扰。而这其中，有一种经验尤其令其不胜烦扰，这就是哲学思维本身不可避免的“人性化”与“人身化”的经验来源、限制或限度。“纯粹”哲学的诉求，可以视为西方哲学（形而上学）出于自身的思维结构方式与思维机理，由于意识到哲学思维自身超越化与普遍化意向的障碍，而对哲学理性和哲学思维本身之人性化与人身化属性的一种充满悖论性的“超越”企图与拒斥诉求：柏拉图反复讲述的灵魂的故事与身体的累赘，可以看作对这种哲学人性化、人身化经验负累进行拒斥的理论原型。因此，一切哲学的“纯粹”论，根本上都是一种柏拉图主义，尤其是一种对于柏拉图主义的“现代”注释：它渊源于人类理性可以自在、自足甚至自为地存在，乃至不受人性化的世界经验局限与羁绊、超越性地自持于其上的神话，以及理性由此“纯粹”地工作，进而发现、甚至生产出世界之“纯粹”客观性存在本身的幻觉。而亚里士多德以来的“纯粹”哲学传统，则只能视为对柏拉图传统的扁平化、断片化的不完全的“模仿”。

“纯粹”性哲学理想，既是西方哲学精神之源，也是西方科学之源。但当这种纯粹性不再能由柏拉图式的理念论信仰加以维系的时候，如果从一个更大、更深广的“自然”视野，比如从中国传统的“自然之道”视野，或者爱因斯坦、霍金改变人类世界观的现代物理学的“自然”视野出发，从胡塞尔的现象学视野出发，从由维特根斯坦的问题方式得到的启示出发，都可以看到，在西方哲学（形而上学）思维的预设前提与自明基底当中，包含了大量关于世界的素朴态度、自发意识。这就使得它既不可能真正具有柏拉图传统意义上的“纯粹”性，也不可能具有亚里士多德传统意义上的“纯粹”性;既不可能在数学和形式逻辑的意义上是“纯粹”的,也不可能在“一片空灵”的意义上是“纯粹”的。尽管如此,柏拉图与亚里士多德,以及接续古典哲学智慧的古罗马与中世纪思想,对于人类理性的神话式观照与体证,恰恰一定程度上将理性在具相的参照尺度当中“具体”化了。而被康德等人视为哲学理想样板的数学、物理学等现代自然科学,在这样空泛的知性无限性地带,与其说呈现了人类科学理性的“科学”性,不如说更加呈现了其认知局限性:现代科学的发展本身也可以证明,作为具体的、特定的“科学”体系与“科学”知识建构,都只不过是带着“客观性”与“科学性”面孔的特定人类经验的归纳与总结。其所谓的“客观性”与“科学性”,不过是人类对于人性与人的理性不同程度的、“现代”式的自我信仰,以自然(nature)研究为起点的西方哲学,最终演变成对于人性、理性的自我信仰。

反过来说,即便真有某种追求“纯粹”客观性的科学精神、科学理想存在,即便在西方古典哲学理念与理想当中,本身内含着以客观真理为指向的科学精神,但就哲学作为一门具体的学问,尤其是作为一个现代意义上的“学科”而言,哲学和世界上所有学科一样,有它自身的问题领域、思维方式、实践路径,而作为任何一种具体的哲学体系、哲学理念、哲学问题来说,更是如此。哲学理性与哲学思维所谓的“普遍性”和“超越性”,只是哲学的内部视角,迄今为止,人类还没有任何一种哲学体系是建立在同等详尽地研究了一切人类实践经验的基础之上的,并且也因此能够直接地、同等程度地普遍适用于所有国家、民族、人群乃至个体的历史实践。而这种不可能性,从根本上反映的是人性包括人类理性能力、认知能力本身的限度与局限性——在今天,无论“中国哲学”还是什么哲学的建立,首先应该认识与反思,而非继续无视与修饰这种局限性。但在西方现代性思想传统当中,总体上不是延展而是更进一步地遮蔽了对于这种局限性的反省的可能与路径。缺少对于这种局限性的认知或体证,反映的是人类理性可以参证的真正的自然正确性(natural rightness)标准与自然整全性视野的匮乏。这是今天的哲学,包括“中国哲学”的建构所需要的起码的现实审度与省察。

二、“中国哲学”与拟人化问题

在这种情况下，“中国哲学”真正需要面对的，不是“哲学”这个西方概念，甚至也不是西方现代、后现代哲学颠覆与解构形而上学传统的洪流，而是尼采所说的“拟人化”的困境，即当人们将“儒家哲学”视为中国哲学史的主干，在“中国哲学”对于儒学进行道德形而上学建构的过程当中，或对于儒学与经学传统进行“哲学”化理解与阐释的过程当中，如何面对这种“拟人化”困境的问题，也就是哲学的人性化、人身化限度的问题。这也就是说，在今天的思想文化条件下，在“中国哲学”的现代视野当中，借助于中国文明与中国思想之自然基础与自然视野，首先应该呈示出来的，其实是西方“哲学”与形而上学作为问题性的维面，或作为一种问题性的西方“哲学”与形而上学之现代困境，而非停留在对于诸如“形而上学”“本体论”之类西方哲学概念的素朴理解方式当中，以及由此而来的对于“哲学”理性与“哲学”思维的“纯粹”信仰：以中国传统思想为“原材料”和“阐释对象”，对于西方传统形而上学问题方式与思维方式毫不迟疑、但实际上是似是而非的接续与继承。

如前所说，任何对于哲学和科学的客观性的简单认同与“纯粹”信仰，乃至“纯粹”哲学与“纯粹”理性的幻象，终究不过是一种柏拉图主义的信仰：在尼采看来，发明“纯粹精神和自在之善”的柏拉图哲学和柏拉图主义①，恰恰是一种诉求“精神暴君”统治的完全“肉身化了的愿望”②，因此，柏拉图主义与对于哲学理性的柏拉图式“纯粹”信仰，终究是一种人性论幻象，一种对于人性本身的“信仰”。柏拉图之后的西方两千年形而上学传统没有摆脱柏拉图的阴影：概念理性以自身的思维螺栓，忽略了自身的有效性边界与限度，割裂了自然秩序的联动性与连续性界面，旋入了过度诠释的“自然”经验深处。但问题主要还不在于

① ［德］尼采：《善恶的彼岸》，魏育青等译，华东师范大学出版社 2016 年版，第 3 页。
② ［德］尼采：《人性的，太人性的》（上卷），魏育青译，华东师范大学出版社 2008 年版，第 222 页。

这种探究的“越界”本身，而在于它由此将以理性自身的组织方式与解释图谱，来“倒果为因”地取代自然性的秩序与法则。在幽暗的人性化经验内部，这种理性组织与解释方式是没有参照系统与考校标准的，它的无限伸展，就如同在黑暗当中挥舞的利刃，对于哲学思维的主体与听众来说，对于不适宜的心智与灵魂来说，都将是危险的，遑论由它来“赞天地之化育”，维护、护持自然秩序与天地大道。就此而言，后结构主义、解构主义、后现代主义的形而上学批判可以不理会，尼采的问题却不能不理会，因为尼采的问题从另一方面、从与柏拉图针锋相对的对立面，触及了西方哲学的根基、可能也是“哲学”本身的根基：尼采的问题，直接挑明了人类哲学理性与哲学思维本身之人性化的“自然”限度与“自然”边际。

尼采所面对的问题背景是，在西方所谓“现代性”传统当中，拟人化的问题成了哲学压倒性的问题格局、思想困境。或者说，对于概念理性、理论理性的“纯粹”向往与理解，是一种尤其具有“现代性”特征的理解方式，原因就在于其背后是一种现代性意义上的人性的绝对论、目的论、理想（理念）主义（“宇宙的精华，万物的灵长”“人是目的”）。这种人性的绝对论与理念论，隔绝了自然世界与人性化的生活世界，将人性理解为孤立、割裂的崇高性，导致一种对于人性本身、理性本身纳喀西斯式的执着信仰，并反过来将其投射到对于自然的理解之上。现代的绝对人性论视野中的人，是一种单子化而又普遍性的、作为“能思维”的理性主体的人。但另一方面，人作为理性思维机器、思维主体，甚至不能与自身的人身性及人性化的存在建立起“自然”的关系，理解后者的“自然”经验，或只能从人的生理性欲望层面来理解人的抽象的、科学性的自然性。这是因为，只有这种自然生理学意义上的人身和人性，才能作为知性的、抽象的具体性进入其思维端口，而唯有如此，才能有“纯粹”人性与“纯粹”理性的设想。在此前提下，这个理性思维主体就如笛卡尔所说的那样，以其理性思维的能力与方式决定了思维主体的“存在”，同时也决定了现代世界的道德理性机制与道德价值内容——“思维的必要性就是道德的必要性”①。

① ［德］尼采：《重估一切价值》（上卷），维茨巴赫编，林笳译，华东师范大学出版社 2013 年版，第 109 页。

正因此，尼采将上面斯宾塞的这句话称之为“现代疯人院的标题”①。尼采痛彻批判的正是由于这种“拟人化”带来的自然视野的缺失，而导致的“现代性”的虚无主义。由于这种缺失，哲学在现代性视野当中，彻底变成与（作为原初意义上的哲学认知目标的）自然、科学相互隔绝、甚至对立的东西：“必须证明世界上的一切解释——确实，如果康德是对的，一切科学——都是拟人性的。这里显然存在着一个恶性循环：如果科学是正确的，我们就用不着康德的基础的支持；如果康德是正确的，那么科学就错了。”②以尼采后来的认知，或以今天的眼光来看，康德不见得对，而科学也同样不见得对。科学与哲学的康德式悖论，只是证实了西方现代性哲学传统绕开广阔、连续性的自然视野，成为现代人性价值论与人性信仰的短路化辩护与循环论证的事实：“没有人对下述事实负责：他竟然存在于此，他具有如此这般的性质，他存在于这种状况、这种环境中。其生存的厄运不能脱离古往今来的一切事物的厄运。”③西方所谓的“现代性”传统在经历古今之变之后，在康德式的限定人类理性之人性化边界的前提下，在失去全面的自然理解权能与参照标准的基础上，又在实证主义思维的蛊惑之下，进一步将“此在”的理性、工具化的理性，祛魅性地转换为所谓事实与价值的区分：

> 有些人仍然相信，社会科学和心理学一旦达到物理学和化学的水准，这种困境就会消失。这个信念毫无道理可言。因为社会科学和心理学无论多么完善，作为科学，它只能进一步增强人的力量……那些沉溺于上述信念的人尽管一直鼓吹事实与价值的区分，但仍然没有明白这个区分的关键所在。④

---

① ［德］尼采：《重估一切价值》（上卷），维茨巴赫编，林笳译，华东师范大学出版社 2013 年版，第 109 页。

② ［德］尼采：《哲学与真理：尼采 1872—1876 年笔记选》，田立年译，上海社会科学院出版社 1993 年版，第 48 页。

③ ［德］尼采：《偶像的黄昏》，李超杰译，商务印书馆 2013 年版，第 40 页。

④ ［美］施特劳斯：《我们时代的危机》，见施特劳斯《苏格拉底问题与现代性》（增订本），刘小枫编，刘振、彭磊等译，华夏出版社 2016 年版，第 345 页。

这种所谓的现代的哲学与思想传统，使得人类的理性思维与理性秩序，变成抽象的、瘠薄的无限性及其空乏循环，在缺乏广阔的参照系统与参照坐标的情形下，只能变成“绝对人性化”的内部循环与循环论证，最终导致自认为“绝不可能理性地区分好的与坏的价值”[①]的虚无主义。

回到本节开头的话题，需要说明的一点是，在这种哲学的拟人化困境面前，如果人们将“儒家哲学”有意无意地理解为一种道德主义、道德哲学（道德形而上学），或者主要从道德伦理的角度来理解作为“中国哲学”的主干的“儒家哲学”，那么问题将变得更加严重——这也正是“中国哲学”需要面对的重大思维陷阱与问题性坎陷。具体来说，从这个问题线索上看，“中国哲学”传统或“中国哲学”所理解与阐释的儒家思想，诸如董仲舒的天人感应说、程朱一系的理学、现代新儒家康德式的道德形而上学路径，就其作为“哲学”的基本问题或基本困境而言，都是尼采以其锐利的超前眼光指出的“拟人化”问题。如董仲舒所说的“天”是人的“曾祖父”之说：“人之为人本于天，天亦人之曾祖父也，此人之所以乃上类天也。”（《春秋繁露 · 为人者天》）对于董仲舒式的公羊学来说，这并不是语言表述上的比喻修辞的问题（“曾祖父”），而根本上是一种以对于概念思维的结构形式的“纯粹”忠诚为前提的、闭合循环的思想方式与认知方式，语言表述与比喻性修辞，是这种思维方式的结果，而不是原因：

> 尧谓舜曰：“天之历数在尔躬。”言察身以知天也。今身有子，孰不欲其有子礼也？圣人正名，名不虚生。天子者，则天之子也，以身度天，独何为不欲其子之有子礼也？
>
> （《春秋繁露 · 郊祭》）

以人来比量、推求“天”，再将“天”加以人格化、意志化、拟人化，它不是“人为天类”（康有为），而是“天为人类”，它只是对于“天”的拟人化、人性化，以人度

① ［美］施特劳斯：《我们时代的危机》，见施特劳斯《苏格拉底问题与现代性》（增订本），刘小枫编，刘振、彭磊等译，华夏出版社 2016 年版，第 345 页。

“天”，反过来强迫“天”来为人服务，用以论证人的作为的合理性。在这里，董仲舒显然被自己的概念系统与思维方式欺骗了。而程朱式的理学路径、牟宗三康德式的道德形而上学思维方式，也正是在这个意义上将自身兜入了绝对人性论的藩篱。其所谓的普遍性、超越性之“天”，仍然不过是哲学（形而上学）思维的内部视角观照下的“天”，根本上仍然是对于“天”的理性化、拟人化；而所谓人的先天之“性”，只是以形而上学的思维方式，将人性之“自然”内容与内涵清理、排空之后的抽象物。于是，其粗率的宇宙论与世界本体论，不过是拟人化的人性镜像，是在镜子里看到的人性与理性本身：将“天”作为主体之外的对象性客体与实体，但最终仍然以形而上学式的概念思维形式，通过心性概念的思辨，将人性（心性）形式化、抽象性地与天联系起来。以拟人化之“天”（自然）论证人性与“心性”，再用人性与内在性的“心性”概念，来论证“天”（自然）的所谓普遍性与超越性，以此来完成其“哲学”思维体系的缝合与完型，但其实是将天（自然）和人性双方都整体理性化、抽象化、虚无化了。在这个意义上，程朱理学确实从形式到内质都很像西方哲学，同时也足够“现代”，可以与西方的现代性哲学传统进行比照、对观。

当然，任何思维方式、思想方式都有其固有的局限性和边界，问题在于应该如何最大限度地压缩和克服这种局限性，而不是安全地待在这种（思维的、学理的、学科的）“边界”内部，只从“内部”视角出发自说自话、自言自语。就“中国哲学”而言，对于诸如此类的问题情境，应该说正处在亟须进行自觉反思与审慎抉择的思想文化条件与氛围当中。首先，认为真理垄断在概念思维的形式同一性或理念统一性当中，这本身就是一种柏拉图主义的“哲学”神话或“哲学”寓言：真理不一定是在概念思维中抵达，更不一定是在概念思维的同一性或统一性内部抵达，一种强烈的反柏拉图主义倾向，是中国思想传统、哲学传统与马克思主义共通的观念，但怎样认真对待与深度回应这种共通性思想前提，可以有多种路径。据统计，从中国当下政治哲学研究著作的“人物”关键词出现的频次上讲，施特劳斯已成为仅次于马克思的西方思想家[①]。施特劳斯苦心孤诣回归古

① 见王柄权《当代中国政治哲学的发展：回顾与前瞻》（表 4），《学术月刊》2019 年第 6 期。

典哲学视野，也正是为了寻求摆脱西方现代虚无主义的思想资源。当然，对于我们来说，重点不在施特劳斯，而是中国当代学术思想借道施特劳斯，找回了对于中国思想传统与文明价值传统本身的自信心，与克服西方现代性的绝望与虚无的思想文化传统资源。而“中国哲学”领域首先需要的，恐怕正是以真正具有“哲学”性质的创造性思维，对于西方现代性问题进行真正的深度体察与认真回应。

按照施特劳斯的理解方式，柏拉图并非希望人们像理解（不存在于世界上任何地方的）“理想国”的抽象悬空性质那样理解“哲学”的性质：柏拉图的对话修辞，阻止了概念思维的内卷化，人们由此可以不被简单地代入柏拉图关于“哲学”的寓言，从而使思维保持着自然的经验关联域与实践开放性，如此才能保持哲学本身的辩证的“政治性”构造，并“政治性”地发挥其哲学语用学意义。就此而言，亚里士多德的哲学内核，应该比之柏拉图更加抽象、更加“纯粹”。在此基础上，施特劳斯将苏格拉底与柏拉图的古典哲学传统，理解为以“何为自然正确的生活方式”为核心问题的“政治哲学”，深刻揭示了以“自然”为核心的哲学主题连续性与哲学视野之“自然”的完整性。也就是说，按照这样的理解方式，苏格拉底的哲学转向，并非如人们通常认为的，转向了“纯粹”人性化的伦理学与人伦领域，而是着力于充分理解伦理与人伦本身之“自然”，理解人类生活方式与政治生活之“自然”秩序。这意味着苏格拉底和柏拉图，具有哲学性地丰富了“自然”理解与“自然”认知的内容与层次，人们就此不能再用思维的空洞形式（形式逻辑）与经验的抽象演算（数学）的“纯粹”性，来删减与割截这种哲学之“自然”主题的内在丰富性与层次性。

这种丰富性与层次性，是施特劳斯意义上的“柏拉图式”古典政治哲学作为政治哲学的内在“政治性”品质，它展示、尊重了人性理解之具有“自然”的立体性与整全性的广阔视野与参照系统。尽管如此，苏格拉底、柏拉图、亚里士多德意义上的自然仍然主要是一种区分性、批判性的“自然”概念与性质，因此仍然不够完整、圆融。尼采—施特劳斯式的自然考察路径，认真思考了现代世界与古典时代的不同，尤其是包括现代自然科学在内的“自然”视野与“自然”观念，其现代性批判不能简单地视为激愤之词。比之维特根斯坦，尼采—施特劳斯显然更为全面地理解并处置了柏拉图主义与“纯粹”哲学、“纯粹”理性背后的那种思维旋空与价值虚无境况。在西方哲学传统中一些思维死结的背后，或许隐伏着一条更富有启发性的思想洪流与思想线索，并代表了一种更为彻底的问题破解方式：

> 把自然理解为无非是权力意志，意味着把人理解为完全自然的存在，作为在自然的种类秩序中进化的一个特别种类，它最自觉，并且在那种自觉中能够将其行动基于好坏判断。模仿如此理解的自然意味着，变得尽可能自觉，并且行动尽可能代表被判断为好的自然。我们的德性知道自然的恩宠，并且颂扬人类与自然其余部分的连续性，以及人类作为最精神/理智的存在与自然的其余部分的特别的差异性，所以我们的德性将为征服自然设限，不是悲伤地或服从地，而是快乐地。①

朗佩特进一步打开了自然视野与自然正确问题的开放性②，并在这个层面上，将尼采与施特劳斯的思路更加内在地榫接起来。西方哲学经过两千年的艰苦跋涉，终于辩证地走向了自身的他性与对立面——尽管这可能并非其初衷与本意：当黑走向其自身对立面的时候，它就与白非常接近了。这样的思想，与中国思想传统、哲学思维已经非常接近，比之表面上看起来更像东方哲学的比如后期海德格尔哲学，它显然对于西方哲学传统，尤其是西方哲学的“现代性”传统的特质及其困窘，理解得更为充分与透彻。这里不是要对中西方的哲学概念进行简单的比照与“会通”，即便如此理解的尼采—施特劳斯的“自然”概念，也仍然不同于中国的自然概念，而尼采将自然理解为权力意志，也让人以某种方式联想到亚里士多德的“原动者”③。但尼采是从西方传统的另一面，达到了西方哲学思维与思想方式的可能性极限：就其问题格局与处置方式而言，这种从自然当中获得道德秩序的尼采—施特劳斯式的问题性理会方式，从中国思想传

---

① ［加］朗佩特：《施特劳斯的持久重要性》，刘妍译，华夏出版社2019年版，第356页。

② ［美］施特劳斯：《尼采如何克服历史主义——尼采〈扎拉图斯特拉如是说〉讲疏》，维克利整理，马勇译，华东师范大学出版社2019年版，第17页。

③ ［古希腊］亚里士多德：《形而上学》，吴寿彭译，商务印书馆1959年版，第247页。

统当中可以立刻得到很好的理解，甚至比之于他们本人更加通透、圆融的理解。

三、“本天道为用”：重建当代中国思想学术的文明理性界面

尼采看起来充满美学化、艺术化色彩的现代性批判，恰恰是对于西方所谓现代性传统的整体颠覆。“美学”是西方现代性哲学与文明价值的结穴与出口，哲学与文明价值的“现代性”，通过“美学”式的感性主义视野，伪装成毋庸置疑的“自然”性、客观性、实体性，从而以将所谓“现代”的生活世界与价值世界打扮为一个“审美物自体”的方式，来进行“着陆”和“道成肉身”。就此而言，把中国的自然哲学理解成“美学”，或者把中国文化与文明传统理解成具有一种审美与艺术性意义上的“诗性”，正是一种从西方的现代性价值视野出发对于中国传统的肢解与曲解——无论其主观意图如何，客观上似乎很符合西方后殖民主义的内在“眼光”。从这个意义上说，尼采貌似美学与艺术性的眼光，其实恰恰是一个思考整全、透视真实的自然视野、自然尺度：只有打破人性化领域的“审美/感性”的透明性神话，才能建立理解人性的广阔的标准体系，才能打开标准体系本身的“自然”开放性，而不是在人性价值内部由于缺乏外在自然标尺、自然视野而导致的循环论证的虚无主义。

西方古典哲学将“何为美好生活”“人应该如何生活”问题，视为哲学探究的核心主旨。这意味着，哲学在其本来意义上就是思考“城邦”问题、生活方式问题的，哲学在根本上是一种广义上的政治哲学、文明哲学，哲学的起点，是文明生活方式而非“纯粹”的概念思辨与概念体系。因此，人类理性和哲学思维的质性、机理与结构本身并不重要，而西方哲学（形而上学）传统，在那种思维之精致的、形式化的自我编织、自我陶醉当中，已耽搁了太久的时间。但要超越哲学之人性化视角的主观性与局限性，不是依赖于哲学思维对于自身的反思、批判、再思、后思，也不是哲学思维自身想当然的自我“超越”与自我“普遍化”，而是需要找到“纯粹”人性、“纯粹”理性领域之外的参照标准与参照视野。这个参照视

野、参照标准，不是来自上帝、神意、天命等不可捉摸的超越性存在，但也不能只是人性化经验和人性化世界的内部设定。就“中国哲学”来说，这个标准就是自然，按照中国思想与文明脉络所理解的自然。这个自然，总体上说，既包括了最低层次的生理学、生物性自然，同时也包含了最高层次的作为“道”的自然、“道法自然”的自然：它既是人性化生活的基础，又超越于人性化的生活秩序、价值秩序上；它既是超越人性之主观性的大化周行，也是实践性地可参照、可通达、可以用来校准人性化作为的现实参照系统。在一定程度上，它也是可以以主体性的作为加以影响与改造的存在（“赞天地之化育”）。

反过来说，一种新的“中国哲学”或“道体论”“新经学”的可能性，首先在于如何去理解自然，即沿着中国思维方式与思想传统去理解自然，理解那个作为“道”的自然、“道法自然”的自然。而这个自然，正是文明的基础，文明的概念将以自然的概念为基础：

> 文明是理性的有意识的文化。这意味着文明与人类生命或人类生存不是一回事……文明有一个自然的基础，这是它发现而非创造的，它依赖于这个基础，对这个基础它只有十分有限的影响。[①]

就此而言，“中国哲学”首要的任务，是去理解建立在这种自然基础之上的中国人的文明生活方式，也即以自然为基础、以自然正确的文明价值与自然整全的文明经验为基本诉求的中华文明系统；反过来，再以文明生活与文明秩序本身的自然格局与自然法则，来进一步参证与反观何为自然与自然之道，以此走向自然理解与自然之道的丰富性与层次性。就像不能认为没有学过西方哲学的孔、孟、老、庄讲的只是柏拉图意义上的道德和政治“意见”（而与“真理”无缘）一样，同样不能用西方现代“文明”（civilization）概念来理解“濬哲文明”（《尚书·舜典》）的文明理性，文明理性可以包含这种现代的“文明”问题与“文明”认

---

① ［美］施特劳斯：《德国虚无主义》，见施特劳斯《苏格拉底问题与现代性》（增订本），刘小枫编，刘振、彭磊等译，华夏出版社2016年版，第105页。

知层面，但形而上学——本体论哲学，总体上是对于天道的人性化、拟人化，是对于文明理性问题领域与文明理性思维的形式化、抽象化。而西方“现代”“后现代”的思想与文化传统抹平一切价值层级与深度模式，陷入了对于个体性与碎片性的无限守卫当中，说明其本身正陷身思维的抽象性与虚无主义之中不能自拔。

新的“中国哲学”或“道体论”“新经学”，将以关于中国人的生活方式，也即中华文明的总体性理解为核心内容，或者说，新的“中国哲学”或“道体论”“新经学”，根本上将是一种文明哲学，它具有一种文明理性的整体精神与问题界面，具有类似亚里士多德作为“最高主宰的科学”与“最有权威的科学”的“政治科学”（政治哲学）的地位①，从而具有为中国人的生活方式乃至一切人文社会科学研究门类重新奠定基础的重要职责，而非继续沿袭程朱理学关于道德心性的拟人化的理性镜像游戏、概念游戏——接续程朱式的理学路径，从道德形而上学的概念思辨体系入手重建“中国哲学”，正是“中国哲学”之历史性的“现代”坎陷。文明理性界面与文明理性精神，是中国儒学与经学，乃至所有中国思想、“中国哲学”的核心与轴心性传统，而理学式的道德形而上学建构，才是歧出与旁支。这就需要从文明结构性而非义理系统、思想宗派团体的意义上，重新审理儒、道、释各家的思想资源，及其相互之间的文明结构型关系格局。

文明理性的根本原则是“本天道为用”（张载《正蒙·太和篇》），文明理性宗罗一切人性化的精神资源、精神力量、精神方式，力图全尺度、无死角地理解自然的整全性、纵深性与层级性，存心、养性以事天，尽心、致命以知天，如果说这也是一种人类理性的“用”或“功能”形式，那它就是一种大功、大用，一种最高维度的、全方位的功用，一种“与天地之道相弥纶”（王夫之《周易内传》卷五上）的思维形式。以自然为中心的文明理性机理与文明理性精神，在《易经》当中得到集中的、核心性的展现与阐述，而儒（《易传》）、道（《道德经》）两家分别从各自的角度，对其进行了各有侧重的阐发。这些目前无法进行详细阐发，可从如下的

① ［古希腊］亚里士多德：《尼各马科伦理学》，苗力田译，见苗力田主编《亚里士多德全集》（第八卷），中国人民大学出版社1992年版，第4页。

表格当中略窥端倪:

文明理性:认知范畴与价值系统

文明理性:《易经·乾》卦	文明理性观照下的自然层级	《道德经》的自然—价值秩序	《周易·文言》的认知—价值范畴	文明理性的价值特性	文明理性的价值标准
用九:"群龙无首"	自然的丰富性、层次性	道法自然	元:善之长也	圆融、自在	文明通神
上:"亢龙有悔" 五:"飞龙在天"	自然的正确性、整全性	天法道	亨:嘉之会也	完成、整体	化同内外
四:"或越在渊" 三:"终日乾乾"	自然的时空性、流变性	地法天	利:义之和也	刚健、流行	天地不言
二:"见龙在田" 初:"潜龙勿用"	自然的客观性、实体性	人法地	贞:事之干也	直方、贞定	可欲谓善

文明理性直接本之于天道自然的(认知与价值)秩序,理解人类文明生活方式与文明秩序。也就是说,文明理性直接从《乾》卦开始——《乾》卦本身就在文明秩序当中,而非从超越性、先验性的虚实、有无、体用之类形而上学范畴出发,再行编织出一个概念体系、中介体系:"诸子驰骋说辞,穷高极幽,而知德者厌其言。故言为非难,使君子乐取之为贵。"(张载《正蒙·大易篇》)但在文明理性层面上展开的"道体论""新经学"与"文明哲学",也不排斥形而上学与本体论思维体系,后者可以作为某种派生性的、第二层次的功能性维面接入,它的地位如同《系辞》之于经学视野中作为"天下文明"的文明价值秩序表述的《易经》,起的是参酌、参证理解的作用,而非如理学将存在领域与文明生活世界形式化、概念化地吸收进道德形而上学体系当中:文明理性与形而上学思维二者之间,可以有交叉、穿插,但它们总体上不是同一个时空维度、存在形式内的东西。

在以自然为根据的文明经验自然整全性与文明价值自然正确性的基础上,文明理性彰显了人类文明生活同时以自然为底盘(物理自然、自然生命)与最高目标诉求(道法自然)的价值系统与价值秩序。自然为人性提供标准,而非相反:在文明理性的视野当中,自然同时是最低处与最高处,同时是“地板”与“天花板”、“洞穴”与“太阳”,并且还是从最低处到最高处的价值阶梯,一种贯通性的“自然”的价值阶梯。在理解中国思想文化与文明传统当中的“自然”概念的基础上,对于什么是“文明理性”,可以从如下几个方面来进一步加以阐述与界定:

(一)西方哲学或者形而上学传统的问题,如果从如此得到正确理解的中国轴心性思想传统与自然之道的视野来加以判别与考察,可以获得更加清楚的认识。两千年的西方哲学或形而上学传统的基本诉求,就是要对于世界的存在给出一种出自人的理性的理解与解释,这在一定程度之内,当然是可能的,并且也是有意义的。但如果超出自然的限度,概念理性无限地伸展,将自身看作世界的原因、存在的根据,就真正是因果倒置的谬误和幻象了。这种理解方式倒置的结果,正是“以天为有所以为天,则天之体孤矣;以圣人为有所以为圣,则圣人之德私矣”,而它所无法理解的正是“凡天者皆其所以为天也”与“凡圣者皆其所以为圣也”(王夫之《诗广传·周颂二》)。但形而上学以其自身的理性机制与思维方式,将这种倒错与倒置关系给“正向”化、合理化与正当化了。“圣人能即其情,肇天下之礼而不荡,天下因圣人之情,成天下之章而不紊。情与文,无畛者也,非君子故啮合之也。”(王夫之《诗广传·召南一》)天之所以为天,圣之所以为圣,这背后不是概念的循环、论证的循环,而是在自然(“情”)与文明(“文”)参差、错综的连续性当中,展开的“无畛”的自然关系格局,及建立于其上的文明经验与文明价值的现实格局。

因此,将文明理性一般地表述为自然与道德、理论与实践、秩序与价值等的统一,肯定还不够。这里可以以如下的方式来类比性地理解什么是文明理性:如果将文明看作一个放大了的人的身体或人身,那么,从道家的丹道视野中看到的自然,以及对于此种自然性的理解、认知、把握、践履,可以用来比拟或者构想文明理性的构成与机理——这是西方哲学或者西方思想无法想见的一个知解领域、理性机制、体证方式与实践机理。柏拉图讲述的灵魂故事,亚里士多德用“纯形式”来理解神性,黑格尔用绝对理念来融合神性,荣格将道经、丹经(如

《太乙金华宗旨》）理解成心理学[①]，这些都反映了西方哲学传统、文明传统与中国思想文化传统之间在根性上格格不入的地方。但如果真正能够理解中国传统当中的自然概念与自然理性，就会发现，道家丹经乃至所有中国古典思想传统当中所讲述的灵魂的自然结构及其修养方式，并不是柏拉图的“灵魂马车”“厄尔神话”“大地神话”式的故事或寓言，也不是荣格的心理学；上面所说的文明的“自然”、文明的“身体”与文明的“理性”，同样也并不是一种比喻，而是可以实践地抵达的高阶性、高维度的“自然”实境。在此基础上，可以将文明理性的特征，看作集中体现了自然与德性、理论与实践、秩序与价值、外部与内部、客观与主观的互相贯通、互为作用的通透性、圆融性。而此岸性的文明的高度本身，就是中国人的价值信仰体系：“作为一个神性概念的中国。”[②]神圣性在这个意义上，就是一种最高层次上的自然性与自然价值组织秩序，它或许极难达到，却并非超越的彼岸性。

（二）但这并不意味着文明理性是一种放大了的道德理性或者道德心性。道德心性问题始终只是个体问题或个人修养问题。不能排除现实当中确实存在着像康德一样凭借道德范畴的抽象推理来说服自己，并以此来确立自己的生活方式的个体，但对于道德理性超个体的普遍性设定，只是一种抽象的理论假设，是一种康德式的道德形而上学与“现代”哲学思维，它是黑格尔、尼采所说的西方现代生活方式之观念化、理论化和抽象化属性的根源，是西方“现代性”的虚无主义根源。它本身源自剥离一切自然经验关联与自然复合性、复杂性，对于道德（思维）个体进行机械化、原子化假定的非自然思维。文明理性恰恰基于文明生活方式不能抽象地组织、理论地假定的自然经验与自然格局，基于不能抽象地作“如果每个人都怎样，就会怎样……”之道德形而上学要求的文明生活

① 见荣格、卫礼贤《金花的秘密——中国人的生命之书》，张卜天译，商务印书馆 2016 年版。在本书当中，人们能够看到两种文化与认知方式在根本性、深层次问题上的格碍难通：荣格从心理学层面出发，把道经（《太乙金华宗旨》）对于宇宙最高自然法则的表述，以及丹道对于这种法则的效法与修持，当成“心理学”机能与“心理学”效应，这就等于把电视节目内容当成了电视机的电子元器件的机能和产物。所以他的认知，也只是讲出了一个素朴的、外在的“心理学”事实，事实上他并不真正懂得所以然的原因，以及中国文化这种“高等文化”真正“高等”到了何种地步。

② 赵汀阳：《惠此中国：作为一个神性概念的中国》，中信出版社 2016 年版，第 139－140 页。

方式价值层级化、差异化的参差不齐的自然组织方式。因此，文明理性根本上关注“如果不能抽象地要求每个人都怎样，应该怎样……”的现实生活方式、生活秩序问题，因此它具有的是古典政治哲学与儒学、经学意义上的广义上的政治性与政治哲学性质，而非道德形而上学性质。但这并不意味着文明理性支持后现代的碎片化思维，文明理性所理解的统一性，是一种有差异的自然和合系统，是一种有差序的自然价值秩序，因此是“和而不同”。

实际上，即便就道德伦理问题而言，类似上述柏拉图、笛卡尔式的论证方式，本身也体现着显著的西方传统特质。中国古人也有“吾丧我”“此身非我有”的观念，但不会立刻由此得出灵魂与身体、思维主体与经验主体完全脱嵌、脱节的结论——这恰恰是最大的不自然。在中国思想传统当中，前知识、前理论的直观与概念、身体与思维、感性与理性之间的自然通观、自然“啮合”、自然平衡始终是存在的。比如，在孟子的“养气论”当中，应该关注的不是“气”概念与“气”的形而上学地位，而应该是“气”的功能：正是“气”的循环、循行与“养气”的修为，使得道德伦理既内在又外在，既是原因又是结果，并通过这种“气”的运行与循环，将自然（生命）与道德融合、贯通为一体[①]。这样一种生活方式，即便对于士人来说，也不需要像苏格拉底一样总是追问“什么是……”，其循顺自然的生命体验与生活方式，同时也就是道德伦理生活与政治生活，同样也就是循顺“自然之道”的生活。这原由是因为在这里，道德的自然（生命）化与自然（生命）的道德化，并不是一种概念上的假定与论证上的循环，不是形而上学的逻辑链条，而本身就是生命的实境与实相：“故圣人尽心，而君子尽情，心统性情而性为情节。自非圣人，不求尽于性，且或忧其荡，而况尽其情乎？虽然，君子之以节情者，文焉而已。”（王夫之《诗广传 · 召南一》）这也可以看作类似上述尼采—施特劳斯式的从（文明的）“自然”当中获得道德秩序的情形。

（三）文明理性背后的自然概念，是有着内在的思维纵深与层次的中国概念，同时也是能够贯通传统与现代、理念与生活的仍然具有现实生命力的概念。

---

① 张大为：《心性乌托邦：孟子诗教及其儒学理路》，《诗学与文化》2017 年第 1 辑（总第 24 辑），华东师范大学出版社 2018 年版。

比如,日常生活当中几乎每个中国人,都能很直接地理解什么是"顺其自然"的传统生活观念,并且能够直觉性地理解诸如此类的"自然"概念,绝不是西方式的生理学、生物性的自然本能,也不是自然科学式的自然,更不是"神的理性"。同时,也能够理解这既不是颓废虚无,也不是恣意妄为,这其中蕴含某种自然正确性意义上的自然理性、自然尺度,后者既不是主观的意愿与幻觉,也不是外在的强制与硬性规范:"生活在一个共同体之中意味着什么,一个人在该共同体之中的位置是什么,什么类型的主张是他人可以对自己提出的。这种感觉无须详细说明或者理论发展,但它必定根源于对个人周遭环境的某种水平的抽象,在一个更大的社会背景之下解释自己的位置……这种对个人在更大的共同体之中的反思的感觉将充实个人的自我认同感,这样个人就会在一个公共维持的生活方式的背景之下观察自己的个人生活。这就是为何从一个真正正义的人的视角来看,个人幸福与正义要求之间的任何冲突最终都会被证明是虚幻的……"[①]道德心性的考求与思辨,正是以某种更为广泛的文明生活秩序与文明理性秩序为前提与参照,在这方面,恰恰是中国思想比之西方思维能够更加适切、充分地理解"什么东西本然地(by nature)就是对的"的自然正确观念[②]。就当下文明生活实践与道德伦理、政治法律制度建设来讲,中国传统当中的"自然"与"自然之道"的思想,在这个意义上是一种丰富的思想资源与文化矿藏。

自然整全的文明经验与自然正确的文明价值秩序,为人类文明生活奠定基础,一种实践性的基础。文明生活与生活世界本身长短不齐、光影迷离、参差错杂,不可能像哲学理性与哲学概念那样具有"纯粹"、齐整的属性与质地,但它本身仍然是天道自然属性在不同程度上的体现与具体化,并且具有在连续性的文明实践维面上不断地矫正偏差,向着更高的自然性、自然之道层级升华与粹化的可能性。人类的文明理性建立在文明生活的自然基础之上,"意在规范在时间中生活的人类",因此,文明理性建立在对于文明实践当中呈现出来的自然关

① [美]简·波特:《自然作为理性——托马斯主义自然法理论》,杨天江译,华东师范大学出版社2018年版,第265—266页。

② [美]施特劳斯:《自然权利与历史》,彭刚译,生活·读书·新知三联书店2006年版,第8页。

系、自然尺度、自然格局、自然意识的领会、把握与核校基础之上，它的各种要素“朝不同的方向使力，而非相互一致”，不会像道德形而上学那样成为思维闭合循环的“一个整体”①。儒家的道德伦理世界与政制秩序，事实上也是建立在文明经验、文明价值、文明理性之自然基础上的，并从中获得解决问题的途径与方式。只有将对于儒家与经学本身的认识和理解，置于文明理性的自然经验与价值系统当中，也才能走出拟人化、人性化的循环论证，成为完整、圆融的理性。在此基础上，文明主要体现为一种高度，而并非只是一种秩序空间与地域广度，而所谓的神圣性，也只是自然秩序与自然法则在最高程度上的一种完满实现。

总结本文的核心主题就在于：所谓“纯粹”哲学与“纯粹”理性的幻象，终究是一种柏拉图主义的信仰，而对于哲学理性的柏拉图式“纯粹”信仰，终究是一种对于人性和理性本身的“信仰”。而“本天道为用”的文明理性，重新开掘中国思想与文明脉络当中“自然”认知视野与“自然”价值标准的全面性、丰富性、立体性，宗罗一切人性化的精神资源、精神力量，力图全尺度、无死角地理解自然的整全性，理解作为“道”的自然，并以自然正确性为标准，指向“拟人化”的哲学及其他学术路径之外的问题性的整体重构。文明理性是中国传统思想与文明价值系统的核心，同时也可以视为对中国哲学与人文社会科学问题性界面的全面重建。在中华文明伟大复兴的历史关口，在今天这样一个承前启后的关键历史时刻，包括哲学在内的人文社会科学的中心问题正在于，我们有没有足够贞定的心性、足够宽广的精神视野与心智纵深，去把握和理解中华文明与中国思想传统的核心主旨与本质特性，去阐释与表述今天包括中国这个伟大的文明传统、伟大的国家在内的中国人的生活方式，以及这种理解与阐述所能够达到的高度与深度。

事实上，今天的中国哲学社会科学所面临的一切问题，从某种意义上说，都从根本上体现了其内在地迫切需要的那种心性与心灵的基础性诉求、具体性企望与丰富性指向，呈现了这其中的文明脉动与现实当中仍然存在的文化缺失。

① [美]伯纳德特：《发现存在者——柏拉图的〈法义〉》，叶然译，华东师范大学出版社 2018 年版，第 475 页。

恰切地理解哲学这样的"现代"学科的理论理性与理论思维方式之"普遍性"与"超越性"诉求，而不是继续沉浸在其内卷化的自我叙述与自我神秘化当中，这本身是需要高度智慧的，或不如说其本身正是热爱智慧的体现。但如果我们的头脑仍然沉浸在一些西方自由主义意识形态的抽象性当中，沉浸在尼采所说的那种现代人的"理论家"心性当中①，那无论如何是不可能"具体"地理解与把握这其中的问题性走向，并找到现实解决方式的。希望中华文明传统当中的"文明理性"界面，能够成为一个广泛的召唤与吁求结构，从历史经验的深处，走向一种更加多维、更加立体、更加综合的文明时空建构与文明关系缔约，并有助于重建中华文明通体光华、"天下文明"的价值光谱。

① [德]尼采：《悲剧的诞生》，周国平译，生活·读书·新知三联书店1986年版，第77页。

文明儒学:短论两篇

本天道为用:张载的“文明儒学”建构

从理学的角度,张载通常被尊为所谓“北宋五子”之一。但正如张岱年先生所说,张载本人其实从未把“理”作为其思想的核心(《关于张载的思想和著作》)。张载的学说,贯穿始终地突出与强调了“气”的概念及其功用。如果从“气”的形而上学或本体论地位上讲,“气”当然不是究竟之境与终极概念,但如果从“气”的功能及气本论本身的立论意图上讲,则是另外一回事:张载气论(气本论、气学)的宗旨,或许就在于其要为人类文明生活秩序重新奠定理论基础,并将人类生活与生活世界置入宇宙之大化周行的天道秩序当中,进而从文明生活之自然价值秩序层面“本天道为用”(《正蒙·太和篇》),取法天道与“天德”。气论在这里,是对于文明生活界面及其中的实践关系的纵深拓展与理论勾勒,而“天理”并不外在于这种实践格局与其客观规律。这种以“气”的功能、运转方式组织起来的思想系统,不是缩小而是恰恰扩大了儒学的认知视野、思想容量与实践力量。张载在借鉴前代韩愈、李翱与同时代的周、邵、二程学术思想的基础上,走出的就是一条或许可以称之为“文明儒学”的思想路径。这也是张载面对佛、道两家义理冲击,以真正儒家的传统思路所作出的具体回应。

张载的文明儒学，首先是从文明秩序的现实存在出发的："故圣人耐以天下为一家，以中国为一人者，非意之也，必知其情，辟于其义，明于其利，达于其患，然后能为之。"(《礼记·礼运》)张载致力之所在，正是一个向着广大的政教与伦理实践领域敞开的思想视野，正是如何知情、辟义、明利、达患地"为之"之理，而非只是向内心求索、心性思辨之理。儒家的气本论、气宗或气化学说的大源头在《周易》与《孟子》，张载之学，也是从《周易》与《孟子》得力为多。《周易·系辞上》的"神无方而易无体"，或许正是张载"天之外无道，气之外无神，神之外无化"(王夫之《张子正蒙注·序论》)的观念前提："《大易》不言有无，言有无，诸子之陋也。"(《正蒙·大易篇》)在张载那里，摒弃了"有无"之间纯粹概念性的本体论思辨，视"天德"为体、为神，而"天道"为用、为化，体与用、神与化的关系，统一于"气"，而人们即用知体、穷理尽性，同样能够与天一体、穷神知化(《正蒙·神化篇》)，进而达到"顺阴阳、刚柔、仁义、性命之理"，使其在"趋时应变"(《正蒙·大易篇》)之际，能够无往而不利。

在孟子的思想系统当中，不仅将性、命对举(《孟子·尽心下》)，而且"志"与"气"也是交互作用的："志"既是"气之帅"，而"浩然之气"又是"集义所生者"，因此，"志壹则动气，气壹则动志也"(《孟子·公孙丑上》)。但这在孟子恰恰是为了走出对于心性概念的抽象凝视与内在的循环论证，将"气"变成外部的生命价值秩序与生活秩序的组织者。张载准确地把握了孟子养气学说的宗旨："气与志，天与人，有交胜之理"(《正蒙·太和篇》)，张载提出气志交胜论，是为了推论天人交胜论。与后来程、朱一系的理学对于孟子的解说方式与方向相反，张载的天人交胜论，表达的正是天道与人的实践之间的交互作用、相互成就的理念："天人异用，不足以言诚；天人异知，不足以言明。"(《正蒙·诚明篇》)这就打开了一个走向外部广阔的现实生活秩序、文明实践秩序的通路："圣人在上而下民咨，气壹之动志也；凤凰仪，志壹之动气也。"(《正蒙·太和篇》)张载此种解释方式，将孟子的思路，转换为一个以天道自然为背景、事关文明生活实践与政教秩序的天人互动的宽广视野。

从这样一个角度来理解张载的"大居正"与"大心"说，可知它出自《周易·同人·彖》："文明以健，中正而应，君子正也。唯君子为能通天下之志"，"文明"

价值秩序，正是刚健流行的“天德”与“天道”的显现，而人不只是“自然感生”的结果，只有“循性之所感而行，不令违越”（孔颖达《礼记正义·中庸》），才能称得上“中正而应”。这体现了张载用《周易》的思想资源，进一步转换与开拓孟子思想的方法路径：孟子的思路，一方面存心、养性以事天，另一方面顺受天之正命、安身立命以尽其道（《孟子·尽心上》）。这在孟子是从天人之际的视野出发，用于安顿在乱世当中不得其用的士人个体生命价值的方式。但在张载看来，“天下之心，天下之志，自是一物，天何常有如此间别！”（《横渠易说·同人》注）从孟子的学说片面地推演开来，或许确有将天下之人各个不同的“心”、各个不同的“志”互相“间别”开来的弊端，而“不能与人同，未足为正也”（《横渠易说·同人》注）。这其中，有士人所处客观历史条件的原因，也有认知格局、认识方式的原因。所以，要真正地“居正”，就需要能“同人”，而要能“同人”，就需要“大心”。就此而言，“大居正”与“大心”二者，事实上是同一个问题的两个侧面。

张载的“大心”说，没有简单地重复孟子仁义内在的观念，更不是告子般地强分内、外（《孟子·告子上》），或反过来强合内、外，而是扩大了理解心性乃至仁义问题本身的认识视野。气论本身，在这里提供了一个和合内外的理论基础，一个群体性、社会性的实践本体论视域：“性通乎气之外，命行乎气之内，气无内外，假有形而言尔。”（《正蒙·诚明篇》）性作为天德，命作为天理，此时不再是超越性的抽象理念，而不过就是“气之不可变者”（《正蒙·诚明篇》），这也就是以气论为依据的“大其心则能体天下之物”（《正蒙·大心篇》）的认识论前提。在这样的情形下，“物有未体，则心为有外”（《正蒙·诚明篇》）；而大其心，就是无外之心。所谓无外之心，就是穷理尽性、以人心合天心之心：它一方面不为耳目见闻所累，完成孟子所谓尽心、知性、知天的认识过程；另一方面，也不会贪天功为己功，将作为“内外之合”的认知，纯然当成人自身的耳目官能与智力的结果。在“大心”的前提下，思想或者理论是以“天下”为尺度的：“大人所存，盖必以天下为度，故孟子教人，虽货色之欲，亲长之私，达诸天下而后已。”（《正蒙·中正篇》）而在文明生活与伦理政教实践当中如果真正能够以天下为尺度、达诸天下，私欲也就不再是私欲，而得以结构性地解私欲化。这比之从个体心性的角度提出的道德要求与道德律令，对于大多数人来说，可能是一种更加现实的、可实践的制度性、公共性力量:“所谓天理也者,能悦诸心,能通天下之志之理者也。能使天下悦且通,则天下必归焉。”(《正蒙·诚明篇》)

总体而言,虽然如《西铭》当中的理想社会图景或许有些乌托邦倾向,但张载通过发挥气论本身所给出的,正是使其学说走向“理一分殊”的具体化思维的工作平台。就此而言,“聚亦吾体,散亦吾体”的“死之不亡”生命气化循环(《正蒙·太和篇》),如果从个体的角度讲,只能看作一种简朴的唯物论,但如果从人类生活共同体、文明生活秩序的角度讲,则能够为文明价值理念与文明实践提供一种阔大的理论基础。而“仁统天下之善,礼嘉天下之会,义公天下之利,信一天下之动”(《正蒙·大易篇》),儒家的仁、义、理、智的范畴,在气论的重新阐释之下,再次具有了人类文明生活与文明价值实践的观照与组织力量。后来程朱理学截断张载的思路,试图以“天理”之形而上的超越性设定与思辨理性重构,为这个世界的存在给出一种出自人的理性的充分理解与解释,这当然不是形式逻辑意义上的同语反复,但根本上仍然不过是理性化的“天”,与人性化的特定道德价值系统之间的循环论证而已。因此,所谓“天理”只是从镜子里看到的人性与理性本身,如王船山所批评的:“以天为有所以为天,则天之体孤矣;以圣人为有所以为圣,则圣人之德私矣。”(王夫之《诗广传·周颂二》)——这正是“意之”的情形。

文明儒学并不比理学陈义更高,但它保持着朝向真正的天道自然与实践领域的开放性:“吾之作是书也,譬之枯株,根本枝叶,莫不悉备,充荣之者,其在人功而已。”(《〈正蒙〉苏昞序》)张载这种认识的深意在于,理论或许是灰色的,但它并不是从这个世界的外部,通过对于生活世界的超验投影或先验演绎,来赋予后者以合理性,哲学思想或理论本身就是构成生活世界的内在的、现实的骨干——这是一种真正属于先秦儒学与中国思想之轴心性传统的元哲学与元理解方式。它有多重的问题性关涉,至少对于张载来说,导致的结果是所谓“为天地立心,为生民立命,为往圣继绝学,为万世开太平”云云,能够落实为切实的思想系统建构,而不仅仅是豪言壮语,同时打通了思想的实践基础与来源及问题性指向的开放性。王船山极力推崇张载为“正学”,就在于他在程、朱与陆、王之间,真正继承了儒家一直以来关怀现实人伦秩序与文明价值实践的自我定位与主导性思想取向。这是唐代以前以文明关切为核心的儒家经学的主流传统。

在文明儒学的问题界面上，“外在”（之“气”）就这样反倒成了“内在”（之“理”）。从这个意义上说，只要不是像理学那样将存在领域与文明生活世界形式化、概念化地吸收进道德形而上学体系当中，文明儒学事实上也不排斥形而上学与本体论思维：后者可以作为某种派生性的、功能性维面接入，它的地位如同《系辞》之于经学视野中作为“天下文明”的文明价值秩序表述的《易经》，起的是参酌、参证理解的作用。文明儒学与形而上学思维二者之间，可以有交叉、穿插，但它们总体上不是同一个时空维度、存在形式内的东西。古希腊哲人知道，靠哲人或者哲学来治理国家，只是一种理想，但程、朱以来的理学，恰恰回到了内在心性问题的“纯粹”形而上学思辨当中。明清之际，刘宗周、黄宗羲、王夫之、颜元、李塨、戴震等，虽然各自的思想重心与问题表述方式不同，但大体上以“理在气中”为共同理论基点，既反心学，实际上也反道学。但在清代的政治环境之下，清代学风很快又转变为考据之学。直到晚清的公羊学复兴，儒学才重新具有了面对现实的愿望与能力。

“自然之为体”与儒学思想的文明结构性格局

中国儒学史上的关洛之辨，或许是未曾引起足够重视的一个重大关节点。关洛之辨的核心，是张载思想之文明结构性格局与二程思想的道德形而上学建构之间的分歧与争执，而这种歧异性的突出体现之一，是张载与二程关于“自然”的理解及其思想是否具有“自然”格局之不同。“世人知道之自然，未始识自然之为体尔”（张载《正蒙・天道篇》），引入自然概念，不是张载无谓地增加名词，而是与其“以气言道”的哲学路径和思想格局有着密切的关系，后者不同于程朱、洛闽之学的最大特点，或许正在于它的某种“自然”属性。张载不会轻易地认“心”“性”“诚”等为“体”，而是将它们综汇入“自然”为“体”的浑融一体的总体哲学视野，是为“自然—道体论”。那么，究竟何谓思想与思维方式之“自然”属性呢？

首先，“自然之为体”，意味着“自然”不仅是某种作为“道”属性的“自然”或“自然而然”，而是变成一个全幅性、整全性的总体视野，“自然”本身成为道体或者本体。但在张载的思想系统当中，“自然”不是物质性自然物理世界，不是生物性本能，“自然”首先就是天人一贯的世界之总体性视野本身：“由太虚，有天之名；由气化，有道之名；合虚与气，有性之名；合性与知觉，有心之名”（《正蒙·太和篇》），以及这个视野当中“一阴一阳之谓道”的“阴阳自然之理”（王夫之《周易内传·系辞上传第四章》）。由此带来的改变，不只是主导性概念与理念的改变，张载“虚空即气”（《正蒙·太和篇》）、以气言道的“自然之为体”视域之“自然”性质，就在于它提供了一个不能由概念思维、义理边界本身来框定、裁截与穷尽的“自然之为体”的总体视野。而正是在“气”的维面上，“自然之为体”展开一个即无极即太极、即自然即人伦、即形下即形上、即现象即本质、即功用即本体的“自然—道体论”格局：这个“通一无二”“兼体而不累”（《正蒙·太和篇》）的融贯视野，不仅是张载以气言道所需要的道体论论域之“自然”格局，同样也必然对于思想与思维方式本身，具有反向的影响与规定性。

其次，正因此，张载“自然—道体论”的义理系统与道德形而上学思维的不同在于，这一思想系统与思维方式本身具有某种“自然”属性。作为形而上学思辨体系起点的“无”“有”，不仅是概念思维，同时也是概念思维本身之实体性的“纯存在”：老子的“字之曰道”（《老子·二十五章》）凸显了这种原始概念之实体性存在；黑格尔作为辩证本体论的“逻辑学”起点的“纯无”“纯有”，也是概念本身之“纯存在”。形而上学思维以概念（“无”）本身之物质性、实体性存在，解决了“存在在而无却不在”（巴门尼德）的思辨难题，强制性地构筑了形而上学的思维起点。而张载的“自然—道体论”的思维与义理系统之“自然”性在于，概念体系或哲学语句本身本质上是描述性的，是对于道体视野内的规律性内容的描述。张载所谓“知太虚即气，则无无”（《正蒙·太和篇》）、“《大易》不言有无，言有无，诸子之陋也”（《正蒙·大易篇》），就是因为“气”论的视域本身是“有”或“存在”，而这个“有”或“存在”的视域，是描述性的哲学语句与思维方式无法穷尽的，人们不能走到这个“有”或“存在”的边界之外，对世界进行指指点点，因而“无”无法描述。

所以，在这种情况下，就像我们不能说（同样以描述性思维确立思想体系的）胡塞尔哲学是“意识本体论”、维特根斯坦哲学是“语言本体论”一样，概念思维或者哲学思维的“自然”性，或许就在于它放弃了以自身的边界来透视化、视角化地划定世界边界与思维景深，以及追求概念思辨体系之内卷化的自洽性之形而上学思维强迫症。而由此视野来看，在“体用殊绝”（《正蒙·太和篇》）、“废用立体”（王夫之《思问录内篇》）的前提下，“字之曰道”“有生于无”的形而上学起源论思维，必然割裂自然与人伦、形上与形下、本体与功用等维度上的思维的自然连续性，以及世界经验的自然整全性，因而恰恰是不“自然”的。

因此，儒学必须走向或再次走向思想之文明结构性的“自然”格局。如牟宗三指出的，宋儒从程颐开始，推崇《大学》为圣典，这与其思想的道德形而上学建构有内在关系。《大学》的核心，是所谓格物、致知、诚意、正心、修身、齐家、治国、平天下的“八条目”，但这其中包含了太多的理想主义的理论推论与纯粹思辨性的抽象推理：只有在最为理想的人格（圣人）与纯粹理论的思维状态（道德形而上学思辨）当中，这个推论或推理才是顺畅的，也才有实现的可能。这其中“修身”“齐家”与“治国”“平天下”之间，用现代概念来说，前者是道德领域、私人领域，而后者是政治领域、公共领域，对于绝大多数士人或者儒生来说，其实尤其是一个不容易跨越的坎陷。

或许有人会说，公、私之分只是出自某种特定的现代观念的划分方式。但正因为宋儒内心当中真实地具有了这种类似“现代”的观念，所以，其在此基础上进行的性理哲学建构，才进一步坐实了以个体心性为原型的道德形而上学思维堡垒，以及道德个体之自我确证的所谓“功夫”。而这恰恰使“修身”“齐家”与“治国”“平天下”之间，成为一个绝难穿越的思想与实践鸿沟。反过来说，只停留在个体内心的自我返照与自我确证的地步，所谓的诚意、正心的道德境界，又如何现实地参证与考量呢？这始终是难以回避的理论与实践难题。

张载从佛老思想的流行与唐宋以来的道学走向当中，敏锐地意识到了这其中的困境，张载不仅将个体心性层面上的穷理尽性，转换、扩大为伦理生活实践层面上的文明价值之“自然”格局（《西铭》），同时也现实地构造了一个接纳、组织思想之文明结构性格局的道体论基础：张载将思维或者哲学体系本身，看作需要用经验的现实性与丰富性来充实的“枯株”(《正蒙·苏昞序》),就像地球仪上的经纬线并没有独立的意义一样,在这里概念思维和思维体系本身是空虚、虚拟的非现实性、非实体性存在。这样一个不以概念与义理边界划界的“自然—道体论”思想格局,恰恰可以将儒家以外的思想之“自然”视野实质性地吸收进来,并共同为文明实践与文明价值秩序构筑理论基础。

那么这是否意味将着儒学变成了道家学说呢?问题应该反过来看,即这种学说接纳与整合儒家以外以“自然”为基础的思想视野,正是为了共同襄助与维系文明生活与文明价值实践秩序。张载虽然对于佛老都有所批评,在义理层面上辨别甚严,但按照其《西铭》当中“乾父坤母”“民胞物与”的思想,“物”尚且“与”,似乎没有理由必须从物理层面上排除与消灭佛老。因此,原本不可跨越的义理边界,在文明生活整体秩序的意义上,可以和而不同、求同存异,放大和整合其共同性,搁置与忽略其差异性。这也就是说,义理的建构方式以及由此而来的宗派义气之争,在这里变成一种思想之文明结构性格局。

这也是隋唐之后“三教合一”的基本事实:在核心性的思想、价值观念与终极诉求上,儒释道当然不可能合一,但在个体、国家乃至文明生活方式的意义上,在所谓“儒道互补”、三教“互补”的错综交织当中,共同维系一个制度秩序与文明价值系统的整体统一,乃是可能的,同时也是客观的历史事实。从这个意义上说,道学力排佛老,某种意义上有其无谓的成分。道不同不相为谋,心性义理与文明价值、政制秩序本来是不同的领域与层面,道学家不去关怀与经营道德伦理、政治与文明实践领域的问题,却一味在心性修为和义理层面与佛老争胜,结果必然是得不偿失。

文明诗学:短论两篇

王船山“函情”说的诗学意义

王船山的“修文以函情”说,是在《诗广传》当中提出的一个经学问题:“圣人达情以生文,君子修文以函情。”(《诗广传·召南一》)这里的“文”非狭义的文学、诗文之文,因此这里的“达情”“函情”说,似乎与今天意义上的文学理论或诗学问题无涉。船山是明清之际的大儒,但与一般的经学家或理学家不同,无论船山本人的诗文写作还是其诗话文论,对于诗文的艺术问题洞幽烛微、自成体系。而如果细加审度,可以发现其经学意义上的“函情”说,与今天意义上的诗学文论并非全不相干,而是内在地贯通的理论系统,可以给予今天的文艺理论思考以很大的启发。所以无须绕开船山经学,直接谈论其狭义的文艺理论。

儒家传统的文学观念背后,有着一个完整的经学思想系统。但到魏晋时代,已经有“诗言志”(《毛诗序》)与“诗缘情”(陆机《文赋》)的对立,经学观念系统似乎已经不足以充分地囊括与解释文学现实。后来的文学观念与文学理论,不断有“原道”“征圣”“宗经”的要求,但对于文学自身的艺术特征似乎关注不够,或不能具体化为艺术标准与操作技艺。而皎然、司空图、严羽以来的诗学理论所渲染的那种“羚羊挂角、无迹可求”的诗艺境地,又在理论上走向另一极端,使得文学创作与文学作品都成为不可理喻的神秘之物。到了明清时代,诗文等传统文学体式走向衰微,明代台阁体、前后七子、公安派、竟陵派的弊端,清代的神韵、格调、性灵、肌理诸说的问题,归根到底,大体是对于文学创作主体机制与文学情感、文学经验本身理解的简单化、抽象化、粗鄙化、神秘化所致。

王船山的"函情"说既然是经学问题,那自然是以圣人和《诗经》为标准。在这个意义上,它形成一个认知与价值评判的层级:圣人"达情"之文,是理想性、理论性、理念性的标准与表述;而君子修文"函情",则包含着现实性、实践性、操作性的文学观念与文学思维方法。圣人达情之"文",就是礼乐教化、典章制度之"文",它是天下人共同遵循的政治社会与文化秩序,也是情、文之间密合"无畛"的典范(《诗广传・召南一》);君子修文"函情",可以与狭义概念上的诗文相互因依、相互融通。但船山不是在复古或者调和,而是以其宏阔开张的思想格局与创造性的思想突破,将这两个层面贯通或重新贯通起来:正是"达情"之文的经学化的理想价值标准与开阔理论界面,构成"函情"说背后的认知背景与问题格局,指向了关于文学情感、文学经验、文学创作主体的现实构成与复杂机制的理解方式。

文学创作主体与文学经验,当然不是"小人一往之喜怒"(《夕堂永日绪论内编・一》)的构造,但即使是在艺术创作与诗性造境当中,也非一个抽象、神秘的主体性,而仍然是现实的、社会性的存在。这种文学创作主体和文学经验的现实性与社会性,导致文学情感与文学经验本身,需要具有公共性基础与多维立体的复合性构成:"诗言志,非言意也。诗达情,非达欲也。心之所为期者,志也;念之所觊得者,意也;发乎其不自已者,情也;动焉而不自待着,欲也。意有公,欲有大,大欲通乎志,公意准乎情。"(《诗广传・邶风九》)志、意、情、欲,都不宜作抽象的概念性凝视与割裂理解,"但言意,则私而已;但言欲,则小而已"(《诗广传・邶风九》),所谓的"私"与"小",指的不仅是观念视野,同样也是孤立、抽象的认知方式、思维方式的体现。

而所谓"大欲通乎志,公意准乎情",一方面将传统"言志"与"缘情"说的对立疏解开来,另一方面也并未走向无可无不可的颠覆性与解构性定义。在"通乎志""准乎情"之间的辩证思理与错综关系格局当中,是"函情"说的生动展开与理论活力之所在。在“修文以函情”的文学经验与文化实践的现实关系当中，意、志、欲、情进行了生动的转化与升华：这种转化与升华，既是文学性与诗性的生成过程，也是“一往之喜怒”的原始情志的社会化经验转换与公共性价值重建。这个过程不可化约为一种概念化的同质性，与“纯粹”艺术性的神秘体验，而是共同指向一种扩展了的观念视野、认知格局，与多向度、多层面的解释路径。缺乏这一双向的错综、综合机制，不仅文学情感与文学经验缺乏儒家传统要求的社会意义与教化作用；停留在“私”意、“小”欲维度上，艺术问题解释也终将走入困境。

船山的诗学主张没有突破经学问题框架，但以“六经责我开生面”为毕生诉求的船山，经学范式为其提供了解决陷入模拟、空寂、狭窄乃至邪僻之境的诗学问题困境的理论视野，从而同样开文学与诗学的“生面”。举例来说，船山以《诗经》为标准，其所推崇的情景浃洽、妙合无垠的神化之境（《夕堂永日绪论内编·十四》），就不是神秘主义或一般意义上的主客观统一。所谓“情中景，景中情”“以写景之心理言情”（《内编·二十四》）、“以小景传大景之神”（《内编·二十五》）、“景生情，情生景”（《诗译·十六》）之类，都是建立在文学创作主体、文学经验的层级结构与复合构成基础上的精微辨析，同时可以将更多的社会历史文化经验与现实性内容置入其中。

于是，船山对于诗文艺术性的精微见地与其大胆的批判精神结合在一起，对于诗学与文学问题本身，也就形成了新的理解视域：“于所兴而可观，其兴也深；于所观而可兴，其观也审。以其群者而怨，怨愈不忘；以其怨者而群，群乃益挚。”（《诗译·二》）纯粹的艺术性和“一往之喜怒”一样，不仅是对于诗性与文学性的抽象化，同样也不能提供“随所以而皆可”的丰富的解释向度与阐释余地。正因此，“出于四情之外，以生起四情；游于四情之中，情无所窒”（《诗译·二》）的兴观群怨解释，不仅是文学接受问题，也是对于文学情感、文学经验与文学创作机制作出的周全、圆通的解说。

这也就是说，这种精细的解释方式建立在两个前提之上：一是文学创作与接受主体、文学情感“出于四情之外”的社会性结构和现实性构成，二是由此决定的文学情感的多维指向和文学经验本身的多层次蕴涵。文学情感与文学经验，既非“一往之喜怒”的原生态情绪，也非贾岛、许浑诗作当中空寂无人的耽空之境（《夕堂永日绪论内编·六》）：它一方面具有多维复合的艺术接受与阐释层次，另一方面也具有丰富的现实经验内容，与陈诗观化的教化作用和现实意义。在这种主客观的错综结构与复杂综合当中，是修文以“函情”的社会化的现实空间。同时，也可以与礼乐教化的圣人“达情”之文同构、同功。

在这个意义上，所谓“函情”说并非如其字面意味所示，是一种文学工具论与功利化的文学观念。从横向上看，总的来说，从经学视野出发的文学之现实性、社会性情感与经验结构观念，使“函情”说扩大、丰富了理解文学情感、文学经验、文学创作主体性机制的认知视野与致思路径。从纵向上看，一方面，“达情”与“函情”在理想与现实、理论与实践、理念与操作关系当中构成的理论格局，使得船山的经学视野突破了纯粹艺术性诗学的理论困境，发挥了基元性的积极的理论构成作用；另一方面，船山也并没有忽视文学自身的特质与创作机制的复杂性，其经学视野能够吸收传统儒家诗学的合理成分，对文学情感、诗性经验与创作机理，给出比较全面客观的、深契艺术规律的解释。

总体上说，以经学观念与学问系统奠基，对于船山的诗学观念构成来说，积极的、正面的作用远大于负面的影响。船山从自己的诗学观念出发，对于具体的作者如历来享有盛名的曹植、韩愈、苏东坡等，都有着严厉的批评。这些具体的批评意见尽可商榷。但通过这些，一方面我们更清楚地理解了船山的诗学主张，另一方面，这些与船山其他著作的情形类似，都有着强烈的现实针对性与论辩性色彩。综上因由，使得表面上看似有些保守取向的船山的文学与诗学观念，对于明清之际诗文等传统文学体式弊端的根本成因来说，反倒是切中要害、恰如其分的。

文学与现实的全幅关系：叶燮《原诗》的问题主轴

叶燮的《原诗》是中国文学理论批评史上少有的系统性理论专著之一，总体上体现了一种力图超越“就诗以论诗”的“兼综而条贯”（《原诗·内篇上》，下引

《原诗》不再注明)的综合性和包容性理论视野,其基本目标是尽可能给出一种全面与客观的诗论或文艺理论。《原诗》的问题主轴,可以视为文学与现实的关系问题。文学与现实的关系或关联性是复杂的,不能简单地以偏概全,或以某种关系否定其他关系。这个道理本身不难理解,但因为现实当中种种因素的牵掣与干扰,在认识上往往难以周全,而在实践当中,其间的尺度与走向,就更加难以做到无“过与不及”的恰切把握与掌控。《原诗》的基本理论前提就是,对于文学与现实的关系问题要有全面的认识,就不能只就文学论文学,乃至片面夸张与夸大文学当中的某个因素或某方面特征。

《原诗》的这种理论主张,并不是就理论而理论的纯理论命题,而实际上是有着很具体的现实问题指向与批评对象的:远的有严羽的“别材”“别趣”(《沧浪诗话·诗辨》)说,后者一变为公安派末流的鄙俚浅薄,再变为竟陵派追求“幽情单绪”的奇僻旨趣;近的有前、后七子建立在“文必秦汉,诗必盛唐”的复古论基础上的对于所谓格调、法度的强调。在此前提下,叶燮所谓“诗之源流本末正变盛衰互为循环”好像是在主张一种历史循环论,但实际上只是在强调对于诗歌的各种沿、革、创、因,都应该具体地“剖析而缕分”其发生前提与客观条件,都需要全面了解其背后的历史背景与现实动因,而非抽象、孤立、静止地强调某个方面或某种因素。

这样,《原诗》通过其文学史视野展示的问题就是,从严羽到前、后七子,再到公安派与竟陵派,看到了前代文学的问题与弊端,力图加以变革,但他们对于其矫枉过正的变革手段缺乏足够的反省与节制,于是在理论与实践两个方面又造成新的问题——这也就是叶燮所说的“互为循环”的问题。所以,《原诗》提示人们的其实是,考察文学沿革的历史眼光是必要的,但仅仅着眼于此,恰恰会被一种“互为循环”的表象蒙蔽,而看不到问题的本质与本源。在这个问题上,其实更应该关注的是文学与现实这一轴心性关系:历来造成文学积弊的原因,以及变革者继之而起的新问题,归根结底不是在如何处理文学与前代文学,而是在文学与现实的关系这一维度上出了问题;而无论是严羽、前后七子、公安派、竟陵派,还是他们所要变革的对象(以“文字”“议论”“才学”为诗的宋诗、台阁体等),都是在这一问题上发生了偏差。

因此，《原诗》的理论主张，首先强调的是作“诗之基”，或诗人的“胸襟”。但叶燮强调“胸襟”并非只是在强调诗歌的主观因素或主体性成因。就主体而言主体，与“就诗以求诗”一样，恰恰都是片面而偏狭的，叶燮所说的“胸襟”，事实上指的是一个能够容纳广阔、丰富、全面的生活经验、世界经验的开张、宽博的文学格局。在此基础上，《原诗》的理论体系不仅是文学认识视野的扩容，同时也相应构成了方法论上的转换：“法者，虚名也，非所论于有也；又法者，定位也，非所论于无也。”通常所谓的“法”的“虚名”，不仅是很多食古不化者只知因、延，不知创、革者（比如前、后七子）的观念障碍，而且以固定不变的“定位”之“法”论诗论文，无法穷究文学经验、文学创作无所不至的变化与多样性，本身就有着方法论上的局限性。因此，叶燮以“在我”的因素才、识、胆、力，与“在物”的因素理、事、情，取代了抽象而又僵化的“法”。

于是，《原诗》的理论创造性，就不仅体现在其对于文学主客观因素双方及其内在辩证关系有着全面、精准的阐发，更主要的是，这样一个关于诗歌或者文学的认知系统、观念系统，不仅将“法”给具体化了，也将文学与生活世界二者打通、连贯起来：无论是才、识、胆、力，还是理、事、情，它们都不只是适用于诗歌或者文学本身，而是适用于世间万物全体。“以在我之四，衡在物之三，合而为作者之文章，大之经纬天地，细而一动一植，咏叹讴吟，俱不能离是而为言者矣。”有关文学的认知思维，在文学与现实的全幅关系当中，变成一个动态的、全方位的捕捉文学或“文章”的生成机制的阐释装备。这在《原诗》是具有根本性意义的文学认识方法论。这种观念与方法，在突破种种所谓“现代”“后现代”的文学迷思与极端化主张方面，具有返璞归真、渊源深广的强大生命力、理论适用度。

在此前提下，《原诗》给予我们的启示是，根本问题不是文学观念的“大”与“小”的问题，不是在文学观念的“内部”与“外部”做选择，不是以审美自律为借口，将文学看作密闭的实体，或者反过来，维护无限的碎片化与建立在孤绝的个体意识基础上的号称“文学”的各种奇思妙想、奇谈怪论。《原诗》这种文学认知与文学理论方法导致的结果就是，首先，这恰恰是将文学放置在客观的真实世界当中，将其当作一种具体的、现实的事物来加以考量，这是大前提。如果先期就在有意无意间将文学与世界判若两物，怎么可能对于其“本源”“本体”进行准确的辨析、剥离与认知，从而得到文学之“原”？人们眼前的这个现实经验世界，不仅是文学的来源与本源，而且文学的创作、阅读、批评、理论研究，一时一刻都离不开对于这种现实关联与世界经验的参照。

文学当然有其自身的规律与特征，但不能离开这样的前提，过分夸大这种特征的自律性。而无论是“就诗以求诗”，还是陷入“互为循环”的历史性迷思，都是因为不能认清这种基本前提，失去现实参照视野之后的思维迷失。比如，严羽“别材”“别趣”之说，针对的是宋人“以文字为诗，以议论为诗，以才学为诗”的情形，于是以“别材”“别趣”来为诗歌自身的艺术特征进行辩护。但后人忽略了严羽的立论前提，过分追求“如空中之音，相中之色，水中之月，镜中之象”（《沧浪诗话·诗辨》）的“别材”“别趣”境地，就陷入了神秘主义，使得诗歌成为无法解释、无法与现实世界经验建立有效联系的神秘之物。

其次，这种关于文学与现实关系的观念系统及理解方式，不仅着眼于文学的“外部”属性、“外在”关系，同样也深入到文学的“内部”因素当中，或者说，它本身正是为了打破那种将文学与世界视为不相联属的两种事物的认知方式。这集中体现在叶燮对于诗歌本身之理、事、情的理解上。所谓理、事、情，不仅是外部客观世界与生活经验本身的属性，或者艺术加工之前的诗歌“素材”所具有的质性，诗歌的艺术造境本身，同样可以以理、事、情来加以考量。

尽管对于文学作品来说，这种理、事、情有其自身的特殊品质，然而所谓“不可名言之理，不可施见之事，不可径达之情”，或许是“入神”之理、事、情，是高层次、高维度的理、事、情，但绝不像严羽所谓的“羚羊挂角、无迹可求”（《沧浪诗话·诗辨》）。简单割断文学与世界经验的这种理、事、情的相通性与相关性，只能意味着某种对于“文学是什么”的特定的先验预设，这终究会将文学与世界本身的关联割裂或扭曲，最后往往迷失在关于文学“本源”“本身”的认识上，后者是关于文学的种种奇谈怪论的主要来源。

即便对于今天的文学认知来说，以为可以轻易地避免严羽、前后七子、公安派、竟陵派的“历史性”迷思，就把问题想得太简单了。《原诗》以文学与现实的关系为主轴，就是在展示这种关系或关联的立体性、复杂性、全幅性。在此基础上，叶燮推崇的所谓“天地自然之文至工也”“随其自然所至即为法”，都意在将各种片面与偏激的认识视野与认知关系疏解、涣释开来,避免极端化,在一个文学经验之纵深、宽绰、阔大的“自然”性底盘上,走向具有“自然之道”意义上的圆融、通达的文学观念谱系。面对日新月异的文化场景与媒介革命,面对日益纷繁复杂的文学观念空间与理论话语,这是对于我们今天的文学理念与文学认知方法,仍然有现实启迪意义的地方。

“以天道养人”：王船山论天人啮合与道德实践

“文明儒学”的问题性[①]，是在超越西方所谓现代性视野的局限，重新审理中西文明大传统、主流传统的前提下，对于中国思想与儒学之主导性格局及核心问题关怀的再体认与再确定。在这种视角下，儒学传统看起来曾经属于“先进”与“现代”的研究思路或问题领域，其实正是西方弊端丛生、积重难返的所谓现代性传统影响下的产物（新儒家），或对等成分（程朱理学）。儒学的核心问题关切，是人类文明生活秩序与文明价值实践，文明儒学因此是文武周孔的儒学，不是程朱陆王的儒学。宋代以后，能保持这一核心问题格局的，是张载与王夫之的儒学思想——“为万世开太平”“六经责我开生面”不是随便说说的豪言壮语。从张、王的思想路径入手，可以让人们在“宋明理学”的笼罩性视野之下，在问题的复杂构成当中，看到儒学传统的生机与主流之所在：以张、王为巨擘，文明儒学仍然生机勃勃、绵延不绝。本文处理文明儒学当中天人“啮合”的道德实践机制问题，涉及船山的论述较多，但也以横渠思想为前提。

① 张大为：《“本天道为用”：文明儒学引论——以张载、王夫之为中心》，《学术界》2021年第5期。

一、《易传》《中庸》之间的天人关系

《中庸》第二十六章(按朱熹《四书集注》分章)引《诗经·周颂·文王之德》展开论述:"《诗》云:'维天之命,於穆不已!'盖曰天之所以为天也。'於乎不显!文王之德之纯!'盖曰文王之所以为文王也,纯亦不已。"牟宗三认为"此颂诗即是天道性命通而为一之根源",而全部六百年宋明理学的核心课题,可以说主要就是围绕此问题(以及孟子征引《诗经·大雅·烝民》阐述的心性问题)展开①。如此看来,王船山《诗广传卷五·周颂二》中所言"以天为有所以为天,则天之体孤矣;以圣人为有所以为圣,则圣人之德私矣",似乎就是直接针对《中庸》而发的:

> 子曰:"四时行焉,百物生焉",时物皆天也,凡天者皆其所以为天也。子曰:"我学不厌而教不倦也",学教皆圣也,凡圣者皆其所以为圣也。
>
> (王夫之《诗广传卷五·周颂二》)

时、物皆天,学、教皆圣,船山依据孔子之言,批评《中庸》"以天为有所以为天""以圣人为有所以为圣"的思想方式的指向性非常明显,而事实上尤其是在批评以《中庸》此种思想方式发端的宋明理学之道德形而上学思维。理学兴起之后,人们经常把《中庸》与《易传》并称,认为它们是儒家天道性命之学的核心文献。但《易传》和《中庸》其实从来不是平行对等、势均力敌的关系。《易传》辅经而行,从来没有取得独立地位,因此《易传》和《中庸》虽然都包含"性与天道"合一的主旨,但《易传》所谓"一阴一阳之谓道,继之者善也,成之者性也"(《周易·系辞上》),构成的是一个"本天道为用"(张载《正蒙·太和篇》)的立体性思维格局:《易》学思维不空言"天体","由气化,有道之名"(张载《正蒙·大心

① 牟宗三:《心体与性体》(上),上海古籍出版社 1999 年版,第 31—32 页。

篇》),因而是以气化言“天道”。在此基础上,以善继天、以命合性、以性成道,在性、命的错综啮合当中“切指人性”(王夫之《张子正蒙注·诚明篇》),然后穷理尽性,止于至善。于是,道在性前,道为天道,而性则“切指人性”。人道不会因为其抽象地映射天道,就可以卸去其现实的重负与实践范畴的整全性;但正因此,“性”不是一个混人物为一的抽象普遍性:人性当中的丰富性没有被概念化地减缩、割截,反倒成为更加具体、充实和丰富的人性,这同时也丰富了天道的内涵。

至于《中庸》,船山则认为:“……中庸者,古有此教,而唯待其人而行;而非虚就举凡君子之道而赞之。”(王夫之《读四书大全说卷二·中庸名篇大旨》)《中庸》率性为道,道在性后:“物不可谓无性,而不可谓有道,道者人物之辨”(王夫之《张子正蒙注·诚明篇》),但人性在这里反倒要由“道”来界定,性大道小,这个“道”实际为人性范畴内部之道,是化育人性之道,属于教化之道。反过来说,这里的“性”,也就只是关于人性的概念性的抽象普遍性:

> ……程、朱于此一节文字,断章取义,以发明性道之统宗,固不必尽合《中庸》之旨者有之矣。
>
> (王夫之《读四书大全说卷二·中庸第一章》)

《中庸》始终好像缺少一些思维之立体性的回环结构与辩证环节、义理不及《易传》周备圆通的具体原因在于,《中庸》的核心实际上就是“教”,但因为“前圣已修之为道矣,乃不谓之教而谓之道”(王夫之《读四书大全说卷二·中庸第一章》)。这就是说,《中庸》的教化之“道”与《易传》的天道之“道”,尽管就其终极意义而言是相通的,但具体展开进路则有各自的侧重方式与方向。“中庸”作为一种特定的教化方式与教化路径,与这种教化职责相应,《中庸》阐述的应该是某种嵌入式、局部性和片段性的天人关系,因此它所谓的“性”普遍性,只是出于教化实践当中认知的便利而抽象出来的一个概念性空壳:

> 概念是后于事物的普遍性,音乐提供先于事物的普遍性,而现实则是

事物之中的普遍性。①

这里提到“音乐”,但并非艺术理论,而是着眼于西方现代文化之理论化的抽象性的批判。《中庸》所言之“性”,作为这种概念化的抽象普遍性,其“概念只是包含原来从直观中抽象出来的形式,犹如从事物剥下的空壳,因而确实是一种抽象”②。这种抽象性,其作用只是指示一个教化实践之悬设的目的与纲领,接下来需要做的,就是在包括《诗》《乐》之教在内的教化实践与学习过程当中,循序渐进地、具体地去落实与充实这个目的性:从先于事物的普遍性出发是道德实践的起点,其终点则应该是达到事物之中的具体的普遍性(“定性”),而从后于事物的普遍性出发,则是理论思维的起点。对于教、学实践来说,躐等而求、“断章取义”根本不可能,因此这个过程、这种关系对于《中庸》的语境来说是不言而喻的,并不会造成混淆。于是,《中庸》直截言性,率性为道,将作为天道之概念性断面与抽象性远景的天、性、道,直接树立为教化纲领与终极目标。

船山虽然批评《中庸》“以天为有所以为天”“以圣人为有所以为圣”,有拟人化地“以人测天”的僭妄之嫌,不过《中庸》文本本身也就仅此而已;但程朱一系的理学路径,其全部核心课题与问题主旨,正可以看作以此种道德形而上学的思维,来推论“天所以为天”“圣人所以为圣人”的根源与理由。而这种道德形而上学思维的根本问题,就在于它事实上进一步加剧了《中庸》在特定语境和问题前提下,对于“性”的认识论化的抽象与减缩,而如牟宗三所说的,“静摄”“横列”地展开为一个认识论格局③。在认识论格局的前提下,将天命之性理解成万物一体之“性”的概念,当然混人物为一,当然无“内”无“外”,无“心”无“常”,尽管看起来虚灵明觉,“动亦定,静亦定”(程颢《答横渠张子厚先生书》),却只是一个空虚抽象的影子,而如此视野当中看到的“天道”,也只是拟人化的认识论思维所圈定的思维的抽象性与概念化的单薄性。但这种对于天道事实上的抽象化、

① [德]尼采:《悲剧的诞生》,周国平译,生活·读书·新知三联书店 1986 年版,第 69 页。
② [德]尼采:《悲剧的诞生》,周国平译,生活·读书·新知三联书店 1986 年版,第 69 页。
③ 牟宗三:《心体与性体》(上),上海古籍出版社 1999 年版,第 17 页。

概念化、拟人化，正是宋明理学、特别是程朱一系的道德形而上学思维“断章取义”地展开所必需的：

> 朱子谓知性乃能尽心，而张子以尽心为知性之功，其说小异。然性处于静而未成法象，非尽其心以体认之，则偶有见闻，遂据为性之实然，此天下之言性者所以凿也。
>
> （王夫之《张子正蒙注·大心篇》）

船山晚年对朱熹的批评还是比较客气或者说比较委婉的，实际上这其间的区别不是“小异”，而是根本性的不同。朱熹之学渊源所自正是《中庸》发端的直截言性、以性继天，因而将天道拟人化地同构于人道之“凿”。程朱理学建基于此，进一步凿空论性，以人道言天道，脱离伦理与教化实践讲来，必然是以人测天、将天道拟人化，将“道体”认识论地扁平化、抽象化了。在此情形下，“以斯心而加诸道，向于彼者有余而心无余。心无余以宅道，则见异而迁矣，亦自此而流”（王夫之《诗广传卷一·召南三》），心由此就成了“逐物”的、“知性”（understanding）层面上的抽象无限性之心。这个“心”所看到的，也只是某个层面、某个视阈之内的抽象、单薄的客观性，天道自然从整体上成为碎片。因此，所谓“知性乃能尽心”，且不说这里的所知之性只是处于特定条件与认知局限性前提下，以一己之“小心”认知到的断片式、抽象化的“性”；就算对于性有些真正的体证，其实际结果，也往往是以为“知性”就是“尽心”，以认知性的“知性”代替了“尽心”之全幅性、立体化的实践格局。而正是在这种抽象性、拟人化的认识论通道上，程朱路径的理学想当然地认为“只穷理便是至于命”（《河南程氏遗书卷第十·洛阳议论》），可以以思辨理性的循环论证，迅速跨越人性构成与生活世界秩序的立体性与复杂性，完成“天所以为天”“圣人所以为圣人”的道德形而上学论证。

而船山之学的核心意旨，正是继承张载“本天道为用”（《正蒙·太和篇》）、“范围天用”（《正蒙·大心篇》）的思想，对于“性与天道”或天人之间关系的重新勘定。所以，船山反对《中庸》的根本之处，就在于它的“天命之谓性”在程朱路径的道德形而上学阐释当中,变成一种认识论式、直通式、投影式的以性继天、率性为道模式。以"性"继天,而非以"善"继天,就无法以人性的整全性视野,在作为有差异的统一性的天人关系当中,来考量人性化的生活与道德实践。人性变成了天道单向投射下来的单薄光影,变成了概念性的抽象性,"性"成了直通式的抽象规定,天人之际也就没有了中介环节与距离:

> 命曰降,性曰受。性者,生之理,未死以前皆生也,皆降命受性之日也。初生而受性之量,日生而受性之真。为胎元之说者,其人如陶器乎!
>
> (王夫之《思问录内篇》)

道家胎元之说按照道家的问题脉络或许可以另作别论,但至少对于儒家问题领域来说,当像朱熹一样,认为道之"实体备于己身而不可离",想象某种类似康德"纯粹实践理性"式的"性体"之实体化存在的时候,确实就如船山所说的,是把人想象成了一个中空的、盛放"性体"的硬币的陶罐,而"成性"的实践过程和实践格局,变成了道德形而上学之内卷化的抽象"理论"命题。然而正是在此基础上,宋明理学在牟宗三那里,借助康德这一西方现代性哲学的标准版本,将其核心意旨发挥到极致,因此牟宗三会让我们把问题看得更清楚,对于今天也更加具有现实相关性。牟宗三对于宋明理学的推进,大概分两步走:

首先,牟宗三着重强调"性体"为道德实践、道德创造的"创造实体"①,大大强化、完善了程朱理学本来存在的对于"天道"的理性化、拟人化,以及"天道"同"心体"与"性体"在认知理性轨道上的概念性同构关系,并将其组织、表述为一个道德形而上学之概念理性思辨的循环论证的"圆圈"②。道德实践指向的是外部的、应然的目的性,而如果实践的目的包含在"心体"与"性体"概念本身当中,则宋明理学所谓的诚意正心、穷理尽性的实践纲领,指向的就只是一个理论命题中的概念性结论,因此主要是一个理论理性的命题。它精确地相当于康德建

① 牟宗三:《心体与性体》(上),上海古籍出版社 1999 年版,第 34 页。
② 牟宗三:《心体与性体》(上),上海古籍出版社 1999 年版,第 474 页。

立在“纯粹实践理性”基础上的、道德形而上学的原理部分①。这样，牟宗三推重张载、程颢为理学正宗，却未见得是对于他们思想的恰切阐述；批评程颐、朱熹的理学路径为“歧出”，但他自己并没有真正超越程朱以抽象的认知理性为原点、架构内卷化的道德形而上学的路径；而二程之间的关系，也不需要做牟宗三那样的区分②。

其次，牟宗三并不以此为满足，他对于理学的心性形而上学与道德哲学进一步加以“纯粹”化，从而将康德与宋明理学所预设的道德实践的经验领域与经验部分，实际上也给“纯粹”掉了。这也就是说，去掉了康德道德形而上学对应的经验部分，即实用人类学部分，而将它变成“粹纯”实践理性的先天结构与先天原理构成，相应地，对《大学》也只能置之不理：因为只有这样，它才能够真正“纯粹”地“价值地说”③，也就是一种纯粹的生命价值之形而上学言说。在此前提下，理学或心学的一些修养体悟、参证式的话头，比如王阳明的“有心俱是实，无心俱是幻”，被牟宗三坐实为建立在“无限智心”基础上的所谓“存有论的原理”或“本体宇宙论的原理”。宋明儒者大概并不会真的从“存有论”与“本体宇宙论”的角度去理解这些说法，而牟宗三却认为：“只要理性做主，不是感性做主，由其随时可以呈现，吾人即可用当下指点之法令一般人通过逆觉体证（操存涵养）而时时体现之，终至于完全体现之”④，因而事实上是完全将理学变成了“以心法起灭天地”（张载《正蒙·大心篇》）的神话。这本质上可以看作对于康德式的现代人性价值论，从“存有论”“宇宙论”层面上进行的、凿空而起的突兀论证。

① [德]康德：《道德形而上学原理》，苗力田译，上海人民出版社1986年版，第37页。
② 牟宗三：《心体与性体》(上)，上海古籍出版社1999年版，第38—39页。
③ 牟宗三：《圆善论》，吉林出版集团有限责任公司2010年版，第236页。
④ 牟宗三：《圆善论》，吉林出版集团有限责任公司2010年版，第236页。

二、道德形而上学与实践理性的真理性

从程朱理学到牟宗三,我们看到了一条与康德式所谓“现代性”的道德形而上学类似的进路,一条道德问题认知与道德哲学的歧途。形而上学(metaphysics)是古典时代的传统,但“道德形而上学”(the metaphysics of morals)却是典型的西方现代性的产物。古典传统当中的理论与实践划分,并非建立在康德式的“自然”(理论)与“道德”(实践)的区划之上,而是更加具有贯通性。当将古典传统的思想格局与康德式的理论规划相比照时,尤其鲜明地凸显出现代性哲学传统的问题所在:康德式的道德形而上学,表面上看是基于哲学领地的划分(自然与道德),实际上却是在古典传统当中的理论与实践划分方式的基础上,通过将实践理性本身“纯粹”化和先天化的方式①,变成关于实践理性本身的先验形式结构与先天规律的探讨,这也就是说,康德式的道德形而上学从另一方向上,从实践理性与实践哲学领地内部,再次构造了一种“纯粹”的“理论性”。它从此:

> 不再是“在理论上是实践性的”,而是纯粹理论性的,就像形而上学(物理学)在传统上被理解为理论性的一样。这就产生了一种新型的理论,一种新型的形而上学……②

道德形而上学这样一种“新型的形而上学”,就此“成为了对于实践的产物

---

① “先天而天弗违,后天而奉天时”(《周易·乾·文言》),是儒家关于“先天”“后天”的讲法。如果从道家的视野看,儒家所谓“先天”其实也都是后天的,而儒家所谓的“性”,其实就是后天时空当中一个抽象的普遍性概念。这些确与康德式的“先天”与“先验”的哲学概念相通,所以牟宗三的学问路径不为无因。但如果因此认为“诚意”“正心”的道德意识与哲学反思就是先天性功,从道家的角度看岂非笑话?而既然“先天而天弗违”,又何来“逆觉体证”(道家的“逆觉”是超越人性,回归先天的天地自然大道)?所以总体上说,宋明理学的传统弘扬的是一些儒学本身并不擅长的东西。

② [美]施特劳斯:《自然权利与历史》,彭刚译,生活·读书·新知三联书店2006年版,第327页。

或现实之物的理解，而不再是对于应然之物的寻求”①。这种现实的、实然之物，就是道德思维主体与实践理性的先天结构，康德道德形而上学的核心主旨，就是“完全要先天地在纯粹理性的概念中”去寻找道德规律的根据②。这样，康德的道德形而上学，作为对于实践理性问题领域的再次“理论化”，结构性地延宕了实践理性与实践哲学的真理性，也就是说，结构性地延宕了将作为应然之善的实践目标变成现实这一实践理性与实践哲学真理的实现过程。

不仅如此，在这种新型的理论形而上学之实然的理性先天结构探究背后，所迈出的更关键的“现代性”步伐是，这种道德形而上学坐实了作为抽象普遍性的启蒙主义人性观念，与世界符合于人性的“合目的性”③。于是康德式的现代性哲学，在将实践理性与道德主体先验化与形式化的同时，通过将道德世界、实践领域整体纳入“理论化”思考的方式，也将世界整体道德化了：它因此不再是对于道德问题的形而上学思考，而是道德化地认知与理解的形而上学世界图景，也就是说，是将世界整体虚无地加以拟人化、人性化、道德理性（理论）化了（所以康德的“道德形而上学”实际应该是 moral metaphysics）。这个过程之实质性机理与实际缘由是，只有将人性之实践格局再次“理论”化，才能普遍化、原子化而又绝对化地理解人性。这造就的拟人化、人性化的世界图景以及“理论化”的虚无主义，与西方所谓现代性的文明机理与文明价值格局互为因果。

康德将世界整体人性化、道德理论化为“道德形而上学”（moral metaphysics）的视野，牟宗三却认为在康德那里缺乏“道德的形上学”（moral metaphysics）④，这实际原因是康德形式化的实践理性机制，无法支持一种整全性、贯通性的“存有论”“宇宙论”意义上的拟人化的道德世界论证。而牟宗三无限神往的，正是“道德意识之充其极”⑤的将世界整体“圆融”地加以道德化、拟人化的“道德的形上学”神话或童话。就此而言，牟宗三之所以反感《大学》，或许就在

① ［美］施特劳斯：《自然权利与历史》，彭刚译，生活·读书·新知三联书店 2006 年版，第 327 页。
② ［德］康德：《道德形而上学原理》，苗力田译，上海人民出版社 1986 年版，第 37 页。
③ ［英］梯利：《西方哲学史》，葛力译，商务印书馆 1995 年版，第 462 页。
④ 牟宗三：《心体与性体》（上），上海古籍出版社 1999 年版，第 117 页。
⑤ 牟宗三：《心体与性体》（上），上海古籍出版社 1999 年版，第 30 页。

于《大学》所指向的参差不齐的实践规范领域,是"纯粹"价值论地证明儒家义理、宋明理学义理的障碍:"格物致知"的认识论阶段固然是"顺取之路"①,但"治国平天下"的实践规范、实践开展何尝不是"顺取"、顺行之途? 因此,牟宗三所谓的"道德的形上学"以康德哲学为前提,但在牟宗三那里,既看不到《中庸》的教化实践格局,也看不到程朱通过《大学》阐发的修齐治平的实践纲领,以及康德那里也保留着的道德形而上学对应的经验领地(实用人类学):这些保留着自然性秩序的"顺取"领域,既然不能纳入先验地、"价值地说"的绝对人性化格局,只好将其一并刊落。于是,牟宗三"超越"了康德式的道德实践经验图式,演绎着西方现代人性价值论的"绝对性"与"严格性"的"理论":牟宗三直接从"后于事物的普遍性",即作为教化实践之抽象目标终点的"性"出发,也就是直接从人性概念性的神圣性出发②,将理学的道德形而上学,进一步变成了关于生命价值之"纯粹"形而上学与"有心俱是实"的空灵神话。

在这方面,当代新自然法学派对托马斯·阿奎那自然法理论的阐释,具有一些古典传统意味,可以作为儒学传统的某种比照与参证系统。阿奎那和康德一样主张理论理性与实践理性是同一个理性,但因为"阿奎那并不主张实践理性具有某种先天形式"③,所以阿奎那这里没有康德式的"纯粹"与"经验"维度的划分,也就没有康德式的"纯粹实践理性"的道德形而上学。康德"纯粹"实践理性的道德形而上学,作为上述那种现代性新型"理论"与新型"形而上学"的典型代表,如上文所说,意味着实践理性领域本身的新型"理论化"。在实践理性领地本身被再次"理论化"的前提下,无论如何都无法抵达任何实践的真理性,因此这是一种方向性的错误:

> 在这一点上,求助于一种有关上帝因果性和天命的形而上学是无济于事的,因为这样一种形而上学也完全是由理论真理构成的,而从这些理论

① 牟宗三:《圆善论》,吉林出版集团有限责任公司 2010 年版,第 239 页。
② [德]康德:《实践理性批判》,邓晓芒译,杨祖陶校,人民出版社 2003 年版,第 180 页。
③ [美]格里塞茨:《实践理性的第一原则》,吴彦译,商务印书馆 2015 年版,第 73 页。

> 真理当中,理性不可能推导出任何实践性结论。①

牟宗三承袭了程朱一系理学建立在“义理之性”基础上的道德形而上学格局,决然地排除“‘生之谓性’之自然之质”:“‘性’就是本有之技能……乃是就人之为人之实而纯义理地或超越地来规定……故性是纯义理之性,决不是‘生之谓性’之自然之质之实然层上的性,故此性之善是定然的善……”②在牟宗三这里,从所谓“义理之性”到“定然之善”,完全变成内指性的人性价值论的循环论证,与同语反复的、“理论化”的同一性。本来,此种“定然的善”的概念,或者如《中庸》是教化实践的悬置目标,或者如康德是为了理解人性化世界的预设目的,究其实质,根本上是对于世界乃至宇宙整体适应于人的目的性这一基本实践秩序进行的“理论”预设。将“义理之性”与这样的“定然之善”从认知思维通道上连接起来的道德形而上学思维,当然就只能是关于人性价值的“纯粹”的理论论证。这样,牟宗三所谓的“定然的善”的概念,作为“神圣性”与“至善”的人性价值与道德实践的终极目的,其实是作为继之于天道的人性概念(即“心体”与“性体”概念),从一开始就内在地包含着的:

> 意志必然趋向唯一一个最终的目的,但它并不必然趋向某个作为最终目的的“确定的善”。③

指南针的作用并不是让人们一路向南,只有从概念出发的理论性玄思当中,才会设想一个指南针永远指向的、指引人们前行的确定的“南方”。“某个作为最终目的的‘确定的善’”,就是此种意义上确定的“南方”,其实只是关于“确定的善”的悬空的概念与理论思维。牟宗三式的生命价值形而上学,就其作为“存在之存在”的形而上学思辨结构而言,变成了关于悬停于思维涡旋当中的人

① [美]格里塞茨:《实践理性的第一原则》,吴彦译,商务印书馆2015年版,第70页。

② 牟宗三:《圆善论》,吉林出版集团有限责任公司2010年版,第19页。

③ [美]格里塞茨:《实践理性的第一原则》,吴彦译,商务印书馆2015年版,第79页

性价值"定然之善"之"存在"的理论形而上学确证与肯定。就"形而上学"这个概念本身的意涵而言,此种生命价值的形而上学,作为对于生命价值之存在甚少质料性的形式化指涉与肯定①,在其"纯粹"性与"绝对"性层面上,贯通为"存有论原理"和"本体宇宙论原理"。这就是牟宗三所设想的"圆善"的"实践"领域:"凡足以启发人之理性并指导人通过实践以纯洁化人之生命而至其极者为教。"②这种"圆善"的"实践"领域,回归到"教"的属性上来,但这个"教"比之程朱的《中庸》阐释,进一步变成了双重形式主义的空洞而抽象的理论性。

"天下之言性也,则故而已矣,故者以利为本。所恶于智者,为其凿也。"(《孟子·离娄下》)程朱理学与牟宗三在"性与天道"的问题上,明确走在与孟子相反的"理性做主""逆觉体证"的"智者"路径之上。在儒家视野当中,万物一体之性,只是"体虚空为性"(张载《正蒙·太和篇》)的"性"之概念,程朱理学正是借助《中庸》直通式的以性继天模式,凿空论性,将理学变成建立在这种万物一体之性基础上的道德形而上学;而牟宗三所认为的"道德的形上学"与"道德的神学"的合一性构成③,其实只是借助康德,又将心性的道德形而上学变成更加"纯粹"、也更加虚无的生命价值之形而上学玄思,即对于生命价值之纯粹理论证明与抽象信念。牟宗三认为宋明理学的问题性与佛老无关,但宋明理学之受佛老影响,正如他自己受康德的影响一样,深入骨髓而不自觉。而之所以如此,又是因为其不能超出康德式的所谓现代性人性价值观念与问题性格局,于是也就不能超越与此类似的宋明理学,尤其是程朱一系道德形而上学思路的真正弊端所在,反而将其进一步放大和夸张到一个令人瞠目的地步。这与舍勒所谓"质料的价值伦理学"恰好构成了康德式现代人性价值论的两个极端:牟宗三与舍勒,一个是将道德加以"存有论""本体宇宙论"化的人性化夸张,一个走向琐碎的价值相对主义,但其中心点,都是康德以人性为世界立法、"人是目的"的现代性的"绝对人性论"的价值观念谱系。在作为空洞的普遍性与概念的绝对性

① 冯友兰:《新知言》,见冯友兰《贞元六书》(下),华东师范大学出版社 1996 年版,第 874 页。

② 牟宗三:《圆善论·序言》,吉林出版集团有限责任公司 2010 年版。

③ 牟宗三:《心体与性体》(上),上海古籍出版社 1999 年版,第 9 页。

意义上，这一现代性的观念与价值谱系始终具有一种“理论”性的抽象性，以至于黑格尔、尼采、海德格尔、施特劳斯一致认定其为虚无主义。

程朱路径的道德形而上学与牟宗三生命价值的形而上学，如果按其自身的说法，当然不会承认是纯粹理论性的。但即便按照程朱理学与牟宗三自己的认知，它们的“现代性”的“理论化”品质也在于：这种心性修养与体证的实践性，只停留在“内圣”之学当中，但就“心性”言“心性”，就“修身”言“修身”，只是缺乏参照系统、无从究诘的逻辑黑洞；而由此发端的闭合内卷的道德形而上学思维，恰恰进一步坐实、深化了理学本来就存在着的“内圣”与“外王”之间的鸿沟，这就使得修齐治平的实践路径，只有抵达“人人皆为圣人”这样的理想化境地才有实现的可能，因而更加具有理念性、理论化的空洞性质。从这个意义讲，程朱理学的传统具有与西方“现代性”类似的品质：程朱理学“以天为有所以为天”“以圣人为有所以为圣”的核心议题，不仅导致认知上“天之体孤矣”“圣人之德私矣”的结果，而且从程朱理学到现代新儒家，这种道德形而上学化的内卷性言说，只能将儒学变成“理论化”的、关于道德主体先天结构的先验哲学与生命价值的形而上学，使得儒学经历了一次类似尼采所批判的“苏格拉底文化”式的空前的理论化、抽象化过程：“对于现代人来说，非理论家是某种可疑可惊的东西”①，儒学“现代性”传统的普遍理论化，结构性地耽搁了实践理性、实践哲学的真理性与文明的历史实践进程：将一个应然的天道秩序实践地变成现实。这就使得中国后半段历史当中的天道秩序，变成偶然的、外在的机运。

实践哲学的“纯粹”化与道德形而上学之“理论化”后果，使得实践哲学的考察对象由实践本身变成了道德主体的先天结构与先验哲学的投影，而非实践理性直接的、现实的实践活动。这种关系使得理论与实践的关系，变成某种“理念”与“模本”之间的关系：理论变成了空洞的形式与抽象的原型，而实践本身一方面是“理念”或“理论”的阴暗的复制品，另一方面又具有摆脱理论指导的、作为纯粹的质料与无序的混沌的性质。而之所以如此，就在于在宋明理学与西方现代性视野当中，其基本问题就在于，人们无法形成关于人性以及包含人性在

① ［德］尼采：《悲剧的诞生》，周国平译，生活·读书·新知三联书店 1986 年版，第 77 页。

内的关于天道的自然整全性与自然纵深、层级秩序的总体视野。康德借助"上帝的因果性",牟宗三借助"天命的形而上学",并不能改变这种实践理性的新型"理论化"格局,也不能改变西方所谓现代文明的"理论化"命运。"世人知道之自然,未始识自然之为体尔"(张载《正蒙·天道篇》),看不到自然的整全性,也就看不到自然内在的层次、纵深与丰富性,自然不足以成为涵载思维的立体性格局与价值厚度之所在,而是成为知性的产品①。于是,自然节节断裂开来,成为碎片,成为低级的、需要被超越的东西。因此这里首先需要的,就是从"自然之为体"、作为"道体"之自然的通彻视野当中,重新认识实践理性与实践哲学的真理性格局。

三、天人"啮合"当中的人性之自然宽度、纵深与层级

在苏格拉底—柏拉图与亚里士多德之间,我们看到一种类似围绕《中庸》的教化纲领所发生的理解歧异关系,即亚里士多德可能是在真诚地反对苏格拉底的"德性即知识"②,尽管这种反对也确实只是一个起点③:他所反对的,正是在(类似程朱理学对于《中庸》所言之"性"进行的)认识论识读与抽象辨认的轨道上,来理解这句格言。因此亚里士多德的伦理学格局,比之苏格拉底—柏拉图,确实有着一种新的局面:亚里士多德对于善的等级秩序划分④,表明他并不想对人的"存在"与人的"自然",只作某种大而化之的理念性与形式性的理论形而上

① [德]康德:《判断力批判》,邓晓芒译,杨祖陶校,人民出版社2002年版,第300页。

② [古希腊]亚里士多德:《大伦理学》,徐开来译,见苗力田主编《亚里士多德全集》(第八卷),中国人民大学出版社1992年版,第242页。

③ [美]伯格:《尼各马可伦理学义疏》,柯小刚译,华夏出版社2011年版,第14、21页。但伯格对于《尼各马可伦理学》的解读太过于"柏拉图式":即便《尼各马可伦理学》真的具有一种戏剧性结构,后者也是在指示(不可化约与还原为理念论体系的)实践哲学与伦理德性的自然的外指性,而非相反。这也就是说,不能用戏剧性,取消亚里士多德反对"德性即知识"可能导致的道德哲学理论化的真诚性。

④ [美]伯格:《尼各马可伦理学义疏》,柯小刚译,华夏出版社2011年版,第21页。

学式理解；当亚里士多德把善定义为“合乎德性而生成的灵魂的现实活动”①时，亚里士多德确实想超越哲人—王通过被教化者“秩序良好的灵魂”②的中介来展开政治与道德实践的实践哲学路径。这也就是说，亚里士多德反对柏拉图“神圣的疯狂”的理想化路径③，他想超越苏格拉底—柏拉图政治哲学辩证“言辞”的教化实践，赋予建立在“自然正确”(natural rightness)基础上的实践理性以更大的现实领地与外指性。在关于实践理性的真理性问题上，前面提及的托马斯·阿奎那的自然法理论，是对亚里士多德的继承。人们可以在赋予政治哲学之“自然”以更多现实性、丰富性的意义上，来看待亚里士多德传统的努力。

如果要超越康德式的现代性伦理困境，首先要超越实践理性与道德哲学的“理论化”困境。在这方面，建基于天道自然的中国儒家道德伦理思想传统，对于超越西方现代性视野的偏颇具有现实参证意义；而西方古典传统当中的自然正确与自然法思想，对于儒学传统具有会通价值。具体来说，得到正确理解的横渠与船山之学，是不同于程朱的道德形而上学、可以避免走向康德与新儒家之现代性困境的儒学路径；同时，亚里士多德以来的古典自然法传统而非康德，更有助于理解横渠与船山的思想主旨。程朱理学重视《中庸》，故由《中庸》带来的问题突出；张、王重《易》学，所以以《易》道为主，正可以、或正是为了救理学之偏与心学之妄。所以关键不在理本、气本还是心本，而是如何正确地理解儒学的核心问题关切，以及如何最大限度地靠近、抵达张、王之学在这一核心问题上的真理性。横渠、船山的“自下而上的本体论”逆《中庸》而动，恰恰顺迎天道下达，成就“以天治人”(王夫之《周易内传·系辞下传第一章》)格局。在此前提下，横渠与船山所理解的天人之际、天人相“继”的关系是怎样的呢？

> “继”者，天人相接续之际，命之流行于人者也。其合也有伦，其分也有理，仁义理智不可为之名，而实其所自生。在阳而为象为气者，足以通天下

① [古希腊]亚里士多德：《尼各马科伦理学》，苗力田译，见苗力田主编《亚里士多德全集》(第八卷)，中国人民大学出版社 1992 年版，第 14 页。

② [美]施特劳斯：《自然权利与历史》，彭刚译，生活·读书·新知三联书店 2006 年版，第 128 页。

③ [美]施特劳斯：《自然权利与历史》，彭刚译，生活·读书·新知三联书店 2006 年版，第 159 页。

之志而无不知；在阴而为形为精者，足以成天下之务而无不能。斯其纯善而无恶者，孟子曰“人无有不善”，就其继者而言也。

（王夫之《周易内传·系辞上传第五章》）

这段话，是对张、王之学当中天人相继关系问题的总体概括，需要分几个层次来加以说明：

（一）船山特意指出，人所“继”者，正是“命”之流行于人者。虽然“性也，命也，皆通极于道”（王夫之《周易内传·系辞上传第五章》），但从人性的现实构成角度来说，“命者私也，性者公也”（王夫之《张子正蒙注·诚明篇》），性是先天的、普遍性的、抽象的、不可见的，命是后天的、限定性的、具体的、在时空当中展开的。这样的认知与思路，正来源于孟子：

口之于味也，目之于色也，耳之于声也，鼻之于臭也，四肢之于安逸也，性也，有命焉，君子不谓性也。

仁之于父子也，义之于君臣也，礼之于宾主也，智之于贤者也，圣人之于天道也，命也，有性焉，君子不谓命也。

（《孟子·尽心下》）

就人性构成而言，不能离开人性现实的具体性来作抽象探讨。孟子并没有直接为性、命下定义，而是将它们展开在人性的自然趋向之“自然”的宽度、层级与纵深当中。具体来说，孟子式的儒家并没有完全否定告子所谓“生之谓性”（《孟子·告子上》）层面上的自然之性，同样，也没有从纯粹人性化的意义上去理解道德价值与伦理世界，而是指向一种自然与道德之间相互连通、相互规定、互为基础的理解方式：“不谓性也”“不谓命也”的错综性，带来的是天道与性在“命”的具体性与限定性当中的天人啮合、性命啮合。因此，“天人合一”不是抽象的概念性连接，“自然之为体”包含天人之间的生动互动、立体综合关系：“人乎人者出乎天，天谓往者人谓之来”（王夫之《诗广传·大雅三十一》）。它带来的是一种人性与人伦理解的动力性与复杂性，以此将主体的价值激情和实践意志现实化，并由此进入道德与人伦世界之立体化的纵深格局。

于是，“反之于命而一本，凝之为性而万殊”（王夫之《读四书大全说·中庸第一章》），性、命在特定时空经验当中的具体合一、啮合才是现实的人性，它相当于黑格尔普遍性、特殊性、个别性三重规定性的统一①。也只有在这个意义上，才可以说“性相近也，习相远也”（《论语·阳货》），也才是道德实践与道德思维的现实性起点：纯粹的“气质之性”不需要说“相近”，而是千差万别、没有理由的“不同”；纯粹的“天地之性”或“义理之性”也不需要说“相近”，因为它们本身就是概念性的同一性，因此完全“相同”；而只有结合着“天地之性”（普遍性）与“气质之性”（特殊性）的、一个具体的人性与道德人格之现实构成（个别性），才是既有“天地之性”的普遍性，又有“气质之性”的特殊性的个别性的道德实践主体，它既有普遍性之“同”，又有特殊性的“不同”，因此这样的道德实践主体相互之间，才是有“同”有“不同”的“相近”关系。而由此出发，才是现实的道德主体性与道德实践格局。

这与“一物各具一太极”的理学思维（朱熹《太极图说解》）、“千江有水千江月”式的禅学思维的不同就在于：这个万物各具之“太极”，仍然是“性无不在”（朱熹《太极图说解》）的抽象影像的无穷复制（“千江有水千江月”），而非个别性的现实性与具体性，它无所谓“性相近也”，而是抽象地等同的。用朱熹的话说，性就是“备于己身而不可离”的道之“实体”。《中庸》以性继天的问题，也就在程朱式的道德形而上学思维这里显示出来：它缺少一个辩证的环节与层次，因而是在概念性的抽象性当中来推演天、性、道、教的，是在普遍性与特殊性的“概念”思维层面上抽象地拉锯。《中庸》的这种道德思维方式，精确地反映为它的概念构造与语言方式：“诚者”“诚之者”“自明诚”“自诚明”等。这其中呈现的思想意味就是，即便就其最理想状态而言，就圣人而言，道德也只是意味着作为人性本身之完善意义上的德性，道德实践就是达到这种状态的闭合、内卷的修养程序；而无论在何种非理想的现实性处境当中，依《中庸》所言之性理格局而展开的所谓道德实践与“道德创造”，也并没有任何之前不存在的、应然的东西变

① ［德］黑格尔：《逻辑学》（《哲学全书·第一部分》），梁志学译，人民出版社 2002 年版，第 297 页。

成现实。若非如此，就只能得出世界存在于人之内在意识经验与心理体验当中的、牟宗三式的结论。

（二）这里就涉及在关于人性基本构成之理解问题上，横渠、船山的思想取向与程、朱一系的理学路径的根本不同：

> 程子谓天命之性与气质之性为二，其所谓气质之性，才也，非性也。张子以耳目口体之必资物而安者为气质之性，合于孟子。而别刚柔缓急之殊质者为才。性之为性乃独立而不为人所乱。盖命于天之谓性，成于人之为才。静而无为之为性，动而有为之为才。
>
> （王夫之《张子正蒙注·诚明篇》）

张、王的思路，继承了孟子的人性论理解。耳目口体之欲，也是人性的一部分，无视、排除这一人性的实质性内容与现实性成分，以纯粹的“性理”来理解与界定天命之性、义理之性，所谓“穷理尽性以至于命”，就变成了一条短路化的义理思辨的真空通道，变成了理论性命题。所以，张、王继承孟子的思路，天人相继以“命”言而不以“性”言，正是为了以“命”来具体地界定“性”：“于是人各有性，而一阴一阳之道，妙合而凝焉”（王夫之《周易内传·系辞上传第五章》）。正是从“命”的角度讲，才可以说“人各有性”；又因为“人各有性”，“性”本身也就不是现成的抽象普遍性，而是“人成之而为性”（《读四书大全说·孟子滕文公上篇》）的结果。这样，张、王就不会在与天道投影式同构的意义上言“性体”，也不是如朱熹般断定（与性体同构的）天道“之实体备于己身而不可离”：如果天道之实体备于己身不可离，从根本上说也就无所谓“成性”“成身”的问题，而道德实践的起点“理论上”已经包含了它的终点。

张、王的思路因此是“身”与“性”并重：“君子之道，成身成性以为功者也”（张载《正蒙·中正篇》），而船山对此的疏解，更揭示出在“身”与“性”之间言体、用的机理：“身者道之用，性者道之体。合气质攻取之性，一为道用，则以道体身而身成；大其心以尽其性，熟而安焉，则性成。”（《张子正蒙注·中正篇》）于是，就此所成之性而言，“仁义理智不可为之名”，仁义礼智不是人性之外部的、外来的名称，而是根植于人性本身当中，可以说就是从人性本身当中生成、生长出来的。天道与人性合一，船山当然赞同这个结论，但这个过程不像程朱路径的理学思维，是一个“圆圈”式的思辨理性的同一性，而是一个天人“啮合”的过程：天道下贯，天命下达，但人性不是一个抽象的、被动的影像，性与天道的贯通关系不是思辨逻辑的循环，不是概念先导的内在意识与心理性的内证经验，而是以整全的人性与健全的理性展开的实践路径，并渐次达至“纯善而无恶”这一人性之实践性的终极可能与目标。

（三）这就带来另一个问题，即对于张、王来说，以“命”继天的结果，人从天所继者，事实上首先是“若乃其情则可以为善矣”（《孟子·告子上》）之“善端”，这一点关系非小；“无有不善”之“善”、尽性以成之“善”，非善恶相对之善，也非道德之善，而是人性与道德实践的终极目的之“善”——此种“善”或善性并非不重要，但它却非实践的起点。认此种从天所继之善为“善端”，说明其根本立场是实践理性的：理论只是理论的起点，理论认知作为“后于事物的普遍性”，无论多么“普遍”与“超越”，都不能构成实践的起点；当其处于实践起点位置上时，具有的是一种结构性的局限性，对于实践理性与道德实践来说，这种理论性认知永远是不完整、不充分的。实践的起点是“先于事物的普遍性”，它作为“善端”，既是指它作为理论认知之于实践的不完备而为言，也是就其作为实践的具体的现实性起点而言的。所以，以“善端”继天的核心，是以命言性、以命合性，从而在“性自命出”的基础上以性成道、定性于善，在“性自命出”的基础上是对于性的理解的辩证的具体性、实践性态度与立体化思维。但这就再次涉及前面曾经提到的善、性次序问题。船山对于此种性、善的次序问题非常敏感，为此甚至不惜批评孟子，足见此问题可能是船山之学的关键所在。但这里所牵涉的，实际上是两种不同的“善”的概念：

> 乃《易》之为言，惟其继之者善，于是人成之为性。孟子却于性言善，而即以善为性，则未免以继之者为性矣。继之者，恐亦唤作性不得。
>
> （王夫之《读四书大全说·孟子滕文公上篇一》）

孟子并未直接提及天人相继的问题，船山或许对孟子确实有些误解，或许只是借孟子的话头再次强调这个问题的重要性。综合各处论述，从总体上看，船山在这个问题上的基本思路是清楚的①，也正是对于孟子思想的接续。孟子所言之善，其实涉及两种“善”的概念：一是善端之“善”，也就是孟子所说的“四端”（《孟子·公孙丑上》）；一是如上面所说的“人无有不善”的“善”，是就人性之终极可能、终极实践目标而言的，它不是现成的善端与善性，也不是与恶相对的善行，而是一种人性之应然的终极目的性、可能性意义上的“善”。孟子所谓“若乃其情则可以为善矣”之“善”，是人性之情实层面上的“善”，也就是善恶相对意义上的“善”，是可以为善事、行善行的意义上的实践性“善端”。它代表的是人性之实然的事实，确实如船山所论，不能说善在性后，因为在这里“善”是“性”的基础，而“性”本身也是在以善端为起点的道德实践当中“成”的结果。但孟子于“性”所言之“善”，则是终极目的之善，它作为一个悬设的概念与理念②，是人性实践的终极应然性、可能性。在这个层面上，只能从“性”的概念言“善”，当然“善”在“性”后；而人性本身也是在实践过程当中“成”之于此“善”，也“定”之于此“善”：“成性者，成乎所性之善，性焉安焉之圣也”（《张子正蒙注·神化篇》）。这两个层面上的“善”，在道德实践的具体性当中自然不是截然分离的，所以船山总合而言曰：“善以成性，而性皆善”（王夫之《周易内传·系辞上传第五章》）。

（四）正因为以人性之自然性的“善端”继天，所以天人相继、天人接续，在这里是一个自然的连续性整体：在孟子所讲的这两种“善”之间，事实上正是与天道联动的人性之道德实践的现实展开之所。就船山来说，以天人相继所“继”之“善端”为起点，继之又继，继之不息，于是，“‘成性存存’，存之又存，相仍不舍。故曰‘维天之命，於穆不已’，命不已，性不息矣”（王夫之《思问录·内篇》）。这样，“善端”也就是一个人性的“自然”之实践性上升阶梯的开端：

---

① 陈来：《诠释与重建——王船山的哲学精神》，北京大学出版社2013年版，第208页。

② 这种作为终极之善的善性概念，也未必要通过形而上学思维得出，对于孟子尤其如此，参见张大为《孟子诗教及其儒学理路》，文见张大为《文明诗学》，天津社会科学院出版社2019年版附录。这种概念的普遍性，根本上来自一个自然价值等级秩序，而形而上学并非通达这一秩序的唯一路径，详下文。当然，这反过来也要求人们思考：究竟什么是形而上学（哲学）？

成犹定也，谓一以性为体而达其用也。善端现而继之不息，则终始一于善而性定。

（王夫之《张子正蒙注·诚明篇》）

船山当然知道此种善恶意义上善性的局限性，“可以为善”所实现的善，根本上只是孟子所谓的“可欲之善”（《孟子·尽心下》），只是作为心之功能“才”（王夫之《张子正蒙注·诚明篇》王敔小注）的作用，它只能是“因事而见，非可以尽太和之妙也”（王夫之《张子正蒙注·诚明篇》）。所以，《周易·系辞上》分开表述为“继之者善，成之者性”，而不直接说“性善”，这体现了《易传》本身的具体性、辩证性思维：如果所“继”为“性”，则认识论意义上的抽象的“性”，就形而上学地内涵、同构着概念性的“善”之终极目的，“性”本身也就是终点、目标与高处。于是道德实践的终点，就已经包含在作为道德起点的人性概念（“性”）当中，此后所讲述的，并非道德的实践路径，而是在“性”之思辨的内指性层面上的形而上学思维的理论化循环。所以牟宗三以及程朱理学，与康德及《大学》原本本身相比，都是在更加思辨地、理论地讲述道德实践问题[①]：“尽性以至于命，至于命，而后知性之善也……测性于一区，拟性于一时，所言者皆非性也，恶知善?”（王夫之《思问录内篇》）作为形而上学概念投影的善性，必然截断与割裂自然的整全性、连续性与立体性。程朱理学与牟宗三凭借认知理性、理论理性，以为“知性乃能尽心”，其结果正是“测性于一区，拟性于一时”，具有的是认知理性相对于实践格局的结构性的单面性与局限性，甚至就是没有时空延展性的理论化、概念化的抽象性。船山以善继道、以命合性、以善成性、以性成道、定性于善，一方面为道德实践展开设置自然经验场所与格局，设立终极目标，另一方面也明确地厘清了张载所谓不能“定性”的困惑。在此种实践理性视野当中，在对于“性”本身认知之《易》学化、辩证化、具体化思维的前提下，“穷理尽性以至于命”是一个在现实时空当中展开的立体化的实践程式。

① 牟宗三：《心体与性体》（上），上海古籍出版社 1999 年版，第 147 页。

总而言之，天人相继问题的关键，在于天、性之间的关系是抽象的、认识论的、直通性的，还是具体的、实践性的、中介性（辩证性）的。“以善继性而无为，天之德也；心涵性而效动，人之德也”（王夫之《读四书大全说·孟子梁惠王上篇一》），因此，“成性存存，道义之门”（《周易·系辞上》），是从天道的层面讲，是借由人道而展开、完成的天道；“继之者善也，成之者性也”，是从人道的层面讲，人道之“继善成性”，对于天道来说就是“成性存存”，但人道的实践本身仍然是天道的一部分，是在天道总体格局当中展开的一个实践时空秩序。虽然人道本之于天道、最终归属于天道，但天道并不能代替人道的实践与人性的作为：“天能为性，人谋为能，大人尽性，不以天能为能而以人谋为能。”（张载《正蒙·诚明篇》）在此前提下，将“成之者性也”理解为以性成道、以性成善，或者天道成之于人性、天道借人性而成其为天道，都可以讲得通，因为它们本来就是相通的，是从不同方向上对于同一问题、同一关系的不同表达方式。

于是，相对于程朱理学，对于横渠与船山的儒学路径来说，继善成性、天人相继之“继”，与其说是凸显了天人沟通、连接处，倒不如说更像是打入一个楔子，起到某种隔断、隔绝的作用：他们拒绝将天人关系理解成那种直通式的“性”之概念性本质的投影关系，以及一种思辨性的连通关系。船山本人似乎赋予“啮合”这个词以人为、反自然的意味（王夫之《诗广传·召南一》），但这个词在这里恰好可以表达这种有意隔离的前提下，天人之间相互作用与相向努力的关系：所谓“内外感通、良心各见”，“天地自然之理，与吾心固有之性，符合相迎，则动几自应”（王夫之《读四书大全说·孟子公孙丑上篇二十二》），但此种“感通”“符合”并非能够轻易地直接抵达的必然结果；只有隔断了直通式、投影式的天人相继关系，人性才能从那种断面式的抽象性裹束当中充分地舒展开来。而正是在此前提下，它才能真正依据“自然之为体”，把人性的内在机理与结构成分横向、立体地铺排开来，绽放为一个具有自然的宽度与价值厚度的自然秩序，而非思辨理性的内证、内省的内在意识经验。后者通向理欲对立，为将人性理解为超善恶的生理性的自然性之“现代性”观念、启蒙主义观念，大开方便之门；而前者通向“秩序良好的灵魂”。

四、“以天道养人”的质料伦理学与道德世界的定位

这样，船山所谓“凡天者皆其所以为天也”“凡圣者皆其所以为圣也”，截断了天人之间直通式的概念投影关系，避免将人理解成一个盛载天命之“性”的硬币的陶罐，从而逼迫人们进入具有自然秩序宽度与自然价值厚度的人伦结构的纵深性、立体性当中，并在后者的道德实践的具体性当中，丰富、完成人性与道德主体性、道德价值本身。在这个过程当中，天道与人性之间的关系，不可能是认识论的“符合”与思辨性的直通关系，不可能如“义理之性”一样，纳入“定然之善”之理论性的价值论循环论证与人性化的自恋逻辑当中：如果将“性与天道不见乎小大之别”与“大心”，理解成认识论维度上的“以斯心而加诸道”（王夫之《诗广传・召南三》），那就“宁小其心，勿张其志”（王夫之《诗广传・大雅三十一》），以打破那种膨胀的人性自恋幻觉。否则，这里有的只是道德形而上学的理论性原理与绝对化的人性价值标准，无论它是否、怎样依傍“天道”“天理”而为言：

> 阿奎那的立场是：我们之所以能够在实践领域中自行决定，是因为我们在本性上就能够形成一系列使我们的所有行动都得以可能的原则。实践原则不会因为我们相信上帝会意欲这些原则而成为实践性的……①

这里可以将“上帝”与中国儒学传统当中的“天道”来进行某种比勘。人的实践理性与道德实践，不会因为“性体”与“天道”在道德形而上学思维当中的理论同构、概念性抽象投影关系，就从理论思辨变成实践原则。道德实践当中的天人秩序、天人联动，是参差错综当中的“啮合”，它带有实践性的参差不齐与曲折、错位。在这种情况下，船山“范围天用”，以善继天，以命言性，遵循孟子的思

① ［美］格里塞茨：《实践理性的第一原则》，吴彦译，商务印书馆 2015 年版，第 68 页。

路，在性命对举与错综啮合当中，规定人性与人的道德实践，在这里就是“在人类行动原则的准确语境中处理自然法”问题：人的道德实践在本诸天道、“拥有趋向自身的合宜行动和目的的倾向”的意义上[①]，参与了天道，并成为天道之具体性、现实性展开。

这样，船山式的“以心宅道”在这里就意味着，天道与人性在相互啮合、相互占有与相互支持当中，进入实践的具体的立体性，这恰恰在以自然正确性为依据的“自然—道体论”基础上，现实化了道德主体性的实践权能与实践意志领地：认识论地“以斯心而加诸道”恰恰是纯粹拟人化的单面性认知，性、命对举所具有的横列展开的自然时空关系，留出了“以心宅道”的余地（王夫之《诗广传·召南三》），为实践理性、道德理性敞开了据以展开道德实践的自然性基底，以及参照天道自然标准，校准其自然正确性刻度的权衡、回旋余地。张、王之学的基本立场，就是摒弃程朱理学那种概念性、抽象性地割裂和肢解人性内涵及道德价值的丰富性，思辨性地连通、合围天道性命之同一性关系的道德形而上学路径：张、王在人性内涵的丰富性与具体性基础之上，超越个体原型的道德形而上学范式，在伦理与实践关系的复合性与文明结构性格局当中，通过道德主体的实践努力，在正向性的肯定性价值情态当中，顺受正命、顺序而行，逐步攀登，止于至善。

于是，孟子式的“善端”构成道德实践的起点，不只是因为它是感性的，而是因为它是人性之现实的实践性开端。以从天所“继”之“善端”为起点，是通彻的以自然正确为根据的自然理性、实践理性的作用场所。“君子安于人道而不敢妄”（王夫之《周易大象解·乾》），以此尽人、物之性，必然涉及一个“达志通欲”（王夫之《周易大象解·履》）、进入自然性之回环与参差不齐的纵深界面的过程：

心之所期为者，志也；念之所觊得者，意也；发乎其不自已者，情也；动

① ［美］施特劳斯：《论自然法》，见施特劳斯《柏拉图式政治哲学研究》，张缨等译，华夏出版社2012年版，第189页。

焉而不自待者，欲也。意有公，欲有大，大欲通乎志，公意准乎情。

（王夫之《诗广传·邶风九》）

在达志通欲的同时穷理尽性，化私为公。这里的重点不在于私、公转换，而是在私、公转化之际，进入自然秩序之层级性、纵深性的具体性：在这里自然既是实然也是应然，即是事实也是价值，既是最低处也是最高处，既包括人性之自然生理属性，也是天道高度之自然。而这个自然秩序之所以“良好”，就在于这其中彰显与校准的，是在这两种极端之间，在天道自然秩序之具体的层级与纵深、宽度与厚度的当中把握住的“自然正确性”。“实践思考的真理要与正确的欲望相一致”①，这其中实现的是从人性的自然低处开始，在相互调适、矫正当中（“大欲通乎志，公意准乎情”），在使性、命、才、情、志、欲各安其位、各司其职当中，循序渐进至自然的“高处”，庶几乎“秩序良好的灵魂”。所谓“不偏”“不易”的中庸之道，不是概念性的抽象划分与数学等分，及对之进行的理论形而上学论证，而是在实践理性的具体性的“自然”结构格局以及价值之“自然”宽度与厚度当中，把握住的人性之中的合乎天道的性理之“自然”与实体性结构。“自然正确”是这个实践理性结构格局之结构性的正确性，但后者不仅是一个形式的或先验的人的理性构造，而且也实践地、具体地因依、符契、融通于天道自然秩序本身。

在此前提下，张、王之学的总体思路是，挟人性的全部内涵与秩序良好的灵魂自然秩序，而成天德于天道自然之顺行之阶。理论理性的作用，不能溢出与击穿这种天道与人性之间的自然之道的总体秩序，作抽象盘旋与短路链接；天人相继、天人合一，不是概念性的本质投影与镜像化的空洞返照，“理一分殊”不是“一物各具一太极”的思辨性的抽象演绎：

谁继天而善吾生？谁成我而使有性？则父母之谓矣。继之成之，即一

① ［古希腊］亚里士多德：《尼各马科伦理学》，苗力田译，见苗力田主编《亚里士多德全集》（第八卷），中国人民大学出版社1992年版，第122页。

阴一阳之道,则父母之外,天地之高明薄厚,非可躐等而与之亲,而父之为乾、母之为坤,不能离此以求天地之德,亦昭然矣。张子此篇,补天人相继之理,以孝道尽穷神知化之致……

(王夫之《张子正蒙注·乾称篇上》)

张载《西铭》之所以能够“补天人相继之理”(王夫之《张子正蒙注·乾称篇上》),其所补足的,正是从人性的善端开始到穷理尽性、止于至善的人性终极目的之间,道德实践的现实展开程式。后者在《中庸》与对其进行的程朱路径的阐释当中,被一种短路化的道德形而上学式思路理论化与抽象化了。张、王之学在这里,是沿着孔孟儒学之本来逻辑与思想格局,进行的系统性、立体化的巨大推进。《西铭》的卓绝之处,就在于它始终是紧扣着现实的、实践的人性与道德主体性,来推演天人相继、“理一分殊”之理的,它在程朱道德形而上学思维归于抽象性直通关系的天人之际、天道与人性之间,搭建了一个“天人相继”的实践理性的自然阶梯:父母之为乾坤,正如天地之为父母,这并非是修辞与比喻,而是展现了天道与人性之间具有自然的宽度、价值的厚度的自然秩序与自然本质构成。阴阳性命与穷神知化之理循此展开,“左右逢源而皆其真体”(王夫之《思问录内篇》),具有立体化的思想纵深而妙用无穷。

具体来说,“乾父坤母”的深刻洞见在于,血缘亲情之类的心理学——社会学的伦理经验,并非是在抽象的先天理性结构或外在形式规范当中需要排除的、灰暗的人性价值剩余物,或者反过来,需要将其抽象化或形式化为某种先天原则与外部法则;这种自然伦理经验,不仅是需要在一个更大的自然秩序当中被保存的伦理经验内容与伦理价值载体,而且它就是伦理价值本身:“一切价值(也包括‘善’与‘恶’)都是质料的质性,它们彼此相对具有一个在‘高’和‘低’方面的特定秩序;而这并不依赖于它们所接受的形式。”①话虽如此,舍勒的“先天”

① [德]舍勒:《伦理学中的形式主义与质料的价值伦理学》(上),倪梁康译,生活·读书·新知三联书店2004年版,第18页。

质料价值伦理学①，却如同康德的“纯粹”道德形而上学一样，均否定性地依赖于世界经验的客观性与人性经验之整全性，因而都是对于人性构成与人性经验之形式主义的“现代性”戕伐与“理论性”剥夺。伦理价值原本不需要像舍勒那样在摆脱其自然经验载体的前提下，以先天化与形式化的方式来保持其所谓的质料性价值质性：在人性经验之质实的“天人相继”视野当中，这些切身的自然伦理经验可以在非现象化、非形式化、非抽象化的前提下，被结构进一个更大的天道自然秩序当中，置入一条向着更高层次的自然价值秩序升华、拓展的实践通道与实践理性阶梯。反过来，这种自然秩序本身，也就并非是形式的、外在的、空洞的规范性。

因此，这里就不是盯着一个个体原型的、作为实然的思维结构的道德主体性，来设想的一种道德哲学视野。人性本身既是形式的（性理），同时也是质料的（气质之性），人性本身既以其形式也以其质料性的伦理经验内容，成为一个更大、更高的天道自然秩序的伦理质料。于是，天道与人性的合一，不是概念思维当中认识论层面的符合关系与逻辑结构，而是这种形式与质料的关系在一个更大、更高的自然法则谱系当中，所发生的一个辩证的上升螺旋与新的秩序综合过程：

> 天地之塞，吾其体；天地之帅，吾其性。
>
> （张载《正蒙·乾称篇》）

在乾父坤母的前提下，这个过程不是拟人化的，也不是隐喻性的表达。因为它与天道自然之间仍然保持着分层次的、差异性的自然贯通性、连续性与自然秩序的统一性，是不同之同，是和而不同。因而，这里不是牟宗三所说的“逆觉体证”，也就是说，不是通过一种反自然秩序来成立的“现代性”道德价值与道德哲学，也不是如牟宗三以将宇宙道德化、将天道拟人化的神话或童话之境，来

① ［德］舍勒：《伦理学中的形式主义与质料的价值伦理学》（上），倪梁康译，生活·读书·新知三联书店2004年版，第15页。

支持的道德形而上学的循环论证“圆圈”。在这里发生的,是一次质料与形式的关系翻转,与一种更大范围内的“天人啮合”:我为天地之间气化流行的目的,以及由气凝聚而成的、柱立的“实体”,同时也是“天地之心”当中的主宰性之“性”。道德主体本身,在这里成为天地自然之结构形式与“性理”,这一方面显示了人性之尊:“天地运行之气、生物之心在是”,即天地自然以人性为目的与成就;但另一方面,这样的人性本身同样、仍然是自然:“与父母无二,即天地无二也。”(王夫之《张子正蒙注·乾称篇》)因此,这里就通向天道自然的更大、更高秩序当中的天地自然之体,这个结合着伦理性的自然经验的人性秩序,则成为更大范围、更高层级的伦理秩序的经验质料。

但这个过程是开放性的,而并非闭合秩序内部的镜像化、拟人化的循环:在这期间,人性借助自身的自然性,向上攀升了一个自然价值之阶;而天道自然借由人性,延展开来一个新的价值秩序层级。这同样是一个“天人啮合”的过程与维度,人道继善成性,天道成性存存,总体而言,这是天道自然秩序的绽放与展开。天道自然秩序,在这个意义上就呈现为圣人“以天道养人”的实践伦理秩序:

> 圣人之于天下,视如其家,家未有可以以言言者也。化成家者,家如其身,身未有待于言言者也。
>
> (王夫之《诗广传·周南二》)

圣人的道德实践,岂有待于“以天为有所以为天”“以圣人为有所以为圣”的道德形而上学言辩而展开?这并非否认实践真理、道德理性对于道德实践的指引与规范作用,但船山在这里以一种道德实践之极致与理想形态,即可以与天道秩序同体、合一的圣人的道德实践,彰显了这种“以天道养人”的质料伦理学的实践理性与道德实践构成的本质原型:

1. 这种伦理秩序的本质,是体现在人性当中的、天道自然之“自然—道体论”秩序,但伦理秩序本质上是实践的、质料的;未可言言,未待言言,意味着任何的形式规范与外在强制,都内涵于伦理经验质料的整体序列当中,都内涵于天道自然的一种基本的、“养人”的肯定性价值情态当中。或者反过来,如此才是天道之“自然”。

2. 伦理价值本身，就意味着一种价值标准与价值目标的“自然”等级秩序：如果价值本身没有高低、好坏的“自然”层级之分，这不是对价值本身的“理论”化与“概念”化又是什么？这不是通过“理论化”“概念化”的方式对价值本身进行的否定又是什么？西方现代性与自由主义所倡导的那种抽象的、绝对的平等主义，只能把道德价值与道德实践变成“理论化”的虚无主义。中华文明迄今为止的活力就在于，这一文明有能力为自身的实践理性与道德理想设定价值目的的自然等级，并逐次地、实践地实现它，中华文明以其通极于天道自然的自然正确性与高贵性，始终保有着充沛的价值实践能力。

“存在着一种普遍有效的诸目的的等级制，但是却不存在普遍有效的行动规则……唯一普遍有效的标准是目的的等级制。”①这个目的等级体系，确实只有在人性之终极可能性、目的性概念前提下才能得出，也就是说，确实只有在悬设人性终极可能性、目的性之“善”的前提下才有可能。同时，这个终极之善贯彻在所有目的等级当中，就如同“乾”“坤”并建、为《易》之体，贯穿于所有的六十二卦当中——在这种整全的、活跃的、层级性的自然价值与自然目的体系内，天道与人性、理论与实践的关系才能得到通盘的解释，而新自然法学派归之于含混的超验性与形式性之双重根据的自由意志、自由选择领域②，才可以获得通彻的自然正确性根据：

> ……伦不明亦自有其伦，物不察亦能用物，必有其刚，必有其柔，虽不审于时位之攸宜，以斟酌消长之数，酬酢往来之交，而得失吉凶，皆即其可以为善者以为。不善不能离也，特昧焉而不自觉耳③。
>
> （王夫之《周易内传·系辞上传第五章》）

---

① ［美］施特劳斯：《自然权利与历史》，彭刚译，生活·读书·新知三联书店 2006 年版，第 165 页。

② ［美］格里塞茨：《实践理性的第一原则》，吴彦译，商务印书馆 2015 年版，第 79—81 页。

③ 本文这里修改了此段文字通常的断句方式。《周易内传》现代整理本通常均作：“……而得失吉凶，皆即其可以为善者以为不善”，就好像是在有意为不善，似不通。见《船山全书》（第一册），岳麓书社 2011 年版，第 527 页。

所谓"意志必然趋向唯一一个最终的目的,但它并不必然趋向某个作为最终目的的'确定的善'",在此可以理解为:在人之善性的最高自然层次上,也就是最终目的的意义上,其作为"确定的善"与人性之自然性内在地合一,是人性自然本身之最终可能性与目的,它当然不是某个作为外部目的的"确定的善";而在人性其余的不同层级的自然阶梯上,因为被阻隔、封闭于不够完善的、较低层级的自然价值层面当中,当然看不到、不属于道德实践最终目的意义上的"确定的善",于是可以为善,也可以为不善,所谓人事的"得失吉凶"就是因此而在这个层面上发生的("皆即其可以为善者以为")。但这并不能改变其作为"可以为善者"的基本质性,若非对此善性蒙昧无觉("昧焉而不自觉"),终究可以由此通向纯善无恶、与人性终极目的之"善"合同为一的境地。是以这二者不是绝缘、割裂的,"伦不明亦自有其伦",对于此种"自然—道体论"的质料伦理学来说,这里体现的正是一种伦理价值与目的构成的自然层级秩序。所谓的自由意志与自由选择,同样在天道自然秩序当中有其具体规定性,作用于指南针的自然正确性磁场始终是存在的:这种关系就如同《易经》的占卦所体现的法则,在看似偶然的随机性选择当中,"必有其刚,必有其柔",实际上都是在一些或隐或现的主客观规定性当中做出的;《易》学即自然即人伦、即形下即形上、即现象即本体的思维机制①,本身就是在理论与实践的统一性当中,对于这些规定性及其背后的天道自然总体秩序的探究,以及"以天治人"的天道法度与其价值目的的层级的展现。无论将《周易》理解作道德形而上学还是"卜筮之书"均属皮相,它事实上给出的,是建立在此种天道自然层面的自然正确性基础上的虽非必定"普遍有效"、却绝非偶然随机的伦理生活实践规范。

于是,"穷理尽性,然后至于命;尽人物之性,然后耳顺,与天地参;无意必固我,然后范围天地之化,从心而不逾矩;老而安死,然后不梦周公"(张载《正蒙·三十篇》),将这段话同张载与二程关于"穷理尽性以至于命"(《河南程氏遗书》卷第十《洛阳议论》)的方式路径的争执相比较,就可以看出,静止地寻找儒家伦理学与西方某个伦理学流派的接近之处没有太多意义:这种"以天道养人"的文

① 张大为:《"本天道为用":文明儒学引论——以张载、王夫之为中心》,《学术界》2021年第5期。

明儒学之质料伦理学，将德性展开在规范性实践的过程中，而形式规范又内蕴于伦理的自然经验质料当中；成性、成德、成人不只发生在个体的理性机理与灵魂秩序层面上，其重点是牵引与连带文明生活的伦理秩序的整体超越、止于至善。我们可以像舍勒一样，结合伦理实践的自然经验质料，在中华文明与中国人生活当中至今仍然留存着的天道自然信念基础上，描绘价值目标的天道自然等级体系，但无须（在现象学"本质直观"这一仍属比较矫揉的形式主义前提下）作纯粹先天的描述，也无须陷入相对主义的泥沼。中国古典传统当中的天道自然观不是泛神论，不是浪漫主义式的有机自然，由它发展而来的阴阳五行理论，直到今天仍然在支持着比如中医治病救人的现实功效。它确实值得人们深入研究，但绝非泛神论或浪漫主义式的"现代"移情与主观想象①。而就这样一种"以天道养人"的质料伦理学来说，人的生活实践与道德实践终究是这个天道秩序的一部分，道德世界与道德问题只能在这其中定位与考量。这个知、行、信合一的天道自然秩序总体，只有在中国人的文明视野和思想视野当中才能够被恰切地理解，是中国人生活方式的最后根据，是中华文明的根本基底。

建立在完整、具体的人性和健全理性基础上的善恶问题，才是真正意义上的道德问题。割裂人性的完整性，将义理之性与气质之性、理和欲对立起来，人性就被肢解，理性则被抽象化、形式化。于是，一方面是高悬的道德理想主义、道德形而上学高调，另一方面，则是以无关善恶的生理学意义上的"无辜"的自然人性为基础的自然权利、自然正当性诉求。后者形成西方建立在现代"自然"观念之上的所谓现代自然权利论，为从超道德的生理性自然理解人性的"启蒙主义"思潮，提供了可以遵循的"叛逆"路径和方便之门。因此，程朱理学的问题不在于它的"吃人"，而在于它对于道德的自然基础的"启蒙主义"式的肢解与腐蚀（道德的自然基础，或许是中国传统道德唯一的根基）。元明以来的心学末流与人欲横流的社会历史状况，以及清代反过来在无计可施情况下的高压与禁锢

① 中医治病救人的实践功效，就是中国古典天道自然观的一种直接的现实展现。这种中国传统当中的天道自然观，即使与西方古典传统当中的柏拉图与亚里士多德的自然观相比，也有着很大的不同，所以，即便西方古典自然观与自然正确学说被抛弃，也不能证明中国古典天道自然观念同样失效。

政策，与程朱理学的这种"智者"式人性道德观念其实有着直接的关系。而在以当代技术条件为支撑的传播媒介本身的"文化权力"当中，我们隐然看到了一个迎合大众口味与需求，试图在技术性的心理机能调节当中定位道德实践的"心灵鸡汤"式的道德世界，可以将之视为程朱理学与康德道德形而上学的当代转世形态。无怪乎有的研究将宋明理学追溯为中国"现代性"的先驱，今天应该对这种所谓的"现代性"重新予以权衡与评价。在这样的背景下，把船山当成"启蒙思想家"，就像把尼采当成启蒙思想家一样，可以说是南辕北辙：宋明理学，尤其是程朱理学那种对于理性的抽象信仰、拟人化的天道视野及事实上的"绝对人性论"，才是启蒙主义的源头。船山的贡献不在于其"启蒙主义"与"民族主义"思想，所谓"六经责我开生面"，船山之学的基本取向，是在对程朱理学智术化的"启蒙理性"的批判当中，回归渊雅宽博、"濬哲文明"的先秦儒学理性、文明理性，从而努力为中国文明和历史实践别开"生面"。

宇宙的尺度与文明的高度

——论《三体》的文明诗学与文明理性意涵

《三体》作为一部“里程碑”(江晓原)式的科幻作品,正如它让人们重新思考眼前的世界一样,也让人们不得不重新思考“科幻文学”乃至文学本身的基本理论问题。如果仅仅把“科幻”当作一种文学题材与写作类型,那肯定不仅误读了《三体》,也错失了凭借其科幻诗学拓展与深化相关理论问题认知的机缘。今天的世界其实是被科学深度地塑造出来的,但在日常生活当中,处于高深理论、尖端领域、专业实验室当中的科学,似乎与大多数人的生活距离很远,甚至看起来了不相干;而跨越这个距离的,似乎是科幻文学的“幻想”与“想象”。这样的认知颠倒了一种基本关系:文学本身“幻想”和“想象”不出科学与生活之间的这种现实关系,这种关系一直是存在的,是文学的幻想与想象,将这种熟悉而又陌生的关系激发、盘活并表现出来,而幻想和想象之所在,始终是手段、表象和细节。《三体》这样的科幻文学,有助于人们重新认识这样一种基本的关系格局,而这种关系,恰恰是科幻文学的诗学秘密与真正力量所在。或者也可以说,是《三体》这样的科幻文学,从某个维度上真正深切地把握住了文学的此种根本机理,并将发挥、组织成为具有文明诗学与文明伦理的认知纵深和宏阔视野的科幻文学书写与表述空间。因此,《三体》式的科幻诗学探索,也就具有了某种普遍性的范式与范型意义。

一、《三体》的“水滴”诗学

《三体》这部小说讲述的是在距离太阳系四光年的地方，有一个在三颗恒星（太阳）的恶劣环境下成长起来的三体文明，后者有着比地球人类先进得多的科技发展水平，以及奇特的社会政治形态。天体物理学研究生叶文洁，因为在文革当中家庭惨遭变故而令其对人性绝望，从而走上背叛人类文明的道路。她的信念是一个天体物理学家的信念：她相信科技上更加发达的文明，一定拥有更高的文明程度和道德水准，因而她希望通过引入这样的文明来改造和完善地球文明（《三体》Ⅰ，第260—261页）。三体世界通过叶文洁发送的信息得知了地球人类的情况之后，把环境适宜的地球作为移民地，进而入侵地球。这期间，“面壁者”罗辑虽然通过对于“宇宙社会学”原理的领悟，在极其艰难的处境当中躲开三体世界的监视，暂时建立起了与三体世界之间的威慑平衡，但三体世界乘人类唯一掌握的战略平衡武器（能够公布三体星系宇宙坐标的引力波发射装置）交接控制权之际，发动突然袭击，摧毁了引力波发射装置。然而，三体世界的星系坐标，仍然由一艘流浪在太空当中的人类战舰成功地广播出来。于是很快，三体星系、最终连带太阳系，都先后被更加先进的外星系文明摧毁。仅存的人类只能向着宇宙深处流浪。

从某种角度上说，中国当代文学写作的基本困惑不是艺术上的，而是确少一个思想与价值支点，于是文学修辞时常追随以美学观念与文艺理论包装起来的西方所谓“现代”——“后现代”的时尚意识形态随风起舞。而《三体》之科幻诗学的根本机理就在于，它以自然科学思维和认知视野，将考察人类文明生活的价值坐标放大到一个惊人的尺度上，同时又以文学的方式，将其与人的生活密切地联系、链接起来，从而互相撬动、延展了科学与文学各自被文明的惰性与生活的尘埃遮蔽的思想空间，造成了科学与诗性的聚变效应。《三体》这样的科幻作品，让人第一时间想到“重估一切价值”的尼采，而其真正的“硬核”在于，它提供了一种在当今时代被人充分信赖乃至信仰的认知与价值尺度——科学理性，并通过文学的形式，将其深深地接入并刺痛当代人的生活。这种尺度，当然不是如其时常被不恰当地宣扬的那样，属于终极真理与终极视野，但较之一个过分黏腻的“人性化”道德价值尺度，以及由此而来的个体化、碎片化、虚无化的后现代生活世界，它在相当大的程度上，实现了向着人类生存的“自然正确性”(natural rightness)基础与人类经验的自然整全性视域的逼近，并就此建立起一个从人类文明生活世界、人类文明价值系统的整体尺度，来思考人性化的生活方式、文明秩序与文学修辞二者关系的可能路径。

科学在这其中所发挥的职责，在西方文明的古典传统当中原本是由哲学来承担的。古希腊前苏格拉底时代的“自然哲人”，其主要的思考对象就是自然科学世界与此种“自然哲学”问题，传说泰利士就是因为专注于观察星空而掉进了井里，从而遭人嘲笑。这个传说隐含的意味就是，自然哲学(科学)长于认知客观的、外部的自然世界，而拙于应对人世生活。苏格拉底出于此方面的困惑，开始将人伦生活与政治秩序作为哲学思考的重心，但并未因此而放弃哲学本身的“科学”理想。甚至直到维柯、黑格尔甚至胡塞尔，仍然以“科学”来命名其主要著作，或者定位其核心的哲学诉求。但此时，问题又一次颠倒过来：自然科学的长足进步，已经脱离了哲学的统治，自然视野与自然尺度，已经从哲学当中彻底退出。因此在尼采看来，苏格拉底以来仅凭人类理性来丈量与捕捞存在意义已有其局限性，而现代哲学用黏黏糊糊的、“太人性”化的道德价值尺度彻底遮蔽、取代了自然视野，更使得西方现代哲学成了各种时尚意识形态的表达，以及“人性的、太人性的”虚无主义的症候。而在所谓的现代性传统当中，审美与艺术成为一个据说是“自律”性的、自我合理化的领域。但仅仅从审美本身出发的艺术法则，即便只从美学自身的视野当中看起来，也是含混、可疑的，比如，康德美学就明确地将审美看作是道德的象征①，那这一现代观念的“反讽”性结论或许就是，审美情感更多地是人类道德伦理的内卷化反响与人性的自我感动：

人相信世界本身充满了美，——他忘记了自己是美的原因。恰恰是他

① [德]康德：《判断力批判》，邓晓芒译，杨祖陶校，人民出版社2002年版，第202—203页。

把美送给了世界，啊！在我看来，这不过是一种人性的、太人性的美……从根本上说，人把自己投射在物中，又把一切反射出他的形象的事物叫做美的事物："美"的判断是其物种虚荣心……他把世界人化了：仅此而已。但是，没有任何东西，绝对没有任何东西向我们担保：只有人才是美的模型。①

尼采的美学批判是其全方位、全角度的现代性批判的起点，或者说，尼采是从美学的维度批判了人性的自恋症。从尼采的角度看，鲍姆嘉通与康德以来的西方现代性美学，或许正是这种"太人性"化的自恋与"物种虚荣心"的体现。在这种情况下，在真、善、美"平等"并置与抽象"统一"的空洞说辞与概念空转当中，在对于文学艺术之"虚构"与"想象"本质的主观认定当中，认知理性与道德价值往往被架空了。于是，现代性的价值世界与价值尺度，在以"人性"为圆心的循环论证的抽象性当中，成了一个拟人化的、无可无不可的价值陀螺，成了鼓励低维度生命欲望与生命价值的根源，而美学与审美，某种程度上集中地彰显了这个虚无的核心：

在纯粹的审美领域，无论宗教、道德、政治的决断，还是科学的概念，都不可能有立足之地。但确实存在着这样的局面：一切重要的对立与分歧，善与恶、敌与友、基督与敌基督，都能变成审美对比，变成小说情结的手段，能够从审美角度被融入艺术作品的整体效果。②

从这个意义上说，如果人们将"科幻"仅仅当成审美诗学意义上的文学题材与写作类型概念，当成"审美对比"与"小说情节的手段"，这或许本身就反映了现代性的文化与文学概念当中的某种缺失。事实上，文学与诗性，可能有着比道德化的人性价值尺度与美学本身更渊深的根源、更宽广的视野、更古老的

① [德]尼采：《偶像的黄昏》，李超杰译，商务印书馆 2013 年版，第 65 页。引文中着重号为尼采原文所有。

② [德]施米特：《政治的浪漫派》，冯克利、刘锋译，上海人民出版社 2004 年版，第 14 页。

传统。

在《三体》三部曲接近尾声的时候，刘慈欣用很大篇幅，以浓墨重彩、汪洋恣肆的笔墨，描绘了太阳系在降维打击当中消失的最后时刻那一极度震撼人心的图景，犹如一幅巨大的、文字版的梵·高的《星空》。这幅被《三体》刻意提及与模拟的现代主义名作，与另一幅绘画巨作《蒙娜丽莎》形鲜明的对照关系。这种对照关系，连同《三体》跨越艺术门类对之进行的文学性诠释，彰显了一种诗学与艺术哲学的根本性变迁：当“星环号”携带包括《星空》在内的大批人类文明的珍贵文物与艺术珍宝作最后的逃离的时候，作为罗辑恋情的见证者，达·芬奇的名画《蒙娜丽莎》，被罗辑留在了人类文明博物馆。随着太阳系的二维化，这幅已经变得不值一钱的世界名画与人类文明博物馆这座人类文明的“坟墓”，连同罗辑这个“守墓人”，都只能消失在二维化的太阳系之“画”当中。一同消失的还有蒙娜丽莎的神秘的微笑，那个不知是见证了人文主义的温暖还是笑话的、让人类困惑了几百年的神秘微笑。但这种困惑与迷茫本身，也是人性化生活的温暖与和谐温馨的人类世界的一部分，并不让人绝望。

然而，正如《三体》作品中的提示，梵·高《星空》当中那些没有透视效果的巨大的星辰与光耀，却正如同此时此刻被二维化的太阳系：其璀璨、绚烂到极致的色彩，就如同火焰的焰心在熄灭前爆出的最后的光亮，只是一个人文主义世界消逝之前的回光返照；其极致的诡谲与惊心动魄的艺术效果，只是代表了美学最后的自爆。当然，《星空》画面的下半部分，还有出自三维透视画法的屋舍与村庄，但却再也无法让人感受到些许的人间温暖，而只能让人更加感到人世生存的惶惑与不真实的情状，犹如带着《星空》在宇宙当中逃亡的“星环号”。所有这些说明的是，从此以后，即使还有艺术，也不再是作为人文主义的理想性光晕的美学所能够解释得了的；即使还有“美学”，也名同而实异，与之前完全不可同日而语了。因此，将《三体》的核心主旨归结为某种“浪漫主义”的情调，可谓离题甚远，但它也不仅仅是现代主义情怀：它能够诠释、通观人文主义的美学与现代主义，说明它已经超越与综合了这二者，而具有一种远为宏阔的文明理性高度与文明诗学视野。否则，仅凭美学视野根本不足以支撑《三体》恢宏的思想主题与艺术巨构。反过来，用美学的眼光，也根本理解不了《三体》这样的文明诗学与文明理性巨制。

在这样的前提下,《三体》没有丝毫故显“沉思状”“痛苦状”的做作写作姿态、诗学姿态,而“零道德”的诗学宇宙,也即是零度情感的写作情态,是其主动寻求的结果(《三体》Ⅰ,后记)。从这个意义上说,《三体》式的科幻诗学或者文明诗学,可以称之为某种“水滴”诗学。在《三体》当中,“水滴”是三体世界向着地球发射的一个探测器(正式名称是“强互作用力宇宙探测器”),它有着全密闭的结构,与镜面的、绝美的外形:“即使人类艺术家把一个封闭曲面的所有可能形态平滑地全部试完,也找不出这样一个造型。它在所有的可能之外,即使柏拉图的理想国中也没有这样完美的形状,它是比直线更直的线,是比正圆更圆的圆,是梦之海中跃出的一只镜面海豚,是宇宙间所有爱的结晶……”(《三体》Ⅱ,第 367 页)[①]初见之下,被虚妄的必胜信念冲昏了头脑的人类,被“水滴”美的外表打动,将其当成和平的象征,甚至当成“圣母的眼泪”(《三体》Ⅱ,第 378 页)。然而,这个看起来无害的、小小的“水滴”,实际上是一个恐怖的魔鬼,它只用了半个小时,就将人类经营了两个世纪的太空舰队两千多艘巨舰摧毁殆尽。当然,它不仅仅是一件武器,同时也集中反映了三体文明核心性的认知方式与文明价值信念:

> 这种镜面物体反映了三体世界的某种至今也很难为人类所理解的观念,用他们的一句名言来讲就是:通过忠实地映射宇宙来隐藏自我,是融入永恒的唯一途径。
>
> (《三体》Ⅱ,第 467—468 页)

在一个人类智识变得空前空洞化、碎片化的价值混乱的世界上,《三体》的“水滴”诗学隐藏起主观性的道德视角与人伦滥情,选择科学理性的价值尺度,

---

① 本文一律用罗马字母加数字的方式,随文标注刘慈欣《三体》三部曲原文出处及页码:《三体》,重庆出版社 2008 年版;《黑暗森林》(《三体》Ⅱ),重庆出版社 2008 年版;《死神永生》(《三体》Ⅲ),重庆出版社 2010 年版。

以“零道德”与“零情感”的科幻叙事，凭借镜面式的纯净来反映世界:《三体》诗学的力量，恰恰在于对此种科学理性尺度与视野的“忠实”坚持，直至融熔出“一种更大气的东西，忘我又忘他的境界，通过自身的全封闭来包容一切的努力”(《三体》Ⅱ，第378页)。如同在人类世界穿透一切、无坚不摧的“水滴”一样，《三体》诗学以一种超善恶、超道德、超美学的“残忍”，贯穿一切又包罗一切，直至将整个人类文明生活囊括其中。在此基础上，“水滴”诗学借助从科学理性延展开来的去道德化、去人性化的严肃与坚硬，从里到外瓦解了美学视域:对于《三体》零道德、超美学、零情感的科幻诗学叙事方式来说，在其知、情、意综合聚变的洪灏磅礴的艺术力量面前，人心与人性乃至人类的文明价值系统整体，都瓜分豆剖般碎裂开来，造成的是灵魂洗礼般的极度震撼的艺术效果。

在这其中，科学与诗性在相互催化、相互激发当中，熔铸出犹如“水滴”表面一样光亮的诗学宇宙:它直白、纯净、冷静，在它的映衬与反射之下，人类文明生活与价值系统被绷紧、抻展到宇宙尺度上;但与此同时，文学性或者诗性，在一定程度上又将这种生硬的尺度涣释、散射、摆荡开来，将其变成一个富有弹性、纵深与层次的意义书写空间与价值频谱，部分地克服了这种科学理性尺度可能带来的局限性。因此，这样的“水滴”诗学，不只是通常的审美艺术与写作技艺意义上的诗学，也是文明生活的理性法则与价值理念。人们可以看到，很多与人类生活相伴随的重要事物，被翻剿到了“底儿掉”的程度，变得苍白乏味;看似牢不可破的道德价值与伦理秩序，纷纷土本瓦解，乃至变成了一个个的笑话。就像一艘被拆解的太空战舰一样，人类政治、文化、道德、伦理、哲学、宗教等方方面面的重要事务，从里到外全部暴露在人们面前:陌生、怪异、一地狼藉……《三体》当然只是一个科幻故事，作品中所说的一切，不等于、也并不追求闭合的、最后的结论，但它确实通过这种方式，提出一系列值得认真思考与应对的重大问题，展示出具有犀利的思想锐度与开阔的认知广角的问题性空间，召唤着人们全方位的严肃态度与深广致思。后者同时是《三体》诗学严肃的文明理性秩序的现实组成部分，而不能被“美学”虚化为智力游戏与审美情趣①。

① [德]康德:《判断力批判》，邓晓芒译，杨祖陶校，人民出版社2002年版，第32页。

二、诗学镜像与反讽航迹中的“黑暗森林”

当《三体》诗学突破了审美与美学的视野，在“真”与“美”、科学与艺术、认知与修辞的几乎强制性的缝合、扩容与变速当中，在美学当中那种向着自身弯曲、回环的人性化的自恋与循环论证本身，以其自身的“弯曲度”，变成了《三体》的诗学技艺着力所向的素材与质料，及其追求的戏剧化艺术效果：它们被“残忍”地抻开、绷直在自然理性的光滑镜面面前，在这样的情况下，从接受者角度看来，诗学宇宙发生了爱因斯坦意义上的时空弯曲，一种零情感与零道德的反讽修辞之弧，就如同被压直的弓背忽然反弹、复原一样，总在出其不意当中击中人心。这种令人痛楚却又哭笑不得的反讽性修辞，大到全书的结构，小到个别的句子，有些一目了然，有些却需要反复玩味才能体会。这大大小小的反讽修辞之弧，整体上充满力度地撑起了整部《三体》的文本结构，在其科幻诗学宇宙当中，从各种维度、各个方向上，飞掠过浩瀚的艺术太空，标示出基本的认知尺度，组织起主要的思想航线，链接成璀璨的诗意星座。面对那种犹如“水滴”镜面式的光洁与冷酷的叙事理性，只有时刻把握住这种反讽修辞带来的思想主旨与艺术力量，才能领略这部作品最为惊心动魄之处，同时也才不会将作者的思想态度、观念表达与艺术理念作简单化的理解。

《三体》整部作品故事情节展开的核心线索，是所谓宇宙社会学意义上的“黑暗森林”法则：“宇宙就是一座黑暗森林，每个文明都是带枪的猎人……在这片森林中，他人就是地狱，就是永恒的威胁，任何暴露自己存在的生命都将很快被消灭”(《三体》Ⅱ，第446—447页)。小说所揭示的“黑暗森林”的宇宙社会学秩序，让人想到一个放大了的霍布斯的“自然状态”。但“黑暗森林”状态，与建立在近代自然科学认知前提下的霍布斯式的观念系统，有着根本的不同。作品当中宇宙社会学的主要创立者罗辑，已经非常明确地意识到，“黑暗森林”法则是对于达尔文进化论的逆向推导：

> 罗辑看到了自己的困难：达尔文是通过生命的大千世界总结出了这条法则，而他是已经知道了法则，却要通过它复原宇宙文明的图景，这是一条与达尔文相反的路，但更加艰难。
>
> （《三体》Ⅱ，第199页）

“自然状态”是对于古典人性论、伦理观与古典自然法传统的全面反动，最终奠定了现代人性观、道德观与法律、社会秩序的前提。它对于人性的理解，虽然去除了人性的德性光辉，降低了道德要求与道德标准，但总体上仍然是人性化范畴内部的理解方式的变动与革命。而生物进化论则可以看作是从时间维度上，对于这种人性观念论证链条的填补，整体上洋溢着一种人类脱离生物性的猴子尾巴、成为自然的“选民”的胜利姿态与优越感。“黑暗森林”法则的推导过程之所以更加“艰难”，是因为它更加“黑暗”，而这个“黑暗”，主要还不是指向外部的宇宙法则：“黑暗森林”描述的宇宙社会学法则，无法纳入中国与西方、古典与现代、后现代的所有人性观，乃至一切人类道德伦理与文明价值范畴，因此，推论它需要突破人类的自我理解与人性观念之“文明”阈限，而这恰恰有着近似拔着头发离开地球的难度。由“黑暗森林”状态所呈现的“零道德”宇宙，是空间尺度转换而成的时间序列指向，因而它直指人性与道德发生之前的宇宙，其所反思与颠覆的最大阈限，囊括人性与人类文明整体：在宇宙的尺度上，瑟瑟发抖的人类文明面对的，是人性化的道德秩序没有机会、或许永远没有机会展开的前道德、“零道德”境况；而“每一个人对每个人的战争”①，在这个尺度上，连蜗角上的战争都不是。

“黑暗森林”法则不能用人性与道德的尺度来衡量，那么人们可以从宗教与神学那里寻求被拯救的希望吗？小说对于魔法奇迹的描写，尤其是那个消失在四维空间碎块当中的清真寺塔尖，具有象征意义（《三体》Ⅲ，第11页）。所谓魔法的实现，只不过是高维度时空对于三维时空侵入的结果，人类的神话在一个更高的时空维度当中消失得无影无踪：小说用科学的宇宙观反向叙述与解构了

① ［英］霍布斯：《利维坦》，黎思复、黎廷弼译，杨昌裕校，商务印书馆1985年版，第94页。

西方的神学思维，或者说是对于神学问题给出的反神话解释，这个宇宙是无神的宇宙。当然也可以说，凭借人类的智力与人性化价值尺度制造出来的各种神祇，或许还不够有力和强大，因而根本抵御不了这个宇宙深处的“黑暗”逻辑：汪淼在被智子纠缠得精神崩溃时，发现宇宙是一座空旷的教堂，人类则成为失去“父母”慈爱的无助的孩童(《三体》Ⅰ，第93页)。唯一可能的神或许就是“死神”，而即便这个“死神”，也在“死神永生”这种悖论结构关系当中似是而非：“似乎包容一切，又似乎一无所有”(《三体》Ⅲ，第428页)。然而，连“死神”都没有的人类文明的毁灭与死亡，只能更加凄惶荒诞，令人手足无措。

当然，人们只凭常识也可以看出，文明之间不可能只有一种关系，“黑暗森林”法则恰恰预设了很多绝对化的前提，因而肯定是以数学模型式的抽象性，对于文明关系的夸张和极端化演绎。罗辑能知道的东西，刘慈欣不可能不知道，毕竟刘慈欣说过，这一切“只是科幻而已，不必当真”(《三体》Ⅰ，后记)。但从其科幻诗学的角度讲，“黑暗森林”法则是否真的全面、客观并非是最重要的，重要的是，它是反省人类文明的《三体》诗学所必需的：就像出自高科技文明的“水滴”只有一个最简单、最原始的攻击动作——“撞击”(《三体》Ⅱ，第391页)一样，刘慈欣需要的，正是一种处于“低维展开”的科学理性层次上的思考尺度的彻底性、纯粹性与极致性。这也就是说，这里需要的正是“零道德”的“水滴”诗学起飞平台。在这样的诗学平台上，“黑暗森林”法则式的科学理性，就像“水滴”一样，是一种强有力的破拆工具，而它所要拆解的对象，正是人类在漫长的文明史当中制造出来的那些观念与价值系统的“太空巨舰”。

在宇宙文明或宇宙社会学的尺度上，黏腻的道德化标尺，以及所谓后现代世界中玩世不恭的反道德的道德，连同由此带来的颓废的虚无主义，都必然是言不及质与无用的(《三体》Ⅰ，后记)。而由自然科学思维所延展出来的思想与价值尺度，或不如说零度道德、零度情感的工作平台，让《三体》有如尼采哲学般，对于人类文明价值系统当中腐朽的、固陋的部分，进行了势如破竹的批判，人类文明这艘“太空战舰”在顷刻之间成为一堆废墟。一艘宏伟的战舰，让人想到它所指向的远方的敌人，而战舰的废墟则只能回指、反射自身。在这种“零道德”“零情感”的“水滴”诗学镜面上，被它破拆的人类文明系统当中种种扭曲的价值影像，就此映射、显形出来：

> 文明像一场五千年的狂奔，不断进步推动着更快的进步，无数的奇迹催生出更多的奇迹，人类似乎拥有了神一般的力量……但最后发现，真正的力量在时间手里，留下脚印比创造世界更难，在这文明的尽头，他们也只能做远古的婴儿时代做过的事。
>
> （《三体》Ⅲ，第 425 页）

在浩瀚的宇宙时间尺度上，可能人类“自己还没学会在这里走路呢”（《三体》Ⅲ，第 421 页）。人类文明不是只能做远古婴儿时代的事，而是距离远古的婴儿时代，人类文明可能根本还没有走出多远，却已经具有了神一般的自负，以至于到了要与宇宙时间分庭抗礼的地步：为了对抗时间的权力，人类在冥王星上建立了一座计划保存一亿年的人类文明博物馆。然而，恰恰是在这种亿年尺度的宇宙时间坐标背景上，更充分地暴露了人类文明的童话气质：正如罗辑所说，人类文明博物馆其实是人类文明的坟墓，这座事实已经成为人类文明墓地的博物馆，建成还不到一百年，就在外星系毁天灭地的降维打击当中与太阳系一起消失了。最为可笑的是，在经历了千万年的社会进化与科学进步、诞生了无数的发明创造与科技创新之后，这座博物馆保存人类文明信息最有效的手段，竟然是将其“刻在石头上”（《三体》Ⅲ，第 424 页）。罗辑作为小说人物几乎贯穿了《三体》的后两部，而从《三体》故事情节设置上讲，罗辑则跨越了从三体危机之初到太阳系被高级文明的“黑暗”打击摧毁四百多年的全部历史，因此，罗辑的人生历程其实不是他个人的，而更像是人类四个多世纪的曲折历史进程的体现。“把字刻在石头上”，在太阳系即将毁灭的最后时刻，从两百岁的“守墓人”罗辑口中讲出的这个黑色幽默，只能成为人类文明的一个苦涩的注脚。

然而，罗辑本身却成为整个《三体》当中最圆满的人物，无论是从全书思想主旨的完整与完型上讲，还是从作品的艺术形象上讲都是如此，因而罗辑是《三体》的科幻诗学的挽结与完成轴心。对于罗辑这个“守墓人”来说，正如他自己说的，他“什么都有没失去”（《三体》Ⅲ，第 448 页）：罗辑作为“面壁者”曾不止一次接近上帝，被人类厌弃时又像耶稣般遭受屈辱；他成功地建立起与三体世界的威慑平衡，作为“执剑人”坚守了五十四年坟墓般的漫长地下时光，这其间，随着时间的流逝又从救世主逐渐转换为“暴君”（《三体》Ⅲ，第100页）；像“分开红海的摩西”（《三体》Ⅲ，第424页）一样曾经为人类生存开路的他，在太阳系在降维打击中消失的最后时刻，启动了人类唯一一艘光速飞船，将程心和艾AA这两个太阳系中仅存的人类送走；而到了生命的最后时刻，又以人类文明守墓人的形象，与那座短命的人类文明博物馆一起坚守到底……如果说人类在“黑暗森林”法则当中还有些微的希望的话，那也只能从罗辑这样的人这里寻找：这个罗辑，是“逻辑”背后、“逻辑”之外的“罗辑”。但可惜这样的机会，都一再被程心等人断送了。“黑暗森林”法则作为无边的黑暗终于降临到人类头上，罗辑最终也没有能够拯救人类，但罗辑是带给人类最多的生的希望、同时也看护着人类的死亡的人。这个罗辑不可能永生，但他确实已经功德圆满，“什么都没有失去”。于是，这里只剩下由这个似乎总是不合“逻辑”、却又功德圆满的“罗辑”所延展开来的反讽诗学之鞭，千回百转、回环往复地抽打着人性的虚荣与骄傲。

三、“宇宙很大，生活更大”？

人类文明的尊严，并非在于简单追随自然科学的脚步，以人类的生存去丈量那个浩瀚无边的自然宇宙时空。“宇宙很大，生活更大”（Ⅲ231）这种认知，最初出自于三体世界的“数据体”机器人智子，但根据三体世界的镜面反射信念，这其实反映的是人类“宇宙的精华、万物的灵长”式的人文主义“乐观”精神，是宇宙尺度上的心灵鸡汤，事实上是虚妄的。实际上，随着在自然科学的视野下不断展开的宇宙尺度，人类的生命越来越微渺和脆弱得像一个笑话——在这个尺度或维度上，人类必须承认自身的虚弱与渺小。然而，人性的伟大或渺小，并非仅仅在于科技这一个维度，人类相对于三体世界因此也并不仅只是科技尺度上的“一堆虫子”（《三体》Ⅰ，第246页）。但正因为被束缚于此种自然科学与知性思维层面上的思想牢笼当中，所以那些科学家们就像是二维世界当中的“扁片人”(《三体》Ⅲ,第192页),尽管真诚可敬,在一些情况下对于生活的理解却还比不上普通人的常识,甚至“变得比一般人还蠢”(《三体》Ⅰ,第98页)。于是,他们就像泰利士一样,纷纷掉进了井里:叶文洁是天体物理学家,脱胎于天体物理学的天真信念,支持了叶文洁以引入三体文明的方式来重新启蒙与改造人类的“理性的疯狂”;叶文洁的女儿杨冬,因为无法接受不能纳入自然物理法则的现实世界的“混乱和丑陋”而自杀身亡(《三体》Ⅲ,第14页);伊文斯则更加疯狂,他以建立生物学意义上的所有物种抽象平等的“物种共产主义”(《三体》Ⅰ,第232页)为目标,发誓要将对地球上其他物种施行“暴政”的人类全部消灭……

当然,问题不在自然科学本身,而在于人类对于它的认知、理解与把握、应用方式:支持“宇宙很大,生活更大”的,可能是对于自然科学成就的信念,或者说,此种心灵鸡汤,本身就是以“数据”式的抽象性,对于人性或正向、或反向的虚幻自大与傲慢的表征与“反射”(“物种共产主义”就可以看作是一种反向的人性傲慢与疯狂)。冬眠了近两个世纪的罗辑醒来之后,差点相信自己置身一个连永动机都发明了出来的先进的文明世界,而这个世界也自信在技术上已经超越了三体文明,对于与三体文明的终极之战充满了必胜的信念。但支撑人类这种信念的,却只是在智子锁闭人类科学前提下的可疑的“技术进步”:

> 普通人的目光,是他们所在地区和时代的文明程度的最好反映……在与罗辑相视的目光中,充满着睿智的生机,以及他在自己的时代很少感受到的真诚、理解和爱意。但从心灵的最深处打动罗辑的,是人们目光中的自信,这种阳光般的自信充满了每一双眼睛……
>
> (《三体》Ⅱ,第279页)

普通人的眼光,某种程度上代表的或许就是文明本身的眼光,它和《三体》当中大部分属于个体的事物一样,具有类似生物自然本能的超越善恶、超越道德的“无辜”属性。然而事实上,这个充满了人造的蓝天白云、星空闪烁的世界,这个充满人性的温暖与自信的世界,却是处于地底一千米的地下城。在后来的

“掩体计划”当中，类似的人造世界，又在木星等巨型行星“掩体”背日的阴影当中被建立起来。只不过，无论是人类的太空舰队，还是“掩体计划”，它们在与三体文明的遭遇战及高级文明的降维打击当中不堪一击的事实告诉人们，这些都只是不折不扣的柏拉图式的“洞穴”。另一方面，诸如三体文明从科技层面上远比地球文明发达，但人文价值世界几乎是野蛮状态，只是在地球文明的“文化反射”当中，“人类文化使三体世界睁开了一双新的眼睛，看到了生命和文明更深层的意义”(《三体》Ⅲ，第 103 页)的情形，事实上说明一个问题，即无论多么发达与智慧的文明，其文明视角、文明尺度也必然是有局限的。甚至适得其反的情况也是有可能的：即越是“文明”，其文明眼光与文明智慧反而更加片面、狭窄与极端。

因此，这里首先就面临一个如何看待、如何界定文明的“发达”与“智慧”的问题。三体世界其实只是一面镜子，反照出的是人类文明的边界与限度，而锁闭人类思想与人类文明进步的，从根本上说不是智子和三体文明，而是人类文明与人类思想之“人性化”边界本身：在智子锁闭人类科学、扰乱科学思维之前，人类的文明智识已经在貌似的精致与优雅当中，变得过度“拟人化”“人性化”，即总以人类的、人性的主观情愫及其投影，来作为认知与考量世界的标尺。于是，在以“文明”为借口的虚矫当中，人类已经变得日益骄傲、愚蠢又虚弱，在这样的情况下，其实无论科技是否发达及如何发达，人类也未必能够无往而不胜。这时，人类事实上就像真正承担起面壁人职责之前的罗辑一样，更多的时候是被自己在想象和幻想当中创作的“幻影”感动得神魂颠倒(《三体》Ⅱ，第 74 页)，却还自认为这种人性的自恋，本身具有“伟大”和“崇高”的属性。

在这方面，程心就是一个典型的例证。程心自认为自己的一生都是在攀登“责任的阶梯”，然而，她接替罗辑“执剑人”职责仅仅十分钟，就被三体世界抓住其心性方面的弱点，摧毁了人类的引力波发射装置；同时，她又直接毁掉了人类在高级文明“黑暗”打击面前唯一的逃生机会——维德的光速飞船计划。“她两次处于仅次于上帝的位置上，却两次以爱的名义把世界推向深渊”(《三体》Ⅲ，第 451 页)，程心所代表的，就是人类那种以爱的名义、以道德化的尊严彰显的傲慢与“物种虚荣心”。因此，对于人类文明生活当中最高贵、最重要事物进行

“太人性化”的抉择与安排，就如同任意地尊奉“圣母”一样，必然会将文明的命运交给这种义正词严的任性与人性化的自我感动，其结局必然是灾难性的。“对于智慧文明来说，它们最后总变得和自己的思想一样大”（《三体》Ⅲ，第509页），出自人类的“圣母”程心《自传》的这句貌似充满“理性”与“智慧”的话，所包含的同样是心灵鸡汤式的逻辑，人们应该看到的，是它在宇宙尺度上反射出来的反讽意味：对于“智慧文明”来说，它们最后只能变得和自己的“思想”一样“大”（“小”）。

叶文洁则代表了与程心相反的另一个极端。叶文洁同样自认为对于人类抱有责任心。叶文洁当然不是一个通常意义上的坏人，她的遭遇甚至令人痛惜与同情。然而，她个人的人生经历与心性品质，其实只是整个三体问题的一个偶然的诱因，她和程心一样，代表或者展现的是人类文明命运的一个维度和侧面。其实晚年的、正常生活当中的她，悉心照料一群邻居孩子的她，也已经变得和蔼可亲，因此可以设想，如果不是因为早年的遭遇，叶文洁或许就是另一个程心，或者反过来说，程心其实是叶文洁的背影。但正因为她心思单纯，对于人心与人性的险恶没有心理准备，也缺乏对于复杂环境的适应和与之周旋的能力，这就使得她在猝然间真正面对这一切时，反应显得简单而又极端。叶文洁其实是一个极其聪明的人，她既能在红岸基地的艰苦环境当中发现太阳电磁辐射作为“电波放大器”的秘密（《三体》Ⅰ，第195页），同时又不动声色地悟出了“宇宙社会学”初步的基本原理。前者使得她背叛人类文明的计划得以实施，后者又为拯救人类文明留下一线希望。这一切可以说明，她对于问题可能存在的两面性，似乎也不是全无估计。

因此，叶文洁在得知三体文明的真相之前，内心当中应该已经对于自己的所作所为感到些许不安。于是，她在自己也“不知道为什么”（《三体》Ⅱ，第6页）的情况下，向罗辑谈起了宇宙社会学，并且自认为“不管哪种情况，我都尽了责任”（《三体》Ⅱ，第6页）。她所说的“不管哪种情况”，指的是她既将三体文明引入地球，同时也留下了解决三体问题的可能方案，这样，不管将三体文明引入地球是幸事还是灾难，她都尽了自己的“责任”。在叶文洁得知三体文明的真相之后，她凭借具有“更高的”文明与道德水平的三体世界改造和完善人类社会的信念，也随之崩塌了：为了这个“信念”，不仅她个人付出了巨大的代价，三体文明的真实状况，决定她所做的一切必将给地球上绝大多数的无辜生灵带来灭顶之灾（《三体》Ⅰ，第216页），却并不能起到她想象当中的作用。而随着与其信念绑缚在一起的疯狂之举的终止，她的生命也走到了尽头。在她生命的落日时刻，对于人性本身的看法或许并没有多少改观，但“人类的落日”（《三体》Ⅰ，第299页），大概既让她感受到最后的人间温暖，也让她对于人类有着更多的愧悔与歉意——因为人类文明的血色黄昏，就是由她的背叛行为带来的。

处于叶文洁与程心二者之间的中项，是叶文洁的女儿杨冬。杨冬出生于东北荒野丛林当中的“红岸基底”，并在这里长大，叶文洁让她太早地接触了那些“太抽象、太终极的东西”（《三体》Ⅰ，第52页）。但事实上，这种“抽象”与“终极”只是自然科学、物理学意义上的，她的悲剧是将自然科学与天体物理学的视野，当成了终极信仰：杨冬就像是天体物理学之“纯粹”信仰本身的象征，她无法接受物理学意义或层面上的自然法则的混乱，在这方面她像叶文洁；但她同样无法接受与自己相依为命的母亲竟然是背叛人类的地球三体组织领袖的事实，在这方面，她又像程心。三体问题出现之后，杨冬自杀了，因为伴随着三体危机出现的一系列问题，将她在自然和人性这两方面的信仰同时都摧毁了。书中没有直接交代杨冬是否知道她的父亲杨卫宁、红岸基地政委雷志成都是被叶文洁冷酷地杀死的，杨冬的死事实上也与叶文洁有着直接的关系。但正是这种有如“杨冬”般脆弱与盲目的“信仰”，使得人类文明具有一副叶文洁式“启蒙理性”支撑着的乐观自信的面孔，同时却又有着一个程心般的“无辜”的背影。

“宇宙很大，生活更大，我们一定还能相见的”（《三体》Ⅲ，第250页），程心后来不经意间重复了智子，又对云天明说了这句话：三体世界通过地球文明的“文化反射”，学会了人类的心灵鸡汤，而程心又将它“反射”给已经在三体世界为人类卧底的云天明。临近全书结束的时候，赶去与云天明会合的程心，与陆一帆误入低光速的黑域，这期间，根据狭义相对论的原理，外部时间以千百万倍的速度飞逝了一千八百多万年。刘慈欣用一千八百九十万年的冷漠的地质年代距离，“残忍”地拆解了两对“有情人”（云天明与程心、陆一帆与艾AA）之“终成眷属”式的大团圆结局：云天明和艾 AA 阻隔在地质学纪年意义上的过去，他们像罗辑所说的那样，在石头上刻下了他们的生活、甚或可能是他们创建的一个文明的远古信息；而程心与陆一帆这两个仅存的地球人类，只能成为在无神的宇宙深处流浪的亚当和夏娃。这里恰恰是《三体》真正超尘绝俗的大手笔，可以看作是对于“宇宙很大，生活更大”的某种回答：“生活”不是琼瑶式的浪漫故事，也不是心灵鸡汤式的鄙俚逻辑，“生活”也并没有能够跨越一千八百九十万年那么“大”。这样的“生活”，又一次和程心开了一个冷酷的玩笑。

就在这时，智子带着云天明赠送的“小宇宙”出现了，在近两千万年之后，再次重复了她的标志性话语：“宇宙很大，生活更大，我们又相会了。”(《三体》Ⅲ，第 498 页)然而，这个“小宇宙”，却只是一个一立方千米的小小立方体。两个文明被摧毁之后，三体世界与人类其实已经休戚相关，没有太大的区别，因此，“小宇宙”也可以看作是人类自身的造物。这个所谓“不在过去，不在现在，也不在未来”(《三体》Ⅲ，第 1 页)的“小宇宙”，虽然能够躲过宇宙坍缩，保障生活的安稳(《三体》Ⅲ，第 493 页)，但它不仅“很小”，而且从一开就充满了苍老、腐朽、终末、荒诞的气息。在这里，程心开始写她的自传《时间之外的往事》：

> 我把灯光调暗些，提前做出一个黄昏，然后遥望着地平线上自己的背影。我挥挥手，那个夕阳的剪影也挥挥手。看着那个身影，我感觉自己还是很年轻的。
>
> 这是个好时光，很适合回忆。
>
> (《三体》Ⅲ，第 1 页)

如果说叶文洁在生命最后时刻想再看一次的红岸基地的“人类的落日”(《三体》Ⅰ，第 299 页)，宣告了在三体危机面前人类文明末日的降临，那么这个一立方千米的“小宇宙”，则将这种“落日”时光与终末情调凝固化、实体化了。正如程心自己说的她的回忆可以看成人类文明本身的回忆一样，在这其中，是人类文明的历史与命运密码：从《三体》所设定的宇宙时间尺度看，人类文明的历史，不过是自己向自己挥手的自我感动与做作怀旧；而所谓“时间之外的往事”，也并不代表客观性，因为所谓的“不在过去，不在现在，也不在未来”，其实只是迷失在宇宙深处的人类文明“青山依旧在，几度夕阳红”式的惶惑与苍凉。因此，在这个小宇宙当中“提前做出”的夕阳，或许也可以看作对于第二部结束时罗辑所谓“灿烂的（爱的）阳光能照进黑暗森林”（《三体》Ⅱ，第 470 页）的梦想的回答。但这还是人类之爱的本来意义吗？或者说，这还是罗辑所要表达的意思吗？又或者说，罗辑真的想明白他自己作为面壁者的成功缘由了吗？

四、“再次起航”：
罗辑的逻辑，或“逻辑”之外的罗辑

罗辑的面壁者计划的侥幸成功，虽然有很多外在的、偶然的因素促成，但从根本上讲，其原因是“道”层面的，而非“术”层面的，是内在的，而非外在的。这自然不是说他自己对于这一切都很了然。罗辑原本从事和叶文洁一样的天体物理学专业，但后来出于“好混”的原因转行社会学。或许正因为这样的“知识结构”，使得叶文洁在杨冬的墓地，偶然决定向罗辑传授她想了大半辈子的“宇宙社会学”的基本原理。但需要注意的是，叶文洁的原理，只是一个“纯理论”的、甚至是欧氏几何式的“数学”式模型（《三体》Ⅱ，第 5 页），这个模型并没有直接得出“黑暗森林”的宇宙生存法则，而叶文洁对于罗辑的期望，也是成为宇宙社会学的“欧几里得”，而非马基雅维利与霍布斯。当时，叶文洁地球三体组织“统帅”身份还未暴露，她对于三体世界的真相也还不了解，还把三体文明当成是拯救地球的“主”。对于地球三体组织的命运以及事情未来的走向，她或许有些含混的预感，但宇宙社会学进一步的“黑暗”结论，她还推导不出，至少是在潜意识里不愿意得出，所以，她宁愿将宇宙社会学的原理停留在纯理论的“数学”式模型层面上。然而，仅凭叶文洁式宇宙社会学的“数学”模型与“数理”逻辑，是无法解决三体危机的，这里需要一种苏格拉底式的范式转换与扩容，或者“再

次起航”[①]:宇宙社会学的真正逻辑在数理式的抽象“逻辑”之外,或者说,数理“逻辑”之外,才是“罗辑”的“逻辑”;但罗辑的“逻辑”仍然是逻辑,这一逻辑代表了人类文明的坚实基底与脚手架,它们或许才是人类文明更大尺度上的真正的生存逻辑。

罗辑是一个普通人,甚至充满了一些普通人的毛病与品质缺陷。他在成功建立与三体世界的威慑平衡之后,向公众高调宣称的“人类之爱”(《三体》Ⅱ,第469页),对于他来说,其实只是对于妻儿的责任。他理解中的“宇宙社会学”整体面目究竟如何,小说当中并未直接交代,但其中一定包含了他对于生活、对于世界的“普通人”式的理解。然而,从根本上说,罗辑的面壁计划的成功,起作用的主要不是他的学识与知识结构,也不是他自己所理解的“爱”,而恰恰是他作为一个普通人的“正常人生活”(《三体》Ⅱ,第4页),是这种“正常人”、普通人生活当中的基础性的自然正确性:这不仅是指具体实施方案与“计谋”层面的东西,“活着本身就很妙,如果连这道理都不懂,怎么去探索更深的东西呢”(《三体》Ⅱ,第3页),罗辑对着杨冬的墓碑说出的这种对于生活的理解方式,恰恰是宇宙社会学成立、并最终发挥现实作用的条件与基础。在全人类生死存亡的关键时刻,这样的理念从客观效应上说,恰恰嵌入了天道、符合于天道,因此能够支持他在决定人类命运的生死抉择当中作出不谬大义的判断,并以顽强、巨大的精神力量,完成面壁者计划。

这一方面,从与其他几个面壁者计划的比较当中就能看出。泰勒的计划是设想在与三体世界发生的战争当中,首先消灭地球太空军,让他们变成“量子幽灵”去与三体人战斗。这个计划不仅过于直白,缺乏欺骗性,而且也过度残忍(《三体》Ⅱ,第175页)。希恩斯的思想钢印计划,固然有可能增强人类的“思想能力”(《三体》Ⅱ,第243页),但仅凭胜利主义的“思想能力”本身无法战胜三体世界,更何况他在实际操作当中为人们暗中打下的是人类必败的负向钢印。与罗辑计划最接近的是雷迪亚兹的计划,它们表面上看起来似乎也差别不大:就

① [古希腊]柏拉图:《斐多》(99d1),见刘小枫编/译《柏拉图四书》,生活·读书·新知三联书店2015年版,第507页。

两个星系最后都被高级文明毁灭的结局来看，罗辑的计划也并没起到拯救人类的作用；而罗辑的计划如果失败，则与雷迪亚兹的计划一样，都是与三体世界同归于尽的结果。但它们的根本不同仍然在于，罗辑的计划是在迫不得已的情形下向死而生，因此他先是对着居委会主任，而后对着杨冬墓碑上的一只蚂蚁，为这个计划当中可能的危险致歉。罗辑这种内心的柔软与不安，反过来恰恰说明发自其计划根基之处的博大、悲悯、仁厚情怀。而雷迪亚兹自鸣得意的计划，则是企图以整个太阳系的毁灭来要挟三体世界，迫使其放弃向太阳系移民的计划。先不说这个充满纰漏的“粗鲁”计划的实现可能性（《三体》Ⅱ，第 265 页），就其本质而言，它更像是一次以先行搭上全人类的生命的自残行为，而展开的提前的“报复”与“复仇”。罗辑的计划是公布三体世界的恒星坐标，即使不得已将太阳系的坐标位置连带暴露在危险当中，这其中仍存在诸多的变数和可能；而雷迪亚兹计划付出毁灭整个太阳系的代价所达到的效果，却充其量只是毁掉了三体世界一个即将到手的礼物。正是这种隐藏在相似的表象之下的根本区别，保障了罗辑无论是在公众对其失望之极的情况下，还是在威慑平衡建立、将同归于尽的风险“长期化”之后，都没有像雷迪亚兹一样被人们用石头砸死（《三体》Ⅱ，第 274 页），而是为人类社会带来六十多年的和平岁月。

另一方面，可以将罗辑与章北海进行比较。如果说罗辑是背靠死亡的深渊，站在悬崖的边上，那章北海奋斗一生的人生历程就是脱离人类文明的崖岸，走入黑暗的宇宙深处，走向“宇宙野蛮人”。然而，章北海跨越二百年的履行军人责任的信念（《三体》Ⅱ，第 349 页），却在“黑暗战役”的关键时刻犹豫、退却了。章北海意志坚定，目光远大，在三体危机之初，就对于人类必败的结局做出精准预测，并以胜利主义姿态为掩饰，在两百年间坚定不移地推进其为人类文明保存火种的“失败主义”路线（《三体》Ⅱ，第 353 页）。而在人类太空舰队全军覆没之后、“星舰地球”成立之初，章北海也第一时间对于这个全新人类社会的社会形态、政治结构做出清晰的定位，同时也预见到因为燃料等困境而即将到来的“黑暗战役”的死局。或许在章北海看来，这样在太空人类内部发生的资源争夺战争，不同于面对三体世界的“敌人”，因此，自我牺牲同样是军人的职责，牺牲自己保全同类与牺牲同类保全自己，对于整个“星舰地球”的存亡来说效果是等同的,而这大概也就是他最后的话“没关系的,都一样”(《三体》Ⅱ,第 420 页)的含义。但作为整个“星舰地球”最有权威的领导者,章北海最后的犹豫与退却,完全有可能使“星舰地球”整体陷入同归于尽的无序混战与混乱当中,从而章北海所谓的军人责任与牺牲精神,此时只是对于做出生死决断的精神重负的逃避。就像一直“为责任活着”(《三体》Ⅲ,第 508 页)的程心却两次在事关人类生存的重大问题上犯下致命错误一样,在幽暗无边的宇宙尺度上,“责任”就像是一艘迷失的太空飞船,既没有航向,也没有可以着力与起落的基础:“责任”伦理可以满足个体自身的道德感与崇高感,宽慰其负罪感,但在这里显然需要一些更大的价值时空坐标与支撑结构。

罗辑成功的原因,因此是在宇宙社会学的叶文洁式“逻辑”之外,在欧氏几何式的“逻辑”之外,同时,也在被“黑暗战役”彻底撕碎的个体“责任”逻辑之外:罗辑看似凡俗的精神力量背后,其实有着一个更加开阔的认知广角及自然正确性底盘,这决定了他的思维、行为与信念,都有着更加宽裕的举措空间与回旋余地,以及更为强大的支撑力量。这样的逻辑之外的“逻辑”、逻辑之外的“罗辑”,可能也超出罗辑本人的自我理解范畴,但这或许正是目光极为犀利的史强,在罗辑玩世不恭的外表背后看到的“冷静”与“大气”(《三体》Ⅱ,第 58、139 页)。太空中发生的“黑暗战役”,似乎完满地诠释了宇宙社会学的“黑暗”原理,而罗辑好像就是这么认为的(《三体》Ⅱ,第 441 页),随后,他又对着史强说了和智子类似的话:“宇宙是很大,但生命更大”(《三体》Ⅱ,第 442 页),用来演绎叶文洁传授的宇宙社会学公理。然而,罗辑和史强都是那种具有虫子般的生存意志与生存能力的人,他们都是那种与纯粹的物理原则相互作用、为自己建造家园的人(《三体》Ⅲ,第 17 页),他们不会轻信“宇宙很大,生活更大”的心灵鸡汤,但也断然不会被数学模型般的生存困局困住——这是他们能够相互理解、相互欣赏的前提,如前所说,这也是罗辑的面壁者计划成功的基础。

在这种情形下,罗辑与史强对于宇宙社会学的公开谈论,自然已经是半真半假:因为这时的罗辑,即使对于面壁者计划下一步的实施方案还不是很明确,心中也应该清楚,无论以怎样的方式建立三体星系坐标的广播系统,其基本前提都是欺骗智子无所不在的监视。于是,罗辑夸张地推演叶文洁式的纯数学模式，演绎出“很大”的“宇宙”与“更大”的“生命”之间的生存死局，但这只是他在三体世界面前架起的保护伞。如同程心的“圣母心”成为三体世界攻击地球的“安全屏障”一样（《三体》Ⅲ，第 145 页），宇宙社会学的“黑暗森林”原理在这里也被罗辑反向利用，成了其计划实施的保护屏障：三体世界对于“黑暗森林”原理了然于心，如果能够表明人类在这样的“黑暗”法则面前束手无策，就会起到“黑域”式的安全申明的效应（《三体》Ⅲ，第 316 页），这会比人类对于这样的法则懵懂无知更让三体世界放心——因为在后一种情况下仍然包含了各种不确定因素。于是，他与史强在智子的监视当中公开讨论“黑暗森林”原理，并不断宣称在太阳被封死情况下他已经无事可做。所有这些，连同公众的失望与对罗辑的厌弃、嘲弄与侮辱，事实上反倒为其计划增加了一重保护伞，而这本身正是罗辑所需要的。当然，这其中也体现了罗辑心思灵活、善于抓住机会的性格特点。总之，这一切欺骗了三体世界，至少暂时打断了猜疑链的延展。罗辑和史强谈话的最后，引用了叶文洁“不管怎样，我都尽了责任”（《三体》Ⅱ，第 448 页）的话，罗辑此时应该已经明了叶文洁的话的真实含义，同时也明白了自己与叶文洁的不同处境，及所需要的不同应对方式。当他也说出“只是想尽责任而已”的话时，其实已与叶文洁的意味全然不同：在黑暗中监听的智子不可能明白，罗辑已经将三体人必然已经知悉的“黑暗”原理和无奈的“责任”，成功地演绎成欺骗三体世界的谎言。在此基础上，他抓住了“雪地计划”这一最后的机会，巧妙地将其暗中改造成三体星系坐标的宇宙广播装置，使得面壁者计划完美地完成。

五、自然还是自然：在通往“自然之道”的天梯上

如上文讲到过的，《三体》之科幻诗学以自然科学思维和认知视野，将考察人类文明生活的价值坐标放大到宇宙尺度上，与此同时，又通过文学性的虚构、幻想与想象力，将其链接、接入人类的生活世界与文明价值空间，从而在科学与文学的双向互动、相互延展当中，引发了科学与诗性的聚变效应。《三体》这样

的科幻诗学,内在地蕴涵并延展开来一个以天道自然意义上的“自然之道”视野为基础的普遍性的文明诗学范型,一个文明伦理与文明观照的视域。自然科学给人类打开了一个近乎无限的宇宙,但自然科学同样告诉人类一个残酷真相,即在这个尺度上,人类是渺小的,甚至只会越来越“渺小”:在这个尺度上,人类文明、也包括任何可能存在的文明系统,其生存方式的某种“洞穴化”或许是必然的。因此,在领受现代自然科学给人类带来的利益与力量的同时,超越现代自然科学引发的人类生活翻天覆地的“进步”与“进化”表象,人类文明能够始终意识到自身无可逃避、不同程度上的“洞穴化”的局限性,才是智慧的体现。要获得这种智慧,既不能无视现代自然科学的成就,但也不能仅限于此。

杨冬临死之前,仍然抱着一个令她无法释怀的困惑:“大自然真的是自然吗?”(《三体》Ⅲ,第18页)杨冬可以说是真正的“自然之子”,而更要命的是,她是用一种唯美的、童话式的眼光来理解这种抽象的物理学法则的(《三体》Ⅰ,第52页):她的卧室用树桩、树皮布置了护林人“林间小屋”的模样,连遗书都是写在桦树皮上(《三体》Ⅰ,第8页)……自然物理法则在唯美与童话当中,变得自给自足,变得完美、自洽起来,但同时也肯定变得更加脆弱。杨冬以为世界就是由这种纯净的、甚至童话般的自然物理法则构成的,她无法理解、也法接受这种世界法则的不纯粹:

> 以前,杨冬有一个基本信念:生活和世界也许是丑陋的,但在微观和宏观的尽头却是和谐完美的,日常生活只是浮在这完美海洋上的泡沫。现在看来,日常世界反而成了美丽的外表,它所包容的微观和包容它的宏观可能更加混乱和丑陋。
>
> (《三体》Ⅲ,第14页)

杨冬生活在童话般的自然物理世界当中,但人类文明本身真的走出童话了吗?自然科学的尺度,无论是“宏观的”还是“微观的”,也都只是文明之底层、基础与局部的尺度,它在这样的层面与领域内或许充分、有力,甚至深度影响了人类尤其是近代以来的人类文明生活方式与历史进程,但它仍然只是某个层面、某个范围内的主宰，它仍然是低维度的秩序与法则，它并非一切。自然科学式的自然理性所缺乏的，恰恰是直视和理解“浮在这完美海洋上的泡沫”的眼光和能力；而所谓“更加混乱和丑陋”的“微观”与“宏观”世界，则只是因其不能理解这一切而产生的情绪化的应激反应。在这里，我们或许就需要一种更加宽广、更加完整、更加立体的“自然”视野，来理解与思考人类的生存处境与生活方式：

（一）这要求人们，不能只从天体物理式自然法则与生物进化论的低维度上，去看待人类生命与文明生活秩序。“完美海洋上的泡沫”也许不够“纯粹”，但不等于它只有“混乱和丑陋”，它既非简单、乏味、不值得审视，也未必真的不“自然”，甚至可能包含着更高维度的“自然”。因此，只从自然科学与生物进化论层面上探求人类生命起源与人类文明秩序问题，都只是探讨了自然的一个低维度展开的、片面的层面，必然不得要领。这并不是说应该将“黑暗森林”法则与维德式的那种“狼性”，奉为文明生存的金科玉律，如上文提到的，作为进化论法则的逆向推演，“黑暗森林”法则事实上是对“敌人”与自身生存的共同拉低、共同“降维”：比如，轻易摧毁三体星系、降维性地毁灭太阳系的那个超级文明，已经做好在二维、甚至更低维的世界当中变态地生存的技术准备（《三体》Ⅲ，第393页），因为这种降维打击的后果，最终也会降临到它自己头上。但超级文明难道没有更妥善的方式，来处理同（比其“低级”很多的）三体及地球文明的关系吗？能量守恒、因果循环在宇宙的尺度上也并未失效，甚至被更加放大与显著化了，因此，文明智慧广角不仅仅关乎如何处理与其他文明之间关系，同时更重要的，是关乎文明自身的品质与生存质量。

（二）这同时也意味着，不能将生命看成某种例外的奇迹、意外的偶然。从表面上看，奇迹论打断了物理自然与生物自然法则的连续性，但实际上，又在另一方向上将此种低维度层面上的自然法则绝对化了，于是，人们只能借助于奇迹、神迹，才能与这种僵硬的自然法则对抗。而将生命看作偶然，不仅同样以一种否定性的方式打断了自然因果链条，同时，“只有在存在目的性的世界上，‘偶然’这个词才有意义”①，因此，从“偶在”性来理解人类的生命，终究仍然会在自

① ［德］尼采：《快乐的科学》，黄明嘉译，华东师范大学出版社2007年版，第193页。

觉不自觉间将生命看成是宇宙的中心和目的,看成“宇宙的精华,万物的灵长”,或者神圣的造物。除此之外,更主要的是,无论奇迹论还是偶在论,在将人类的生命存在看作外在于自然的产物的同时,也就意味着将其看作已经“完成”的存在——在历史进程、价值高度与德性的完善方面,都已经“完成”的存在。人类生命值得珍视,人类被进化为智慧生命也确属幸运,在一个无神的宇宙当中,人类值得以一种“感激”的姿态来面对生命①,但生命也并非是奇迹,“被造”的奇迹或者“偶在”的奇迹。

总之,要获得具有厚度与纵深的智慧视野,必然需要超越自然科学素朴质直的视界与抽象眼光,同时又不能返回到神学或人性化的道德情感、物种自恋的温情当中,而需要将自然提升到“道”的层面,来作为思想方式与认知尺度。我们需要从“道法自然”与“自然之道”层面上的“自然”角度,去看待人类生命与人类文明:“人法地,地法天,天法道,道法自然”(《老子·二十五章》),自然科学的法则最多是天、地之间的法则,它远远算不上是“道”,更不是“道”所取法的那个“自然”。相对于更高层次、更大阈限的“自然”而言,它只是某种基础的、生硬的、局域性的规则。人类以自己的生命形态、生活方式与文明秩序参与到了自然的进程当中,打破了自然科学的“纯粹”秩序与抽象法则,在与自然长期相互作用的过程当中,延展、复杂化了自然,一定程度上甚至是人类自己为自己开辟、重建、创造了一个新的“自然”家园:

> ……地球之所以如此适合人类生存,并不是巧合,更不是什么人择原理的作用,而是地球生物圈与自然环境长期相互作用的结果,这种结果,在其他遥远恒星的行星上不太可能完全重复……
>
> (《三体》Ⅱ,第403—404页)

这里需要注意的是,首先,这里的“选择原理”,大概就是指达尔文“物竞天

① [美]施特劳斯:《尼采如何克服历史主义》,维克利整理,马勇译,华东师范大学出版社2019年版,第39页。

择、适者生存”的生物进化论原理，对于这种洋溢着乐观主义、“胜利主义”气息的进化论原理的否定，也就意味着对它的反向镜像、“黑暗”镜像——“黑暗森林”法则至少是部分性的否定与修正。这就为人类在“黑暗森林”法则面前留下了生存空间。其次，这是面临三体世界入侵地球，在“星舰地球”脱离地球文明、向着宇宙深处寻找人类家园的漫漫征途当中，章北海的思考。类似的结论，后来通过在巨型计算机上演示的某个“地球演化数学模型”得以证实（《三体》Ⅲ，第16页），而这正是杨冬无法理解的。所以，理解这一切需要的，不是自然科学的童话或神话，而是类似成熟的太空军人章北海式的冷静智慧，其核心是对于生活、人性与世界当中更加错综复杂的自然基础、自然机理、自然关系擘分理析的知解能力。

在此情形下，中国古典思想智慧在宇宙尺度上同样是有效的，甚或可以说，只有中国智慧才能与古为新，向着浩渺的宇宙打开，看护与照料不断向着宇宙尺度成长的人类文明：中国文化与中国思想传统当中“道法自然”的智慧，就在于它在尊重自然科学与生物学层面上的自然的同时，超越这个层面上的自然，而不断向着“道”层面上的自然攀升。在这个过程当中，“反者，道之动”（《老子·四十章》），人性的伟大，人性真正的自然正确性与自然道义，不仅仅是具有虫子般的生物性生命力，同时也具有像苏格拉底一样知道自己的“无知”与限度的能力，以及自我返回、自我节制、自我拒绝的能力——这一点在宇宙的尺度上尤其重要。对此不仅东方哲学很早就了然于心，比如《庄子》当中就屡屡提到以拒绝更“进步”、更“先进”的机械之类事物来保持“天机”的方式，像《斐多》中的苏格拉底，也正是在对于类似困惑与困境的超越当中，完成其思想的“再次起航”与作为“政治哲人”的转型。正是由于这种反向的能动性与回旋能力，使得人类虽然不能与宇宙一样终古长存，却具有了生存的立体化的纵深性，具备了走向完整、完满的高级维度与圆融格局的可能性。

从这样的天道自然视野看来，人类生活与人类文明所有的一切不是偶然，不是巧合，更不是奇迹，而是真正的天地大道的展开：人类是自然的产物，人类既在自然当中，也在自然之外，但最终还在自然之中，这不仅仅是时空维度上的，同时也是价值的高度上的。在自然与人性之间，因此是一个相互发现、相互规定与相互激励、相互肯定的漩涡，但这个漩涡，又不是向着抽象的无限性展开的、解构与稀释人性与文明价值的虚无化过程：在这个过程当中，既无目的，也有目的，因为目的存在于对于当前“目的”局限性的不断领悟与超越的过程当中，目的存在于“目的”向着更高的认知与价值维度升华与重建过程当中。从这种意义上说，不能将人性简单地视为已经完成的。“成性存存，道义之门”（《周易·系辞上》），人类的智慧生命与人类文明体系，幸运地从某种程度、某个维面上嵌入、彰显“自然之道”的大化周行，但人类生命与人类文明还需要参酌天道，不仅从时间的长度上，更从价值的高度上，不断地攀登自然的天梯：不断“成”自身之“性”，“存”自身之“存”，完善与完成自身。于是，一沙一世界，芥子藏须弥，新的目的从“目的”的核心处绽放开来，目的从“目的”的内部进入、抵达，反过来，人类由此将自身的存在秩序，整体纳入更高的价值时空、生存维度当中。在这个过程当中，自然之“道”也不断地将人的因素包括进来，在整体拥抱与肯定包络在天地大道当中的人性化世界的前提下，留给人性化生活的至高使命就是：调集全部的人性智能、意志与力量，在更高层面上对于自然物理法则进行拓展、淬炼与重组，因而不断打开一种更加丰富、充实、圆融的价值纵深与层级系统。

六、文明的高度标尺：文明智慧广角的整全与文明德性的圆融

这一过程，不是生物进化论，不是历史的直线进步论，不是科技进步的神话：这是一个文明智慧打开翼展、文明德性走向圆融的过程；同时，这也就是与天道连通、联动的人性乃至人类文明系统之智慧与德性，走向其“自然”之“性”或“自然”本质的完善与完成的过程。整体而言，这一切体现了天道自然的具体展开过程：在宇宙的尺度上，天道变得如同近在眼前一样切近而真实，或许可以说，只有这种凭据天道而来的文明智慧广角的整全性与文明德性的圆融性所能够达到的程度，才可以视为文明高度的检测标尺。从这个意义上讲，人类文明

确有其值得骄傲的地方，但也不是没有需要反省之处，程心或许自认为“无辜”，但整个人类不能以“无辜”自处：这不仅仅是维德所说的那种直面“黑暗森林”状态的勇气的匮乏与丧失（《三体》Ⅲ，第 382 页），同时还有那种人性价值“太人性”化的内部循环，人性化的自我感动、“物种虚荣心”。而随着人类自然科学的进步，自然科学本身的力量也被卷入、征用，放大了这种人性的自恋：太空舰队覆灭之前，“掩体计划”大规模推进之后，人类就曾经两次因为科技力量的进步及藉此展开的恢宏工程而变得信心满满（《三体》Ⅲ，第 457 页）……因此，如何恰当地利用自然科学给人类带来的力量，并降服这种力量，使得它真正为人类文明智慧的扩展与文明德性的增益服务，也始终是摆在人类面前的一个巨大课题。综上种种，总的来说，在文明的某个层面上长足地、甚至畸形地、变态地发展，并非最为困难的，也非最重要的事情；不断调适与获得文明价值认知广角、文明德性的整全性与圆融度，而非顾此失彼、片面性甚至畸变性地成长，才是一件最为艰难、但也最为智慧的事情：如果说在浩渺的宇宙时空尺度上，任何文明的存在都不过像一点露水一样短暂与微渺，那么，比之蒸腾为一小片虚无的蒸汽或其他存在方式，将其凝缩为一粒圆融的水滴，显然是更为明智的存在方式。

刘慈欣写到这里，对此类问题不可能没有反省与认知，但在作品本身设置的认知理性格局与思想主旨延长线上，“黑暗森林”的死局无法破解，宇宙重启似乎希望渺茫。因此，这种科学理性无限伸展带来的局限性，不仅仅是小说人物的局限性，而且一定程度上也是《三体》本身的局限性——在那惊采绝艳、震撼人心的科学与诗性的完满结合之外，还应该冷静地看到这一点。当然，刘慈欣的本来意图并非是要摧毁人类文明的意义，小说最后的那个鸢飞鱼跃的“生态球”的情节与意象，或许出乎意外地给出了一个关于人类文明之存在意义的答案：

> 小宇宙中只剩下漂流瓶和生态球。漂流瓶隐没于黑暗里，在一千米见方的宇宙中，只有生态球里的小太阳发出一点光芒。
>
> （《三体》Ⅲ，第 513 页）

在中西文明传统当中，都曾用“圆”的意象与语汇来表述其最高智慧：拒绝人性化的目的论的内在腐朽，同时也拒绝向着抽象的无限性的作虚无铺展，这在尼采就是用“永恒轮回”的概念所含混地表述过的思想主旨；除了为中西传统所共有的“轮回”思想之外，更具东方和中国色彩的表述是“圆”，圆智、圆照、圆善、圆融……但“轮回”与“圆融”要表述的，都不是抽象空转，不是循环论证，而是在不断轮转的过程当中，以不断地调整自身、回到自身来超越自身：天道不是空洞抽象的，从自身的内部发现天道，并凝聚、重建一个更高维度的价值奇点，由此出发，从内部重新打开人类文明更高处的生存之门。

就此而言，在被拆毁的“小宇宙”当中漂浮的永恒循环的生态球，究竟是论证了人类文明的脆弱与微渺，还是凸显了其恒在的意义与价值？抑或是正因为宇宙必然走向毁灭，才证明了昙花一现的人类文明的价值？又或者，人类无论如何都该走出自己的“小宇宙”，勇敢地走向宇宙的、时间的深处，迎接宇宙重启的希望？这些问题并不是简单的单选题，就像返回大宇宙的程心和关一帆的结局其实并不重要一样：就算他们像云天明与艾 AA 一样幸运，将地球文明再延续几万年、几十万年，或者再造一个文明，最终也必将湮没于浩瀚无垠的宇宙深处，在宇宙纪年的尺度上，连白驹过隙都算不上。但人类文明的意义，或许就存在于“生态球”这个意象的诗性延展与诗意频谱当中：人类文明的意义，或许就在于挣脱自然科学视野中宇宙无限性的空漠虚无（大宇宙），同时也拆解过度人性化的内在腐朽（小宇宙），以超越低维度的自然局限性、但又为自身的生存设置自然限度的方式，通过取法更高意义上的自然、“道”层面上的自然，来完成其意义的轮转、充实、升级与圆融，这就是人类及其人性化的生活能够承负和享有的一切。

刘慈欣或许没有明确意识到这种认知本身的东方色彩与中国文化特征，刘慈欣更加没有虑及的是，在中国道家的丹道及各种丹经当中，曾经有着一个更加圆通的自然科学的神话或“科幻”叙事：这就是调御生命的内在宇宙与内部自然秩序，恰切地调配与淬炼人的自然生命、自然身体当中的乾坤坎离、木火土金水，就能超越时间的浩劫与轮回，飞升成仙，证得金丹大道，获得不死不灭的永恒生命。这在今人看来，或许是一个不折不扣的神话，但在这个神话当中，蕴含着中华文化的至深机理：自然在自然的深处，自然在自然的高处，自然既是价值的最低处，也是价值的最高处，既是文明的起点，也是文明的顶点。对于人类文明的生命、文明的“身体”来说，综合运用包括当今的自然科学在内的各种“修炼”手段，文明生命的不断延展、甚至接近永生，或许不完全是神话与科幻。这个过程，是人性的“自然”（本质）、文明的“自然”（本质），从纵向上脱胎换骨、升级换代的过程：《三体》毕竟只是科幻作品，人类文明的困境与可能面临的危机，也不只是来自宇宙深处的外星文明，但这样的升华与“飞升”能力，是人类文明向着宇宙尺度成长的必要条件。正是在这个意义上，中国文化就是人类文明的“丹道”与“丹经”：因为只有在中国文化当中，流淌着人类文明连通天道的通彻的自然经脉，蕴结着直抵天道的、层层递进的自然阶梯。

理想国的秘密

——《伊安》篇与柏拉图诗学

柏拉图对于诗和诗人的真正态度，也许比人们通常所理解的要复杂得多。人们一般对于柏拉图诗学观念的了解，大致来自《理想国》，即那臭名昭著的从理想国中驱逐诗人的诗学暴政。然而，仅对《理想国》的对话作表面的、直义的理解，毕竟是肤浅的。有人说过，一部西方哲学史就是对于柏拉图的注释史，因此，即便只是考虑到柏拉图在西方哲学史上的地位、影响，乃至对于美学和诗学的深远影响，以及柏拉图著作窈冥深奥、歧义纷纭这一历来被公认的事实，这样的理解也是难以让人信服的。实际上，要理解柏拉图诗学的复杂内蕴，就必须虑及柏拉图作为西方两千年形而上学传统的奠基者所需要解决的中心任务和哲学难题，同时，也必须联系与语言经验缠绕在一起的诗性意义，在柏拉图的形而上学理念体系中所占据的重要地位。

一、“词源学的经验主义”：形而上学的“诗学”起源

与通常的看法相反，在本文看来，理解柏拉图的诗学观念，最重要的文献，也许是那篇短小的、易于被人忽略的《伊安》篇。这篇对话，似乎是一篇纯粹的“诗学”对话，它所讨论的中心问题是关于诗的“灵感”问题。在这篇对话中，“苏格拉底”挖空心思地反复推论、并逼迫诵诗人伊安承认这样一个事实：诵诗人宣

扬荷马的本领，不是凭“技艺的规矩”“技艺的知识”，而是凭灵感。这篇对话论证主旨的莫名其妙，及它与柏拉图的主要著作之间的矛盾，至少是不一致(在本篇中似乎是宽容了、至少是不反对诗的存在)，又构成了人们对它不予以认真考虑的理由。而这里之所以说它重要，是因为它不但超出了通常的“诗学”的范畴，而且超出了通常意义上的美学和哲学范畴。从某种意义上讲，它对于柏拉图哲学乃至整个西方两千年的形而上学传统，都具有某种元哲学和元理论的奠基作用，但它最终又被焊接在柏拉图哲学的理念大厦及后者所开启的形而上学传统之上。根据本文的看法，人们本来完全可以获得不同于柏拉图哲学和形而上学的另外一种启示：这种启示，正是诗所可以给予的启示。但正因此，这一启示也正是柏拉图在《伊安》篇中竭力压抑人们获得的启示，因为他服从于他自己的哲学的理路和灵感，自觉不自觉地感觉到了这种启示所可能带来的对于理念金字塔的巨大危险性。柏拉图是成功的，他将人们对于诗的理解，拧转向全然不同的另外一个方向，并最终将理念金字塔镇压在了诗的身上。从此，诗和诗学，作为理念金字塔的最底层，只能是对于柏拉图哲学的某种或直接或间接、或正向或反向的谦抑的论证。

这篇对话，是在作为柏拉图的面具的“苏格拉底”与诵诗人伊安之间展开的。两人见面伊始，“苏格拉底”以其惯用的伎俩，在表面上对荷马和伊安本人极尽恭维的同时，不知不觉间，已将“辞句—思想”这一他最需要的形而上学等级序列塞给了伊安，引导伊安进入他那令人晕头转向的雄辩洪涛中：“……荷马真是一位最伟大、最神圣的诗人，你不但要熟读他的辞句，而且还要彻底了解他的思想……因为诵诗人要把诗人的意思说出来，让听众了解，要让人家了解，自己就得先了解；所以一个人若是不了解诗人的意思，就不能做一个诵诗人。这了解和解说的本领都是很值得羡慕的。”[①]在这里，伊安本人其实就像“苏格拉底”在下文提到的被诗神附体的诗人一样，已被“苏格拉底”的幽灵附体，如土梗木偶一般，成了“苏格拉底”发挥其思想的“辩证法”工具。在对话中，有许多像用占卜来类比诗人这样的类比式推理，后面还提到算学家、医生、鉴赏家、御车

① ［古希腊］柏拉图：《文艺对话集》，朱光潜译，人民文学出版社 1963 年版，第 2 页。

人、木匠、渔人、牧牛人、纺织妇、将官之类，这些结构相似的类比，都是要说明一个问题："每种技艺都必有它的特殊知识""我们不能凭某一技艺来知道某另一技艺""知识题材不同，技艺也就不同""如果各种技艺都用同样知识题材，就不能说它们彼此不同""同样技艺必凭同样知识，另样技艺必凭另样知识"[①]……这样的类比和结论，充斥了这篇对话。以此为基础，"苏格拉底"展开推论，于是人们看到了以知识为重的理性主义的巨轮对于诗的裁割与肢解。"苏格拉底"以知识为重，所以他实际是以"技艺知识"的"知识题材"或者说知识客体，来比照诗的"题材"的，因此在他看来不论是荷马还是什么样的诗人，在"题材"上当然都是一样的。伊安本于作为诵诗人的感受，感到其他诗人"他们的方式和荷马的不同"[②]，所以当他回答"若是他们说的相同，我对他们就能同样解说的好"[③]时，伊安实际上更倾向于将"他们说的相同"理解成"说的方式"相同。但是"苏格拉底"马上通过将他与占卜家的类比，将伊安放置到了一个认知和知识理性的主体位置上，通过从"假如要你和一位占卜家来解说这两位诗人说到占卜的话……"到"假如你就是一个占卜家……"[④]的推论，终于使得伊安自己也不怀疑自己和占卜家对于占卜的"了解和解说本领"有什么区别了。这样，"伊安"其实始终没有弄明白诗是由怎样的"技艺知识"学得的一门技艺。当然，这也与当时的知识体系以及关于诗的知识观念构成有关。但问题的关键在于，出于柏拉图对于诗的了解和他卓绝的思考能力，"苏格拉底"不能允许伊安明确知晓即使在当时的知识体系中也并非难于理解、得出的可怕结论：诗所涉及的，是一门关于语言的技艺知识，关于诗的"技艺知识"的知识题材领域，是语言的领域。在《理想国》的一个段落中，对于这一切有着清晰的呈现：

那么，我们就要请教达蒙，问他哪种音节宜于表现卑鄙，傲慢，疯狂以及其他毛病，哪种音节宜于表现相反的品质。我仿佛听见他谈到节奏时，

① ［古希腊］柏拉图：《文艺对话集》，朱光潜译，人民文学出版社 1963 年版，第 13—14 页。
② ［古希腊］柏拉图：《文艺对话集》，朱光潜译，人民文学出版社 1963 年版，第 4 页。
③ ［古希腊］柏拉图：《文艺对话集》，朱光潜译，人民文学出版社 1963 年版，第 3 页。
④ ［古希腊］柏拉图：《文艺对话集》，朱光潜译，人民文学出版社 1963 年版，第 3 页。

用些“战争气的”,“复合的”,“长短短格”,“英雄格”之类字样。他用一种我不懂得的方法来安排这些音节,使节奏的起伏随音节的长短;我好像记得他把一种音节叫做“短长格”,另一种叫做“长短格”,拿音的长短来定节奏。有时他批评好坏,顾到每一音节的快慢,也顾到全章的节奏,也许是根据这两种效果的混合。①

关于这段引文,首先需先做如下说明:这段话本身是讨论音乐的,但是对话一开始,就指出“音乐包含文学在内”②。这和中国古代的情形是一样的:音乐是广义的音乐,文学是还没有完全独立于音乐的文学③,所以,把这段文字看作讨论诗歌也未尝不可。④ 当然,这段话只是“苏格拉底”的论辩环节而不是最后结论,“苏格拉底”很快将“节奏”的问题编织入一种等级秩序:美不美要看节奏的好坏,节奏的好坏要看语文风格的好坏,语文风格又是心灵的表现。⑤ 因此,我们也不能百分之百信任它的真诚。按照《斐德若》篇的说法,“在修辞方面若想能做到完美……要有三个条件:第一是天生来就有语文的天才;其次是知识;第三是练习”。⑥ 从而,即便是按照《斐德若》篇的说法,上段引文中至少有一点是可以肯定的,也是任何人读了此段对话都会得出的结论:关于语言的技艺知识,作为诗人技艺知识的知识题材领域的语言,至少是诗人的本领与工作领域的一部分。在如此显而易见的问题上瞒天过海,只能是源自柏拉图哲学内部的一种深刻的要求,如果它要成为哲学、尤其是西方两千年形而上学传统的始基的话。

形而上学的历史从巴门尼德开始。形而上学是建立在一系列人为设置的

① [古希腊]柏拉图:《文艺对话集》,朱光潜译,人民文学出版社 1963 年版,第 60 页。
② [古希腊]柏拉图:《文艺对话集》,朱光潜译,人民文学出版社 1963 年版,第 21 页。
③ 此外,作为文学与诗的成分的“歌词”,“合乐的词和不合乐的词并没有什么分别”,反过来“至于乐调和节奏,它们都要恰能配合歌词”,见柏拉图《文艺对话集》,朱光潜译,人民文学出版社 1963 年版,第 57 页。
④ 此外,柏拉图《文艺对话集》的译者朱光潜先生,在注释中特意指出,所谓的“节奏”,“所指只是诗的音节长短或韵律”,见柏拉图《文艺对话集》,朱光潜译,人民文学出版社 1963 年版,第 57 页。
⑤ [古希腊]柏拉图:《文艺对话集》,朱光潜译,人民文学出版社 1963 年版,第 61 页。
⑥ [古希腊]柏拉图:《文艺对话集》,朱光潜译,人民文学出版社 1963 年版,第 159 页。

二元对立与等级序列之上的关于“存在”的纯粹思维。这里的“纯粹”意味着，思想范畴与思维体系具有一种脱离经验、超越经验之上的“形式化”特征。巴门尼德的功绩，在于他贡献了第一个形而上学范畴——“存在”：

> 词源学的经验主义（所有经验主义的隐蔽之根）解释任何事情，除了在一个给定的时刻隐喻已经被思考作隐喻，也就是说已经被撕裂（意为从经验总体上撕裂——引者注）作为存在的面纱。这个时刻是“存在”之思自身涌现的时刻，隐喻化运动自身。因为这个涌现仍然、并且总是在另一个隐喻之下发生。正像黑格尔在某个地方所说的，经验主义总是忘记是它役使语词来成其所是。经验主义总是用隐喻来思考而不把隐喻思考作经验。①

对于形而上学的历史，当然可以有多种解说方式。这里希望从哲学语言学和形而上学意义体系的意义机制层面，对之进行一种阐释与批判。今天的人们将哲学看作一个抽象的概念体系，这如果不是一种彻头彻尾的幻境，也是后来的事。在古代哲学和哲学起源阶段，哲学概念不可能与语言、经验尤其是“语言经验”这些“诗性”成分没有关涉——如果熟悉了中国古代的老庄哲学，对这一点是很容易理解的。在这一问题上，在中西方传统的早期和开端处，其实有很大的相似性。

巴门尼德对于“存在”范畴的剥离，就是基于诗性经验与诗性直观的基础之上的，没有这个最初的诗性程序与诗性过程，无法设想形而上学思维机制将如何确立起来。所谓“词源学的经验主义”，就是指依赖于（概念）语言经验的诗性成分，来解释哲学概念的起源。因此，巴门尼德这里是一种正面意义上的“词源学的经验主义”程序，而非上面引文中德里达在解构和批判意义上使用这个概念时的意谓——德里达讲述的是一种成熟的、健全的形而上学意义机制。但也正因此，巴门尼德的“存在”范畴，作为“存在”之思的最初涌现，它所欠缺的就是

① J. Derrida, *Writing and Difference*, The University of Chicago, 1978, p. 139.

"仍然、并且总是在另一个隐喻之下发生"，它因而只是停留在一种"前隐喻"的阶段上。因此，它过度依赖于语言经验与直观的成分，而缺乏作为隐喻的超越于经验之上的、生生不已的自我复制的便利："……存在存在，而非存在乃是不存在的"①"一条是存在而不能不在，这是确信的途径，与真理同行；另一条是非存在而决不是存在"②"……要么永远存在，要么根本不在"③"存在的东西整个连续不断；因为存在只能和存在紧接在一起"④。即使并不了解巴门尼德的哲学与形而上学的历史，仅凭对哲学语言的直接感受，也可以感觉到，就像人不能把自己提举起来一样，巴门尼德的思维方式，停留在与诗性经验、语言经验质料的粘连当中，因而好像是被自己的"形式"束缚住了，思维主体与概念范畴之间缺乏距离感，思维本身缺乏层次感、中介性。这一切恰恰归因于其哲学思维本身缺乏充分的形式化，因而也更缺乏自身复制、自我生产的能力。

形而上学从巴门尼德到柏拉图的历史，就是由巴门尼德所断言的思想与存在之间的直接同一⑤，到思维机制本身充分形式化，进而发展、丰富为一个层次分明、等级森严的能够自我复制、自我论证的中介性范畴体系的过程：

> 有一个贯穿许多分离着的个体的理念和被包含在一个较高理念之下的许多不同的理念，有一个会合众体于一而贯穿于其中的理念及许多分离孤立存在的理念。⑥

---

① ［古希腊］巴门尼德：《残篇 6》，见苗力田主编《古希腊哲学》，中国人民大学出版社 1990 年版，第 92 页。

② ［古希腊］巴门尼德：《残篇 2》，见苗力田主编《古希腊哲学》，中国人民大学出版社 1990 年版，第 92 页。

③ ［古希腊］巴门尼德：《残篇 9》，见苗力田主编《古希腊哲学》，中国人民大学出版社 1990 年版，第 93 页。

④ ［古希腊］巴门尼德：《残篇 8》，见苗力田主编《古希腊哲学》，中国人民大学出版社 1990 年版，第 94 页。

⑤ ［古希腊］巴门尼德：《残篇 2》，见苗力田主编《古希腊哲学》，中国人民大学出版社 1990 年版，第 92 页。这个断言，正是"词源学的经验主义"本身。

⑥ ［古希腊］柏拉图：《智者》篇，见苗力田主编《古希腊哲学》，中国人民大学出版社 1990 年版，第 348 页。

这个体系,也是连接思维主体与存在领域的中介。这一过程得以实现的关键就在于,柏拉图将一种脱离经验的隐喻性的自我复制、自我生产能力,赋予了思维范畴,赋予了“理念”和作为形而上学意义大厦的理念体系。要做到这一切,就必须既利用又调理和改造作为思想的“直接现实”的语言(马克思),在形而上学意义体系当中发挥作用的方式和方向。

二、柏拉图对于诗性意义的系统利用:形而上学巨型“隐喻”体系的锻造

后现代主义以来的文化理论与文艺理论,分辨了隐喻—象征与转喻—寓言的区别:隐喻—象征是现代主义的,而转喻—寓言是后现代主义的;前者设定同一性与认同作用的可能,而后者说明同自身起源的距离;前者具有意义的自足性、内在性、封闭性,而后者自身不能构成内在性意义,只能由符号的差异性并置建构意义;前者之中是无时间的、共时性关系,而在后者中时间属于意义的原初构成范畴……不仅如此,就其作为意义机制而言,隐喻—象征涉及一种认识论层次上的意义复制,与此相反,转喻—寓言则涉及一种本体论层次上的意义建构。因此,也可以说,隐喻—象征是一种遗忘、掩盖了自身真正起源的转喻—寓言,任何隐喻—象征从根本上讲都是转喻—寓言。这一点,维柯早已明确地指出过:“……每一个这样形成的隐喻就是一个具体而微的寓言故事。”[①]以上区别,也可以以另外一种方式来描述,那就是,转喻—寓言是一种敞开式的意义建构方式,而隐喻—象征是一种封闭式的意义建构方式。转喻—寓言将自身的意义生产方式暴露出来,它不加掩饰意义来自一次建构的事实,隐喻—象征则是一种对于意义自身的起源和生产方式的遮蔽与掩盖,它通过一种意义的不停的复制和传递,暗示一种独立、自在的意义,诱使人们去寻找一个终极性的意义之源。隐喻—象征遗忘、掩盖了自身的真正起源还仅是问题的开始,真正严重的

---

① [意]维柯:《新科学》(上册),朱光潜译,商务印书馆1989年版,第200页。

后果还在后面：当隐喻自身的起源被掩盖或被遗忘，人们像置身于镜室中一般置身于隐喻的迷宫中，意义被生生不息的隐喻复制所垄断，转喻的意义构造功能被剥夺，并被排斥为某种外在的东西。这时，隐喻—象征和转喻—寓言的关系被颠倒过来，前者涉及意义和内容的相关性，而后者被高度形式化：它们被当成一种形式的相关性和一种意义的“曲折的”传达方式——它们因此变成一种微不足道的东西。人们把一种形式的东西（隐喻）当成了内容，把自身的存在系于某种形式的东西，或者更准确地说，以某种形式（隐喻）系于更高层级的、也是隐喻作为一种形式所必然召唤、要求和臆想的实体性意义起源（理念、上帝、乌托邦）之上，于是，人的存在本身就真的成了某种更高内容和意义实体的寓言。以上隐喻—象征与转喻—寓言的意义机制所涉及的如果是语言的领域，那么同样重要的结论是，前者必然在意义的无穷复制中掩盖自己的语言起源，而后者在意义的外在性的、具体化的生产方式中，不停地自我揭示其来自语言建构、语言经验的事实。

根据以上情形，柏拉图要使形而上学思维脱离巴门尼德式的诗性直观与原初的“词源学的经验主义”阶段，形而上学思维就必须做到思维范畴或者理念“仍然、并且总是在另一个隐喻之下发生”，因此柏拉图的工作，就必须是不停地将一个“隐喻”凌驾于另一个、或另一些隐喻之上，必须不停地制造“理念”的等级序列。然而，这样的过程几乎是没有穷尽的，除非把这样的“凌驾”与等级序列的制造“程序”本身，变成意义实体和意义的给出者。于是，这里就需要连环相套的双重隐喻机制。按照柏拉图哲学著名的洞穴隐喻，柏拉图哲学中压倒一切的意义机制，要求柏拉图的哲学理念体系，必须从总体上构成一个关于世界巨型隐喻：遵照洞穴隐喻，柏拉图哲学本身必须是凌驾于全体存在领域之上的、给出意义的“太阳”。只有这样，柏拉图的形而上学理念体系，不仅在理念的“分离”与“会合”中、在等级序列的无穷“凌驾”程序中，变成一个生生不息的、富于动力性的意义体系，同时，柏拉图的形而上学体系本身，也就成了扼守存在世界本质的实体性意义之源。也只有这样，才能在这一体系内部保证隐喻“仍然、并且总是在另一个隐喻之下发生”，因为只有隐喻的隐喻，才是可以自身复制、自我生产的隐喻。因此，德里达在《书写与差异》中的说法是，“柏拉图的太阳是可见世界的太阳的父亲"[1],这也就是在说,柏拉图的动力性、生产性的理念体系的隐喻性意义生产机制,不仅要从思想延伸到语言和哲学文本,也要从语言和文本延伸到它们所指向的存在领域的整体。由此带来的关键性问题在于,就柏拉图的形而上学体系之为形而上学体系而言,必须保证终究是作为语言构造物的无论是思维范畴、理念体系还是哲学文本,被从"隐喻—象征"的角度得到理解,而一定不能使它们从"转喻—寓言"的方向得到理解。当然,问题也可以这样来更加准确地表述:对于柏拉图的形而上学体系的理解,终究不过是对于语言的理解,因为它终究不过是哲学语言的构造物,形而上学的建构与完成,不可能离开语言领域、离开"词源学的经验主义",不可能离开关于语言经验的"诗学"问题领域;而以何种方式、方向来利用、理解语言,则是决定它是形而上学还是诗歌或戏剧的关键。

由来已久的形而上学神话是,理性或思想从真理的高峰上探下手来,抓住了语言:这意味着"从真理本身出发"的"穷究心灵"的辩证修辞术,以及"辞句——思想"的等级序列,这是苏格拉底已经完成的工作。对于柏拉图来说,关键的问题在于,怎样通过语言,通过对于语言的浸透了诗人的慧心、又包含了哲学家的狡狯的有效处理,使语言在有效地占领、统治广大存在领域的同时,再将形而上学之形式化思维由以起飞的语言经验起源、语言"踪迹"悄然摸去。柏拉图必须做这一切的原因,并非是出于柏拉图被压抑的"诗人"身份,而是柏拉图作为哲学家早已经意识到,形而上学思辨体系的构造完成,不可能不沿着巴门尼德的伟大直觉所开创的道路前进,所以,形而上学思维不可能不依赖语言的"诗性"经验。因此,在这里,文章写作以及对哲学文本的诗意处理,就不只是一个个人爱好与风格问题,而是意味着:作为诗人的柏拉图必须向哲学家柏拉图让步,操持文字对于"诗人"柏拉图不可抗拒的魅惑力,必须服从与服务于哲学家柏拉图要将思想变成哲学和形而上学的巨大历史使命。

于是在这里,柏拉图对于诗性经验、诗性意义的系统利用,可以分为两个阶段。在第一阶段,柏拉图其实是深刻地继承了凭借诗性经验直观、或经验直观

① J. Derrida, *Writing and Difference*, The University of Chicago, 1978, p. 86.

之诗性的巴门尼德"存在"之思的哲学路径与思维特征。因此,柏拉图的"理念",也并非是充分形式化的形而上学思维范畴——形而上学思维范畴的全面、充分的形式化,是要由从亚里士多德到黑格尔的形而上学历史来完成。[①] "理念"一词在古希腊语中,源于"观看",它意指用灵魂的眼睛观看到的事物"本身"。正如有人所指出过的,柏拉图的"理念",是对于存在之物从"质料"方向上进行的抽象,而非从"形式"方向的抽象。因此,至少在巴门尼德与柏拉图的哲学思维中,所谓"灵魂的眼睛",更近似于"诗意的眼睛":这是说,它本身更多地依赖与"词源学的经验主义"或对于语言的诗性经验关联着的诗性直观。于是,作为质料性抽象和诗性直观的"理念",似乎是语言的附属物,它与语言的诗性成分、诗性质性深刻相关。而完成这一切,更像诗人的工作,或与之有着大面积交叠:

> 人们在各种语言中,在没有把事物绝对地概括进去的各种名称中,如果不具有事物久远的模糊的原型,哪怕牺牲这些语言和名称的认识功能,也是不可能进行思考的。[②]

作为阿多诺这段话的反向启发,似乎可以得出结论:在柏拉图的理念体系中,在理性还没有以充分形式化、实体化的方式来充当意义演绎机制时,是语言

---

① 冯友兰对"形而上学的方法",有一种比较简明的讲法可参看:即形而上学是对经验作某种形式的释义,所以可以看成是"一片空灵"。"空"指对经验层面的超越,"灵"指形式化的逻辑普遍性。见冯友兰《贞元六书·新知言》,华东师范大学出版社 1996 年版,第 875 页。柏拉图的理念,作为与语言表象联系在一起的诗性抽象,它未完成的充分形式化和逻辑范畴化,要由理念体系的巨型隐喻整体来完成或完型,也就是说,是由这个形而上学的巨型隐喻体系从整体上完成超越和凌驾于经验领域之上的思维"形式化"和"普遍化"任务。但这个巨型隐喻整体与存在领域之间的关系,仍然不是形式化、逻辑化的。正如下文将讲到的,它有赖于人们理解和看待它的方式。这是柏拉图体系的最伟大之处,因为它像诗歌一样,最不容易被一种逻辑化、概念化的"哲学"驳倒;但也是其最薄弱之处,因为它至少在这个地方(思维体系和存在领域的关系上),根本就不是具有概念的必然性的"哲学"。

② [德]阿多诺:《否定的辩证法·导言》,见《法兰克福学派论著选辑》(上卷),商务印书馆 1998 年版,第 288 页。

在发挥着相似的功能，而语言本身之于形而上学意义体系，从本质上讲是内在性的，而非外在性的。这时，形而上学意义体系对于语言的诗性性质、诗性成分的利用是正面的，理念本身深刻地依赖于语言的诗性经验与诗性直观的灵感。① 没有在这一基础上进行层层抽绎，便不会有柏拉图哲学。然而，柏拉图由此面临的理论难题在于，形而上学理念体系不能仅停留在巴门尼德式的"词源学的经验主义"的粘滞性质当中，柏拉图的形而上学思维在更加自觉、更为系统地正向利用了巴门尼德式的诗性直观和语言化的诗性经验的同时，它还必须超脱对语言经验的依赖，进行脱离经验的自我复制。语言是理念借以起跳的跳板，它必须在思维越起、意义诞生的瞬间被踢入黑暗的深渊之中。这里就必须借助于"辞句—思想"或者《斐德若》篇所阐明的"文字—语言—心灵"这一沿隐喻关系或隐喻层次建立起来的形而上学等级序列：理念在借助语言成为意义实体、占据存在之物的本质领域的同时，倏忽之间离开语言，并将语言埋入形而上学金字塔暗无天日的地基之下。因此，这样一个看起来简单粗鲁的等级序列，却是形而上学必须维护的基本秩序。而后现代哲学由此入手解构形而上学历史，也算是切中要害。

在此基础上，在第二阶段，在柏拉图由其戏剧化的对话文体构筑的诗性意义场域当中，柏拉图的总体策略是，先让诗性意义最充分地展开，走出诗性语言的对话文本和意义空间，进入存在、揭示存在、占领存在，然后再对诗性意义进行隐喻式的哲学导流。这时，"诗"与"诗性意义"的性质，就近似于柏拉图在《会饮》篇、《斐德若》篇等对话中，所讲述的以美为对象的"贯通一切的学问"中的"美"的地位②。它具有一种前理论与前形式化思维范畴所具有的、对于存在领

---

① 当语言进入文字时，便赋予形而上学体系以一种完全的实践维度。逻各斯通过由内而外地进入文字，而又由外而内地回到自身，从而实现自身为一种更加严格的形而上学：由于进入文字、离开自身的彻底的外在性，而使自己成为一种更加生动的"内在性"，并由二维平面的图画，变为三维立体的动力性体系。在《斐德若》篇中列举的文字的"僵死"的特性，在这里转化为一种积极的意义：文字给予了思想以一种彻底暴露在历史空气中的哲学的实践性，文字因此沟通了个体的思想历史与思想个体的历史、思想历史与人类历史。这一切，也许恰恰要归因于文字的使人遗忘的特性。参见柏拉图《文艺对话集》，朱光潜译，人民文学出版社 1963 年版，第 169 页。

② 见朱光潜《西方美学史》(上册)，人民文学出版社 1979 年版，第 49 页。

域空前的包容性和存在呈现的整全性。

不仅如此，诗意也意味着一种思维结构自身的“辩证”的完成性与总体性。亚里士多德指出，纯形式(pure form)是不可能的，除非它就是God(神)。下面会讲到的柏拉图“灵感说”当中，灵感所具有的“神性”，其实正是作为“纯形式”(诗)的给出者的诗之诗性。它是诗本身的效果历史，是诗所转喻的东西，是诗的转义。把神性赋予灵感，赋予诗的起源，便是对于诗性真正起源的遮盖与掩饰——前面讲过，这正是隐喻的特性。柏拉图作为“诗人”的慧心，洞察了语言的秘密、语言的意义的秘密：语言意义的转喻性。转喻所代表的在意义的双向对流与往反周行中诞生的、自我指涉的“纯形式”性质，正是转喻之为诗意的重要特征之一。出于此，柏拉图区分了哲学语义学的层面和哲学语用学的层面。同时，柏拉图发现，从语用学到语义学，从“用法”到“意义”，从“存在之语言”到“语言之存在”的语言意义的诗意回流或回溯，可以使哲学语言具备一种坚不可摧的辩护力、回护力：诗或者诗意所具有的自我指涉的“纯形式”结构与力量，仿佛赋予了哲学语言一种自身的实体性存在、“语言之存在”，这使得哲学语言就像诗歌的语言一样具备自给自足、自我辩护、自我论证的性质。柏拉图的对话文本的戏剧性结构，将辩证法的思维力量、思想力量，与其内在包含的、具备“客观化”与“离间”效果的诗意与美感，密不可分地结合在了一起，正代表了一种转喻性、开放性的意义并置与汇流——一种诗性的意义结构①。诗性从来不在于意义的单向度的、隐喻式的传递，而在于意义的转喻式的对流与差异性并置：它们广泛地占有与包容了尽可能广大和富有差异性的存在领域，同时也使思想或思维体系本身，趋向一种自身的辩证总体性与完成性。柏拉图本人的例子，他的对话文体的戏剧化的诗意结构，仿佛已经将各种“反对意见”收纳、综合为一个立体化的戏剧场景，在看似纷乱的节目演出中，一点也没有耽搁其专断的主题的演绎，因而人们经常

① 关于转喻—寓言的诗性特征，参见张大为《“兴”：诗性书写与诗性文化的意义机制》，《文艺理论研究》2006年第5期。中国古典诗学范畴“兴”(比兴的“兴”)，就是一种具有转喻—寓言性质的、根本性的诗性意义机制。

会在对于思想之戏剧化“情节”的推演过程的沉迷中，忘记了反驳——这是一种哲学性、文化体制化的“遗忘”，而非偶然的失误。但它只能是出自“诗人”柏拉图的杰作。

当然，需要说明的是，这样的效果还不完满：(1)这样的效果，仅停留在哲学语言本身的“能指”而非“所指”层次上，停留在哲学语言的“语义学”而非“语用学”层次上；(2)柏拉图需要的，是人们将诗意与戏剧理解为哲学、形而上学，需要防止的事情是人们将诗与戏剧仅仅理解为诗与戏剧；而对柏拉图而言，最为恐惧的事情莫过于，人们将哲学与形而上学也仅仅理解为了诗与戏剧。因而，事情还没有完，这种诗性意义结构对于哲学家柏拉图来说，只是哲学语义学的构造。哲学家柏拉图必须将这种水平的、语义学的诗性意义层面，沿着垂直的、隐喻的、单向的方向汇聚起来，指向哲学语用学的意义。柏拉图的对话文体，从语义学构造上是诗，从语用学意义上是哲学；从水平(转喻)的方向上是诗，从垂直(隐喻)的方向上是形而上学。因此，接下来需要的，是一个意义的理解模型、接受模型，将人们的理解和接受方式，引向形而上学的垂直(隐喻)方向。

三、灵感的“锁链”：形而上学理念大厦的意义结构模型

作为柏拉图系统利用诗性意义的两个步骤，第一个步骤实现的是理念的隐喻化，第二个步骤实现的是理念体系、也即柏拉图的形而上学意义体系本身的隐喻化。综合这两方面而言，正如前面所说，它们实际最终都是对于语言经验、语言意义的隐喻化，柏拉图的形而上学理念体系内在地包含了一种对于语言经验、语言意义的导引模式，这种意义的导流模型，通过“灵感说”这一“诗学”问题彰显了出来：

……伊安，让我来告诉你。你这副长于解说荷马的本领并不是一种

技艺，而是一种灵感，象我已经说过的。有一种神力在驱遣你，象欧里庇得斯所说的磁石，就是一般人所谓“赫剌克勒斯石”。磁石不仅能吸引铁环本身，而且把吸引力传给那些铁环，使它们也象磁石一样，能吸引其他铁环。有时你看到许多个铁环相互吸引着，挂成一条长锁链，这些全从一块磁石得到悬在一起的力量。诗神就象这块磁石，她首先给人灵感，得到这灵感的人们又把它传递给旁人，让旁人接上他们，悬成一条锁链。①

“灵感说”作为意义导流模型，它至少意味着以下几点：(1)对于经验性的诗性直观与总体性的诗性意义的神秘化；(2)意义传递和流向的隐喻式的单向性，及隐喻的“磁力”与“神性”；(3)对语言的与有关语言的“技艺知识”的排斥。柏拉图利用诗意的两个步骤、两个隐喻化过程，都与对于语言的语言经验、诗性“灵感”相关，但是，柏拉图的理念意义大厦，其作为形而上学意义体系的性质，要求必须在隐喻成为隐喻的同时，将语言逐出这一体系，将形而上学意义的语言踪迹、经验踪迹抹去。做完这一切，才是这一隐喻化过程的真正完成，或者说才是这一过程完成的最终目标。从赫剌克勒斯石上传下的灵感，也穿过了柏拉图的大脑。在保存诗意的对话文体之诗性语言的肌理界缝中，在灵感飞溅的诗性文本的细关节目中，作为诗人的柏拉图和作为哲学家的柏拉图在这里相遇了。最终，在巨大的精神冲突中，诗人柏拉图屈服于哲学家柏拉图，“灵感”屈服于理性和形而上学。于是，终于将依赖诗性直观的理念范畴与戏剧化的对话文本的意义，从转喻方向上的双向对流，抑压回单一的隐喻性的单向流动。“灵感说”于是就彰显了控制和导引语言的意义方向的模型，而“灵感说”显示的那种不变的单向性，正是“神性”，隐喻的“神性”。在这种隐喻式的意义导引模式中，意义深刻地依赖着语言经验与语言的建构，然而意义的这种语言起源必须马上被掩盖、被遗忘，并在一种自我复制中，将追究起源的目光引向(语言)自身以外的他者。不知所从来的灵感，

① [古希腊]柏拉图：《文艺对话集》，朱光潜译，人民文学出版社 1963 年版，第 7—8 页。

将理念群落牢牢地连接起来，并锁定成一个金字塔式的隐喻、层级式结构。总而言之，“灵感说”的要害就在于，引导人们忽略眼前的意义构成的经验程序与语言起源，在一种对于意义的隐喻式的单向度追溯中，将其起源神秘化。同时，这种指向神秘起源的追溯路径与方向本身，成为对于剥夺与垄断这一意义的意义体系的结构方式与构成机制的强有力的论证。

也许有人会说，柏拉图关于诗的观念、关于诗来自灵感而非来自知识，以及诗与语言的关系等看法，都来自当时希腊人的一般观念，或与之有着较密切的关联。这样的认识并非没有道理，它们在一些美学史式的著作中，表现得尤为明显或者得到特别的强调。但应该知道的是，柏拉图并非先前的古希腊文化述而不作的转述者，古希腊文化在苏格拉底—柏拉图时代所发生的巨大转折，是文化史上的常识。在这种情况下，对于以锻造形而上学的宏伟体系为使命的柏拉图来说，即便是原封不动地照搬当时古希腊人的一般观念，其本身也可能恰恰带有强烈的理论意向和理论目的。我们也就恰恰需要将其作为一种症候，分析其中的原委，分析形而上学也氤氲于其中的古希腊文化的结构性缺陷，而非将其当作美学史事实，视为理所当然。

因此，总结柏拉图诗学，其核心在于，必须在将哲学的意义体系沿着诗性的方式展开的同时，将其锻造为一个关于世界的、赋予世界以意义阳光的巨型隐喻，而其对于诗性意义的利用，由此不是外在的而是内在的：语言的诗性演历一直深入到意义体系的内部，诗性灵感在垂直穿过语言的层面时，也垂直穿过理念的金字塔。对柏拉图而言，其最为恐惧的事情莫过于，在利用哲学语言与对话文体的诗性意义的同时，使得诗性意义在无导向的情况下随意泛滥，使得它们沿着转喻—寓言的方向得到理解。那样的话，理想国的壮丽图景会像一卷图画一样翩然委地。所以必须通过“灵感说”，压抑一种对于语言意义的转喻—寓言性自觉。但《伊安》篇中通过“灵感说”竭力掩饰的、诗人具有的专门的技艺知识题材，在《理想国》等其他对话篇章中得到揭示。理想国的秘密，因此就是关于语言的诗性经验、诗性意义、诗性灵感的秘密。《伊安》篇中描述的那挂灵感的“锁链”，本身正是幻现在柏拉图伟大头脑中的形而上学意义机制模型的朦胧的、“模糊的”诗性表象。《伊安》篇对于柏拉图的整个哲学大厦，都具有元哲学和元理论的奠基作用。德里达在《书写与差异》中说：

> 光之光超出了光，火焰的中心是黑色的。①

那挂灵感的“锁链”，就是黑色的焰心，整个形而上学理念大厦都维系于其上，并且充满了“灵感”焰心幻化出的“理性”之光。

① J. Derrida, *Writing and Difference*, The University of Chicago, 1978, p. 86.

“奥斯维辛问题”与阿多诺后期思想转向

“奥斯维辛之后，写诗是野蛮的”这句阿多诺的名言，被人们脱离语境，进行了过度的传播与过度的诠释。事实上，这句话，包括奥斯维辛问题、纳粹问题、两次世界大战问题，以及更加一般性的艺术与灾难的问题，都是具体的社会历史问题，是可以解释的，而不是无解的二律背反。但如果要对其进行一种比较彻底的解释，必须超越西方的现代性视野与现代性的思想传统：法西斯主义乃至为人类带来空前灾难的两次世界大战，都是西方现代性历史的产物，是西方现代虚无主义传统本身的产物。但纠结在西方现代性传统内部，无法解释西方虚无主义与法西斯主义问题。

然而，阿多诺恰恰在这一点上，具有一种哲学史或者思想史意义上的含混性。一方面，阿多诺的“否定的辩证法”，我们可以将其看作一种克制的解构主义：它从非同一性、从“概念的觉醒”、从哲学的修辞学因素入手，批判黑格尔为代表的“肯定的辩证法”与体系性的形而上学传统，与德里达的“解构”策略如出一辙。但另一方面，它又保留了太多的黑格式的东西，或者说黑格尔式的大而无当的东西。比如，阿多诺在《否定的辩证法》当中就讲，同一性哲学是大屠杀的意识形态。按照这种讲法，纳粹的“指导思想”应该是黑格尔，而不是被曲解的尼采思想。阿多诺想以“否定的辩证法”反思那种被神话化、被误读与误用的理性主义思想体系，但在很多维度上，却又再次将黑格尔式的理性主义的同一性神话召唤回来。

但阿多诺的思想力量和魅力，某种程度上或许恰恰就在这种含混性、居中性当中。一方面，他出自德国哲学传统，从纯粹哲学的、学理性的层面上讲比较厚重，比法国式的后结构主义与解构主义思想更耐人寻味一些。另一方面，也恰恰因此，更深地陷入德国古典哲学传统这个现代性思维与现代性思想的渊薮当中。从这个意义上看，甚至《启蒙辩证法》关于理性与神话的“辩证”关系的著名公式性结论，也恰恰是这种“含混”的思想史位置与哲学谱系定向的结果，而非真正对于西方启蒙理性与虚无主义传统的科学解释与透彻理解。否则我们无法解释一个基本的问题，即为何阿多诺在《文化批评与社会》这篇文章当中，又回到了一个更加激进的启蒙主义立场？这当然来自“奥斯维辛问题”对于阿多诺的刺激，但我们无法设想的是，这样一种立场，将如何面对《启蒙辩证法》的结论？这难道不意味着是对启蒙理性的再一次执迷与神话化？靠着这样一种激进的启蒙主义，就能解释纳粹与法西斯主义问题？

事实上，阿多诺几乎走在通往正确方向的路径上。在《道德哲学问题》这本书当中，阿多诺在“回到康德”的表面取向之下，提出一个关键性问题，即他认为伦理学问题是将道德哲学简化与减缩了：“我们应该做什么”的道德伦理问题，事实上是全部哲学的核心问题指向，而不只是实践理性与伦理学问题。这也就是说，哲学的核心问题与基本目的是实践的，而非理论的——这一点恰恰具有超越“现代性”视野的西方古典哲学传统味道。当然，这也仅仅是一种并非被偶然地错失的可能性而已。就算在康德那里，所谓的哲学的实践性归宿，也只是一个含混的指向性，是一个被其沉重的“纯粹理性”与“批判哲学”建构所掩盖了的、几乎是悖论性的目标诉求。对于阿多诺来说，就更其如此。他或许只是看到“道德哲学”实践，对于传统形而上学思维之“非同一性”的溢出性效应，因此，在《否定的辩证法》当中，这个问题又变成了“自由”问题。

我们就此可以看到，阿多诺的思想轨道，其实始终没有脱离德国哲学这一西方“现代性”传统所沉积的思想沼泽。但这并不是说，走向“后结构主义”“解构主义”，走向“后现代”，就能摆脱西方的虚无主义。“后现代”只是现代性传统的进一步极端化，它不仅是虚无主义的进一步蔓延，而且顺带使哲学或者思想本身变得多余。从这个意义上看，阿多诺含混的思想史位置与哲学立场，倒成了对于哲学与思想本身的尊严的一种努力挽留。

在这里也就涉及阿多诺与中国当代文化的相关性问题。这也就等于说，中国当代社会历史问题，是否还是一个启蒙主义的问题？或许不少人会对此持肯定立场，也有不少人或许会认同阿多诺的名言，乃至《文化批评与社会》这篇文章。他们认为，只要不“写诗”，而是写写“日记”，自己就是对社会历史承担责任，自己就不再“野蛮”。但这只是说明其认知模式还停留在20世纪80年代，停留在西方的18世纪，说明其根本无法理解今天的中国的社会历史现实。这个世界也许并不完美，但他们所给出的诊断与“启蒙”一钱不值，因为其对于社会历史问题的认知，从起点上就是错误的：一代一代的年轻人，会让他们越来越“失望”；这个国家会越来越好，但绝不会变成他们所希望的那样……一场灾难，让我们看到了很多人真实的灵魂底色。而在这样的语境之下反思阿多诺的思想历程，也具有别样的启示意义。

“科学伦理学”与“以美育代宗教”问题

——《蔡元培文集》读书笔记

蔡元培无疑是受到西方“现代”的思想观念洗礼但又带有中国本位的问题意识的思想先驱。读蔡元培先生的文章时，和对于那个时代多数先贤的感受一样，我们总能感觉到多种力量牵连和关涉其间，而这些“力量”又绝不仅是学理和学术上的，因而如果只是从我们今天所认定的某些所谓“学理”出发，来推敲其间的歧义和矛盾之处，那就太过自以为是了。在1910年出版的《中国伦理学史》一开头，蔡元培在感慨中国“纯粹之伦理学”缺如的同时，就带有了处理中西、新旧文化冲突的问题维度：“所谓新旧冲突云云，仅为伦理界至小之变象，而于伦理学说无与也”，而在该书的结尾处，蔡元培则寄希望于随着“西洋学说”的输入，我国的伦理学能够“发展其新思想”，颇有些“中体西用”的味道。这样的问题意识，其实同样贯穿在蔡元培关于“以美育代宗教”的问题思考当中。蔡元培经常就美学、美育、美术等问题发言，其中文章标题中出现“以美育代宗教”字眼的，就有1917年的《以美育代宗教说——在北京神州学会演说词》和1930年的《以美育代宗教》这两篇代表性文章。

“以美育代宗教”的前提，是认定“宗教”问题已经不是问题，而这种认定的标准是“科学”。在“纯粹之伦理学”的“纯粹”诉求与五四前后的“科学”标准的遭遇当中，“纯粹”或许是在西方“现代”的学术形态、学科体系影响下的某种比较含混的限定性标准，而“科学”则带有了对于自身价值内容和理想目标的诉求，因此，这种“科学”观念，至少可以看成是“纯粹之伦理学”的“纯粹”观念的激进化，或者说，“纯粹之伦理学”的“纯粹”观念，可以看成是五四时代“科学”观念的某种前驱或先导形式。随之，蔡元培在五四运动的前两年，即1917年的文章中昂扬宣称：“夫宗教之为物，在彼欧西各国，已为过去问题。盖宗教之内容，现皆经学者以科学的研究解决之矣。吾人游历欧洲，虽见教堂棋布，一般人民亦多入堂礼拜，此则一种历史上之习惯。譬如前清时代之袍褂，在民国本不适用，然因其存积甚多，毁之可惜，则定为乙种礼服而沿用之，未尝不可。又如祝寿、会葬之仪，在学理上了无价值，然戚友中既以请帖、讣闻相招，势不能不循例参加，藉通情愫。欧人之沿习宗教仪式，亦犹是耳。”对于一个世纪之后的我们来说，“宗教之为物”之于“彼欧西各国”，今天仍然是一个重大的现实问题：今天的人们大概不会再天真地相信“科学的研究”就可以解决宗教问题，而“历史上之习惯”，不正是生活方式这样最为根本性的重大问题本身吗？

按照蔡元培的意思，中国的传统“悉以伦理学为范围”，那么西方传统大概就是以宗教为根本，蔡元培1917年的文章探讨的好像只是西方才有所谓的“宗教”问题，但中西、新旧冲突的问题维度，也毫不隐晦地潜伏在其中：“所可怪者，我中国既无欧人此种特别之习惯，乃以彼邦过去之事实作为新知，竟有多人提出讨论。此则由于留学外国之学生，见彼国社会之进化，而误听教士之言，一切归功于宗教，遂欲以基督教劝导国人。而一部分之沿习旧思想者，则承前说而稍变之，以孔子为我国之基督，遂欲组织孔教，奔走呼号，视为今日重要问题。”在蔡元培看来，西方各国所达到的“现代”文明程度，是由于某种“纯粹”的理由和“纯粹”的伦理：“彼俗化之美，仍由于教育普及，科学发达，法律完备。”（1917年3月29日《在清华学校高等科演说词》）对于蔡元培来说，孔子当然不是基督和“宗教家”，而是中华文明传统当中一切“伦理学”的宗师和象征：由此，如果“以美育代宗教”得以成立，那么“以美育代儒学”自然也就不成问题。

当然，“以美育代儒学”之于蔡元培，并不意味着完全取消儒学。孔子之所以会被误认为基督，大概就是因为孔门和中国传统的“伦理学”不够“纯粹”：“现代文化的乐观主义和此岸性，一切超自然的启示被从逻辑上解释自身的理性和普遍的道德素质取代，主张允许由一个观念来支配整个结构的统一性和激进主义。”（特洛尔奇：《基督教理论与现代》）孔门和传统伦理学不够“纯粹”的部分，是否属于“超自然”的内容，这可以商榷，就所谓的“伦理学”而言，在这样的问题维度上，蔡元培关心的当然不止一门现代意义上的“学科”的建设和构成，因此，所谓“纯粹之伦理学”的“纯粹”化，可以有两个维度：一是广度上的，也就是以西方的、“现代”的、“科学”的伦理学学科体系来整理中国伦理思想传统；二是厚度上的，也就是祛除那些不那么“纯粹”的“伦理”生活的质料和实体性内容，被误认为基督教的儒家伦理，就应该属于这一需要被“纯粹化”的范畴。而“以美育代宗教”堪称“厚度”上的“纯粹之伦理学”之“纯粹化”的典范，或者是与伦理学的“厚度”上的“纯粹”化相平行、并行的一个过程，它同时顺带或者反向表达了一种诉求，那就是“以美育代儒学”。至少，“美育”可以“纯粹”化儒学当中那些被误读为基督教的东西，而使之成为一种“纯粹”的伦理生活或者生活伦理。但“科学”充其量只能保证“逻辑上解释自身的理性”自身形式的自洽性，纯粹的“科学”本身的价值理想和价值实质性，是否可以具有伦理意义，是否可以支持一种伦理世界和伦理生活，这是值得考量的问题。

十几年之后，蔡元培再次就“以美育代宗教”的问题发言，这次这篇文章的性质，似乎是在集中回答一系列关于这个问题的各种质询和疑问。显然，作者本人的观念主旨已经有了很大的变化。蔡元培 1917 年的文章与 1930 年文章的重要区别，在于以下几点：

（一）前者从心智（“精神”）机制与“美”的“普遍性”着眼，后者从生活与生存方式的总体性着眼。前者无疑受康德哲学的影响：在康德式的理路当中，“心智”机能当然可以做到被“纯粹”地加以区分和认知，尤其在审美判断当中，心智机能被和谐而又纯粹地呈现；相应地，在蔡元培的堪称“审美”化的宗教理解和宗教认知当中，宗教也就被“无害化”为某种纯粹的智性的安慰或愉悦，来作为无从解决的玄学问题的“聊相慰藉之一假定答语”（《在清华学校高等科演说词》）。对于如此意义上的宗教来说，蔡元培讲，“即人各一教，亦无妨碍”（1917 年 5 月《致许崇清函》）。在“人各一教”情形下，宗教被“纯粹”化得空洞、“超脱”而又“具体”，这正是像“美”一样的概念、准确地说是非概念化的概念，或者说，这正是对于宗教的审美化。在后者当中，不再抽象分析心智构成和情感类型的

“普遍性”，来揭示宗教和审美、美育在此种层面上的相通性，而直接进入作为现实的生活方式的美育和审美活动。也可以说，后者是把美育和审美活动作为现实生活和生活世界的总体来加以考察，这恰恰可能达到一种排除性和辩护性的论证目的——这一点下文再讲。

（二）前者是从不排除对“美”的“宗教性”体验的“内部”视点着眼，而后者是对于“美”与“宗教”从“外部”进行的考察，强调二者之间的不同，以及只是在“不同”的基础上勉为其难的“替代”功能。1917 年的文章从“内部”的心智机能和体验的相通处着眼，来提倡“以美育代宗教”，这恰恰建立在“美育”和“宗教”可以截然区分的坚定信念之上；1930 年的文章虽然以粗线条比照的方式强调“一、美育是自由的，而宗教是强制的；二、美育是进步的，而宗教是保守的；三、美育是普及的，而宗教是有界的”，但其实，这种从“外部”考察的结果，恰恰逼迫考察者在“美育”和“宗教”之间做出抉择，而这正凸显或者泄露了“美育”和“宗教”的区分没那么简单、或不可以简单地相互“替代”的天机——尽管这可能并非出于作者的本意：“……宗教中美育的元素虽不朽，而既认为宗教的一部分，则往往引起审美者的联想，使彼受其智育、德育诸部分的影响，而不能为纯粹的美感，故不能以宗教充美育，而止能以美育代宗教。”蔡元培的抉择并没有看起来那么坚决，“以美育代宗教”在前一篇文章中是作为宏伟的文化壮举和文化景观出现的，在后一篇文章中似乎仅变成了一个防守性的命题：这篇文章的着重点，似乎变成了只在辩护“美感”“美育”本身的一种“纯粹”性。

（三）正因此，后者与前者相比，恰恰说明“以美育代宗教”的底气已经明显不足，1917 年文章中的那种建立在心智与“美”的概念的“普遍性”之上的信念，已经被一种将生活方式的整体性纳入其间的、更加具体的思维方式所取代。1930 年的文章提到，“美育代宗教”常被误解为“美术代宗教”，于是特别强调“美育”与“美术”的区别。事实上，从心智机能的角度讲“美育”，的确不容易将“美育”与用作美育素材的“美术”区分开来——从“内部”的心智机能着眼，无论怎么强调是以“美育”而非“美术”代宗教，这样的误读也确实是无法避免的。因此，这里其实就不再是什么“美育”与“美术”的问题，与其说是在讲“美术”与“美育”的不同，不如说是在讲抽象的“美”的概念、“审美”心智与具体的审美生活和生活世界组织的不同。而这也就是一种抽象的概念思维的单薄，与一种有“厚度”的思维方式的不同。从这种有“厚度”的思维方式出发，或许无法回避如下设问：有一种纯而又纯的“美感”和“美育”吗？纯而又纯的“美感”和“美育”尚且不可得，何来纯而又纯的道德生活和伦理世界？如果宗教本来就是这种道德生活和伦理世界的“厚度”之所在，为何不能从根本上重新设想一种自然、健康的“宗教”形式来组织人们的道德和伦理领域？这些叠加在似乎已经不再那么坚牢的“以美育代宗教”的抽象信念以及“美育”与“宗教”不同的疑虑之上，只能让人设想审美甚至“美育”本身与一种“美的宗教”的不同，或者不如说，这里所讲的，就其实质而言正是一种堪称“美的宗教”的东西。

“以美育代宗教”就其显在意向而言，是想用灵魂的自由主义教育代替“灵魂的幸福即完美”，然而，这样的“美育”带来的只是灵魂的空洞舞蹈，并且让它一直这样空洞地舞蹈下去。蔡元培早先将“美育”与宗教绝对、尖锐地对立起来，恰恰表明他即便这一时期也在潜意识里对于“纯粹”的美育并不满意，表明其期盼的是一种“美的宗教”，至少是预留了这样一种可能性和实现空间，而绝非空洞的“美育”本身而已。因此，如前面所说，蔡元培“以美育代宗教”的真实意图或许就是“以美育代儒学”，或者“儒学的审美化”。然而，除去了道德内容和伦理实质的儒学还算什么儒学？虽然五四时代蔡元培的思路确实包含着这样的意向，不过，我们却很难设想20世纪30年代之后的蔡元培还相信什么“科学”化、审美化的“纯粹”生活伦理。因此，“以美育代宗教”虽然出自一种“现代”的眼光，但它在中国语境条件中的提出，恰恰体现了一种生活世界内在的紧张化、致密化和实质性的价值诉求，而这正是从那种作为灵魂的自由主义舞蹈的“美育”之空洞性当中透现出来。一种“美的宗教”的全方位的、全新的生活形式，也就是以特定的生活组织样式和生活世界结构为旨归，而绝非像“审美”那样“超功利”和“无利害”地中立化，或者说，“审美”和“美育”那样的“中立化”领域，从结构上太过于狭隘和局促，从价值层次上太过于空虚、单调和平面化。

蔡元培与儒学等中国古典传统的这种复杂关系，说明“以美育代宗教”的思路，在有意或无意间可能恰恰来自中国传统，但这无疑是一个歧义纷纭、容易被误读的思路：“蔡元培仅把宗教归之于情感教育，撇开其伦理、意志功能，强调

‘陶养感情’以达到‘本体世界’，这说明蔡是完全站在儒学传统的无神论立场，来提出以美育代宗教的命题的。”李泽厚虽然看出了蔡元培与传统的关系，但说儒学是无神论，就和说马无驼峰一样，并不能标明“儒学”的特征，以及它为什么、如何吸收“近代”的理念；或者不如说，这样的看法，同样是以“无神论”和近代“审美”主义的观念和眼光，来看待“儒学”的——李泽厚本人就有“(庄子的)哲学是美学”的一类著名结论。但在20世纪末期，仍然从作为“无神论”的儒学角度重复这一问题，恰恰说明我们还没有走出“美”与“宗教”之间的世纪迷局，而儒学可能还是被一部分人理解成了“审美化”的宗教、“审美”体验化了的“无神论”的宗教：将“东方”和中国视为一个奇异的、神秘的、光怪陆离的“审美”化的世界，这很符合某些不论其居心如何的“西方”眼光、“东方主义”的眼光。这样的情形就是人们所说的一种典型的“后殖民”心态，而如果我们自己也自觉或不自觉地具有了这样一种“审美”眼光，那就只能是一种自我“后殖民”化。美可以说是东方生活世界的某种表象和交流形式，但这并不能表明东方式生存本身只是“美”的处境。“以美育代宗教”让我们窥见了中国文化在某个特定的历史转型时期，对于“宗教”性的文化范导能力和实质性的价值内容的空洞而又热烈、甚至狂热的需要；但同时，从“宗教”到“美育”的降落，一个文明古国的伟大传统，不得不以“以美育代宗教”这样一种方式曲折呈现出来，却又像这个传统发出的一声千年浩叹。这声叹息充满了无奈、哀婉、凄美，却显然找不到它的欣赏者，甚至它的“审美主体”自己也听不到、听不懂这声叹息……

抛开一些表层的“学理”歧义和误读成分，蔡元培1917年的文章，在“纯粹”伦理学诉求和“科学”观念的映照之下，将“美”与审美的“普遍性”做了恰恰是某种“宗教性”的夸张——西方近代启蒙主义及其关于“科学”的神话，于是有了“以美育代宗教”的灵感。虽然它表面上似乎是在处理西方才有的“宗教”问题，但这种“取代”的灵感，恰恰可能来自东方与中国古典传统当中堪称“美的宗教”的深层的思维进路和思想维度，因而它本身也是对于一种实质性的道德世界、伦理生活和价值内容的潜意识召唤。这样的思致，可以为蔡元培1930年的文章所证实，同样可以给人们以新的启示。但时至今日，无论如何不能将东方和中国古典传统仅当作一个美育和审美性的魅惑对象来理解，人们不会希望它只是以这样的形态发挥作用，而它确实也不是这样的。中国传统当中或许没有西方意义上那种宗教传统和宗教形态，但不见得没有“宗教”问题所涵盖的问题领域和问题性——在百年之后再来看待这个问题时，这应该是非常清楚的事情。所以，蔡元培意义上的“美育”即便真的完成，也只是“宗教”问题的起点，却不能够由此代替“宗教”之思带出的问题性本身。反过来说，如果时至今日仍然以为这样的“宗教”的问题领域和其中的问题牵涉，可以统统减缩为审美和美学问题而被轻易打发掉，那对于中国文化的认识和中华文明建构来说，就仍然是一种致命的残缺，同时也有负于先哲百年前的锐意致思和深广用心。

（《蔡元培全集》第三卷、第五卷，高平叔编，中华书局 1984 年、1988 年版）

“美好生活”与人文社会科学的结构性转场

首先解释一下，这里所谓人文社会科学的“问题性”，既包括中国发展模式、发展道路这样宏大的时代历史命题与实践主题，同样也包括学术思想、学术研究的问题性。从根本上说，二者本来就是统一的。党的十九大报告作出中国特色社会主义进入新时代的全新论断，并明确指出，在中国特色社会主义的新时代，我国社会主要矛盾转化为“人民日益增长的美好生活需要”和“不平衡不充分的发展”之间的矛盾。这就要求我们必须认识到这一主要矛盾的变化是关系全局的历史性变化，它对各个方面的工作都提出了新的要求。

“何为美好社会”“人应该如何生活”这样的问题，曾经是轴心时代的伟大心灵苏格拉底、柏拉图、亚里士多德等的关注焦点，是西方古典政治哲学的核心问题；而以孔子为代表的中国古代伟大的圣贤，其思想的实质，也是同样地念兹在兹。十九大报告提出“把人民对美好生活的向往作为奋斗目标”，在这里并不是一个简单的、偶然的问题性的传承、交汇与重合，而是有着内在的、必然的历史性逻辑：它是中国发展模式对于西方所谓的“现代性”道路、“现代性”历史的超越的全新高度，是中国特色社会主义制度发展与完善的内在必然要求，同时，它也是在构建人类命运共同体的问题性格局当中，沿着中国特色社会主义道路所进行的历史性抉择与历史性综合的必然结果。

要理解这一点，可能需要一个全新的学术思想、学术研究、智库研究的问题性视野。同时反过来，它也要求着我们的学术思想、学术研究和智库研究的问题性格局，走出所谓的学术“自律性”，以实现人民群众对于美好生活向往的中国特色社会主义伟大实践为核心，进行一种历史性转型与转场。下面试着从三个方面，对此转型与转场过程当中，中华传统文化的文化立场与这种问题性格局两者之间的内在关联，进行一些阐发：

（一）以“人民的美好生活”为核心的问题性视野，要求我们全面超越西方“现代性”的神话。这种西方“现代性”的神话的核心，是西方一切“现代”的标准，西方特定的历史发展道路，是通向“现代”的必由之路。超越西方的“现代性”，不是不要现代，而是不要被西方的发展模式与发展道路绑架的“现代”。近代以来中国的积贫积弱，使得人们把这其中的原因简单地归结为中国自身文明与文化传统方面的原因，在思想文化领域，胡适提倡“全盘西化”，鲁迅称“中国人的书都是死人的书，西方人的书都是活人的书”“要少读或者根本不读中国的书”，李泽厚则以“西学为体，中学为用”理直气壮地自我标榜。此外，时至今日，以不那么明显、但根本上仍然是拿西方的标准来衡量中国问题的，在今天的学术思想领域，仍然有相当的市场。

需要说明的是，马克思本人是西方“现代性”传统的重要的批判者，马克思对于资本主义生产方式、资本主义制度以及诸如异化等问题的深刻批判，使得对于西方现代性的批判达到一个前所未有的思想高度。在党的十九大报告当中，以“人民美好生活”为核心的一系列重要论断的做出，意味着以基本的、深沉的、持久的文化自信为基础的道路自信、理论自信、制度自信的全新高度，同时，在我们看来，也可以将它看作建立在五千年文明历史所孕育的中华优秀传统文化基础上的中华文化立场、文明价值理念的全新弘扬。这不仅是中国特色社会主义事业的全新历史方位，同时在学术思想领域、学术研究方面，也是一个全面的、整体性的问题性视野。

（二）以“人民美好生活”为核心的问题性视野，要求我们把政治理解为一个具有丰富内涵的褒义词，把政治性与政治标准，理解为一种积极的问题意识与价值判断尺度。受到某些西方错误观念的影响，也包括对于当代中国一些非正常历史阶段的不良记忆，人们往往将政治作某种比较狭隘、比较偏激的理解，将政治只理解为某种抽象的规范、规则，甚至将政治理解作钩心斗角、阴谋诡计等的代名词。这些认识，不是一个社会主义国家公民应该有的认识，对于人文社会科学研究者来说，这样的认识将导致对学术研究的认知，以及一些基本问题上的判断上，发生重大偏差。

按照政治的本来含义，政治指的是人的生活方式、共同体的生活方式，而政治学问是对于美好生活方式、美好社会制度的探寻。孔子在《论语》当中说，“政者，正也”，政治领域是我们在社会生活与学术研究当中进行价值判断时，绝大多数价值标准的来源。正如施特劳斯所说，对于思想者来说，政治哲学是一个永恒的诱惑，它包含着一切人文社会科学研究的母题。此外，健康的政治观念、政治意识，也是培养人民群众的现代公民意识、建设社会主义公民社会的前提和保障。在中国文化传统当中，家国天下情怀是中国传统知识分子的标准配置，几乎每一个知识分子都有着非常系统的政治关怀与政治视野，贯穿于其做人、做事、学术、文章当中。继承这样的优良传统，在当下人文社会科学领域的学术研究当中，不仅需要政治思维、政治视角、政治向度，作为激发创新性的问题意识的重要来源，同样也要把政治标准作为研究成果的价值判断标准。而只有以是否有益于促进实现“人民美好生活”为核心的“政治”标准，才有可能不仅是对于是非对错的简单判断，同时也是一个建设性的、多层次的、具有丰富内涵的标准。

（三）以“人民美好生活”为核心的问题性视野，要求我们以肯定性的价值立场与价值情态，来看待学术思想与学术研究的地位、性质与作用。西方现代的一些错误思想观念，把任何权力构成、权力机制都看作一种“恶”与“原罪”，只要是国家的权力就要限制，只要是政府的主张就要质疑，盲目追求脱离历史与现实条件的抽象的“平等”与“自由”，为了批判而批判，为了学术而学术。这样一种错误思想，在一部分知识分子当中还有着相当的影响。这对于我们的学术研究，尤其是长期从事基础学科研究的科研人员从事智库性研究，是一种观念性障碍。

按照中国文化传统当中的观念，知识分子是社会道义责任的主要担当者，做学问的根本目的不是为了学术而学术，以学问文章经世致用，是理所当然的选择。对于今天的人文社会科学研究者来说，将自己的学术研究成果应用于国计民生，使之能够有益于社会实践，这是正确的路径，也是值得肯定的选择。这就要求，第一，要用一种全面的、建设性的眼光来说看待学术研究与社会生活、一般性学理研究与智库性研究的关系；第二，要有一种超越学科的眼光。黑格尔说，限定即否定，学科划分、学科界限本身，是人类认识过程当中的一个阶段、一个否定性的阶段的产物，随之必然会要求一个“否定之否定”的肯定阶段、综合阶段，而“人民美好生活”的问题性格局本身，就是这一视野融合、学理综合的契机与实践场所。

“美好生活”的总体视野，意味着对于西方现代性视野的整体超越，也意味着一种具有肯定性的丰富内容的政治生活、政治标准、政治概念，是人文社会科学研究的根本主题与价值标准。就文学领域来说，当下文学领域的众多全新发展态势与写作领域、传播方式，带来或重建了不能用“现代性”的审美批评与美学视野所范围的文学价值标准，是可以寄予希望的文学创新与文化创造。包括文学研究在内的当下中国学术理性，要在世界大势与中国立场、回顾传统与当下生活、价值层面与学理层面等一系列辩证关系当中，重建自身问题意识与问题视野。对于百年中国现代学术思想积累下来的问题而言，要实现这一切，并不是可以简单地一蹴而就的事情，而可能需要一个较为长期的观念转换、破旧立新的过程。

诗歌标准重建:从“江湖化”到“政治化”

就当下的诗歌领域而言,诗歌标准问题确实是一个问题。不过这个问题的关键,不在于诗歌标准的有无,也不是标准太多或太少的问题,而是当下的中国诗歌本身,缺少关于诗歌标准的达成与发挥作用的实质性的文化中介和文化场域,至少是缺少对于它们的真实感。在前者缺席的情况下,诗歌领域和诗歌标准具有一种“江湖化”的性质。因此,在今天来说,需要的不是另一个或者另一些诗歌标准,而是诗歌标准本身存在和生效的具有“文化政治”(cultural politics)意义上的现实性与正当性的文化中介和文化场域。所以,对于当下的诗歌领域和诗歌标准问题而言,首先需要的,是在文化中介和文化场域方面,从“江湖化”状况走向一种“政治化”状态。

一

诗歌标准的背后,是一些更大的观念、价值、立场的问题。在 20 世纪 80 年代,诗歌场域是一个公共领域,几乎每个人都可以对诗歌发言,而这种发言也确实都是有效的——有效的“批判”也是有效。这是建立在人们对于一些更大范围内的观念和立场的一致性基础上的,人们在局部的观点和标准的分歧背后,是一些更为基本的一致性。这时,你可以拒绝一些诗歌的定义和标准,但不能拒绝所有的定义和标准;即便你可以拒绝所有现有的诗歌定义和标准,也不能拒绝诗歌的“定义”和“标准”本身的可能性、正当性。正是这些质疑背后的肯定、拒绝背后的无法拒绝,成为一个虽然可能很成问题、却是有效和完整的诗歌场域的基本构成。那时候,诗歌标准和贯彻某种标准的诗歌批评,整体上是高于、大于个体的“居高临下”的东西,它们在本质上不是一种个体行为。

在20世纪90年代以后,诗歌进入所谓的“个人写作”状态。“个人写作”的提出,有其非常具体的现实针对性,在一些比较早期的20世纪90年代诗人、诗歌和诗歌批评当中,这一情形是非常明确的。不过随着中国当代社会转型的进一步推进,把20世纪90年代以来的诗歌看成是市场经济的悲壮对抗者或胜利成果都越来越困难,尽管原子化的“个人”,既是经济自由主义思维的前提,又是其现实的结果,尽管因此由“个人”始,到“个人”终,也是一个很完美、很诱人的论证。此外,更显然的事实是,在商业广告每天都在将消费某种商品和品牌炫耀为“个性”的时候,所谓的“个性”早已变得极其空洞和廉价,这只能说明我们生活的文化历史境况已经大幅度地改变了。在20世纪80年代,“文化”尽管都是一些宏大叙事和庞然大物,却又都是很具体的东西,尤其是对于文化的反叛和反抗的行为和思维方式本身都是具体的。然而,当被反抗的“文化”已经失去了策略性或现实中的具体性时,对于“文化”的拒绝,恰恰把“文化”变成了一个抽象的概念,并且自己也停留在一种思维的抽象性当中。时至今天,很多人仍然自觉不自觉地相信,只要回到“反文化”的“个人”“个体”,就是抓住了解决一切问题的根本。然而,“个人”“个体”同样有可能只是抽象空洞的概念,有可能只是不着边际的幻觉。上述这些都只能是一个大的历史语境和实践意向变动的反应,在应该把握住一些更加具体化的东西的时候,当代中国诗歌恰恰停留在了一些概念的抽象性和思维的惰性当中——尽管从表面上看起来也许正相反。

在这样的情况下,诗歌领域迅速沙化为一个诗歌“江湖”。诗歌标准不是魔咒,它不会自动发挥作用和具有约束力量,就像法律条文再多,如果没有执行和生效的体制和机构也只是一纸空文一样。在缺少一种对于诗歌存在的当下文化场景的现实感的情况下,诗歌领域与诗歌标准的制定是一个“江湖化”的景象:在这时,诗人与诗歌标准的制定,具有“山大王”和“僭政”的性质;这时不是没有诗歌标准,而是每个人都可以随时随地制定诗歌的“标准”,但也仅仅是个人的“标准”,并最终停留在一种“越看越像诗”“越想越有道理”的幻觉性的个体凝视当中。[①] 如果一件事变得太容易做到,那肯定是一件即便做到了也没有什么意义的事。现在,每一个诗人和批评家都可以在一天之内琢磨出 20 种诗歌的“标准”“定义”“主义”来。在 20 世纪 80 年代,人们也许会考量诗歌的标准、口号与其写作实际的距离,而今天,在总体上不会拿诗歌的“标准”“定义”“主义”当真的情况下,最多比照一下这个“标准”和那个“标准”、今天的“标准”和昨天的“标准”之间的区别,而这样做的目的,也许不过是为重新制造一批“标准”寻找灵感和“合法性”根据。关于“标准”的“个体”权利,在此处于过度消费和被滥用的疯狂状态,而恰恰是这种状态摧毁了标准本身的现实基础。

在这种情况下,变化的不是“标准”本身,而是标准之外、之下、之后的东西,正是由于它们的缺席,尽管就一些“标准”本身看来也许头头是道,但总体上掩盖不了其幻觉套幻觉的泡沫化的贫乏与沙上建塔的不真实感。在标准混乱无序且无效的情况下,又总有人一厢情愿地不断提出标准本身“底线”“基础”“根本”,正是因为以上原因,这些东西其实同样是很可疑的,它们充其量只是另一个“标准”,一个关于“标准”本身的“标准”,它们的命运比第一个层次上的“标准”不会好到哪里去,甚至只能是更糟,而上述的“江湖”逻辑也就只能再次重演。因此,“江湖”中没有政治,“城头变幻大王旗”,有的只是暂时性、偶然性的“井水不犯河水”,和永久性、必然性的“火并”。在这种情况下,要取消和否定一种诗歌标准、诗歌定义、诗歌批评的合法性非常简单,只要将其宣布为“无效”并表示对其不屑一顾即可。与此同时,随时都可以制定另一种诗歌标准来“取而代之”,而这种“取而代之”的逻辑也会无穷复制。所谓“标准”也只有在这里,只有在这种情况下,才能发挥某种负面和否定性的意义。所以,“江湖”中达不成任何有效的共识,形不成任何公共领域,也建立不起任何起作用的规范和法则,

① 张旭东、薛毅:《批评与历史经验——张旭东访谈》,见张旭东《批评的踪迹》,生活·读书·新知三联书店 2003 年版,第 5 页。

形不成任何的文化—历史合力。

也许有人会从“积极”的意义上,将此解释为一种“创造性”的要求和表现,然而,正如上面所说,如此意义上的“创造”和“创造性”,实在是一件过于容易做到的事情,在这种情况下,它的问题倒不在于对于“标准”问题实际上的自相矛盾,而是亵渎了“创造”本身,以及由此带来的阿Q逻辑。事实上,在“江湖化”的诗歌领域当中,对于诗歌批评的要求或者是“代言”,或者是“帮闲”。因此,这个时候诗歌批评的典型范例,一方面是小圈子化的近距离诠释,把一种诗人式的自恋症要求——永无休止的、作为价值寓言展开的文本“细读”,和学理逻辑上的同义反复(这种“同义反复”极端地表现为少数几个诗学概念的颠来倒去的重复与复制)结合在一起;另一方面是无是无非又忙忙碌碌的“太监化”批评,上午写张三的评论,下午写李四的评论,而不管张三是最前卫的先锋诗人,李四是政治抒情诗的作者。在这种情况下,如果不愿做某个山头的“代言人”,要想真正保持一个独立的批评立场、甚至独立人格,都不是一件轻而易举的事情。

二

在今天,很多人对于当下诗歌、也包括对于“个体性”的指责,是过于“封闭”、过于“沉溺”于自我和内心的天地。在当代中国,这即便不是出于革命现实主义的艺术主张,也是人们习惯于发出的指责和习惯于滑入的思路——从一个诗歌的“大我”的文化身份发出的指责。从这样的视野出发来批评今天的诗歌,当然可以说是言不及质、甚至南辕北辙,不过这其中原因,并不是通常人们所认为的那样:在过往的岁月里,诗歌的“大我”并不总是抽象空洞的,它没有诞生经得起历史检验的经典另有原因,而“大我”并不必然与诗对立。它的问题,主要在于这种指责仍然是一种“抽象”的指责,在于它忽略了今天诗歌的文化处境和文化场域的大范围变化与具体构成:今天的诗歌恰恰不是过于“封闭”、过于“沉溺”,而是过于“开放”、过于“自由”,今天的诗歌恰恰停留在一个抽象的个体性和空洞的普遍性当中不能自拔。正因为它是抽象和空洞的,所以实际上也是另一种意义上的压抑和贫瘠。

所有的社会场域和文化场域当然是由“个体”组成的，但“个体”的简单相加，并不等于社会和文化的场域，而只是“个体”组成的沙漠。因而“个体”最多仅对个体而言是具有实在性的，对于社会和文化场域而言，其并不具有实在性和真理性。算术的法则不适用于政治和文化领域。诗歌和诗歌标准，显然是在真实的社会和文化场域中存在，而不是在个体性的“沙漠”中存在。就今天而言，所谓的文化中介和文化场域中“文化”的含义，正是那些不可还原为个体性、个体身份、个体行为的东西，正是那些不可减缩为观念性、内涵性的外部的、形式的机制。我们眼前的现实告诉我们，这一切都不是子虚乌有和可以轻易逃避的东西，如果把这一切都当作影响诗歌质地的、与诗歌无关的东西，那诗歌只能成为文化真空中催生幻想的“纯净”的语言织体。这样说来，有的人肯定又会为“好不容易”得来的“语言本体论”和“个体性”鸣不平。实际上，这样的想法，正是一种诗学思维的本末倒置：诗歌从屈原到今天，还没有不是用“语言”写成的，除了一些极端情况，也基本都是“个体”的产物，正是在不顾时移世易的情况下，把诗歌从它产生和存在的现实文化机制和文化场域中剥离出来，才会产生这样无中介的、直接性的实证主义思维的抽象凝视和无谓坚持。

因此，走出“江湖化”状况，回到一个“政治化”的诗歌场域和诗歌标准，并不是回到一个大一统的、一体化的诗歌标准，也不是继续执着于一个原子化、沙漠化的境地，而是在对于前者的“抽象的同一性”和后者的“抽象的具体性”同时进行超越的基础上，进入具有“文化政治”意义上的有限性的诗歌场域。一个无限“开放”、无限“自由”的社会，只能是一种自由主义的意识形态幻觉，一个现实的、正常的诗歌场域，当然是与若干非诗歌的文化场域相共存的；而在诗歌场域内部，也必然包含若干相对封闭但又互联互动、互为中介的次级场域，它们是由一些并非放之四海而皆准、但也绝非仅是“个人化”的诗歌标准所界定；在每一个诗歌的次级场域内部，还可以有进一步的细分……这一切从理论上加以论证也许并不那么简单，但只要从现实的层面平心静气地想一想、看一看，就不难发现它们其实都是明显的道理和事实。

这也就是说，无论诗歌领域多么的“多元化”，无论诗歌的次级场域有多少，也不能从概念上敉平为原子化的“个体”和“个人”。这里问题的关键,仍然不是数量问题,而是一种完全不同的文化机制:在这里,在一个文化(诗歌)场域的政治性建构与存在当中,一方面,“自我”(的标准)通过“他人”来界定,“我”(的标准)通过“非我”的中介来加以把握,与此同时,这也就设定了“他人”和“非我”的存在在本体论意义上的必然性和正当性,或者不如说,是将本体论(“有”“无”“存在”“非存在”)的抽象同一性,还原到存在的政治性的、非概念性的文化实质性或实体性之上;另一方面,“自我”和“我”不能仅以自身的名义,取消和否定“他人”与“非我”的“价值”和“标准”的存在,因为它所要取消和否定的,正是其“自身”的构成部分,也就是“自我”和“我”的结构成分。所以,这种所谓的取消和否定,不是幻觉式的“取消”和“否定”,就是“取消”和“否定”的仅是一种幻觉。

正如本文一开始就提过的,诗歌标准问题背后当然是价值立场问题,所以,卡尔·施米特引用伟大诗人歌德的格言对于“价值”问题所说的,无疑很适合这里讨论的题目:“……可以肯定,在更高的程度上切中价值内涵的是歌德就理念说过的话:它总以陌生来客的形象出现。价值也不可能以别的方式变成现实。理念需要中介,如果它完全直接地或者通过自动的自我实施出现,那便是一场恐怖,灾难是严重的。对于今天人们称之为价值的,相应的道理不言而喻。如果要坚持‘价值’这个范畴,这是需要细加思考的。理念需要中介,价值则更加需要中介。”①价值需要中介,而作为诗歌的价值中介、标准中介的所谓“文化中介”和“文化场域”,并不存在于主体和主体性之外:因此,在上述两方面的“他人”和“他者”指向之间,滚动着一种不可消弭的中介性的东西,它是无论从哪个方向前进都会遭遇的东西,所以它不是一个“客体”和“对象”,而是我们作为主体也必然会承担的东西,正由此,它才是“中介”。

只有“个体”同时也作为“中介”,才能建构起现实的“主体性”与价值的限定性和相对封闭性。也由此,才可以将文化(诗歌)场域作为具体的政治性来考虑,或者更准确地说,文化(诗歌)场域因此才具有了政治意义上的具体性与现

① [德]施米特:《价值的僭政——一个法学家对价值哲学的思考》,见《施米特与政治法学》(增订本),刘小枫选编,刘锋等译,华东师范大学出版社2008版,第52页。

实性:任何的诗歌“标准”,都需要经过(实际因此是互为中介的)“主体性”的中介,才会发挥作用,而这恰恰设定了主体性的领域不是一个“个体”的单子,也不是由“个体”单子简单相加而来的“个体”的沙漠,而是一个现实的生存性的政治性组织——这是“政治”的原始含义。至于这个生存性组织是由多少个“个体”组成的,并不是问题的关键,但它肯定不是一个“个体”单子,也肯定不是“所有人”。只对“个体”有效的价值和标准,与对于“所有人”都有效的价值和标准,都是根源于一种对于“个体性”的空洞的抽象,都是一些没有现实性的东西:这是因为,这里所谓的“所有人”,实际就是对于原子化个体的算术式相加;同理,把“个体性”简单放大为“集体主体性”来作为批判的靶子,除了策略性的意义外,从理论上讲,它也同样是某种莫名其妙的东西。

这样,在这种“个体性”与“集体性”的两极之间跳跃的幻觉性的“标准”思考和诗学思维,就必须加以避免。应该说,近年来,在一些对于当下历史场景富有感受力的优秀诗人那里,对于诗歌场域的文化现实感在逐渐生长,但仍然有不少似是而非的东西,比如,不能把中国古典诗歌的传统当成“缺席的在场”,不能用新诗本身就是片面性的现代性诉求和现代性叙事来为新诗的“合法性”作辩护,不能把诗歌对于大众化媒体和传播方式的进入与迎合看成诗歌复兴的辉煌胜利……在以上这一类看似诱人的论证当中,有不少是自欺欺人、循环论证和精神胜利式的东西,这样一些表面上似乎在寻求新诗的历史和文化的“具体性”的论述,其共同特点,是先把诗歌从它的现实的文化处境和文化机制中提取出来,置入“文化”的真空实验室当中,按照自己的需要,重新为新诗搭配一种文化历史的“现实性”和“具体性”。因为它们在前提上就是错误和本末倒置的,所以,它们只能是幻觉的幻觉、假象的假象。

三

以上所讲的问题,当然也不是说说就能解决的,同样也不是寻求退回到 20 世纪 80 年代的境况之中。不过,对于当下诗歌的文化处境、文化场域和文化中介的真实感,以及建立在这种基础上的一种理性的探讨,总是解决问题的第一步。况且,问题的关键,也不在于强调另一种高妙的理论,引入一种更加抽象的思辨层次,而完全是“卑之无甚高论”,是需要回到一些更现实、更具体的层面上来。当然,要看到一些眼前的、明显的、“具体”的事实,一些“自然正当”、自然正确的事实,并不总是一件轻而易举的事情。因此本文标题中的“政治”,不完全是一个隐喻,它当然不是国家政治、党派政治,但仍然是实实在在的东西,是一种“文化政治”。政治性的东西,正是一种“眼前”的现实,不过,它不能在一种自由主义式的、催眠性的个体凝视当中呈现,而是恰恰需要从这种僵化得似乎再也没有进路的实证主义视境中退出,把这一切本身当作一个思维的“中介”,思考自己的思考,思维自己的思维。

但这恰恰不是导向一个更加抽象的层面,而是导向一个更加“具体”“丰富”的现实——思维中的“具体”性和“丰富”性:在此,那些无从论证的东西,其实总是可以说清楚的,那些思维中的迷惑,其实都是很明显的事实,那些看似彼此孤立的抽象,其实总是结合在一些更加具体的、更大的基础之上的。因而对于诗歌标准问题,也同样需要从紧盯“标准”本身的实证主义和唯名论,转向对于“标准”建立并发挥作用的、本质上属于(文化)伦理性和(文化)政治性的文化基底的关注上来。近年来,在诗歌领域,对于诸如“诗歌伦理”“底层写作”“打工诗歌”等问题的探讨,本来都是一些很好的话题,作为思维和思考的“中介”,可以推动诗歌领域走向一种真实感。不过讨论中的一些文章也存在着这样的问题:本来是实实在在的东西,一不小心就被理解成了隐喻,而本来是隐喻的东西,却被有的人当成了实在的东西。看来,在当下的诗歌观念和诗学思维领域,要拒绝颠来倒去地复制的、轻灵的“隐喻”性思维,回到一种粗粝的政治性的真实感上来,仍然有不短的路途要走。

因此,总的来说,对于当下中国诗歌领域来说,是需要把美学看成文化,把文化看成政治,反过来,就是需要从政治的维度来理解文化,从文化的维度来理解美学。从这样的思路看来,走出一体化的诗歌标准,不等于就要每个人一个标准;标准的多元化,也并不等于标准的一盘散沙;没有绝对的诗歌标准,不等于标准本身就不起任何作用;暂时的标准失范,不等于永远没有标准;标准发挥作用，不等于发挥作用的只是“标准”本身……中国诗歌观念和诗学思维需要走出非此即彼的抽象化和绝对化的思考方式，而政治性思维的关键，是学会把问题本身当成答案，学会把原因本身看成结果，学会为过程设置目的，学会将概念体会为经验，总而言之，学会在坚持和忍耐中把握住“度”的文化现实性和具体性。这将是诗歌场域健全和成熟的标志之一，而所谓的诗歌标准，也只存在于那样的地方，并在那里发挥作用。

走出语言迷宫:新世纪诗歌的未来

中国新诗走过百年历史,其成就是巨大的,但问题同样也很突出:存在的不等于合理的,合理的不等于必然的,必然的也不等于应然的。关于百年新诗的各种总结和反思已经有不少,但赋予既往历史以全过程的合法性、自编家谱式的反思,只是赋予或重新赋予既有秩序以合理性,只是确认与重新确认自己能够理解的东西。今天进行百年新诗自我反思及未来走向探讨的核心价值,在于能够走出这种"自我感觉"状态,以及这种"走出"所能够达到的程度。对于新世纪的中国诗歌来说,最重要的或许是需要走出语言的迷宫。这个说法所指涉的内涵,鉴于上述已经提及的原因,比字面上的、或人们通常理解的含义要更广泛,因此也就需要更多的解释。要真正走出"语言的迷宫",关键在于以什么样的观念视野与思想尺度,来思考与认知我们的现实处境:这里的现实状况是地基本身在滑动,人们长期以来坚信不疑的标准与尺度本身可能已经出问题了,或者说从一开始就是有问题的。因此,首先需要的,是挣脱那些由来已久的虚妄观念与价值系统本身的磁场与引力边界,由此出发,中国新诗积百年之力,应该具有辨方正位、经略自己的文化价值时空的能力。

一、走出诗歌修辞实践层面的语言中心主义迷宫

当代诗歌中的语言中心主义，不是“纯粹”的语言及其周边问题，而是西方所谓“现代性”传统的一系列观念、价值系统漏斗最后的尖底：诗歌的整全与自然本质，经过审美论、情感论、主体论、本体论等的递相衰减，最后变成语言中心主义，它集中彰显了人类精神文化系统“现代”降维与衰变之后，诗歌无法整全地、正确地理解世界与生活本身而造成的那种畸零与荒落状态——在很长一段时间内，人们都将这些当成“先锋”“时尚”的标志，当作“真实”“本真”的标准。需要说明的是，当下很多自称面向现实，反对语言论、形式主义、修辞论的诗学主张，也仍然是语言中心的，这也就是说，它们远没有有效地打开面向世界、理解世界的胸怀和眼光，甚至还没有真实地意识到问题之所在。当然，这里还有被观念漏斗禁锢了太久之后，其文化意志与文化实践能力的问题。因此要做到真正“走出”，就不能继续停留在智力的空转、观念的洁癖与艺术的自恋状态当中，而需要调动、调集一切可以借力、征用的精神力量，突破种种有形的和无形的、混沌的和透明的文化壁垒。

走出语言中心主义的诗歌，或者说对于诗歌来说最重要的问题，其实从来、也一直是如何理解人们生活的这个世界，以及这种理解所能达到的诗性纵深与诗性明晰程度的问题——这里的“纵深”与“明晰”都不是修辞、艺术表现层面的，不是反对技艺层面的“朦胧”与“复杂”，而是指诗歌的智性核心及其对于世界的理解程度。在任何时代，诗歌所关涉的都是生活世界的整体，而将自己关闭在审美的弧瓣与语言的牢笼之内，只能是一种非理性的逃避与惰性的虚无的体现。而没有思想的、理性的钻探与破拆，诗歌的艺术思维走不了多远；没有对于世界的深入理解与智性的光辉，审美的甜腻与修辞的杂技，其核心是一种看到开头就想到结果的单调、单面性与程式性，看多了只会令人厌倦。审美、艺术之类都只是后果，如果一开始就画地为牢，过多强调和执着于这些，只会倒果为因、从结果逆推原因，从形式逆推内容，从概念逆推文艺实践，从而就此在循环

往复、不断减缩的文化格局当中,钻进思维与观念漏斗:自以为越来越像艺术,实际上却只是沉浸在一些包裹着美学和诗学外衣的西方时髦意识形态当中,从而越来越不知所谓。这也正是西方所谓现代、后现代文艺史当中所发生的情形。

这里讲的不是具体的诗人及其实际艺术成就,但从更加广阔的文明价值秩序及诗歌精神视野来说,只能作如是观。尼采说,“现代抒情诗好像是无头神像”①。尼采说的抒情诗,是指除史诗、戏剧之外的诗歌体式,而“现代”,是西方现代性传统意义上的“现代”,但用来指涉现代主义意义上的“现代”以及中国新诗之“现代”性,似乎更为贴切。尼采的意思是,诗艺作为人类高度精神性的权力意志与价值创造,也是最具体、最丰富的(自然性)。现代诗歌所缺乏的是最高贵、最重要的精神头颅部分,是对于诗歌来说最重要的精神价值支点②,而保留下来的恰恰是质料性、肢体(支末)性、含混性的部分。现代诗作为“无头神像”的残疾与含混性质,从根本上说,是西方所谓现代性的生活世界与文明价值本身的含混性与虚无性的体现,它所缺乏的终究是对于世界与人类生活理解的完整、明晰与具体、丰富。而作为一个整体的所谓现代主义诗歌,其艰深晦涩与含混迷离,只是这种情形的一个具体结果与症候。然而,除非具借助尼采整体超越西方现代性视界的锐利眼光,人们事实上直到今天仍然无力就此进行评判,还只是沉浸在现代主义的“深刻”与种种价值倒错当中,以及后现代主义进一步自我放弃的虚无之中。比如,人们会自觉不自觉地将对于世界的表象化、感性化呈现及含混晦涩本身,当成诗歌的正面价值与独特优势所在,将诗歌修辞无力地自我蜷缩与语言的物质实体化蜕变,当成回到诗歌“本质”“本身”的完善后果。

就诗歌今天的现实境况而言,这里提示人们的其实首先是关于诗歌“本质”“本身”的理解方式与认知广角问题。举例来说,人们不会将比如电影和电视屏幕上的图像、故事、情节,当成影视的全方位本质所在,那么诗歌的审美表象、意

① [德]尼采:《悲剧的诞生》,周国平译,生活·读书·新知三联书店 1986 年版,第 59 页。
② [德]迈尔:《何为尼采的扎拉图斯特拉》,余明锋译,华夏出版社 2019 年版,第 87 页。

象、语感，以及所谓的“前卫”性与“灵敏”度，就是诗歌全部的文化本质所在吗？事实上，影视制作和生产流程当中那些“粗俗”的成分，或许能够更全面地展现艺术生产所涉及的全方位的心灵机制，乃至社会历史与文明价值机制，而人们对于诗歌本质的理解，却停留在一种理论洁癖与浪漫主义当中，或停留在一种将自身的主观性、个体“主体性”神话化的情境当中。审美论、本体论、语言论等，都只是这种情形的一种具体化或镜像化呈现，或者反过来，诗歌这样的文体，也许特别适合于这一类“纯粹”的理论构造。比如，众所周知，英美“新批评”的形式主义文论和“文学本体论”观念，就主要以诗歌这样的文体为基本依据来立论的。然而此类片面、极端的理论构成，在今天还能够经得起推敲、值得无条件的信赖吗？

面向未来的新世纪诗歌，需要从关于语言的神秘玄谈与玄学当中走出来。语言在神秘主义与玄学态度当中，恰恰是抽象的、臆想的、物质的、贫乏的，就像瓦莱里所说，它由此变成一种芜杂的、难以统御的存在①；而在常识与实践态度当中反倒是具体的、精准的、精神的、丰富的，但人们常常是依据前者而非后者，设想出种种关于语言中心主义的、语言本体论的诗学理念。像海德格尔与很多现代主义诗人的神秘主义诗学与语言玄学，具有隐喻性、断片式、情感化的表述方式，但却在一种廉价的反智性、泛诗性化的接受方式当中，都被当成了精确知识与客观理论来加以直义性地理解。诗歌写作需要坚持的，是关于语言的常识与实践态度。

1. 语言不是神秘的，同样也非其反面镜像与反向极端，即物质性或趋向于物质性的实体性——进而由此沦为某种观念与抽象事物的笨拙隐喻。即使勉强如此，事实上也是扬短避长：就此而言，它实际上还不够物质化、实体化、实在化，甚至不如（比如雕塑家手中的泥巴那样的）纯粹物质材料更加便利于其相应的艺术理念与艺术目标的实现。因之，事关语言的“技艺”“手艺”，也并非最重要的事情。

① ［法］瓦莱里：《纯诗——一次讲演的札记》，丰华瞻译，见伍蠡甫主编《现代西方文论选》，上海译文出版社 1983 年版，第 28－29 页。

2. 语言是关系链接之所,是实践性的界面,语言的精神性向度才是其本质所在,并且只有在精神性当中才能抵达其具体性。在语言实践当中,人类精神及其存在方式走出其内卷化与向心化的“理论化”趋势,以及单向度的“超越化”趋向,着力于将包络于其中的广泛的存在领域与生活世界,按照只有中国文明传统当中才能领悟的“自然之道”的尺度与方式,来理解其自然纹理、自然机制与自然价值格局,以及建立于其上的生活方式。

3. 在这其中,对于语言与修辞实践的“澄明”能力,也不能像海德格尔那样,以一种抽象性、概念化的理想主义与神秘论来理解,它需要调集人的全部精神力量与实践努力去实现,并且这个“人”也不一定是个体的人、当下的人,而是人类及其文明史的整体精神能力的灌注与聚变。

当代诗歌向着语言中心主义的虚无跌落的审美现代性颓败路线,与中国古典诗歌史上的如下情形类似:自从严羽提出“诗有别材,非关书也,诗有别趣,非关理也”(《沧浪诗话·诗辨》),到明清之际终于演变成竟陵派的荒僻、神韵派的空疏、性灵派的浅薄,这其中的因由大体是出于对诗歌“本身”的质性、标准与趣味的维护,逐渐往而不返,走向了邪曲虚无之境,于是叶燮以理、事、情论诗(《原诗·内篇上》),力图重建诗歌与世界的现实关系。每一个时代、每一代人、每个诗歌群落甚至每个诗人,都倾向于认为自己与众不同,都会找出“深刻的”历史因由与“本真的”历史经验,来证明自身独一无二的存在意义。这从世界上没有两片相同的树叶、甚至两个沙粒的意义上是正确的,但事实上这种层面上的“独特”存在价值没有人关心,通常来说也没有多大的现实意义。所以,太阳底下并无新事,还是认知视角与尺度的问题,否则就会一再陷入自以为不断地重临起点的时间神话,并把“重临”本身变成一种执念,进入思维的单行道、碎片性当中。一切问题,首先在于人们有没有看到太阳及在阳光下闪闪发光的这个世界、进而理解它的诗性纵深的能力。但要真正“看到”,也并非那么轻而易举之事。

二、走出诗学理论语言的迷宫与唯名论趋向

当下诗歌的文化实践空间当中，充满了各类轻率的、没头没脑的诗学“观念”与写作“理念”，它们大体是一些过往的西方现代宏大理论体系碎片化的、改头换面的呈现，基本上经不起推敲。它们与诗歌写作实践并存、耦合于当下的诗歌秩序当中，充分体现了诗歌健全、健康的本质屈从于某种“理论”的认知倒错，及其内在的丰富性被“理论”性地剥夺的抽象与贫乏。可能也与文类本身的特质有关，比之小说、散文等其他体裁，诗歌好像特别容易成为某种西方时尚理论的实验场所，实验本身也是有意义的，然而为了实验而实验，在实验当中遗忘了实验本身的初衷，则无疑是本末倒置。这样的一些诗学观念或理念，本身或许缺乏学理上的圆通与广泛的解释能力，却映射了诗歌领域的现实构成方式与写作实践的构成格局，因此，就这种观念与理念的执有者来说，总是自觉不自觉地被碎片化、片面性的极端化理论蒙住眼睛，具有将概念本身当作实在的深度的“唯名论”倾向。柏拉图生活作为理念投影的命题，在中国当下诗歌写作支离破碎的文化场域与智识生活领域，得以完美地实现——这一切当然要超出诗人的自说自话，将反思视角放大到一个相当的尺度上才能看到。

但这种流行观念或理念本身的存在方式、传播机制可以说明，这并不是一个局部性的问题；同时，它不仅是观念问题或理论问题，也代表了诗歌场域的现实生态与生存方式。有各种各样的“哲学”与诗学“理论”不断地告诉人们：世界是破碎的，生活是荒谬的，意义是虚幻的……这种“荒诞”的哲学和诗学本身，就像心灵鸡汤一样，以迎合人性的弱点和卑微的隐秘欲望为手段，它的“弱”论证力量，反而构成一种强大的大众文化式的传播机理与接受氛围，从而更加具有抽象教条与强迫性、强制性性质：唯一明智的，就是按照这种“荒诞”哲学给出的方式去荒诞的生活，去感受和理解这个世界的“荒诞”。而诗歌也只能以一种反智的绝对性与极端性生存方式，来“抵抗”那种失重当中的虚无。于是，诗歌场域不断地“江湖化”、沙砾化：每个诗人心中都有一个诗歌的“定义”，都有一套诗

学理念与价值标准,"个体性"成为无上的神咒,仿佛只要回到"个体",就能解决一切问题。可以作为这种情形的证据的是,不同的新诗主体、新诗写作群落之间无法沟通与对话,其相互之间不是水平、能力高低的问题,不是艺术理念、艺术风格及实践技艺的问题,而是首先觉得对方非我族类、不可理喻,甚至简直就是非人类、反人类的"罪行"与"罪恶"。

于是,人们在当下诗歌领域看到了太多似是而非的强辩与自以为是,太多不着边际的观念话语生产与理论语言消费,及诗学理论与实践之间大幅度的可笑错位。但这其中的情形,恐怕不能仅用理论与实践之间的天然区别及二者之间合理的不一致来解释。诗歌实践常常被简单地裹挟于西方观念话语与理论语言的迷宫当中,这集中体现了黑格尔、尼采、海德格尔、施特劳斯等人以不同方式表述过的那种"现代人"与"现代"生活的理论化、观念化、抽象化特征:

> 对于现代人来说,非理论家是某种可惊可疑的东西,以致非得有歌德的智慧,才能理解、毋宁说原谅如此陌生的一种生活方式。①

这也就是说,大部分"现代人"或作为"现代人"之"现代性",就是以"理论家"的抽象心智方式来面对世界的。就当下诗歌来说,这种判断具有一种错位的、变形的精确性:这种理论与实践的撕裂与倒错,集中反映了当下诗歌本身深层"契合"西方现代性特征的程度,反映了诗歌演绎西方现代性观念与价值系统的"能力"或"能为"。这不是语言形式、格律等问题,而是文化内质、精神力量问题:在穿透观念化的表层,发掘生活方式的自然基岩,大范围地贴近、统合与重塑中国人生活的精神图谱及文明价值格局方面,即便是与其他文体相比,新诗的成绩也并不突出。而如果没有建立在普遍性与特殊性的辩证张力关系基础上,凭借将文明主体性抽象化而获得的所谓"普遍性"与"国际性"视角,比之"狭隘的民族主义"可能更不值得信赖。20 世纪 90 年代以后,人们对此做过一系列通过"历史化"说辞展开的强辩,但时过境迁之后,即便只是从更加开阔的"历史

① [德]尼采:《悲剧的诞生》,周国平译,生活·读书·新知三联书店 1986 年版,第 77 页。

化”视野加以考察，这种“历史化”说辞，看起来只是对于自身逻辑的“历史化”拉抻与“家谱化”，只是说明了其论证力量的单薄、抽象与辩解的无力。

尼采与海德格尔都将西方现代性的历史界定为虚无主义的历史，人们似乎对于这两位现代哲人的名号比中学课本都熟悉，却从未认真地理解与探测此种耳熟能详的“虚无主义”概念的真实所指与波及程度。对于中国当代诗歌来说，被当作阿基米德支点的“个体性”，恰恰是一个虚无的起点，而修辞“个体”加语言“手艺”的文化想象与文化意象，对于诗歌是一个充满诱惑力的虚无的黑洞，它将诗歌的力量吸收在无底的幽暗当中，却并没有如想象当中那样，以“个体主体性”的方式构成历史的支点、真实的经验，而只是沙漠化的荒凉与失重。于是，诗人当中诞生了一大批自以为高尚的“精神忏悔者”和自以为是的沙漠中的圣徒①，但这只是带来更进一步的空漠与荒凉。这其中的根本原因，是因为当代诗学对于时代历史状况的诊断可能从一开始就是错误的，从而天真、轻信地接受了西方那些正在滑向虚无深渊当中的诗学观念，并将其当作寄托获“拯救”希望的诺亚方舟；或者也可以说，从一开始就被席卷进虚无主义诗学话语的迷宫——而这其中的煽情、轻率与迷失，恰恰与虚无当中的反智主义互为因果关系。在新世纪以后，这方面的症候体现得越来越明显。

这样的认知与精神状况，使得当下诗歌要真正走出“自我感觉”的状态，走出诗歌理论语言的唯名论趋向与观念空间的思想失重并不容易。不同于20世纪80年代，90年代以来，中国思想文化界多个轮次的观念迭代与话语涟漪，诗歌写作领域其实已经没有什么深度的、实质性的反响，自诩“前卫”“敏锐”“灵敏”的诗歌，其实早已在失重地打滑：如果没有心智的成长与成熟，就算真有一种幼童般的敏感性，也没有什么值得炫耀的。诗歌其实已经无力把握不断变迁的中国人的生活秩序、生活方式与生活世界，自然也无法恰当地理解与深度融通中国古典诗歌传统。在此情况下，有一种很普遍的说法好像是，诗歌就是要与不确定性为伍，诗歌就是要呈现那些含混不清、不可名状的东西本身。这样的观念是一种典型的“后学”说辞，它无异于说，诗歌要呈现的，就是那种所谓

① ［德］尼采：《扎拉图斯特拉如是说》，黄明嘉、娄林译，华东师范大学出版社2009年版，第225页。

"现代性"世界的虚无当中最常见的东西,甚至就是要将诗歌变成这种的"含混性"与"虚无性"本身。但如果人们不能够充分地理解、至少不能"以诗歌的方式"理解这些东西,将它转移、搬运到诗歌当中有什么意义?是嫌我们把这个世界看得太清楚、理解得太透彻,因而需要这种精神视野的白内障吗?这些生活世界的意义雾霾与价值垃圾,它们能让人们生活得更美好、更幸福吗?在此情形之下,它们还能被认为是"诗性"的吗?人们难道就不需要对于何为诗性的本质进行、或不断地加以新的考量吗?人们信奉了几十年的诗学观念,根本上只不过是虚无主义的症候与西方"现代性"的意识形态口水。在这样的观念视野和思维尺度当中,人们之间根本没有共同的生活经验基础与坚固的自然经验根基,当代诗歌与诗人演绎的根本上仍然不过是西方各种时尚"理论"语言、"观念"话语的特定意识形态叙事——当然,它们可能已经潜入深层意识、潜意识乃至神经性的生理机能、生理本能当中。

三、重建诗歌与现实的"自然"经验关联与圆融关系

西方所谓"现代性"——"后现代性"的世界,是一个被某种特定的"理论"所系统地涂改与重组的世界。这套"理论"的起点,就是一个从宇宙论的自然整体秩序当中脱嵌开来、同时也没有超越性敬畏的世界,它本质上不断地迎合与放大低微但强烈的人性欲望,使得一种片面与卑俗的世俗化原则,主宰了一个"人性的、太人性的"(尼采)世界。"人性"本身成了世界的绝对中心与价值标准,一切事物只要追溯到人性,都可以找到自身的合法性标准,人性成为一个空转的陀螺,但本身没有任何自身之外的基础支撑与评判标准,其结果就是所谓现代性的世界失去了真正的生存基础与价值秩序。于是,沿着历史主义(将一切既有的存在赋予合理性)、相对主义(认定所有的价值标准都是相对的)、虚无主义(价值秩序的整体崩溃)一路下来,迎来一个末世般分崩离析的西方世界——只要看一看西方世界今天的现实状况,也可以知道这样的判断大体不谬。20 世纪西方的哲学与理论范式以语言学为核心范式,20 世纪的西方文学与文学研究,

被称为“理论的世纪”或“批评的世纪”，这都不是偶然的结果：它们代表了西方文明传统在耗尽自身的生机、活力乃至“想象力”之余，乞灵于语言那种“此在”性的实在感与实质性的诉求，但这恰恰代表了不能具体地、实践地理解人的生活的“理论化”虚无，由此激发出语言与理论的双向“实在论—本体论”迷思。这映现为前面所说的中国当下诗歌领域双重的语言迷宫，但它们根本上是一种核心性虚无的迷离散射。

西方所谓的现代传统对于今天的中国人生活世界、价值世界的影响，不是类似解构主义、后现代主义式的简单反思、反省一下就能摆脱的，要克服这其间的观念视野与价值秩序的倒错，进而从“在别处”的生存当中恢复主体性实践的文明纵深，重新看到真正“我们”的生活、“我们”的世界，可能需要几代人、甚至几个世纪的持续努力。而当中国当下的社会历史实践有力地打破西方的神话，重建中华文明精神价值的历史连续性与开阔的实践时空时，包括诗歌在内的智识群落与智识生活，在很大程度上，还大范围地锁闭在西方理念的投影范围之内。这在诗歌来说，具体体现为其在文化质地与文明质性方面，还没有现实地展开自身的一种预备、悬空或者“理论”化的抽象性质：

> 生活变为争取生活，我们一生永远在准备而没有生活，/三千年的丰富枯死在种子里而我们是在继续……
>
> （穆旦《隐现》）

就今天的诗歌领域而言，虽然有不少值得称道的诗人个体层面上的努力求索，但就精神状况、精神准备与精神力量方面的总体情形而言，看不出与穆旦的时代有什么不同；看看很多诗人的精神状态与生活状态，就知道很难指望他们写出什么卓越的诗歌来。在生活世界光滑的外缘失重地滑动，非但不能诗性地呈现这个世界的深度本质，就连审美与艺术性也只能是“日常生活审美化”式的肤浅再现或情绪化的“反抗”，要么就是把机巧式、心灵鸡汤式、脑筋急转弯式修辞当成是诗歌。这大概就是进入 21 世纪之后，郑敏先生发出新诗仍然是“半文盲”的隐喻性说法所指向的状况，但它对于今天的诗坛来说似乎更为贴切。而这其中问题的关键始终在于,包括诗歌写作、诗歌批评与诗学理论研究在内,今天的诗歌有没有足够贞定的心性、足够宽广的精神视野与心智纵深,去理解今天(包括中国这个伟大的文明传统与文明国家在内)的中国人的生活方式,以及这种理解所能够达到的高度与深度。诗歌当然是以艺术的、诗性的方式来呈现这种理解,这是不言而喻的,但诗歌的艺术性、诗性乃至诗歌的定义本身,可能也都需要在这个过程当中加以诠定、或重新加以诠定,而非一开就始抱定主观性的"诗性"与"艺术"执念,停留于所谓的艺术"自律"性与艺术"纯粹"性境地,停留于审美团块的黏腻无感与修辞性的技艺空转当中,从而将自身锁定、阻隔于抽象性和"理论"性当中。

在既往的特定历史时刻与历史经验场景当中,审美论、纯诗论以及现代主义式的"深刻"与"反抗",都曾经有其与现实经验摩荡的艺术力量,但在今天,缺乏认知器官与思维机能的审美论与纯诗论只能是"傻白甜",而现代主义的"深刻"与"反抗"也只不过更像自怨自艾的"林黛玉",就其本来意义上的艺术性发生机理与艺术经验组织格局来说,这些都已经言不及质。因此,这里首先需要的就是回到诗性的自然尺度与圆融经验当中,走出诗歌实践的语言玄学的瘠薄、单面与"理论家"心智的抽象、空洞。所谓自然,不是过度人性化的、任性的自然欲望,不是自然科学式的物理性、物质性的自然,而是作为生活世界的基础的自然经验纵深,与由此绽放开来的内在层次性、丰富性;反过来也可以说,唯有在诗性当中,此种自然的纵深性与层次性、丰富性才能绽放开来。此种情形在中国古代(比如道家)的诗性哲学当中有着显著的彰显,它反过来构成了中华文明传统本身的"诗化"属性与"诗性"资源:老子的"字之曰道",可以认为是这种诗性的思想与诗歌的"语言"开端。而在古希腊传统当中,在柏拉图这样的哲人那里,其对于"诗与哲学之争"问题的深刻阐扬,以及对于诗人与诗歌的复杂态度,正代表了哲学与诗歌背后这种自然经验的深度纠葛,以及由此带来的相应的处置难题……然而,这一切都不是主题性的要求或写作"素材"的领域,而是为了借此走向圆融的诗性的纵深。

这种"诗性"或者"诗化"文明传统走向的基本特征,是给予中间性、不确定性以更加包容、更加充分的理解,但绝非将这种似是而非的状态本身视为思想乃至生活的目标;这种文明传统给予诗性与艺术性、审美性以更加充裕的实现空间,但绝非从文明生活与文明价值根基上纵容那种“审美”性的含混与原始人类学式的“诗性”状态——混淆这二者之间的关系,是西方现代文明走向虚无主义的根本原因。当下中国诗歌需要的,是在一个更加开放与广阔的视野当中,重新铺展诗歌的世界认知与诗性经验的组构机制,是在一个新的坚实标准与基础之上,重建诗歌的文化与文明本质,乃至重写诗歌的定义本身。人类文明发展到今天,只有中国传统当中的“道法自然”,才是真正可以仰仗的文明生活之根与普遍价值基础。在中国传统当中,敞开着一种对于此种自然经验、自然法则本身的本质直观、洞见路径——或正因此,这种“自然之道”的底色才得以发扬开来,成为中国传统、中国思想与中国文艺之东方与中国本质本身的来源:在每个中国人的心底,有着一条抵达此种境地最遥远、也最切近的通道,但这不是理论范式的转换,而是在对于中华文明与文化传统、中国人生活世界的深度沉潜、深切体味当中的心性修炼,借此将中国人的生活“重新译入自然”①,重新贴近中华文明深处的自然之道律动与深沉的诗性。这不是为了寻找“传统”的装饰品与“保守”民族主义色彩,而是中国人的生活、也是中国人的诗歌,在“返回”当中恢复与重建其本质根基的过程。

放在更长的历史时段当中来看,刚刚过去的一个世纪,无论对于中国社会、中国文化还是中国文学、中国诗歌来说,都像一道历史的“窄门”:这其间,在高峻的峡谷与激流险滩当中,观念和经验在狭小与错位的时空格局当中被反复牵掣、折叠、挤压、倒置,这里有历史实践的艰难困苦所造成的时代局限性,但也确实造成了很多认知方式上的结构性的困惑与迷失。所谓反思的状态,说到底可能也只是一组半径不等的同心圆,而同心圆总是相似的:出于人们的思维惯性,很可能会得出与上面所说完全相反的认知和结论,而出于新诗的自我感觉,诗歌呈现的也可能是完全相反的表象与属性;人们必将用同样的语态与概念,讲述着对于被反思对象完全不同的理解方式与价值判断。于是又回到问题的起

① [美]施特劳斯:《注意尼采〈善恶的彼岸〉谋篇》,见施特劳斯《柏拉图式政治哲学研究》,张缨等译,华夏出版社2012年版,253页。

点上:这里最为稀缺的,就是尺度与标准问题,而这也恰恰正是新诗面临的根本问题本身。所以,目前在这里可以做的,首先是辨识真正的问题性所在,调整关于这类问题的思想尺度与问题性半径。只有将反思的尺度与视角放大与调适到一个足够宽广的地步时,只有当新诗走出自我认知的空转的思维漩涡,及修辞实践与诗学理论的语言迷宫,在深度理解这个世界、也由此理解自身的基础上,才有重建标准、重建自身的可能。

21 世纪中国新诗：走向观念谱系与价值坐标的整体重建

“21 世纪中国新诗的问题与主义”，有关这个话题，好像以前有过一个说法，就是要“多研究些问题，少谈些主义”。从胡适的角度，我觉得他还主要是指研究一些比较实证性的东西，包括他自己的研究，虽然做哲学史、思想史、文学史，但主要还是那种考证性的问题，他的这个说法，可能有特定的所指。但今天的诗歌所需要的，也确实不是一个或者一些新的“主义”。“主义”用柏拉图的话说，它就是意见秩序。自 20 世纪 80 年代中期以来，新诗从西方引进、或自己产生了数不清的“主义”，但它们可能不会解决诗歌的现实问题，只会不断地把问题给撕裂开来。我想新诗今天需要的，可能是发现一些更加基础的问题层面，一些更大的参照系统，需要这么一个思考的空间，或者一个价值评判的坐标系统。包括在评价一些东西的时候，我们最困惑的地方，就是没有标准。它缺乏一个参照的系统、标准或者尺度来加以评判或者评价。当然，我们以前有很多的“标准”、很多的“定义”、很多的“说法”、很多的“主义”，但是今天来看，这些可能都只能是增加了混乱，它解决不了我们的问题。

一、新诗纪诗歌的基本状况

今天的诗歌需要的,可能是一个更大的思考问题的平台,或者一个更加基础性的东西、一个坐标性的东西。至少我自己感觉到的一个困惑,就是在这方面的缺失。我感觉今天诗歌面临着的一个最大的问题,是怎么样去找到参照的平台,以及建立更大尺度的认知和价值的、评价的坐标。当然,这不是说我们要回到一个特别精确的刻度上,或回到一个精准的定义与概念系统当中,但是我们应该感受到、认识到这几十年来的时代历史,包括我们的思想背后的东西,它确实在大幅度、大范围地变化,如果缺乏这种基本认知、基本感觉的话,可能我们的认识跟现实就有些脱节,可能也就不太能那么有力地去解决我们现实的问题。

比如,人们最近一直在说内卷化,但是内卷化不完全是一个负面的指标。内卷化仍然使有些东西不断地“卷入”进来,可以不断加入一些新的东西,可以把自身的东西扩展开来。那么,新诗是不是内卷化?我想新诗可能还不是内卷化,某种程度上可以说,新诗还缺乏内卷化的能力。它还只是一些个碎片化的、支离破碎的东西。

再比如,我们总是从一些后现代的观念、碎片性的东西出发,从所谓的个体性出发,然后不断地去质疑各种宏大的叙事。宏大叙事是不是都是假的?宏大叙事有些是虚假的,但同样有可能是真实的。甚至今天的事实很可能恰恰相反,今天有可能宏大叙事是真实的,而碎片的东西、个体的东西,一些零散化的、畸零化的东西,反倒是虚假的。它们已经成了人们惯性化的姿态和表演。

关于新世纪诗歌的总的情况,我的基本判断包括如下两点:

1.在我看来,大概 20 世纪 90 年代以后,21 世纪以来,我感觉从新诗整体的状态来说,可能给出的、提供的新的东西不是很多。我的判断标准有两个:一个是真正体现了其自身的独特的诗歌理念、艺术主张的那种标志性的诗人,也包括作品,可能不是特别多,特别明显。这个标准其实不高。再一个,是能体现其自身鲜明的、比较独特的艺术观念的有代表性的诗歌写作路径、诗歌实践，也不是特别多，或者说面貌都比较模糊。这也包括各个诗歌群落的诗歌理念，包括其艺术构成当中一些核心的东西，其本身面目也越来越模糊。各个诗歌群落相互之间的界限也越来越不清晰。那么，这是不是说诗歌领域整体上到了一个特别扎实的、不声不响的一个创作状态？至少我还没有那么乐观。这是一个判断。

2. 再有一个判断，就是关于当下诗歌，当然也包括整个当代文学，它的认知模式、观念谱系和价值模式，基本上还在西方现代性的范畴之内。我一直在批评现代性。现代性不是在中国的“现代”历史时段发生的一个时间过程、历史过程——这个不能望文生义，也不能简单平移。这个所谓的现代性，是从西方中世纪后期出现的一整套的社会的、历史的、观念与价值的模式，包括后现代性，它其实也只是现代性的一个阶段和方面。后现代性也是现代性的东西。我们新诗的整体的状况，包括认知模式、观念模式、价值模式，从整体上来说，它还没有超越西方现代性大的范畴、大的模式。

西方现代性对于中国近代以来的社会历史实践，对于包括诗歌在内的文化实践，都造成了深远的影响。但今天来看，不能简单地将这些都归结于积极的、有益的影响，需要反思的地方太多。另外，不能将其看作一个不可违逆的普遍性、宿命性的东西。有人会说，这个西方“现代性”，是不是一个普遍性的东西，是不是我们没法超越这个“现代性”？其实不是的。比如说，西方现代性推崇的、包括在当下诗歌写作领域推崇的“个体”观念，其实无论从历史上讲，还是在今天的社会实践、政治实践，包括文化观念当中，在中国传统当中、中国的社会历史文化实践当中，都没有西方式的“个体性”的东西，或者说它不是处于那么突出、很被推崇的一个地位。

其实，个体性就是现代性的某种核心性的东西和核心的价值，但实际上它把人的价值摆的更低。如果结合今天的现实、今天的实践来看，你就不能认为中国传统当中对个体性的抵制是一件坏事。现实能教会人们很多东西。过去人们把这些都当作批判的对象，是中国文化当中专制的、集权主义的东西，都是落后的非现代、前现代的东西，但是，从我们今天的角度来看，不能这么简单地进行判别。集体和个体哪个优先，它与很多东西都相关，更重要的是需要根据不同的实践要求来抉择,不能抽象地说集体的模式、群体的价值与实践观念,一定比个体的落后。其实,中国传统当中从来就没有特别推崇个体性或者个体权利优先的东西,这就不是西方所谓的现代性的东西。中国在这方面,至少没有被西方现代性同化,没有被西方的那种现代性观念模式同化。当然,需要反思的东西还有很多。但问题的根本在于,不能像李泽厚所说的那样,靠着“西体中用”,甚至只是表面化、装饰性地加入一点中国的传统内容、一些古典的东西,就认为是中西融合或者是汇通中西了,这些可能还远远不够。但出于知识分子的“执念”,人的观念模式的变化,有时候很不让人乐观,可能需要经过几代人的认知,慢慢去转型和纠正这其中的偏执。

二、现代性的观念陷阱与当下诗歌的困境

西方现代性的核心,其实是对人性的一种绝对化,它把人性的东西变成一个绝对性的标准,而人性本身其实是没有办法创设、确立标准的,什么东西都可以说是人性。所以现代性的根本问题,其实就是没有了价值标准的一种虚无主义。这是西方现代性的一个根本性的问题或者缺陷。但是,这不是说我们要回到古代,只有从整体上超出现代性的观念模式,有些问题才能从源头上重新去认识,把我们的视野去拓宽一下。也就是说,人们需要走出一些思维的死结、执念和陷阱。比如,刚才所说的个体性的东西,我们为什么就一定认为个体能代表真理?个体可能更加代表不了真理。再比如说,文学的“本身”或者文学的“本体”。我倒是不反对研究诗歌“本身”的问题,它和外部的比如社会学式的研究,应该是一个互相支撑、相互补充的关系,肯定都有各自的盲区和盲点。但是问题是“本身”是个什么?可不可以把诗歌文字的偏旁部首、标点符号当作诗歌“本身”?可不可以把印刷文字的油墨与油墨下面的纸纤维当作诗歌“本身”?这个所谓的诗歌“本身”,看似清楚,实际上只要稍加深究,就漏洞百出,它就像叙事性一样,也很难落到实处。像这些概念、这些观念,它都不是一个很小范围内的概念,它背后有一整套的观念谱系,如果我们对这些东西不加反思,可能会

被带入一些思维的陷阱中去。

具体来说，现代性对于人与人性的理解，可能更倾向于一种形式化、碎片化的东西，因而体现为一种抽象性的、心理学性的理解方式。比如说，亚里士多德说人是理性的动物。这样的定义方式令人深思，这个定义意味着什么？因为总让人觉得这其中有一点令人不太适应的东西。但如果认真想想的话，这可能还真是比较准确的一个对于人和人性的定义或定位，它没有夸大，也没有神化人性的一些东西，它有一种正面面对人性的现实的冷峻与严肃性。与亚里士多德不同，现代性对人性为什么常常是一种抽象的、心理性的理解？当然，在这里首先要分清心理性的东西和精神性的东西。心理性的东西，就像电视机的电子元器件，那一套系统，还是一个心理性的问题，它是一个形式性的东西；而人的精神性的东西，就像一个电视机里上演的电视节目。现代性对人性的关注是抽象化的，它是对于电子元器件的关注，并且认为电视节目也是电子元器件的产物。它可能会不断消耗人们对于精神内质性东西的关注。现代性把人性肢解成道德、审美和认知的碎片，把善、美、真"平等"地并列起来，这实际上就是对人的理性的一种贬低，也可以说是对古典时代对人的本质的认知的一种贬低。比如说，把水和火并列起来，二者是一种真正的并列关系吗？肯定不是并列关系，水和火并列，肯定已经是把水的地位大大提高了，可能水已经把火浇灭了。而如果把火和汽油并列在一起，可能就是一场灾难。现代性的危机，就可以认为它就是把火和汽油并在一起：把人性当中一些低层次的东西给释放出来，用火把它点上。所谓现代性的危机，基本上就是这么一场危机。

因此，所谓的现代性美学或者观念、价值系统，夸大了想象力的作用，实际上是对人性本身的一种夸张，当然也是对个体自主性的夸张。从而最终把人性和自然并列起来，同时还把心理性的东西和实在性的东西对立、并列起来，也把形式和内质、内容性的东西并列起来。在这种情况下，实际上已经是对自然的贬低，也是对我们外在的世界实在性的贬低。对于诗学的、文艺的观念来说，如果只从个体出发，有时候就容易把所谓想象力神话化。但是想象力还是有限度的，是有其经验条件与基础的，受人们认知经验的限制。总之，这一切说明，想象力是建立在经验的基础之上，一方面受理性认知的限制，另一方面也获得理性认知、经验基础的支持与支撑。

在这里,我想举一个更文学化的参照系统来说明当下诗歌的问题,这就是科幻文学。我们一般认为,科幻文学是借助一些所谓科学的知识或者科学认知上的一些表象,进行的富有想象力的创作。但实际上可能正好相反,科幻文学不是"想象"出的或者"创作"出的一个虚幻化的世界:科学和人们的生活的关系,本身就是现实地存在在那里的,不是我们的想象力能够主观地创造出来的。事实上,科幻文学只是把想象力作为一种手段,把艺术性的东西作为一种手段,把这种关系给呈现出来了,而那种关系,平时可能被我们日常生活当中的一些生存烟雾、一些惯性化了的生活经验给掩埋掉、给忽视掉了。当然,科幻文学本身通过这种想象力是有变形的东西在其中的,但是经过变形之后,它不是让人去怀疑科学,或者觉得科学是虚幻的世界观,反而让人更加相信或者信仰这个由科学所塑造的世界。科幻文学最厉害的地方,就是它有一个几乎被现代人当成信仰的科学的经验内核。科幻文学当然不只是科学,科幻文学提示给我们的东西,就是我们的想象力,包括我们所谓的艺术性的创造力、艺术技艺,它本身是有限度的,甚至也是空洞的,但它同时又是有基础的,它建立在一个坚实的经验基础之上。在想象力与世界的关系问题上,科幻文学颠覆了我们传统的艺术理念,颠覆了美学的那种关系认知,或者说颠覆了传统美学观念当中艺术主体性的构成。当然,这里说的这种关系,不是"现实主义",不是我们过去那种所谓的现实主义的范畴,即作为一种创作方法的现实主义所能够涵盖的。现实主义还是在美学的、通常的艺术观念内部的一种具体的创作方法,但是科幻文学带来的颠覆,应该是更加根本性的一种颠覆,同时也是对于艺术和人的生活世界之间的关系模式的一个颠覆:我们的想象力"创作"不出科幻世界,艺术只是一种手段,把那种核心性的科学生活经验、科学塑造的生活世界,给呈现了出来。

科幻文学的再一个启示就是,科幻文学实际上关注文学性的东西并不是很多。科幻文学关注或者思考这个世界,思考我们人的生活,思考人本身的一些本质性的东西,关注我们所谓的文学问题倒是不多。刘慈欣的《三体》很精彩,但是如果你要认真看的话,《三体》肯定是有很多艺术上不够完善的地方,不完美的地方,甚至是粗糙的地方。但是它为什么能有那么深入地打动人心、震撼人心的东西？那种东西，可能才是科幻文学真正本质性的东西，同时也是文学本质性的东西。但为什么它会产生这个东西？产生这种效应？可能就在于它抓住了一些可以成就艺术或者文学的本质性的东西。而且，它在生活和人之间，包括和我们的想象力之间，建立起了多重的关系和紧密的联系。这其中，就包括我们刚才说的对科学的一种信仰，现代人几乎把科学当成一种信仰，当你在文学写作与这种类似信仰的经验之间建立起密切关系的时候，它怎么可能不打动人心？在这个意义上，还是那句话，人的想象力或者说创造力实际上是有限度的，它的自主性的边界也是有限的。科幻文学使得这种文学性和艺术性的边界得到极大的扩展，而且科幻文学真正内在地嵌入了我们的日常生活经验，嵌入这种生活的境遇和情境内部。

三、以通彻的中国文化逻辑重建诗歌的观念谱系与价值坐标

当我们在凝视一个东西的时候，它或多或少会让人产生一些幻觉。当我们凝视文学或者诗歌“本身”的时候，可能也会有一些幻象产生。所以这个“本身”，真的是一个陷阱，是我们要规避的。就新诗来说，很多人可能认为要从形式上加以规范，要建立各种层面上的现代格律。但是我倒觉得这些东西其实不是很重要，可以让它顺其自然地去自己发展，可以逐步地、慢慢地去研究、去探索。诗歌自身的品质或者说它的成就，就长的历史时段来说，跟格律这些东西也未必有直接的关系。比如，古典时代除了《诗经》《楚辞》之外，最伟大的作品可能就是《古诗十九首》。但它并没有太多形式上的讲究，其实都是很质朴的东西，它有其内在的精致，但这种精致不是形式上的东西。所以新诗的形式不规范也不一定是件坏事，至少可以慢慢去探索。我们今天面临的关键性问题是整体性的，是一个谱系性困境，这其中有一些带有根本性的限制性、制约性的东西，一些在我们思维当中空转的、圈套性的东西，可能会阻碍我们的认知。

上面讲了科幻文学的问题，可以看出，科幻文学本身其实超越了现代性的

美学与艺术范畴。比如,它对人性化的因素,就是一种克制的态度,是对于包括想象力在内的这种人性化内容的一种克制,而不是一种弘扬。这跟我们现代性的艺术理念的主流,与现代性的价值观念,正好相反。现代性的基本问题,如上面讲的,就是把人性给绝对化了,就像哈姆雷特所讲的,人是"宇宙的精华,万物的灵长"。但其实别说是地球,就算是整个银河系,在宇宙当中可能也只是一个尘埃。现代性的危机,就在于它把人性绝对地崇高化、甚至是神话化了。神化之后,它就没有标准了,任何东西都可以说是以人为"目的"的,都可以说是人性的价值的体现,也都以说是以人的价值作为判断根据的,但它最后等于是一个虚无的东西、空洞性的循环。把人性当作最后的标准,最终只能把自己变成一个很可笑的笑话。科幻文学从艺术性的角度,带给我们这么一幅图景,是对于人性的这种自恋症的一种解构。此外还有一些值得深入思考的东西。而这些东西,正好能指向我们的问题,即对于包括现代性的诗歌观点、美学观点、艺术观念来说,它可能是有一个根本性的颠覆作用。

因此我想,对于当下的诗歌问题来说,科幻文学可以构成一个非常有价值的参照视野、参照标准。对于当代诗歌来说,应该大幅度地向科幻文学进行学习和借鉴。对于当下诗歌写作来说,不要轻率地站在客观性的理性认知,或者说自然理性的一个对立面。我们应该从那种内心的逻辑、心理的逻辑、技艺的逻辑当中走出,严肃地去面对外部的、客观的世界经验,同时也严肃地去面对认知理性。从根本上说,诗歌或文学的高度,不是取决于怎么理解诗歌和文学"本身",而是取决于怎么理解眼前的世界,同时这种理解又不能如现代美学教给人们的,仅仅限于审美的、艺术的理解,并把这种理解同理性认知、道德价值割裂乃至对立起来。同样,它也需要面对一个开阔的读者群体,以及这个群体的阅读经验、阐释理解经验。这些问题反映的才是文学和诗学问题的基本内容和基本秩序——应该把被现代性颠倒的、头足倒置的一些诗学理念彻底倒转过来。

从这个视野出发,在我看来,21 世纪的诗歌面临的一个根本问题或根本任务,就是重建认知新诗或者评判新诗的一种价值标准、观念模式。"五四"以来我们建立的关于新诗的一套认知坐标或者说价值标准,百年来其实没有什么根本性的变化,它还是建立在一些比较表面化的认知经验基础与问题层面上的一套观念与价值模式。比如,文言与白话、格律与自由、韵文与散文等。这一方面,把中国传统的古典和现代的关系绝对化了,另一方面,它又悄悄地把“现代”给置换成了“西方”。于是,古典的等于传统的、落后的,西方的等于现代的、先进的,古今中西之间的立体化的问题纵深与错综关系,变成了如何用来自西方的、先进的“现代”,对抗古典的、落后的“传统”的关系。当这一逻辑具体化到中国近世以来的文化历史实践层面上来时,实际上最终就变成了对于现代性的同义反复式的一个论证方式,即用(借取自西方的)现代性观念价值标准本身,来为新诗的“现代”性模仿、现代性的虚无作辩护。但仅仅用现代性本身来为新诗作辩护,这个论证是没有什么力量的,也是没有什么意义的。在今天,如果我们仍然连这点都看不清,就说明我们还仍然生活在西方现代性造成的这个世界的单向性、片面性、碎片性当中。

就整个中国文学史来说,新诗是一种全新的艺术形式,但我们认知新诗的视野、评判新诗的价值标准,新诗本身的文化与文明内质,都不能只有“新”,不能唯“新”是求。当然,我们这里并不是说新诗就不能反思传统,也不是说新诗一定要切断那种跟西方文化、西方诗歌的关系,而是说,我们对新诗或者当代诗歌的认知,这种认知模式、价值标准、观念模式,本身就是建立在关于“中”和“西”、“古”和“今”等关系的很成问题的一种观念和认知模式之上的,所以,这个东西一定得打破。新诗仅仅靠这些个东西来对自身进行辩护,包括对自身进行认识,对未来进行设想与规划,都是远远不够的。但它是一个存在于所谓“诗歌共同体”内部的、很普遍的观念模式。它本身最后变成一个对于碎片化的、内心的、心理机理性东西的无限推崇和崇尚,严重阻碍了理解诗歌问题的认知纵深和圆融度。

总而言之,新诗百年发展到今天成就斐然,但问题也同样突出。21 世纪以来新诗的“问题与主义”,总体上给人的感觉是日益模糊化,基本没有提出或展现出太有价值的问题性走向与领域。这其中的缘由,或许在于新诗从存在意识、世界认知、艺术观念、评价尺度等方面,整体上都还没有超越西方现代性的范畴。应该彻底反思并超越这一很成问题的西方现代性“方案”,打通古今中西的视野,汇通新诗的“大传统”与“小传统”,确立“中体”与“西用”的良性关系,整体重建新诗的观念谱系与评价坐标。最终新诗标准重建的目标应该达到什么地步？应该从整个中国文化的逻辑出发,去解释中国新诗的艺术观念与写作实践,同时也能够在新诗当中呈现出整全的中国人的生活理念、生活方式、价值逻辑:从整全的中国文化逻辑出发,来理解和解释新诗,同时也能够在新诗当中把中国人的生活理想、生活理念、生活方式完整地呈现出来,而不是片段化、碎片化地展现。这大概就是新诗价值标准重建需要达到的一个目标。当然其前提是,首先要超出那种新诗背后的畸零化、碎片化的观念与认知格局,“看到”整全,“看到”通彻与圆融的中国文化逻辑、中国人的生活本身。

寻索百年新诗及其大事因缘

——论谢冕的新诗研究

2022年，谢冕先生迎来九十寿辰。如果从20世纪50年代北京大学读书时开始算起，谢冕从事新诗研究与新诗批评已经接近七十年。与百年新诗大半的历史进程相伴随，谢冕成为当代新诗研究领域无可争议的旗帜与灵魂人物。尤其是对于新时期以来的诗歌批评与研究领域来说，没有谢冕每每发时代之先声的引领作用，几乎是不可想象的。21世纪之后，谢冕继续深入思考新诗领域的相关问题，人们对此可能重视不够，但实际上这一时期谢冕的一些观念乃至思想变化，仍然是弥足珍贵和富有启示意义的。总体而言，对于谢冕来说，其诗歌研究与批评最擅胜场的特出之处，在于尤其擅长从宏大历史视野出发对于诗歌现象和诗学问题进行通观总揽与综合观照，但这其间彰显的，绝非简单的因果性与机械的历史决定论关系。这里借用"因缘"这个表述，以彰显谢冕漫长的诗歌研究与批评实践背后新诗在错综纠葛（因、缘、果）当中递续前行的艰难历史道路。而从严肃的学理态度来考察谢冕对于百年新诗及其重大因革变迁历程极富启迪意义的探求轨迹，已经是百年新诗史与诗学理论研究不可或缺的一个重要组成部分。

一、“崛起”论与现代性诗歌观念谱系的奠定

所谓“崛起”论，当然首先是指谢冕开新时期新潮批评先河的《在新的崛起面前》①一文，以及以谢冕为代表的新潮批评家群体对于“朦胧诗”的“崛起”的辩护。但不仅如此，“崛起”论的诗歌观念与诗歌批评，通过将“朦胧诗”的“崛起”视同于“五四”新文化运动的延续与“五四”精神的再现，再次树立起一个理解百年新诗与整个中国现代文化的完整的认知与参证坐标。或者说，从“五四”到“崛起”，一个横跨20世纪大半时长的诗歌理解坐标系统，很早就构成“崛起”论批评与诗歌观念背后的精神价值谱系：

> 有识之士，天下才俊，寻求救亡图存、强国新民的道理，遂有了通过“新”文学、“新”诗以达于“新”中国之诉求。简括地说，当日的目标在于通过改造旧诗而为新诗，期待着以诗的革新使新知识和新思想得到展现与传播。新诗生于忧患，也成于忧患。由此看来，一百年前进行的新诗运动不仅是一场文体革命和艺术革命，也是一场思想革命。这是百年来的一件文化建设的大事。②

在“五四运动”与“五四”精神映照之下的诗歌革命的“五四”传统，不仅是文体革命与艺术革命，同样也是一次力图重建新中国、新文化的思想革命与文化实践。这是百年新诗发端处的“大事因缘”，它构成百年新诗的文化基因与历史命脉，新诗的巨大成功与后来面临的一些困境也大都与此相关。“五四”前后诞生的中国新诗，所面对的是一个强大的中国古典诗歌传统。当时的白话新诗及诗歌革命者所面临的最大困境，是欲罢不能的中国古典诗歌传统的“影响的焦

① 谢冕：《在新的崛起面前》，《光明日报》1980年5月7日。
② 谢冕：《在中国新诗百年纪念大会上的致辞：一百年来一件大事》，《长江学术》2018年第3期。

虑”，尤其是固守原封不动的古典传统的旧文化势力：“那时的旧势力太强大也太猖獗，他们的决绝是一种对于旧势力的反抗的唯一选择。那时来不及或者压根就不准备考虑新诗与旧诗的承传的联系，也不想承认旧诗对新诗会有范围相当宽泛的艺术经验和表现技巧的借鉴和启发。那时一心一意想的是摆脱和排斥，而不是吸收和交融。”①尽管在古典文学的母体内已经孕育着白话文学或者新文学的因素（在某些体裁如小说领域这一情形尤其突出），因而“五四”时期包括诗歌革命在内的文学革命其实并不是突发的。但由于中国古典文学传统尤其是古典诗歌传统的异常强大，文学革命尤其是诗歌革命就不得不采取“彻底割断”古典传统、与古典传统“势不两立”的决绝姿态。这也是出于当时大的历史情势，所采取的不得不然的矫枉过正的做法。

谢冕对于“五四”前后这种激进的革命姿态虽然不是没有保留，也指出了其“片面性”，但总体上对之持的是充分肯定与认同态度。“五四”时期的诗歌革命观念与精神取向，也就奠定了谢冕与“崛起”论的诗歌批评观念的基本底色——这同样也是在新时期“朦胧诗”的“崛起”当时，由具体的历史境况所决定的。这表现在关于“朦胧诗”的“崛起”运动的评价上，就是以将“五四”时期的白话诗歌革命进行类推与延展的方式，把“朦胧诗”与“五四”诗歌革命放在同一个层面上加以类比与观照：与“五四”时期的诗歌革命承受古典诗歌传统的巨大压力相似，对于“朦胧诗”来说，同样拥有一个大的对立物。只不过与“五四”时期不同的是，这次的对立物不再是古典诗歌而是新诗自身，是新诗的严重异化引发了那一场巨大的艺术反抗，是当时那一声“艺术异端”的猛呼，惊醒了人们的传统梦。这呼声把人们引到了受到扭变的新诗面前。而作为“五四”诗歌革命的结果，新诗本身在那时成为革命的对象，其原因就在于自 20 世纪 30 年代起，新诗事实上就已经违背了“五四”传统精神，片面地强调了诗歌的现实功利目的与诗歌的“民族化”“大众化”道路，从而走上了一条“越来越狭窄”的发展道路。也只有从这新旧两种形态的参照中，人们才有可能确认“朦胧诗”崛起所代表的诗艺

① 谢冕：《新世纪的太阳》，时代文艺出版社 1993 年版，第 3 页。

锐变的真谛，与其开启一代新风的重大现实意义。①

在这其中，中国古典诗歌传统往往扮演了一个“不光彩”的“重要”角色。中国古典诗歌在几千年的历史进程当中，其艺术性在千锤百炼当中臻于极致，但由此也使得它因为其完美的艺术规范与权威地位，而具有一种强烈的排他性。在古典诗歌传统的强大光耀之下，作为后来者在诗歌领域任何改变与创新的意图都变得极难实现。这造成的结果，就是中国古典诗歌的辉煌，不仅构成新诗艺术成就上的标杆和社会受众接受与认可度方面的巨大压力，而且诸如“民族化”“大众化”之类与古典诗歌本不相干的要求，也总能从古典诗歌那里找到借力的“根据”。正如谢冕所敏锐地指出的那样，古典诗歌传统的“阴影”实际上从来没有从新诗的头顶移开，每当人们对于新诗的现状感到不满时，这一“阴影”便如神灵般地出现，成为无可奈何之际“疗救”新诗的药饵。但与此同时悖谬的是，在形形色色的以“民族主义”借口出现的绵延不断的干扰当中，新诗却并没有真正走向作为中国社会基本人群的农民及其他社会基础阶层，而只是与城市生活、城市知识分子特别是受到西方文化洗礼的知识阶层相关。从这个意义上说，它也确实是走在了一条“越来越狭窄”的发展道路之上。

在这种情形下，从 20 世纪 50 年代开始，文化界、文学界提出了在古典诗歌与民歌的基础上发展新诗的倡议和号召，从今天的角度看，其对于新诗存在的问题的诊断有其精确性与现实针对性，但开出的药方对于新诗却并不对症，甚至适得其反：在当时的时代背景与历史条件下，回归古典诗歌就等于否定了新诗面向未来不断敞开的合法性指向，学习民歌就在事实上关闭了向世界诗歌艺术学习借鉴、与世界诗歌保持同步发展的大门。对于谢冕来说无法容忍的是，这两个方面正好是对于“五四”精神与“五四”诗歌革命的全面逆转：“70 年前的缺憾是创造的激情把旧物当成了否定物，因而展现出对待传统的无分析性和片面性。而自 50 年代以迄于今的危险则是在堂堂皇皇的号召和倡导之下，违背五四的革命精神，向着批判精神的反面肯定被批判物。”②由此谢冕认为，对于中

① 谢冕：《〈朦胧诗论争集〉序》，见姚家华编《朦胧诗论争集》，学苑出版社 1989 年版。

② 谢冕：《新世纪的太阳》，时代文艺出版社 1993 年版，第 3 页。

国新诗来说现代化就是它的生成的基本要素。尽管在传统诗学和传统审美习惯的压力下,新诗的现代性每每成为外在的原因而不再是当然的成分,其存在因此需要坚持不懈的奋斗①,但谢冕对于中国新诗之“现代”本质的约定以及新诗现代化实现的必然性毫不置疑。所以谢冕坚信,无论新诗的生计多么艰危,新诗必须在现实与历史的困境中通过奋斗求得生存,而新诗由此也必然会为自己开辟出一条光明大道。

在这种情况下,人们也就不难理解新时期伊始“朦胧诗”的“崛起”运动带给谢冕的振奋,以及它在谢冕学术视野中的地位了:“崛起”之于新时期以来的诗歌,就如同“五四”之于百年中国新诗的历史,是谢冕当代诗歌批评乃至整个当代文学观念的精神支点、价值坐标与灵感源头。正是在这一评判坐标与价值尺度的度量视野当中,20 世纪 80 年代中期,当“新生代”诗歌涌现以后,谢冕不仅以期许与赞叹的眼光,肯定了更加年轻的一代诗人将“今天”变成了古老的“昨天”的不断超越与更新的取向②,而且也将 20 世纪 80 年代中叶以后“港汊纵横”“乱流奔涌”的新生代乃至整个诗坛多元化的诗歌生态,再一次与“五四”初期相提并论,并且认为除了“五四”前后那一个短暂的时期,“中国新诗发展的进入常态的运行始于今日”③。然而,如果说“多元格局”是这一诗歌常态发展止步的最终结局与最后成果④,那在这种丰富与多元当中,也未尝不伴随着“卑微和萎靡”“贫乏”与“匮乏”⑤。在人们熟知的“丰富而又贫乏的年代”⑥的判定当中,同样贯穿着谢冕对于这种多元格局无序发展之失重状态的担忧。

虽然谢冕在《在新的崛起面前》当中就强调历史不能割断、旧体诗词不能消灭,而后来也一再强调中国古典诗歌作为经过数千年传统文化培养的艺术形态

① 谢冕:《新世纪的太阳》,时代文艺出版社 1993 年版,第 245 页。
② 谢冕:《新诗潮的检阅——〈新诗潮诗集〉序》,见《谢冕论诗歌》,江西高校出版社 2002 年版,第 267 页。
③ 谢冕:《当代诗歌潮流回顾・写作艺术借鉴丛书》(谢冕、唐晓渡主编)之《总序:朦胧的宣告》,北京师范大学出版社 1993 年版。
④ 谢冕:《在中国新诗百年纪念大会上的致辞:一百年来一件大事》,《长江学术》2018 年第 3 期。
⑤ 谢冕:《世纪反思——新世纪诗歌随想》,《河南社会科学》2004 年第 3 期。
⑥ 谢冕:《丰富而又贫乏的年代》,《文学评论》1998 年第 1 期。

的强韧生命力，及其作为同一个民族文化使用同一种语言文字进行的审美活动及文学创造，与新诗之间的历史文化连续性①。但是，坚持“五四”传统的精神实质和核心要旨，就是要维护中国新诗之于古典传统的独立性，及其从古典传统当中破茧而出的现代历史进程的完整性：“中国新诗从中国传统诗歌的母体中分裂而出，它的新生、自立以及迄今为止数十年的挣扎、奋斗，痛苦和欣悦，憧憬和期待，用一句话来概括，那便是：告别古典，进入现代，是一个完整的现代更新的过程。”②然而事实上，中国新诗的现代性之旅并非一个直线进化的过程，而注定是一条不得不然、但却充满歧义的艰难历程。它注定需要在不断徘徊往复当中，在不断被重新理解、重新打开、重新叙述、重新抵近当中，加入更加丰富的中国经验内容与同周围世界及自身文化传统的复杂关联，以此来重新体认与重新建构中国诗歌和中国人生活的整全内涵及其厚重文化本质。在这个过程当中，“现代”之为“现代”也才能够变得更加立体、充实与具体起来。

二、“当代性”的传奇与重负

对于百年中国新诗史来说，“现代”与“当代”之间，尤其“现代性”与“当代性”之间，并不是线性连续关系，但也不是平行对等关系③。应该说，“当代性”与“现代性”是在错综叠合当中的往返重叙与递续前进的过程，“当代性”在这其中具有一种强烈的逼近真相与“见证历史”的意向性与现场感，从而不断达成对于包括“现代性”在内的历史经验当代化和当下化的重新理解与重新建构。所谓“一切历史都是当代史”的说法虽然简单化，但在中国新诗的当代史与当代性的问题层面上，可以获得一种比较具体化、精细化、有内涵的理解方式。从这个意义上来说，谢冕所说的包括当代诗歌在内的当代文学研究之“当代性”思维特点

① 谢冕：《新世纪的太阳》，时代文艺出版社1993年版，第1—2页。

② 谢冕：《新世纪的太阳》，时代文艺出版社1993年版，第101页。

③ 谢冕：《我们见证历史——从中国当代文学的研究现状和问题意识谈起》，《中山大学学报》2006年第4期。

与问题性特征(“行进中的文学”“特殊的学术环境”“减法前提下的积累”“创新意味着探险”),在某种意义上,都可以看成这种“当代性”之传奇性与沉重性的体现:“当代性”在这里就意味着对于“现代性”不断进行的重新发现与深度改写,以此来实现对于历史真相的迫近与对于当下经验的深入。

近年来,学界关于百年中国文学、百年中国诗歌的通观与总结性成果出了很多,谢冕在这方面,也有《中国新诗总系》(十卷)、《中国新诗总论》(六卷)等代表性的编著及诸多相关文章。但实际上早在20世纪90年代,谢冕就已经有关于“百年中国文学”的构想。在这方面的代表性成果就是《百年中国文学总系》(十一卷)①。这样的思路事实上也并非是20世纪90年代之后才产生,它应该是贯穿于20世纪80年代及“崛起”论批评当中的“现代性”文学思想与文学研究思路的进一步延展:对于“五四”传统的坚持与关于“百年中国文学”的构想是统一的,“百年中国文学”命题的提出,就是要从新文学历史的总体性意义上凸现其现代化走向的连续性与整一性,这种走向正是由“五四”前后的文学革命运动所开创。而在“百年中国文学”的认知框架内,中国新诗现代化诉求的果决意志与历史线索,也被完整地呈现出来:“新诗在实现自身的现代化目标时,一方面要不断抗击来自复古势力的骚扰,即假借农民或民族意识的名义对于改造更新自身的阻挠;一方面,则要不断宣扬向着世界新进文艺潮流认同的现代思维和现代艺术实践。写实主义或浪漫主义,甚至后来的普罗文艺都是这一努力的组成部分,但也是一种初步的形态。”②中国新诗要实现现代化,至少需要冲破传统向未来开放与打开国门向世界开放这两个前提,这正是“五四”精神与“五四”文学革命精神的核心,也是“崛起”论诗歌批评观念所彰显的中国新诗现代性诉求的基本指向。

但与此同时,对于这种既有的“现代性”观念与历史叙事模式,在世纪末的历史回顾当中,谢冕重新进行了辨析与结构。谢冕将“百年中国文学”的历史上限,前移至开知识分子思考变革中国之先声的“戊戌变法”发生的1898年前后,

① 谢冕、孟繁华主编:《百年中国文学总系》(十一卷),山东教育出版社1998年版。

② 谢冕:《新世纪的太阳》,时代文艺出版社1993年版,第102页。

以此为时间原点，重新构筑了百年中国文学现代性历程的新的考察起点：从这时起，中国文学迈出古典传统的门槛踏上现代之路，这其中当然也包括诗歌。这是对于中国新诗现代性目标诉求的再次确认，但同时，这也是对于新诗之所以为"新"的内在因由与现实形态，进行的一次新的辨认和总体观照。这种从近现代中国思想文化大历史视野出发的文学史与诗歌史考察，突破了纯粹从政治经济层面或者文学与诗歌内部寻求历史变革因由的片面性与局限性，而将思考与认知的触角，深入中国文学传统的思想文化纵深与现实经验的具体性肌理，整体上体现了对于根本上源自西方的"现代性"观念谱系与实践路径的"当代性"重写与切身性的历史重叙。这反映的是 20 世纪 90 年代以后，文学与诗歌研究乃至整个中国学术思想文化领域，不再满意于西方现代性观念谱系与国族发展思路的简单引介、仿效与摹写，而对于包括中国文学与诗歌在内的中国历史文化现实进行的重新认知，及对于中国化现代性道路的重新考校。这在文学与诗歌研究领域的具体体现就是，不再简单依附于中国近现代历史的常识性结论与社会经济史叙述模式，而是着力发掘百年中国文学与中国诗歌更本源、更内在的变革动因和发展规律。总体上看，上述这一切代表了中国学术思想领域从自身文化历史经验与文明传统出发，探寻中国模式的现代文明发展道路这一世纪性工程的深入推进。谢冕在这方面的工作高瞻远瞩，得时代之先机，是这一文化历史动向与时代主题在文学和诗歌研究层面的反响，普遍认为是非常成功的。这部《百年中国文学总系》后来也多次再版，至今读来仍然虎虎有生气。

与此相关的，还有谢冕关于"文学的绿色革命"①思想。一方面，"文学的绿色革命"思想的前提，是突出强调乃至反向论证这一朝向现代性的"文学的绿色革命"，整体上与古典文学、古典诗歌传统之间非"绿色"的"暴力性"革命、断裂性关系。这当然是对于百年中国文学、中国诗歌之现代性属性与现代化道路的整体性的再次确证。另一方面，尽管谢冕以"五四"文学革命来比照"朦胧诗"的"崛起"，但就百年中国文学之"现代"的整体性来看，它仅是新文学秩序内部的调整；就中国新诗艺术诉求的一贯性来看，它也只是对于"现代"诗歌既有艺术

① 谢冕：《文学的绿色革命》，贵州人民出版社 1988 年版。

传统的某种修复。这就决定了“朦胧诗”的“崛起”，与“五四”文学革命中同古典文学势不两立的革命姿态相比还是有着很大的不同，如果一定要将它称之为一种“革命”，那也是一场不作宣告的“绿色革命”。总而言之，“文学的绿色革命”的提法，在从观念上支持着关于“百年中国文学”之现代性整体的理论构想的同时，这一思想着重体现的同样是对于诗歌与文学“革命”方式的重新思忖，以及对于诗歌与文学的深度本质和发展规律之理解的“当代性”深入，它必将在实践上对于中国诗歌与中国文学的健康生态起到维护作用。

在二十多年以前那次百年中国文学的盘点与总结当中，谢冕把加在20世纪中国文学身上的“忧患”主题的重负，当作“中国文学的福祉”①：

> 我们曾经自觉地让文学压上重负，我们也曾因这种重负而蒙受苦厄。今天，我们理所当然地为文学的重获自由而感到欣悦。但这种无所承受的失重的文学，又使我们感到了某种匮乏。这就是这个世纪末我们深切感知的新的两难处境。②

二十多年以后，谢冕在重新回顾百年中国新诗的历史时，再次提到“沉重”的主题：“与其说我们是幸运的，不如说我们是沉重的。一代先驱者把百年的诗歌梦想交给了我们，我们不仅是享受前人创造成果的一代人，我们也是承受前人重托的一代人。记得一百年前新诗诞生的时节，我们的前辈就告诫我们：不能因为‘新’而忘了‘诗’，也不能因为‘白话’而忘了‘诗’。他们担忧的是，我们因热衷于变革而对于诗歌本体的轻忽或遗忘。”③这里的两种“沉重”或者两个方面的“重负”，看似方向相反，实际在本质上是一致的：它们都是时代局限性造成的新诗的“重负”，也都是历史交给后来者来解决问题的“重托”。这反映了新诗百年历史进程行进的艰难与生存空间的逼仄压抑。从这个意义上说，谢冕二十

① 谢冕：《1898：百年忧患》，山东教育出版社1998年版，第261页。
② 谢冕：《辉煌而悲壮的历程》，见《百年中国文学总系·总序一》，山东教育出版社1998年版。
③ 谢冕：《在中国新诗百年纪念大会上的致辞：一百年来一件大事》，《长江学术》2018年第3期。

多年以前对于“百年新诗”的探测与考辨，其实具有深度的洞察力：“百年忧患”的二十世纪，确实是新诗现代性诉求之百年历史的连续性整体，或者说，“百年新诗”的历史，确实更加本质地属于二十世纪。然而，如果要真正解决根植于新诗内在文化本质当中的这两种看似背反的前进方向与悖论性的力量牵扯，显然需要更加纵深且开阔的理解和建设新诗的历史视野、问题空间与实践可能。

三、在古典与现代的“百年和解”当中重新理解中国诗歌大传统

新世纪诗歌面临的最根本的问题或任务，事实上就是重建认识与评判新诗的价值体系、观念模式。五四文学革命以来所建立的关于新诗的一套认知坐标或者说价值标准，迄今为止其实没有什么太根本的变化，它还是建立在比较表面化的认识基础与问题层面上的一套观念与价值模式：诸如文言与白话、格律与自由、韵文与散文等二项对峙关系，仍然是有关新诗的历史叙事展开与文化本质认知或显在、或隐蔽的核心。一方面，它把中国传统的古典和现代的关系绝对化了；另一方面，它又悄悄地把“现代”置换成了“西方”。于是，古典的等于传统的、落后的，西方的等于现代的、先进的，而古今中西之间的立体化的问题纵深与错综关系，变成了如何用来自西方的、先进的“现代”来对抗古典的、落后的“传统”的关系。这个等式看似不可思议，但恐怕迄今也还是诗歌领域很多人的集体无意识。当这一逻辑具体化到中国近世以来的文化历史实践层面上来时，实际上最终就变成了对于现代性的同义反复式的一个论证方式：用借取自西方的现代性观念价值标准本身，来为新诗的“现代性”模仿与“现代性”的虚无作辩护。因此在今天，如果仍然像诗歌领域的一部分人那样，仅仅用激进的、绝对化的现代性主张本身来为新诗作辩护，这个论证事实上是远远不够的；而如果今天仍然连这一情形都看不清，就只能说明人们依旧生活在西方现代性造成的世界的单向性、片面性、碎片性当中。

对于谢冕来说，在这一过程当中不仅以其发声与发言，也以其偶尔的沉默

与停顿的间隙，来表明其对于这其中的变化审慎而严谨的体察。百年新诗置身于这一基本性的文化困窘当中，从积极的意义上看，它既是新诗自身变革与成长的内在动因，同时也构成整个社会文化环境对于新诗新的期待视野与评判尺度。尽管这种认知视野与评价权力，在社会公众与大众媒体层面往往被变形与夸张，但诗歌圈子内部的认知，也经常是失重与言不及质的。无视这其中的根本性变化，就如谢冕所指出的，习惯了有关新诗历史之时间神话叙事的人们，想以时间尺度再次丈量出新世纪的诗歌奇迹是不可能的①。只是对于诗歌写作领域内部的很多人来说，对所有这些变化无动于衷，诸如郑敏先生对于新诗传统的呼吁，多数人可能还是将其看作某种比较偏激的、不切实际的良好愿望。在这种情势之下，新世纪以后谢冕看似云淡风轻的诗学观念与诗歌批评当中，一个最主要与轴心性的变动，就是对于中国古典诗歌传统及其与新诗关系的看法，有了比较大的变化。这在某种程度上当然也是谢冕本人诗学观念的自然延续与自然展开，比如“文学的绿色革命”的观念延展开来，必然得出一种对于传统的连续性而非简单粗暴的割断传统的认知；但同时，所谓“百年和解”的结论，也定然是谢冕面对变化了的诗歌生存环境与建设前景，认真面对、主动寻索这方面问题的答案的结果。

新诗传统话语复兴的基本背景，有着社会生活的大环境变化的因素，同时也有诗歌自身的缘由。就前者来说，随着中国经济社会发展的巨大成就，传统文化的复兴在21世纪之后再次成为社会热点与大的文化氛围。谢冕虽然对这种传统复兴当中泥沙俱下的情形不无忧虑，但总的来说是从全面而肯定的态度来看待这一历史趋向及其出现的历史背景与成因的：“我们的文化生态出现大的失衡。一方面是由于长期的革命批判造成的对于传统文化的偏见和警觉尚未消隐，一方面则是沟通和引进造成了普遍的‘温柔地占领’的泛滥。”②于是，这种观念变化，首先就体现在关于新诗百年历史进程当中的缺失与古典诗歌传统地位作用实事求是的认识上：“新诗革命的成功，是以对于古典诗歌传统的隔绝

① 谢冕：《奇迹并未发生——新世纪诗歌观感》，《理论与创作》2010年第4期。
② 谢冕：《说不尽的“传统”》，《文艺争鸣》2009年第3期。

和‘破坏’为代价换来的。尽管人们在理论上保持一种前瞻的姿态，而几千年的古典诗歌的熏陶，培养了中国诗人和读者普遍的高贵的审美情趣。这些都如影随形地占据着人们的心灵，并深深地影响着人们的审美期待。所有的中国人都会在辉煌的古典传统面前不由自主地‘怀旧’，除非他对古典一窍不通。”①中国新诗的古典传统，无论如何都是新世纪诗歌必须正面面对的最大现实。但在谢冕看来，中国新诗经历的古今之变，除了文体上的革新之外，对于中国古典诗歌传统的核心精神与主导价值取向并没有丢弃，这具体体现就是新诗对于中国古典诗歌“诗言志”与“诗教”传统的传承：

> 一百年前，我们的前辈耽于国难深重，一时救国无门，思及重铸民魂在于“诗教”，于是急切之中将一把手术刀递给了未来诗歌的改造——百年来充满争议的新诗就是这样呼唤并诞生的。由此观之，即使极端地说，新诗破坏了古典诗的“一切”（包括意境、韵味和声律），但是新诗却非常完整地继承和维护了中国的诗学的正统，这就是诗言志延伸过来的教化民众的传统。也许由于手术刀的操作出现了“割痕”，但是中国诗的血脉没有被割断。②

谢冕这个概括无论是否能够取得普遍的赞同，至少对于新诗的基本文化质性与历史发展进程来说，具有很大的适用性与说服力。同时，这种传承与连续性关系也是“百年和解”之所以可能的前提。此外，在这一新的传统与“正统”视野当中，不仅有古典诗歌传统，而且也突出强调了外国诗歌对于中国诗歌大传统建构的积极作用：“外国诗歌就这样在新诗百年的历史中不间断地输送着世界诗歌的营养，从形式到内容影响着中国新诗的创造性发展，是它启发了我们的灵智，开启了我们更为广阔、更为浩瀚的诗歌的天空。”③外国诗歌对于新诗的

① 谢冕：《回望百年——论中国新诗的历史经验》，《北京大学学报》2005 年第 11 期。
② 谢冕：《前进的和建设的——中国新诗一百年（1916－2016）》，《北京大学学报》2017 年第 3 期。
③ 谢冕：《我有两个天空——百年中国新诗与外国诗》，《中国文艺评论》2017 年第 4 期。

影响是人所共知、毋庸置疑的，但在新的历史条件下，以“两个天空”的说法对这一点重新进行讲述与强调，当然不仅是一种事实上的确认，也不只是具有修辞的意味：这里更愿意将其看成在一种更为宽绰与开阔的大视野当中，在更为自信与从容的态度当中，对于中国新诗大传统进行的新的体认与再一次重叙。这意味着中国新诗经历百年“现代性”奔袭，终于真正走出了单向度的时间神话通道，在对于自身文化身份与文化形象的理解与认知，以及对于未来建设路径的展望与设定上，都具有了一种更加丰富、全面、立体的文化本质想象与文化价值参照坐标。

当然，从这种更大的问题空间来看待谢冕新世纪以后诗学观念本身的变化，也就可以看出，这种变化其实不只是谢冕本人观念的变化，而是整个当代文学发展与诗歌研究的文化语境及文化现实格局变动的结果：一方面，这是诗歌与文学领域本身“多元格局”的结果，“多元格局”来之不易，是谢冕这一代人经历艰难曲折、披荆斩棘的奋斗得来的成果，但另一方面，“多元格局”本身不是原因也不是终点，从而这也是在“多元格局”的文化价值观念坐标的牵动与连带作用下，诗歌在这一大的文化景深内部，重新确立自身观念价值谱系、重新修炼自身文化质地的结果。这也就使得谢冕的诗歌批评与诗歌思考，在一个更加广大的诗歌与文化场域当中，从诗歌之内与诗歌之外，再次成为事实上的牵引与创造历史的过程。谢冕对于自身观念立场的坚持，与当下诗歌领域亲疏有度的批评家身份，及其对于自身学术学理品质的持重，使得他比执着于小的诗歌宗派观念与圈子内部的诗人与诗歌批评，更加有力与有效地彰显和促进了这一历史进展，更加恢宏与深度地映现了历史真相，更加客观与辩证地站在了历史真理的一边。

本文不是对于谢冕先生新诗研究与批评工作的全面评述，而是试图在理论史、批评史的考察模式之外，找到理解与认知谢冕新诗研究与诗歌批评巨大贡献的一个不同的视角，所以难免挂一漏万、买椟还珠。在这里想要突出与彰显的核心线索是，对于谢冕来说，从20世纪80年代初期“崛起”论批评确立新诗现代性观念立场，到20世纪90年代对于百年中国新诗历史谱系的“当代性”重写，再到进入21世纪以后对于中国诗歌大传统的重新体认，总体上代表了新时期以来中国新诗现代化潮汐当中三个波次的崛进与涌动，代表了在"现代性"深描当中关于新诗文化本质认知的实质性进展，而谢冕其实在每一次都站在了时代的前沿、批评的前线与潮流的峰巅。比谢冕更"前卫"或者更"保守"的学者或者批评家，却未必能够做到这一点。这恰恰是因为他们对于中国新诗现代化进程的繁复曲折与艰难程度缺乏深入的体认，因此也就缺少了批评的距离、批评家的风度与有效的应对方式，而对于自己头脑中的种种诗歌观念系统进行了过于"一往无前"的、直接的认信。这也就使他们过早地离开了批评的有效性轨道，滑入自说自话与自我信仰当中。而在以谢冕为代表的一批诗歌批评中坚力量的护持下，新诗终于在21世纪迎来接近于理想的成长环境与发展前景，这实属是中国诗歌之大幸！

穆如清风，缉熙敬止

——吴思敬新诗研究概览

吴思敬先生长期从事中国新诗理论研究和当代诗歌批评工作，是中国新时期以来最为重要的诗歌理论批评家之一。吴思敬的新诗研究，与新时期以来的中国当代诗歌发展史伴随始终，当代诗歌史各个或惊涛骇浪、或潜移默化的重大节点与重要关头，吴思敬都是重要的开拓者、引领者、见证者之一。在吴思敬的新诗研究当中，潜伏着一条当代诗歌发展史的激越潜流。梳理与总结吴思敬丰富的诗学思想与新诗研究的整体状貌，不仅是对于吴思敬个人学术成就的致敬，同时也是参证这四十多年的当代诗歌发展史的重要环节与有效方式，以及在新的历史时期开展诗学理论与诗歌批评建设不可或缺的步骤。

一

20 世纪 80 年代初，在有关“朦胧诗”的论争当中，吴思敬与谢冕、孙绍振、徐敬亚等站在一起，为新生的“朦胧诗”的“崛起”作辩护，写作了《说“朦胧”》《时代的进步与现代诗》等著名文章，成为新潮诗论家的主要代表之一。“朦胧诗”论争之后，在继续从事诗歌批评的同时，诗学基本理论研究成为吴思敬的重点工作领域。四十多年来，经过吴思敬的倾注心力与辛勤耕耘，其诗歌理论研究领域的成果最为集中，也最为卓著。吴思敬在这方面的主要著作，有《诗歌基本原理》《诗歌鉴赏心理》《心理诗学》《诗学沉思录》《走向哲学的诗》《吴思敬论新诗》等。

20 世纪 80 年代中期，中国文艺理论界正处于"方法论"热之中。所谓的"三论"（系统论、信息论、控制论），以及各种人文社会科学甚至自然科学方法，都被文学研究领域热烈地引进、讨论和应用。而当时的显学"文艺心理学"，以及稍后的"文学主体论"思潮，也都显赫一时。这是吴思敬写作他的第一部诗学理论专著《诗歌基本原理》时的学术生态与学术思想背景。通观《诗歌基本原理》与后来的《心理诗学》等重要理论著作，可以看出，吴思敬虽然对于心理学方法有所借重，甚至也可以说有所偏爱，但心理学方法与"心理诗学"绝不是他所构想中的诗学理论体系的全部。吴思敬曾不止一次地说过，他一直在考虑写一部"诗歌社会学"或"社会诗学"方面的著作，正像"心理"与"社会"在吴思敬的观念系统中不是相互割裂、不相连属的两个领域一样，"心理诗学"与"社会诗学"加起来，也只是吴思敬丰赡的诗学基本思想，在某种层次、某种向度上的细化与展开。同时，在实际的操作与应用当中，吴思敬使这两种理论范式尽量相互渗透、相互包含，以将各自的理论局限性压缩到最小，将其理论包蕴力撑展为最大，从而使它们在具有强大的逻辑整合力的同时，也具有最大限度的逻辑弹性与可塑性。更重要的是，当吴思敬将主体性原则贯穿于这两种理论范式之中的时候，也便赋予它们以行云流水般的、生动的逻辑动力性。这是吴思敬诗学理论视野的基本格局。

《诗歌基本原理》作为一部诗学原理性质的著作，诗歌"本体论"是不可或缺的重要组成部分，也是首先需要面对的问题，但要解决"什么是诗"这个"斯芬克司之谜"，靠简单地给诗下一个定义是远远不够的。为此，吴思敬采用了系统论和信息论的方法：从纵向上，吴思敬首先将诗歌确定为"第三自然"之中介系统的一个子系统[1]，在横向上，则引入了信息论的观点，这样便纵横交错地结构出了诗歌的"信息系统"。而按照信息在诗人、诗作和读者间的运动过程，诗的信息系统又可分为诗歌信息加工系统（诗人）、诗歌信息贮存系统（诗作）、诗歌信

① 吴思敬：《诗歌基本原理》，工人出版社 1987 年版，第 20 页。

息的接受系统(读者),以及诗歌的根本信息源和终极信息宿(客观世界)。然而,系统论和信息论的引入,虽然可以跳出对于诗歌本质及其构成因素静止、孤立的分析模式,却也止于诗歌系统构成之客观性描述;要建构系统严密、生动有力的诗学体系,还需要找到理论展开的更加充分的逻辑根据、逻辑动力与逻辑线索。于是,吴思敬找到了诗歌"主体性"原则:"我们认为诗歌与小说、戏剧的区别固然可以从内容上、形式上列成许多条,但其中最根本的一条就在于诗歌依据的是主体性原则,而小说戏剧依据的是客体原则。"[①]在这里,"主体性原则"既是观念原则也是逻辑原则,它主导着吴思敬诗学理论的观念内容与逻辑展开形式的统一结构。

既然以主体性原则作为诗学思想的主导理念和建构原则,吴思敬在诗歌"本体论"问题的探讨上,继诗歌系统构成的客观性描述之后,进一步将诗歌当作一种主体掌握世界的特殊方式,从主体观、社会观、运动观、时空观四个方面,对诗歌本体进行了全方位透视,确立了以主体性为中心原则的"诗歌本体论"之观念系统:诗歌主体是主体性原则的出发点和承担者;社会生活是主体性原则的展开中介与实现场域;诗歌作品是主体生命律动之外化表现;诗歌中的时空是主体的心理时空投射和生命律动展现条件与场所。这四者不是相互割裂的,而是被主体性原则融会贯通在一起的。作为诗学理论体系最重要的组成部分,"本体论"意味着诗歌观念系统结构的基础与骨架,因而诗学理论的"本体论"探讨,不仅以其观念内容论证着、同样也以其思维运动方向和观念组织方式指示着如下法则:主体性原则也必须作为诗学理论整体展开的主导性逻辑脉络。于是,之前对于诗歌信息系统构成所作的客观分析,此时也都相应地被赋予了一种逻辑方向性,最终被整合到诗歌观念系统结构中来,并以诗歌信息的加工、贮存、接受为单位,依次构成诗学基本原理体系的三个部分:诗人论、创作论、鉴赏论;而在每一部分中,主体观、社会观、运动观、时空观,都被贯穿以主体性原则,综合应用、逐级渗透于问题分析与理论展开之中。这样也就可以在保持理论体系的严整的同时,避免了因理论视角的单一造成理论内涵的单薄,而始终保证

① 吴思敬:《诗歌基本原理》,工人出版社 1987 年版,第 37—38 页。

理论视野多维立体的、充满思想力量的开放性，与理论意蕴的充实厚重。

接下来，最耐人寻味的地方是，构成诗学基本原理体系的每一部分，诗人论、创作论、鉴赏论也都是严格地沿着主体性原则展开的：首先，与诗歌信息贮存系统和接受系统相应的，本来应该是“作品论”“读者论”，但在这里，被赋予了一种与主体的创造性和能动性相应的理论观照维度，变成了“创作论”“鉴赏论”。而这其中最具显著特点的是“创作论”编：既然将诗歌看作一个信息流动的过程，既然从创作论的角度，可以将这个过程看作主体生命律动经由社会中介，在心理时空中的表现这样一种特殊的掌握世界的方式，那么“创作论”这一诗歌信息最关键的处理流程，也就同样被纳入主体性原则之中加以观照和展示。于是，在通常的诗学理论和一般的文学原理著作中常见的，诸如对于诗歌的意象、语言、结构、建行等问题进行琐碎、孤立、静止的分析罗列不见了，而是分别被置于“诗的构思”“诗的传达”之中来综合考察。“炼意”—“取象”—“发想”—“角度”—“结构”等创作机制，在这里构成一个绵绵不绝的心意运作链条，生动展示了诗歌构思的复杂机理与完整过程，而对于诗歌创作主体构成因素的全面系统分析也就包含其中了。在这样做的时候，主体性原则也就这样纵横交叉、层层下渗、一以贯之。这不是简单的名词改换与章节结构调整，而恰恰是体系突破意义和逻辑动力性的最充分、最生动的体现。

如前所述，心理观与心理学的视角，吴思敬其实已经在诗歌基本理论建构当中综合地加以应用，在诗学原理的某些（比如诗的构思、诗的鉴赏等）方面，“心理诗学”的视野甚至充当了相当重要、相当突出的角色。因此，为了对诗歌本体进行更细致、更深入的透视和考量，只要时机成熟，心理学的视角是可以、也需要作为独立的诗学范式，来将诗歌的基本理论研究引向深入和细化的。吴思敬于1987年出版的《诗歌鉴赏心理》，既可以看作《诗歌基本原理》的进一步延续与延展，更可以看作大的“心理诗学”范畴的展开。1996年出版的《心理诗学》[①]则是这方面的主要著作。由于建立在《诗歌基本原理》当中以主体性为主导原则的诗歌观念系统与诗学思维逻辑的成熟建构基础之上，使得这一“心理

① 吴思敬：《心理诗学》，首都师范大学出版社1996年版。

诗学”范式具有以下特点：首先，心理学在这里不是一个简单的、单向度的透视窗口，而是处于成熟的诗歌观念系统的整体压强与语义场中，因此它具有观念、方法上的多维互渗和逻辑上的自由灵活的特点；其次，因为主体性原则贯穿其间，吴思敬的“心理诗学”体系，也具有学理上层次井然和体系上简洁明了的长处。在此基础上，《心理诗学》把诗人诗歌创作的心理结构分为三部分：创作心理过程、创作心态、诗人的个性特质，随后从诗人的创作心理过程、创作的心理能量——“内驱力”开始讲起，将“心理诗学”的问题模块渐次铺展开来。

在这里，正如前面讲到过的，“社会诗学”的观念方法在这里被辩证地综合、融通在“心理诗学”的理论范式和方法当中。举例来说，这不仅是指《心理诗学》在讲到“内驱力”的生成时，把“社会因素的诱导”作为一项重要诱因来予以论述，在讲到“内驱力”的调节导向作用时，把“社会导向”先于“自我导向”来加以并列；事实上，将“内驱力”界定为“多元的行为动力系统”的理念本身，就是在联系与映衬着“社会诗学”的观念，寻找内化于创作主体的外部动力源头，其逻辑前提正是诗歌主体及其创作行为的社会属性、外部属性。正因此，当沿着“创作心理过程”的探讨路径，通过诗人“创作心态”的中介、抵达“诗人的个性特征”时，作为诗学建构主导观念与逻辑线索的主体性原则，此时最清晰、鲜明地体现为由内而外、由里及表、由“心理”到“社会”的视角融合与动力指向：“诗人的个性特征”的探讨，又浮上了“社会诗学”的堤岸，它既是“心理诗学”的终点，也展开了“社会诗学”研究的最佳入口。从体系建构形式上讲，《心理诗学》在此充分地体现了一种计白当黑、要言不烦、清通雅洁的妙处。

二

在当今诗坛，吴思敬不仅是诗歌理论家，同时也是始终保持敏锐的前沿意识与责任担当意识的重要的诗歌批评家。随着时间的流逝，人们不无遗憾地看到，当年为了朦胧诗的“崛起”与吴思敬一起并肩战斗的部分批评家，由于过于固执自己那未必靠得住的诗歌美学观念，实际上已经丧失了与当下诗坛展开实质性沟通和对话的能力。然而，吴思敬的情形正好与之相反，作为批评家的身份与使命，高度自觉的职业批评的主体意识，使得吴思敬不是把个人趣味、而总是把对于中国新诗前途命运的责任放在第一位。由于同样的缘故，吴思敬也从来不满足于各种程度不同的印象式批评，多年来孜孜不倦的理论探索，使得他不仅有愿望、更有能力对于日新月异的写作趋势作出最为精准、有力的阐释与评判。正因此，吴思敬在当今诗坛充分展示出了其批评大家的风范：既有能够同时统观主潮诗歌和先锋诗歌的总揽全局的视野与胸怀，又能与诗歌写作，尤其是先锋诗歌写作前沿保持密切的、有效的对话与沟通，以视界的宽广与见解的精微而言，对于当下诗坛有着直接的、多方面的现实指导意义。除了对于北岛、顾城、江河、赵恺、彭燕郊等诗人的研究文章早已为人们所称道外，20 世纪 90 年代之后，《90 年代中国新诗的走向》《精神的逃亡与心灵的漂泊》《转型期的中国社会与当代诗歌主潮》《当今诗歌：圣化写作与俗化写作》《仰望天空与俯视大地——新世纪十年中国新诗的一个侧面》等代表性文章，不仅为众多的同行所瞩目，也令桀骜的诗人折服；不仅对于一个时代的诗歌现象做出了精确的定位、分析，同时也充分地体现了诗歌批评的职业尊严。

吴思敬在重视诗学基本原理构建和诗歌批评的同时，也非常重视对于新诗史、新诗理论史的整体考察。就诗歌史方面而言，他除了着重于当代诗歌的评介之外，也深入中国新诗的源头，沿波讨源，以一种文学史的整体性眼光，来考量百年新诗的发展与走向。在这方面，他出版了《冲撞中的精灵》《自由的精灵与沉重的翅膀》《中国当代诗人论》等著作，编选了如《主潮诗歌》(《90 年代文学潮流大系》)《校园朗诵诗选》等诗歌选本，以及一批当代重要诗人的专题研究论集。这方面的代表作，则是 2012 年人民文学出版社出版的与赵敏俐教授共同主编且同时担任“当代卷”主编的八百多万字的《中国诗歌通史》(11 卷)。20 世纪 90 年代，尤其是 21 世纪以来，一个日益碎片化的诗坛呈现在人们面前：每个诗人和批评家都抱定一些零碎的、偶然的、游移的关于诗歌的“观点”“知识”“范式”“定义”，对于历史与现实的理解，事实上只是流于片面与狭窄的偏颇，反而更加虚假与不得要领。在这种情况下，吴思敬用并不时髦的人文主义与历史主义眼光所作的诗歌史理解，反倒是更具宽度与纵深的、融贯的大历史视野，让人们在更大程度上把握与接近诗歌与历史的真实。

对于中国新诗理论史，吴思敬显然有着更为系统与深远的考量，也是其学术思想领域的一个重点。这是因为诗歌史尽管重要，但一般人都比较关注，研究成果层出不穷；但在此之前，对于百年新诗理论史这一领域的整体研究、全史研究，还基本上是空白，而已有的相关研究水平也参差不齐。于是，吴思敬首先自己身体力行，写下了一系列这方面的研究论文，如《中国新诗理论：在现代化进程中的诗学形态》《回望〈女神〉》《李金发与中国象征主义诗学》《启蒙・失语・回归——新时期诗歌理论发展的一道轨迹》《1980－1992：新潮诗论鸟瞰》《新诗：呼唤自由的精神——对废名“新诗应该是自由诗”的几点思考》《在传统与现代间行进的诗学(1949－1976)》等，属于宏观的审视；而《闪烁的光　透明的雾——〈新意度集〉读后》《诗美奥秘的新探求》《〈钟声照耀的潮水〉序》《营建诗歌的意象大厦》《诗化人生的实录》《语言诗学与史识》等，则构成诗论家的个案研究。同时，他编选了那本引用率极高的新潮诗论选本《磁场与魔方——新潮诗论卷》，以及《中国新诗总系・诗论卷》《中国新诗总论：1950－1976》，此外还主编过《字思维与中国现代诗学》等专题论集，这些是新诗理论史料方面的收集整理工作。在此基础上，早在多年前，他就指导研究生以“中国新诗理论史”为题，接续进行学位论文的写作，这是他本人学术思想的延伸；而他本人也承担了此方面的国家社会科学研究课题，2015年由人民文学出版社出版的九十万字的《20世纪中国新诗理论史》(上下卷)，是这方面成果的集大成者。《20世纪中国新诗理论史》对于一个世纪以来的新诗理论发展史作了系统的总结梳理，为继承百年来新诗理论建设成果，开创面向未来的诗学理论建设新局面，奠定了坚实基础。

关于吴思敬的诗歌研究，还必须提及的是吴思敬主编的《诗探索》。自1994年推动《诗探索》在首都师范大学出版社复刊之后，吴思敬对于《诗探索》付出的心血与重视程度，不次于自己的学术研究与著作。《诗探索》诞生于新时期初期，与“朦胧诗”的崛起相伴相生，除了中间一段时间的停顿之外，整体上跨越了新时期以来当代诗歌四十年的发展历程。《诗探索》所代表着的，是中国新时期以来以先锋诗歌、现代诗歌为主体，同时兼容主流诗歌及其他诗歌走向的学院派诗歌理论研究与诗歌批评的基本阵容。在这四十年间，“它坚定而鲜明的理论立场，已作为可贵的一页被保留在世纪记忆之中”①。从《诗探索》本身的创办理念来说，鲜明的“理论”定位，从一开始就不只是刊物自身主题、主旨与风格的问题，同时也不仅仅是对于学理或学科意义上的“理论”形态的重视，而是代表了办刊者穿透历史的深远眼光与宏大视野。诗歌写作问题、诗歌理论批评问题，不再只是诗歌“本身”的问题，它们都内在地具有并延展出一种更加渊深、更为内源性的“理论”要求与“理论”姿态：理论不只是书本上的概念思辨与某个学科领域，这种“理论”的要求和姿态，根本上代表的是诗歌与人在这个世界上存在、面对这个世界时的严肃、全面、复杂的态度，以及生活的深度模式。

从这个意义上来看，《诗探索》其实不只是一个刊物：在它背后和通过它所联系着的谢冕、杨匡汉、吴思敬、林莽等中国新诗理论与批评领域的旗帜性人物，以及各种研究机构、会议、奖项、出版物等，代表了当代诗歌的一方文化景观与文化山脉。在这其中，如果要为这个研究方阵与研究格局寻找一个象征符号，《诗探索》可能是为数不多的、合适的选项之一。这个研究阵容和研究格局，在新时期以来的中国当代诗歌史的各个关键历史阶段，起到了重要的疏凿创通、正本清源、保驾护航的作用，在当代诗歌研究乃至整个当代文学研究当中，都是中坚性力量。这个阵容在今天不但没有终结，反而正在通过高校与研究机构所培养的一代代学术新生力量，不断传递、扩大与延续。它不仅决定性地影响了当代诗歌研究乃至当代文学研究的整体面貌，同时也对于诗歌写作领域本身的基本态势与历史走向，继续发挥着巨大的推挽、促进作用。

三

吴思敬的研究领域当然不仅是新诗，还有写作学、文章学方面的研究。其实这些是吴思敬早期重要的研究领域，1985 年出版的《写作心理能力的培养》涉及的主题，至今仍然是重要的、非常具有价值的问题领域，同时也为后来的诗学

① 谢冕：《〈诗探索〉改版弁言》，《诗探索》(理论卷)，2005 年第一辑。

理论研究奠定了学理基础。此外，还有一般性的文艺理论研究与文学批评工作。当然，诗歌研究确实构成其主要的研究领域，而在如此深广的诗学领域中，像吴思敬先生这样进行全面、精纯的诗学探索，并取得如此丰硕成果者，在当今诗坛实为罕见。而先生高尚的人格风范，对于诗歌矢志不渝、一以贯之的热爱与热情，对于各种诗坛事务的组织与领导能力，更是跨越近半个世纪的、中国诗坛最为耀眼、最令人温暖和感动的亮丽风景。对于我们这些做弟子的，每次想到先生，总是油然而生一阵发自心底的暖意。2022 年，适逢吴思敬先生八十寿辰，深蒙先生教诲却无以为报，唯衷心祝愿先生身康体健、永远年轻，继续引导中国诗歌走在康庄大道之上！如此则诗坛幸甚！

诗歌接受与心灵的丰富

——评陈仲义《现代诗:接受响应论》

陈仲义的《现代诗:接受响应论》一书,呈现了一位批评家的一种特定的工作方式与思维方式,及其在当今诗坛的某种重要的结构性位置——这是阅读这部书首先留给人的最为突出的印象。这部书在具体的学理与学术结论上的创获与成绩,是这种批评家的文化伦理性位置或自我定位,及相应的工作方式、思维方式的结果,而非相反。这种工作方式与思维方式,就是一种"具体"的工作方式、思维方式①。但需要说明的是,这种工作方式、思维方式的"具体"性,不能等同于人们通常所说的"现场"感:"现场"性的工作方式,可能是具体的,但也可能陷身于比书斋研究更甚的片面性与抽象性当中。这种"具体"性,实际上是由那种现场的、粗糙的直接具体性上升到理论与观念的普遍性,再由这种理论与观念的普遍性,升华与突破而来的思维的"具体"性——这是黑格尔与马克思曾经反复强调过的辩证思维机制。它实际上意味着一种"具体的具体性",以及思想的全面性与丰富性。就 20 世纪 90 年代以来的三十多年来的当下诗歌生态来说,从笔者的视野看来,要把握这种"具体性",面临的几乎是一种系统性的困难。但也正是在这里,显示了陈仲义的工作方式、思考方式与批评实践方式的重要意义。

① 吴思敬主编:《20 世纪中国新诗理论史》(下),人民文学出版社 2015 年版,第 674 页。

一

《美国精神的封闭》的作者布鲁姆说:"所谓哲学家,一个简单的定义就是,他可以具体地思考,无需借助抽象的规定。"[①]其实不只是哲学家,任何企望能够对于问题的认知有切实推进的领域,都必须走向这种思想与思维的具体性,否则,我们就只是在与各种各样的抽象的理念、概念打交道,就只是在某种特定的意识形态封闭性内部空转。然而,这种不依靠抽象理念前提的、"具体"的思维方式,是需要经过非常艰苦的努力与极大的克制、审慎,才能达到的境地。陈仲义想必经历了旁人难以体味其间甘苦的砥砺与磨合,才找到这种工作方式和思维方式的正确方位、实践路径与展开姿态。除了像"新诗接受的历史检验"(第十二章)这样详尽、精细地呈现当代诗歌接受之实证历史的章节之外,在本书当中,"计有自制图示 16 幅、公式 4 个、引用数据 17 份、问卷调查 6 次、影印 4 件"[②],所有这些,连同本书那种活泼幽默的理论文字,所带来的不仅是人们在一般的学术著作当中难以遭逢的直观观感方面的冲击性,更重要的是将人们带入到当代诗歌生动鲜活的历史现场中,同时也将人们带入到问题性发生的、无法减缩的现实褶皱与现实格局中,成为具有强烈的思维代入性的立论基础与阅读路标。

中国当代诗歌在三十多年的时间里,以不断自我超越、自我破坏的激烈姿态,进行了观念与艺术实践上的激进突破。但从根本上讲,并没有超越康德美学所奠定的审美现代性格局。康德美学以一种"超功利"与"无目的"的审美自律性谎言,使得作为思维机器的"现代人",以一种纯真、质朴的人类学形象,来表征一种西方"现代性"的意识形态:一种绝对人性化的、以人性自身为根据的

① 布鲁姆:《文本的研习》,见布鲁姆《巨人与侏儒(1960—1990)》,张辉等译,华夏出版社 2011 年版,第 327 页。

② 陈仲义:《现代诗:接受响应论》,中国社会科学出版社 2018 年版,第 11 页。

"自由",进而使受此影响的绝大多数人,一生都生活在康德式的抽象理念当中,却自以为"自由"地生活在"真实"和"真相"的本真性当中。陈仲义首先用"具体"的思维方式与工作方式,碾碎了此类大而无当的"理论"之抽象性空壳。该书一开始,就表明其不希望在本质主义观念的支配之下,把控传统的、整一性的美学把手,沿着规范轨道,寻求那些所谓学科化的静观的理论立场①。于是,此项研究"……把主要目标锁定于新诗的前沿、尖端部位——现代诗;同时从常规审美范围拓宽到更为庞大的接受范围。这样改变,其实也已经不是经典意义上的美学研究了。诗文代变是不可抗拒的潮流。现代、后现代的很多诗歌文本,已不再是审美的产物和审美接受对象。故而'接受'是广大基础,审美只是其中的'菁华'"②。这样,这种思想方式、工作方式,首先呈现出的就是参差不齐的、甚至令人抓狂的诗歌接受领域荒芜的现实问题情状,并且提供了具有现实径由与现实意义的解决方案,同时也并没有减缩、封闭由此打开的问题性领域,以及通向更为系统、更为宏阔的理论建设的路途。

就此而言,陈仲义对于事关中国现代汉语诗歌接受的问题性的精准把握与定位,已经不只关乎理论研究与学理范式本身:

> 打破古典诗歌创作与接收的"合一"模型,另起炉灶,该是一项与时俱进的举措而非率性妄念?有意离析传统"合一"模式,细致地贴近创作与评鉴两个"黑箱",适度"兵分两路",也该有利于在各自属地做不同突击与斩获?而把读者从被动、跟随地位拔擢到主人翁位置,转换视角,进一步带动文本价值体系发生偏转,未尝不是另一条研究路径?同样,欢迎现代"诗感"说,或也可从此前被"作者中心"牵引、被"文本中心"固化的轨道上走出来,从容面对更为复杂、辽阔、也更为微妙的现代诗接受新景观?③

① 陈仲义:《现代诗:接受响应论》,中国社会科学出版社2018年版,第304页。
② 陈仲义:《现代诗:接受响应论》,中国社会科学出版社2018年版,第8页。
③ 陈仲义:《现代诗:接受响应论》,中国社会科学出版社2018年版,第29页。

这里的疑问句式，并不代表作者心中没有答案，而是代表了一种与学术领域的主导观念、主流研究范式及工作方式之间的对话关系。因此，这里也贯通着作为一位中国现代诗歌研究者，在古今中西之间对于自身文化角色的自我理解与自我刻画，贯穿着对于当下诗歌写作领域既内在又超脱、既深入现场又保持客观立场的工作者与观察者的自我定位。从这种自我理解、自我刻画与自我定位当中，体现了陈仲义之于当下诗坛的重要性与不可或缺性、不可替代性：后者是结构性的，是文化伦理意义上的，而非人际关系、人情世故意义上的。或许正是出自这种工作位置和工作方式，陈仲义的研究因此是客观、平允而实际的，它从问题性的内部与外缘，恰切地击中了当下诗歌领域的现实困局，锁定了问题解决的基本途径与基本方略。

二

在此前提下，陈仲义对于各种中外理论资源的取用和借鉴，以及对于很多问题的处理，看起来好像是某种不得已或者不彻底的折中和妥协，实际上却呈现了这种深入诗歌工作场景内部的认知方式与处置方式的“具体性”。因此，后者无论是对于问题现实情状的揭示深度，还是其可操作性、可实践性，都超出了那些看似齐整、宏伟的理论架构方式。人们或许不难从理论上、学理上反驳陈仲义的学术研究范式与具体理论结论，但最终可能仍然不得不沿着陈仲义的努力所标划出来的基本问题解决方向继续前行。比如，用以描述诗歌接受动态平衡构成的“哑铃模式”，就是一个突出的例子。沿着西方美学的审美自律性模式阐扬与发展开来，必然走向审美关系格局当中各种要素竞相“自律”的情形，而这必然导向各种更加极端、更加碎片化的理论范式、理论话语：文本中心论与读者中心论，是这其中突现出来的、特别“现代”与“时尚”的理论范式。但人们往往畏惧于西方理论的“权威”，对于这样几乎瞪着眼睛胡扯的、片面的理论观念，除了亦步亦趋地阐释与模仿之外，大体上不敢越雷池半步。在该书当中，陈仲义撕开了那种具有“片面的深刻”特性的理论范式特有的顽固的内指性与内卷化思维，一方面搭建了“文本客观结构”与“文本主观接受”之间既“隔离”又“打通”的平衡结构，另一方面，又揭示了“文本结构”与“主观接受”之间既有叠合又有离异的辩证关系，并用诗歌写作现场与批评实践经验当中的种种具体范例与情态，来将这种模式填充和丰富起来。

正是在这里，陈仲义呈现了诗学理论生成、存在、停伫与发挥作用的“具体”方式。该书鉴于人们在诗歌“标准”问题上难于达成一致的混乱，将诗歌的接受标准，同样具体地分解和离析为生成标准（产品过程）、批评标准（产品鉴定）和接受标准（产品消费）①，这种具体性的思维，体现了对于当下诗歌领域现状的深入把握与现实处置方式。或许有人会担心，这样的分解性程序如果无限进行下去，那还有什么标准可言？事实上，这种无限推演的逻辑本身是不成立的，因为它本身正体现了一种理论思维空转的抽象性：标准问题本身就包含着对于无限原子化境况的拒斥，否则就没有再探讨“标准”问题的必要性与意义了。另外，这种分解本身，并不意味着它们就此成为互不相干的三种独立标准，而同样可以意味着或标志着有区别的联系、有差异的统一，以及对于同一问题、同一对象从不同维面或不同角度进行的全方位考量方式。正是在这样细化的、具体化的工作台面上，该书进一步将现代诗歌接受响应的效应，分为情感情绪层面的“感动”、精神层面的“撼动”、诗性思维层面的“挑动”、语言层面的“惊动”，并提出了“四动”响应的棱台模型②。这种对于诗歌接受机理理智而又精密的测度与梳理，在今天的诗歌研究领域几乎看不到。这其中的具体问题分析与概念命名，人们可以有不同的看法，但这种工作方式、思维方式，本身梳理、疏通了问题性的进路，使得后来者的研究，不得不沿着这样的现实勘探成果与方位前进。

在今天的思想文化条件之下，讲述诗歌接受的“品级”问题，是需要勇气的，因为这无疑将诗歌乃至读者作了三六九等的区分。而根据“后现代”的教义，不能有深度模式，不能有价值层级，否则就是代表了“落伍”的、“现代性”的价值威权模式。然而如果真的单面地、直义地去理解“后现代”教义，人类岂不是要将

① 陈仲义：《现代诗：接受响应论》，中国社会科学出版社 2018 年版，第 230 页。
② 陈仲义：《现代诗：接受响应论》，中国社会科学出版社 2018 年版，第 247 页。

自身“降维”、碾平为一张薄薄的、平面的纸片？陈仲义将“四动”响应模型，与由诗形、诗语、诗质构成的诗歌形式化结构构成二者交互配合，组构出现代诗歌的“品级坐标”，从而将诗歌区分为经典的诗（极品）、好诗（上品）、较好的诗（中品）、平庸的诗（下品）、劣诗（非品）五个品级[①]。之所以说划分“品级”是一种勇毅之举，就在于“品级”必定有更大的指涉面或波及度：“品级”肯定不只是论诗，而必然会论到人乃至某种更大范围内的价值秩序。因此，“标准”和“品级”问题，其实都是在一种同质、同构的阐释/品级共同体当中发生的[②]，并且反过来也建构着这样的共同体。正因此，个人以为，该书可以将“诗歌共同体”问题放置在一个更广泛和更基础的层面上来处理，同时在这样的意义上，“附编”当中的“翻译”“教育”“传播”问题，也都可以进入“正编”的问题领域，它们甚至是更加基础、基要性的问题，并由此接通、接入诗歌“外部”广大的文化历史场域。当然，章节安排和安放位置，并不代表问题本身的重要程度与涉及广度，这些陈仲义或许有自己的考虑。

总而言之，上述这一切，正是“具体”的思想方式或思维方式的体现。而所有这些可能都指向了该书的一个基本理论姿态，即把诗歌接受的主体性真正作为主体性问题去加以研究的诚意、耐心与精细。正是这些，使得接受主体作为主体性的具体性与丰富性充分地绽放开来。过往的种种诗学理论研究，即便讲到接受问题与接受主体，由于潜在地受制于各种理论范式，比如作者中心论、文本中心论、社会历史还原论等的预设先见，事实上仍然是将这个主体性当作一种被观照的、被动的客体性来加以考量的。而如果不能真正地从观念深处跳出作者中心论与文本中心论的局限与偏颇，是很难走出这些理论范式的潜在结构制约与支配性影响的。陈仲义做到这些，未必都是出自其预先的理论构想与理论演绎，而是以自己实实在在的理论工作和批评实践，挣脱了那些观念方式的片面性与抽象性的羁绊，艰苦地掘进、并突破了因为被后者禁锢而板结的问题性岩层，重新与诗歌的、也与现实的芬芳的具体性和丰富性相遇。在这里，诗性

---

① 陈仲义：《现代诗：接受响应论》，中国社会科学出版社 2018 年版，第 261 页。

② 陈仲义：《现代诗：接受响应论》，中国社会科学出版社 2018 年版，第 254 页。

与现实、理论与实践之间的关系，在这种卓绝的实践努力之下，在真理性的阳光之下，展现了完全不同的组构方式与多方面的启示意义。

三

因此，与诗歌写作领域通常未必会认真对待诗学理论研究的情形不同，陈仲义的诗学问题研究，反过来，对于诗歌写作领域也可能具有出乎意料的重要的反照与反向启示价值。当我们审视当下诗歌写作的时候，可以看到，很多看似精细乃至琐碎的写作，其背后的写作心性其实是粗粝而虚浮的，是片面而又抽象的，这是因为我们认定写作日常琐屑题材就等于“具体”，批判和讽刺现实就等于“真实”。此外，令不少人念念不忘的，还有新诗的诗歌形式与技艺问题。事实上，诗歌形式与技艺方面的问题当然很重要，但也不是最为重要的：即便中国古典诗歌的形式与诗歌技艺，也不是一下子就“建设”到位，而是经历了一个漫长的历史过程，但在这个过程当中，并没有妨碍或者影响在不够完备的诗歌形式与技艺之下那些伟大作品的诞生；而在当代，那些从外语翻译而来的翻译体诗歌（更不必说散文、小说）的艺术水准，也仍然有着汉语当代诗歌、当代文学写作难以企及的高度，这其中的差距，绝不仅仅、或主要不是形式与技艺层次上的。

所以，问题的关键在于，包括诗歌写作、接受与批评、研究在内，我们有没有足够贞定的心性、足够宽广的精神视野与心智纵深，去理解今天（包括中国这个伟大的文明传统及伟大的国家在内的）国人的生活方式，以及这种理解所能够达到的高度与深度。诗歌当然是以艺术的方式来呈现这种理解，这是不言而喻的，但如果只停留在所谓的审美自律性与艺术的“纯粹”性，即艺术性的审美团块与修辞性的技艺空转的地步，是无论如何都不会造就伟大的诗歌的；而如果我们的头脑如果仍然沉浸在一些西方自由主义意识形态的抽象性当中，那无论如何是不可能“具体”地理解与把握这其中的问题性脉络走向，并找到现实解决方式的。在审美主义诗学观念占据人们诗学观念的主导地位的时候，事实上有着一种深度的形式主义和实证主义倾向，于是，比如人们可能会羞于承认一种基本的文化秩序，即诗歌接受问题，既是诗歌写作与诗歌研究的起点也是其终点，是一种基础性的层面，而宁愿停留在碎片化的、变动不居的问题性关注方式当中。但这只是回避、复制和延宕了问题。

正是在这里，陈仲义先生的著作，将问题展开在诗歌接受、反映之诗歌共同体的宏大视野当中，也可以说是一种理解诗歌问题的终极视野当中，从而走出了在艾布拉姆斯式的“四要素”当中来回摆荡与空转的抽象性，在有意无意间重构了理解诗歌的文化秩序与文化底盘，并呈现了一个清晰的问题性切片：它呈现了包括诗人、读者与研究者在内，在一个承前启后的关键历史时刻，都内在地迫切需要的那种心性与心灵的基础性诉求、具体性企望与丰富性指向，呈现了这其中的文明脉动与现实当中仍然存在的文化缺失。也因此，它的意义，不再局限于诗歌研究领域本身，而成为一个广泛的召唤与吁求结构，从历史经验的深处弥散自身的价值光谱，并期待着一种更加多维、更加立体、更加综合的文化时空建构与文化关系缔约。

持存于“上游”的诗性时空

——读《沈奇诗文选集》

作为诗人与诗歌批评家的沈奇，相信很多人都不陌生。但当七卷本的《沈奇诗文选集》摆在眼前的时候，人们看到的，不仅是沈奇本人多年的诗作和包括诗歌在内的各门类文艺批评文章的一次汇集与总结，更让我们了解到一个更加全面、立体的沈奇。这一过程，不只是用“博大精深”一类词汇加以形容的、“量”的充实与扩展，而且是质性的聚变。贯通诗歌与艺文、写作与批评、文字与生活，让我们豁然之间，充分理解了沈奇的追寻与向往之所在：我们看到的是一片持存于“上游”的、光亮的诗性时空，它仿佛近在眼前，但又不易轻易触及；它仿佛是来自更高的维度，但又并存、浸润于当下经验之中；它不仅是作者的诗艺实践与学术观点，更是其圆融、通透的生活态度与生活方式……这部《沈奇诗文选集》似乎在证明：若不能达到如此地步，无论写诗为文还是理论批评，不只是让人怀疑其内在的真诚度，也会导致艺术思致与理论观念上的结构性窒碍与缺陷，而难以做到周备圆通。因此在沈奇这里，诗与文、写作与理论、文艺与人生，完全可以互通、互证、互换。

一

西方现代性的观念与价值谱系的核心就是从“低处”来理解人性和世界，是一种主动寻求的“无甚高论”的卑俗之论，而不只是一种时间刻度和历史标尺。它充满为了叛逆而叛逆的偏执、处处追求自我合理化的自说自话的逻辑强迫症，以及消解一切人性化标准以外的价值系统的虚无主义，所以，它更像西方在数个世纪以来积累的一种病理性特征。对于现代汉语新诗、“现代诗”来说，从理论上说固然此“现代”非彼“现代”，但人们实际上看到的是，在中国百年新诗历史上，无论是在写作实践还是批评领域当中，“为了现代而现代”永远是可以通行无阻的正当性来源与说辞，甚至直至今天仍然如此。而这种自我合理化的“现代性”强迫症，正是西方文化历史的“现代性”逻辑的虚无核心。在这种情况下，说现代汉语新诗之为“现代”，已经摆脱这种当初主动卷入、依附、寄生的观念参照系统与文化价值漩涡而得以长足地自主性成长，实在令人难以置信；说新诗其实在多个维度、多种意义上“枉道以从势”，倒是更接近事实：

> 新诗百年，初以“浅近”为开启，争得“与时俱进”之先声，横空“标出”，立身入史，后来便也在在自得于“势”的层面之“浅近”功利，难得本体澄明而潜沉修远。新诗后来又被称为“自由诗”，也便“作了”浅近的自由。再后来新诗又被称为“现代诗”，也便“作了”浅近的现代。①

在这种情况下，新诗修辞技艺层面上的“模仿性创新”与“创新性模仿”，就不仅是体现在诗歌艺术表层的一种迟滞或者惰性，而且是刻写在现代汉语这一新诗母体当中的文化缺失与文化基因混乱：“你操持的母语原来并不完全是‘你’原本

① 沈奇：《浅近的自由——说新诗是种“弱诗歌”》，《沈奇诗文选集》（卷二），中国社会科学出版社 2021 年版，第 16 页。

的母语……你翻译的外国诗原来也不完全是'他'原本的外国诗。"但这不仅是诗歌翻译或翻译体诗歌的问题，这种或被动、或主动的"翻译性"，是现代汉语诗歌的本源性生成机理，也是其本质性缺憾："只要我们还在依赖现代汉语的'编程'，我们就走不出听由'养父'主导的阴影。亦即，我们的新诗写作，极而言之，大体只能是翻译诗歌之'另一种汉诗'的模仿性创新或创新性模仿的'子文本'，而很难完全真确地写出汉语诗性的'你自己'。"①就此而言，在"模仿性创新"与"创新性模仿"的表象背后，其深层根由在于沈奇所精审地加以概括的"主体精神之弱""诗体意识之弱""汉语气质之弱"②；或者换一种大体对应的说法，也就是"缺乏高远的理想情怀""缺乏深广的文化内涵""缺乏细切的诗体意识"③。新诗或许是西方诗歌、语言与文化的"梦中的产物"，是在西方文化地图上的旅行。

因此，新诗的这种匮乏与"弱"质，就不是局部性、技艺性与偶发性的，"钥匙或许并不在聚光灯下"④，因而是新诗从自身出发难以索解的、根性上的先天隐疾与底气不足。这就涉及中国新诗的所谓"大传统"与"小传统"的关系问题。关于新诗有没有自身的"传统"问题，已经争执了许多年。但新诗时至今日的状态似乎说明，说新诗有没有自身的"小传统"，其实都无关紧要——在这个问题上的不同结论，只是表明了不同的认知角度、主观态度与"乐观"程度。问题的关键在于，无论新诗有没有形成自己的"传统"，新诗仅仅立足自身"小传统"，通过否定性地依赖三千年古典诗歌"大传统"来确立自身合法性与前行"动力"的"方案"与"策略"，都只能走向空乏无力的失重与虚无状态；新诗仅仅从含混不清、来源不明的所谓"现代性"观念与价值谱系出发，无论如何都已经不足以驱动自身的发展与创造、明晰自身的道路与目标。

---

① 沈奇：《浅近的自由——说新诗是种"弱诗歌"》，《沈奇诗文选集》(卷二)，中国社会科学出版社 2021 年版，第 19 页。

② 沈奇：《浅近的自由——说新诗是种"弱诗歌"》，《沈奇诗文选集》(卷二)，中国社会科学出版社 2021 年版，第 20—24 页。

③ 沈奇：《"自由之轻"与"角色之祟"——有关"新世纪诗歌"十年的几点思考》，《沈奇诗文选集》(卷二)，中国社会科学出版社 2021 年版，第 285 页。

④ 沈奇：《从"别立新宗"到"百年和解"——新诗百年反思兼谈汉语诗歌之"大传统"与"小传统"》，《沈奇诗文选集》(卷二)，中国社会科学出版社 2021 年版，第 74 页。

在这种情况下，谢冕提出的“百年和解”说[①]，当然不是终点和结论，而是可以看成一个新的起点、新的开端。“百年和解”不只是一个说法上的转变，“百年和解”之说背后，是走出进化论的单向通道与历史窄门之后的、比较宽绰的文化语境与相对从容的文化心态。它事实上指向了一种可能性，即古典与现代、“中国”与“西方”之间原有关系格局的松动与新的价值坐标的重置：“现代”如果只是一个时间刻度，又有谁不属于“现代”、不存在于“现代”？“现代”如果也是某种价值谱系，那这样的“现代”怎能如此不加检点就标榜自己的正当性？仅仅因为时间上属于“现代”就能证明价值上的正确？时间上的“现代”标尺什么时候变成了价值标准？它不是拿西方所谓“现代性”的观念与价值谱系进行的偷梁换柱、自觉不自觉的偷换概念，又是什么呢？这里显然需要更根本、更丰富、更全面、更具体的内容，来取代所谓“现代性”的虚无尺度的自我标榜。

所以，“百年和解”之说背后，集聚着新诗一个世纪以来的成败得失的经验，有待人们以更坚实的立场、更高远的视野与更沉静的心性，从更内在与更复杂的关联性层面，来重新审理与疏通两个“传统”的关系，寻求新的视域融合与价值会通的理论基点与工作平台。这实际上是诗学理论发展的新的契机与新的基点：“百年和解”应该走向的，是“小传统”的小“统”小“宗”放弃偏执与“我执”，对于“大传统”的认祖归宗，而不只是情绪化的对立与反叛姿态，以及“为了现代而现代”的、自欺欺人的“现代性”的自律性逻辑；同时，这个“小传统”也应自觉担负起为“大传统”别开生面的职责担当。具体来说，基本路径就是“内化现代，外师古典，融会中西，重构传统”[②]，而核心任务或许就是“返回对汉语本质属性的再认识”[③]。“新诗自身的传统”这种说法本身就是权宜之计，汉语新诗要走向成熟，就要及时明了自我放逐的俄狄浦斯终究无处可去，浮士德式的渴望、野心

① 沈奇：《从“别立新宗”到“百年和解”——新诗百年反思兼谈汉语诗歌之“大传统”与“小传统”》，《沈奇诗文选集》（卷二），中国社会科学出版社2021年版，第64页。

② 沈奇：《“味其道”与“理其道”——中西诗与思比较谈片》，《沈奇诗文选集》（卷二），中国社会科学出版社2021年版，第61页。

③ 沈奇：《“汉语诗心”与“汉语诗性”散论》，《沈奇诗文选集》（卷二），中国社会科学出版社2021年版，第11页。

与无限性其实都是虚无的幻象:这里其实没有什么选择余地,舍此之外基本别无他途。

要完成“重构传统”的任务,所需要的就是从“诗”与“思”两个维度,同时领悟与通达汉语的本质与汉语诗歌真正的传统,并在写作与批评当中伫守、融汇这种汉语诗歌传统的本质与本源性的渊源。为此,沈奇的工作就是“返回”,即回到中国诗歌与汉语文化传统的这种“源头”,回到“上游”:“上游的孩子/还不会走路/就开始做梦了/梦那些山外边的事/想出去看看/真的走出去了/又很快回来/说一声没意思。”中国诗歌的所谓“上游”,肯定是出自沈奇的某种深层次的生命价值与文化价值体认,而不只是学理观念。沈奇这首早期的诗作《上游的孩子》[①],隐然昭示了中国新诗的文化轨迹与发展历程,对于沈奇本人的诗艺观念乃至人生历程,或许都有着某种原型性的规定性:映衬着中国新诗百年发展历程,以及沈奇所从事的诗歌写作与批评工作,“上游”以某种近乎宿命般的逻辑轨迹,最终熔铸、落实为沈奇所说的“上游美学”。

二

沈奇的“上游美学”说,一方面针对的是百年新诗功利化的进化情结、造势运动及其“浅近”的价值诉求,另一方面,也是出自汉语诗性文化自身深度的内在逻辑与自我超越格局,是出自本源性的汉语诗性心灵的汉语文化之自我理解的高维度的澄明性:“一是已然典律化的、历时性的、可重新认领的‘上游’,如上文所提及之‘汉唐精神’;二是隐于当下的、共时性的、需要重新探究的‘上游’。”因此,“上游美学”就是“诗意”“自若”与“原粹”的境地[②],“上游”既是艺术的,也是生命和生活本身;“上游”既是不妥协的,也是随和的、包容的;既是严格的,也

① 沈奇:《看山·上游的孩子》,《沈奇诗文选集》(卷一),中国社会科学出版社 2021 年版,第 5 页。

② 沈奇:《诗意·自若·原粹——“上游美学”论纲》,《沈奇诗文选集》(卷六),中国社会科学出版社 2021 年版,第 14—16 页。

是自由的。它是“高过真实/高过梦想”的“高妙之界”①。“诗者，持也，持人性情”(《文心雕龙·明诗》)，“上游美学”在沈奇那里，所指向的就是那样一种光亮的汉语诗性时空的高维度持存。“上游美学”召唤着中国新诗这一“上游的孩子”的及时“返回”与“回来”。

把沈奇当作“口语写作”群落及其批评的代言人，是一种包含了时间历史的错位、耦合关系的简单化与标签化，它会遮蔽很多东西。沈奇早期的诗歌写作实践，接近于一种以富于生命质感的口语性、叙述性诗歌语言为主基调的“生命诗学”形态，而“禅味”及与中国古典诗学精神的会通，是沈奇发自文化生命深处的、由来已久的自觉的探求目标②。这种诗艺探索的踪迹，体现在沈奇的多种诗集，如《看山》《和声》《生命之旅》《寻找那只奇异的鸟》《淡季》《印若集》等所铺就的诗歌实践路途当中。这是一条既有风格与主旨的连续性，同时又在明晰的理论引领与观念觉悟当中逐渐走向成熟与“完成”的诗歌道路。在这其中，作为现代诗体诗话的《无核之云》③是一种探索方式与方向，而《天生丽质》是到目前为止，沈奇诗路历程的最高成就，也是当代诗歌史上的一次重要事件。

《天生丽质》的写作，是在明确的理论意识与理论思考指引下的实验性写作，同时又具有极大的理论蕴含与理论阐发空间。它的成绩取决于沈奇的诗艺才能与正确理论，以及二者的对等、平衡与互证、融通——这一点在当代诗歌领域堪称奇观，也是作为诗人与批评家的沈奇的不可替代性之所在。《天生丽质》是沈奇诗思并进，通过多年的诗艺实践与理论探索，在当代汉语文化与当代中国人的生活世界当中所开拓出的一方高维度的、“上游”的诗性时空。它是沈奇诗艺与诗思的集成与升华，它的意义与价值是全方位的，从某种意义上说，或许也非沈奇不能为。

从起源性的、本质性的意义上讲，汉字和汉语的“诗性”是一个令人神往、同时令人困惑的问题，也或许只是一个容易被带向神秘化的思考歧途的比较性特

① 沈奇：《天生丽质·如焉》，《沈奇诗文选集》(卷一)，中国社会科学出版社 2021 年版，第 288 页。

② 吴思敬主编：《20 世纪中国新诗理论史》(下)，人民文学出版社 2015 年版，第 818—819 页。

③ 沈奇：《无核之云——现代诗体诗话二百则》，《沈奇诗文选集》(卷七)，中国社会科学出版社 2021 年版，第 3 页。

征;但就结果与现实而言,说中国当代诗歌写作与当代诗人,处于一个伟大的汉语诗性的传统当中,则是无可争议的事实。问题只在于,我们对于这个传统与其所谓的诗性,对于这种语言和文字的诗性机理,理解得还太表面、太肤浅。在这样的基础上,当代诗歌写作喜欢标榜的所谓“创造”“开拓”“自觉”“可能性”之类,未免只是经不起推敲的“沙丘上的城堡”与追新逐异的表面文章。而沿着西方“现代性”“现代诗”的文化逻辑的诗性寻索,大概也只会走向愈骛愈远的虚无之境。《天生丽质》可以看成是沈奇以作为现代汉语诗歌的“命运人质”的决绝与勇毅,所进行的一次“返回”的实验。这样的“返回”,在一部分人看来或许是匪夷所思的,但对于沈奇来说,可能只是“顺流而上”的自然选择。

从“上游美学”视野出发,“自若”与“原粹”的汉语诗歌传统,原本就“在那里”,在“上游”。但它不是一种古典语言文字、古典诗歌体式意义上的自在存在的客体与客观性,而是汉字、汉语所联系着的一种诗性生活与诗性文化传统的绵延与弥散。然而,只有我们能够沉潜、进入汉字与汉语本身的诗性质地与诗意逻辑深处,才能重新“看到”它们,才能深度地接近、经验与重新激活它们的诗性;或者反过来,它们才能重新引发、照亮现代汉语的诗性逻辑、诗意秩序与诗性质地。否则,它们只是精致但无用的装饰品,或诗歌博物馆里的珍贵馆藏。但这个“上游”的诗性与语言传统,似乎与失重、粗粝的塑料般的现代汉语诗歌传统不相侔类、格碍难通,就像是两种文化、两个国家的诗歌,或就像是出自两种不同诗歌概念的诗歌:“热爱新诗是一种痛苦,有如热爱汉语的痛苦,因为我们百年来所遭遇的一切,说到底,都是汉语、尤其是现代汉语带给我们的;而不热爱新诗有如不热爱汉语更是双重的痛苦,因为我们生在新诗的历史进程中,有如我们活在汉语的‘基因编码’中,舍此又何以存在?!”[1]在此情形下,汉语诗歌成了有着文化诚挚与智慧心性的诗人的痛苦之源,却也是必须面对的唯一现实、再次出发的必然起点。

语言的“家园—本体”论与其反面“传达—工具”论一样,如果没有有悟性的

① 沈奇:《从“别立新宗”到“百年和解”——新诗百年反思兼谈汉语诗歌之“大传统”与“小传统”》,《沈奇诗文选集》(卷二),中国社会科学出版社 2021 年版,第 72 页。

文化直觉与诗性智能的深度开掘，就只能锁闭在理论的抽象性与自我标榜的空洞旗号当中：是《天生丽质》的写作，让人们"看到"汉字和汉语本身的质性，"经验"到汉字和汉语本身的诗性。《天生丽质》让人们看到，是汉语的这种诗性质地与诗性系统本身，在对于生活世界进行编码与组织、加工，所谓"语言是存在的家园"在此情形下不再是一个比喻性修辞，而是语言当中的生活与诗性化的现实。《天生丽质》凸显了以文字、汉字为单位和范型的汉语诗性思维与诗性修辞之"字思维"的本质特征："字与字、词与词偶然碰撞到一起，便有风云际会般的形意裂变，跳脱旧有的、符号化了的所指，而生发新的能指意味，新的命名效应，及新的语感形式。"[①]在这种新的思维与意义逻辑当中，文言文与现代汉语之间的语言结构形态的古今隔断，被最大限度地跨越与消解。文字、语言既不再是表达工具，也不是"语言本体论"式的物质实体，而是诗意的活跃的生产机制与萦回结构。

在这其中，作为穿越时间历史隔断的汉语本质的再次体认与汉语诗性的再次生成，古典诗文与古典字词、意象在现代诗歌语句当中的穿插与重置，往往有一种轻微的反讽意味。但这种反讽并不导向解构性，而是更加凸显出汉字、汉语"本身"的实质性、本质性在场，以及一种诗性的直接性、明晰度同诗性的复杂构成与纵深格局的并存关系：古典诗句经过重新排列（断句、竖排等）和重新识读（谐音、转义等），其被重新激活、引发的诗性，仍然顽强而又生动、鲜活地流溢在现代汉语诗歌的诗句与语境当中；反过来，现代汉语的诗性与灵性，也被重新打捞、淬炼、淘洗出来——从这个角度来看当代的旧体诗词写作，恐怕也就不是用简单的"怀旧"情结能解释得了的[②]。经由这些，也让人们看到一种复杂性与多维性的汉语诗性之基质构成。总之，诗性点亮了语言，语言连络着生活，通过所有的这些，古典与现代之间的时空与心理距离，被重新连缀与贯通起来：在二者的水乳交融当中，在汉语与汉字的深度质性当中，融汇出一条贯穿古今的汉

① 沈奇：《我写〈天生丽质〉——兼谈新诗语言问题》，《沈奇诗文选集》（卷二），中国社会科学出版社2021年版，第97页。

② 沈奇：《从"大中国诗观"到"天涯美学"——与洛夫对话录》，《沈奇诗文选集》（卷三），中国社会科学出版社2021年版，第230页。

语诗歌传统的河流。

《天生丽质》达到了一向为沈奇所神往的“语境透明”的艺术境地①，这种“透明”不是清浅与直白的透明性，而是汉语穿越时空的尘雾，所发散与熔融出来的诗性的光亮与明晰。《天生丽质》的“返回”的探索实验当然是现代的——究竟谁能够或者真的试图要回到古代呢？但《天生丽质》让人们从语言现实与诗歌实践的层面上看到，超出语言（文言与白话）、文体（诗体与散文）、形式（格律与自由）这些表层构造与价值标准之外，汉语诗歌显然有着更为深广的经验质地、诗性逻辑、文化坐标、价值谱系：在这样的层面上，说到底只有“一个”伟大的汉语诗歌传统。然而新诗百年求索，从整体上还没有走出上述那些表层化与形式化的认知格局、观念语法与价值格套，以及这其中在所谓“现代性”诉求当中的自我剥夺与自我放逐。在此前提下，沈奇的《天生丽质》不能说包含了现代汉语诗歌的全部可能性，但它是那条激进和浅表的诗歌传统河流当中的一个深沉的旋涡，即便不能立即导引这条河流从此转头他向，也是其深刻地返照、回思与彻悟自身的某种重要契机。

三

中国台湾现代诗是沈奇诗歌批评与诗歌研究的一个重要领域。沈奇将中国台湾现代诗定位为中国新诗的“三大板块”之一：“台湾现代诗的出发，落脚于‘横的移植’与‘纵的继承’之交叉坐标上，其起步是稳健的，方向是明确的。这里的‘横的移植’，不仅是指西方诗质，也主要包括了西方精神；这里的‘纵的继承’，既指中国传统人文精神和古典诗美，也含有对新诗前30年成就的承传。”②基于对于中国台湾现代诗歌的这种认知，沈奇的台湾诗歌批评与研究，一方面

① 沈奇：《风清骨奇心香远——评吕刚的诗》，《沈奇诗文选集》（卷四），中国社会科学出版社2021年版，第234页。

② 沈奇：《中国新诗的历史定位与两岸诗歌交流》，《沈奇诗文选集》（卷三），中国社会科学出版社2021年版，第21页。

通常并不突出、甚至“有意识地消隐”其特定历史与地域性的创作背景，而突出其“民族性”与“世界性”①；另一方面，其研究主旨是着力于提供一份“来自彼岸诗人之经验之提示之参照”②、为当代汉语诗歌提供一个“参照星座”。因此“三大板块”的说法，根本上不是在提供分离的理由，而是在强调整合的必要性与必然性，即超越种种隔碍与误读，将两岸现代诗的存在与发展作为一个整体，作为一个“大中国现代汉诗”场域来加以识读与考察。这些年来，随着两岸诗歌发展与交流的不断深入，这样的境地应该“即不至、亦不远”了。

《选集》也收入了沈奇对于其他艺术门类，比如书画、篆刻、版画、摄影、陶瓷、紫砂等的一部分批评、阐释文章。涉足于这些广泛的文艺门类当中，沈奇的解读文章也都贯彻着诗性的思维、诗性的逻辑与诗学的概念。所有这些文章，一方面让我们见识到了沈奇的风雅与渊博，另一方面也让我们重新确认了那种深入骨髓的诗性，及其从耐人寻味的纵深、宽博与厚度当中彰显的实在性：

> 只有不断由创作意识重返生命意识，重返生活现场的真情实感，和一己本真生命的个在体验，而非观念和主义的演绎，你才能坚持永远居住在诗歌的体内，并成为其真正的灵魂而不是其他。也才能不断超越时代语境的局限，活在时间的深处，并悠然领取，那一份“宁静的狂欢”。③

由此，也可以再次反证沈奇的“上游美学”与“上游”的诗性，不仅是一种文体的质性，也是一方悠然自若、粹然自持的生命本真光晕。在此情形下，所谓“重返”也就不只是回归与退守，而是持存于在“重返”当中持守自身的、加倍的丰盈与润泽，及其向着时间深处绽放开来的真意、厚重与狂欢。

---

① 沈奇：《深渊之眼——痖弦诗歌现代意识散论》，《沈奇诗文选集》（卷五），中国社会科学出版社 2021 年版，第 11 页。

② 沈奇：《“意象的姿容”与“现实的身影”——简政珍诗歌艺术散论》，《沈奇诗文选集》（卷五），中国社会科学出版社 2021 年版，第 193 页。

③ 沈奇：《我的诗歌写作——〈沈奇诗选〉自序》，《沈奇诗文选集》（卷七），中国社会科学出版社 2021 年版，第 287 页。

《诗探索》与中国新诗理论的品格

作为一份品位纯正的诗歌理论刊物，《诗探索》在今年迎来它的40华诞。《诗探索》与当代诗歌的发展态势及中国学术出版物的生存、出版状况一道载沉载浮，坚持了40年，如谢冕所说："这样一个严肃的、高雅的、致力于诗歌理论批评的出版物，在如此艰苦的处境下竟然生长和坚持了这么长的时间，这在今日中国可算是一个奇迹了。"[①]《诗探索》本身在成就了一个传奇的同时，也清晰地折射了上述两个方面时代历史变迁的大量信息，《诗探索》本身已经足以成为当代诗歌理论批评领域的一个研究课题。总结《诗探索》40年来的成长历程、诗歌观念谱系及其所维系的学术胜景的演进，对于认识与理解当代诗歌发展的历史与现状，具有直接的现实意义。

一、《诗探索》作为新时期以来最早出现的专业性诗歌理论刊物，在很长时间内是全国唯一的诗歌理论刊物，对于当代诗歌写作及诗歌理论与批评的贡献不可估量。《诗探索》诞生于新时期初期，与"朦胧诗"的崛起相伴相生，除了中间一段时间的停顿之外，整体上跨越了当代诗歌40年的发展历程。它代表的是中国新时期以来以先锋诗歌、现代诗歌为主体，同时兼容主流诗歌及其他诗歌走向的学院派诗歌理论研究与诗歌批评的基本阵容。在这40年间，"它坚定

① 谢冕：《〈诗探索〉改版弁言》，《诗探索》（理论卷）2005年第1辑。

而鲜明的理论立场，已作为可贵的一页被保留在世纪记忆之中"①。从《诗探索》本身的创办理念来说，鲜明的"理论"定位，从一开始就不只是刊物自身主题、主旨与风格的问题，同时也不仅是对于学理或学科意义上的"理论"形态的重视，而是代表了办刊者穿透历史的深远眼光与宏大视野。比较广义的"理论"，当然可以包含"批评"，事实上，在很多情况下，人们也就是在这样一种比较宽泛与随意的概念上来理解"理论"的，于是"理论"也就在这样的宽泛与随意当中，以各种理由、从各个方向上逐渐淡化、消失了。但《诗探索》的这种"理论"定位，从一开始就是严肃的、认真的、严格的，并且贯穿始终：这不只是因为如果只是着眼于提供一个一般性的诗歌批评阵地的话，即使是在新时期初期也有各种替代性的选择（比如大量的文艺报刊可以利用）；更主要的是，《诗探索》最初作出的这种刊物性质与功能抉择，代表了刊物背后的学术群体与学术理念本身的自我理解与自我定位。反过来，也由此代表了这一群体对诗歌问题领域本身的认知模式与介入方式、实践路径、价值立场，这是他们在当代诗歌与当代文学研究领域发挥作用的基本前提。而从今天的情况来看，这是一种具有更加深远的意义的文化实践姿态与立场——这一点下面再讲。

因此，如果从更大的视野来看，《诗探索》其实不只是一个刊物：在它背后和通过它所联系着的谢冕、杨匡汉、吴思敬、林莽等中国新诗理论与批评领域的旗帜性人物，以及各种研究机构、会议、奖项、出版物等，代表了当代诗歌的一方文化景观与文化山脉。在这其中，如果要为这个研究方阵与研究格局寻找一个象征符号，《诗探索》可能是为数不多的、最合适的选项之一。这个研究阵容和研究格局，在新时期以来的中国当代诗歌史的各个关键历史阶段，起到了重要的疏凿创通、正本清源、保驾护航的作用，在当代诗歌研究乃至整个当代文学研究当中，都是中坚性力量。这个阵容在今天不仅没有终结，反而正通过高校与研究机构所培养的一代代学术新生力量而不断地传递、扩大与延续。它不仅决定性地影响了当代诗歌研究乃至当代文学研究的整体面貌，同时也对诗歌写作领域本身的基本态势与历史走向，发挥着、并继续发挥着巨大的推挽、促进作用。

① 谢冕：《〈诗探索〉改版弁言》，《诗探索》（理论卷）2005 年第 1 辑。

二、《诗探索》坚持纯正的诗学理论品质，具有深远的理论与实践意义，在今天尤其显得难能可贵。《诗探索》从办刊伊始，就保持着对于当代诗歌领域现场的、近距离的，但又是客观的、学理性观照的纯正学术品格。这几十年来，诗歌领域的各种重要问题、思潮、争论、走向，都在《诗探索》当中留下了历史性的印迹，反过来，《诗探索》也有效地介入、促进、引领了此类有意义的诗学动向。有一些话题，更超越了诗歌领域甚至文学范畴，引起了文化艺术界的广泛兴趣与参与热情，比如当年《诗探索》展开的关于"字思维"问题的深入讨论，"不仅加深了对汉字文化内涵的认识，而且涉及到对母语文化独特性的思考，涉及到古老的中国文化与现代文化的衔接，这对于中国的现代诗学建设是有深远意义的"①。这样的探讨在今天看来，尤其体现了办刊者的深宏、长远与超前的理论眼光，给人们留下了深刻的印象。《诗探索》诸如此类的深度的、穿透性的理论视野所昭示的是，随着人们对于中西诗歌与各自文化传统的理解程度的不断深入，从一个更大尺度与更开阔的视野来看，首先，新诗本身的诗学理论对于西方的模拟、移植与借用程度，或许比人们通常的估计要更严重一些；其次，唯其如此，这种模拟、移植与借用，在此恰恰是不恰当的、错位性的。但这不是由于在学理的层面上，在诗歌修辞、诗歌技艺与艺术性层面上的借鉴的不可能，真正不可能的，是那种诗人心性和面对世界、面对生活、面对自己的文化与文明传统的态度，不可能模仿和复制：在这个层面上加以模仿与复制，表面上看像是一种"深度学习"，但实际只能代表一种比之技艺与艺术上的模拟更加肤浅的姿态，同时也更加难以鉴别与祛除。

但恰恰同样在这一点上，诗歌写作问题、诗歌理论批评问题，不再只是诗歌"本身"的问题，它们都内在地具有、并延展出一种更加渊深、更为内源性的"理论"要求与"理论"姿态：理论不只是书本上的概念思辨与某个学科领域，这种"理论"的要求和姿态，根本上代表的是诗歌与人在这个世界上存在、面对这个世界时的严肃、全面、复杂的态度，以及生活的深度模式。近期有著名学者陈晓

---

① 吴思敬：《"字思维"说与现代诗学建设》，见吴思敬著《走向哲学的诗》，学苑出版社2002年版，第136页。

明教授提出当代文学批评领域“理论的退潮”问题①。在放任理论、学理问题惰性的前提下，肯定不会产生真正的理论与理论态度，而西方诗学观念尤其是所谓现代、后现代诗学观念的简单模拟、平移与泛滥，将会占据诗歌理论研究与批评话语的核心——这几乎是具有物理学意义上的必然性的运行法则与客观规律。同时，这又反过来会在不同程度上主导诗人的创作实践。而如果人们还认识不到自己的心灵与生活被西方话语与价值系统的篡改与侵占程度，问题将变得更加严重。这个问题当然不是直到今天才发生与被提及，但时至今日，当我们再来看这一问题时，情形与之前的认知或许有些许的不同。在这种情况下，回顾《诗探索》坚持以“理论”立刊的历史，其代表的就不只是一种刊物定位与风格，同时也是一种面对世界、面对诗歌现场的立场与姿态，甚至是出自世界观、价值观层面的抉择。这样的风骨，在今天的学术知识领域很难觅得其踪迹，而与此融汇化合为一体的学理品质，在今天尤其值得坚持与弘扬。

三、《诗探索》坚持诗歌批评与诗歌研究的主体性，对于当代端正、严肃的诗歌批评与研究风气，起到的是标杆与灯塔的作用。在几十年的时间当中，《诗探索》的诗学理念、办刊理念与编辑理念，基本保持了一致与统一。如果没有对于当代诗歌的问题性的深刻认知与坚定信念，以及对于这份理论刊物办刊宗旨本身的通透思忖，这是不可能做到的；即使勉强做到了，也只是故步自封，没有实际的意义。随着中国经济社会的发展，出版政策的改观，出版物的品类与出版途径的拓展，以及各种新媒介的诞生，在产生了一些起点很高的类似刊物的同时，人们对于一份理论刊物的期待值、关注度、关注点，这期间肯定也在变化。但在这个过程当中，《诗探索》仍然保持了它鲜明的风格与既有定位，或正由于上述那一切，《诗探索》在这个过程当中才更加显示出它的独特性。新世纪以后，《诗探索》最大的变化可能就是《作品卷》的创办。对于如何办好《作品卷》，谢冕先生等各位刊物主编，一开始就有着整体的、成熟的考虑：“不仅要和已有

① 参见颜桂堤《推动新时代中国文学批评的理论建构——第三届“当代文艺批评论坛”综述》，《中国文学批评》2020 年第 1 期。

的和将有的诗刊予以区别，而且还必须体现他人不可替代的独特作用和价值。”[①]因此，2005年以后《作品卷》的创办，应该看作《诗探索》长期以来系列办刊理念与学术原则的完善与拓展。

或许正因此，《作品卷》本身不仅办出了自己的风格与个性，也在更高的层次与广度上完成了原初的刊物理念与宗旨。就今天的刊物种类与数量而言，《诗探索》即使加上《作品卷》，其刊发的批评文字也不能算是很多。但无论是就诗人的选择去取，还是就批评文字本身的质量而言，大多数都有着整体性的考虑，并且能够经得起推敲。更重要的是，《诗探索》的《理论卷》与《批评卷》，始终坚持了独立于诗人圈子与诗人批评之“内循环”与“近距离”阐释的主体性姿态：正是后者结构性地勘破了诗人圈子与诗人批评自我阐释的神话。就此而言，这种批评距离，这种外展性、外拓性的阐释姿态，超越了所有具体的理论形态、理论建构与理论文字，实际上是《诗探索》某种根本性的“理论”姿态与“理论”立场的呈现。这样的姿态与立场有时清晰，有时不那么明显，需要用心体认才能发现，却始终是认真的、严肃的、一以贯之的。正因此，后来的《作品卷》才可以看作此方面观念与立场、“姿态与尺度”的拓宽与延展。

四、关于《诗探索》今后办刊方向的建议。1.作为一个明确以理论定位的刊物，如何面对“理论退潮”的问题。如上文所说的理论退潮的问题，在诗歌理论与批评领域也有类似的倾向存在，看来这似乎不是一个局部和个别的问题。随着时代的发展与学术环境的变化，与老一辈学者不同，今天从事新诗研究的中青年学者，对于比较系统、纯粹的诗学理论感兴趣的可能不是太多。今天的年轻学者，基本上都受过比较系统的学术训练，再对理论不感兴趣的人，从知识结构上讲也不是太大问题，所以问题不在此。大家之所以愿意结合诗歌史或者具体现象与文本来作研究，其中的原因，一是大体认同了“后学”的预设立场，觉得理论都是宏大叙事，离着现实问题比较远，理论没用；二是觉得当理论与现实不一致时，第一位的应该以“现实”为准、由“现实”来校准理论，而不管这个“现实”是什么样的“现实”。当这样的倾向或“价值取向”不再只是个体志趣，而成为一

---

① 谢冕：《〈诗探索〉改版弁言》，《诗探索》（理论卷）2005年第1辑。

种比较普遍的趋势时,恐怕就有些问题了。

实际上,理论问题从来不只是知识结构与个人兴趣问题。这个理论退潮的过程,其实始于20世纪90年代诗歌所谓的“历史化”过程,理论的退潮,根本上源于诗歌或者文学的理想与现实、应然与实然之间的认知界限与认同落差的消失。在这种情况下,人们逐渐全面地接受与认同了“现状”与“实然”状态,“存在即合理”的“现实性”洪水,涌满了人们的理论视野与认知地平线,而理想性、合理性、应然性,却从整体上退出了人们的考量范畴——这才是带来理论退潮的根本原因。在这种情况下,在鸡毛蒜皮的小问题上找点瑕疵、纰漏来“批评”一下,做点“批评”文章,从根本上而言不是质疑,而是论证与强化了上述那种可疑的认同。这肯定不是产生理论的问题情境与文化历史条件,而这种情形下的诗歌批评,本质上也只起到“帮闲”与“敲边鼓”的作用。在这里人们能够感受到的,应该是一种失重的、悬浮的、滑动的无力状态。但唯其如此,《诗探索》的自我定位与学术坚持,才显得格外珍贵。在这种情况下,《诗探索》在今天应该如何接续乃至光大四十年来坚持的诗学理论传统,如何重新打开现实性与合理性之间的理论与批评空间①,是值得认真考量与慎重研判的。

2.如何调理“大传统”与“小传统”的关系,在一个更加深广的层面上,开展古今中西诗学理论的融会贯通与综合创新问题。这一问题需要面对的,不仅是当今时代从诗歌“文体”出发造成的知识结构与学科结构的限制,同时还要面对一个世纪以来包括诗人与理论家在内的文化价值体认与传统认同问题。五四以来,我们面对传统的态度是“批判继承”。但事实上,在缺乏真正的文化自信与中正的文化价值立场的前提下,往往是光“批判”而没有怎么“继承”,或者把“批判”本身当成“继承”。因为“批判继承”在实际操作当中,往往是拿一个既定的、现行的、当下的标准和框子,去简单地衡量、去取传统的东西:这时人们看到的“传统”,只是“当下”的佐证与论据,是“当下”的复制与延伸,除此之外的部分,都被当作“糟粕”抛弃了。学习传统的前提,首先是承认“当下”是一个不断开放、展开的过程,因此“当下”是有不足的,“当下”是不充分、不完满的,既然已

① [美]理查德·沃林:《文化批评的观念》,张国清译,商务印书馆2000年版,第2页。

经认定“当下圆满”的结论，还需要传统干什么？还需要学习他者的经验干什么？那种将现代性标准激进地加以绝对化的、貌似“现代”的偏执，是在所谓“现代”的标准与尺度内部自说自话的循环论证，恰恰是一种片面性与极端性的体现。而只有超越了这一切的宽博与平和心态，才会看到“现代”本身的局限性，才会真正对传统感兴趣，也才能真正看到、并学习到中国和西方的伟大传统。

西方所谓的“后现代主义”之后，不会再有什么有新意的诗学理论，或者说越是新潮的越没有价值，这不是出自偶然的而是结构性的原因，因为这个传统——这个西方所谓的现代性传统的一切可能性，至此已经全部耗尽。就中国新诗而言，依据人们通常的见解，将中国诗歌“大传统”与“小传统”的关系，表述为无论是连贯、接续关系，还是断裂、并置关系，其实都是比较表面化的：在这样的情形下，决定这种关系的，无非是语言形态（文言与白话）、诗歌形式（格律与自由）、文体类型（韵文与散文）等这些外在的与形式化的因素。未来的诗学理论创新，需要在更大幅员、更深度逻辑上，摆脱“中—西”“古—今”这种长期以来形成的认知格局、价值坐标与叙事框架所框定的“大传统”与“小传统”关系，从更内在与更复杂的关联性层面，来重新审理与界定两个“传统”的关系，从更深层次、其实恰恰也是从更高维度上，寻求新的视野融合与价值会通的理论基点与工作平台。这实际上是诗学理论发展的新的契机与新的起点。如同在四十年前伴随着“朦胧诗”的崛起所发挥的中流砥柱作用一样，面向新世纪的《诗探索》，在这个过程当中，应该继续发挥自己的先锋与引领作用。

高继珩的生平与著作[①]

高继珩(1797—1865),字寄泉,籍贯直隶迁安,寄籍宝坻。嘉庆戊寅(1818)举人,之后至少十二次参加会试,均不得一第。后以"大挑"二等,授栾城教谕、河间教谕、大名教谕,晚年因军功保举知县,抵选广东博茂盐场大使。这期间,在大名有练勇守城之丰功,在水东有临行御寇之壮举,这些都超出了其教谕与盐尹的本来职责,可见高继珩其人并非是弱不禁风的书生与文人。作为传统的读书人,高继珩于经学(理学)等领域实自有心得,而非仅仅将其当作博取功名的敲门砖——这从其所著《演教谕语》《味经斋制艺》《铸铁砚斋试帖》以及其他诗文当中可以看出来。除经史之学外,高继珩善诗文,也作词曲,尤工骈体文,同时也是画家,《清画家诗史》(李濬之)有传。高继珩与边袖石、华枚宗号称"畿南三子"。高继珩的主要著作是《培根堂全稿》(《寄泉类稿》),于《栾城县志》《大名府志》也有重修、补续之功。署名陶樑编、崔旭校订的《国朝畿辅诗传》[②],高继珩是实际上的主要贡献者。

---

① 本文原为《高继珩集》的整理前言,本次刊发前进行了增删与修改,见社会科学文献出版社2020年版。

② 《国朝畿辅诗传》,诗总集,陶樑编,崔旭校订,六十卷。畿辅,清为直隶省别称,包括今北京、天津、河北等地。该书选录清顺治三年(1646)至道光十七年(1837)近二百年间畿辅人士八百七十五家诗作。仿萧统《文选》之例,不录生者,虽主选诗,实意在存人。各作者名下,均列小传。书前有《凡例》详述缘起,附载征引书目。其所采录各书所载作者事迹,保存了较多的有关畿辅人士的生平资料。有道光十九年(1839)金陵红豆树馆刻本。

一

高继珩出生在一个传统的士宦家庭，周围尽是以能臣廉吏、雅善诗文著称的师长。父高占魁是著名的廉吏，著有《三味斋稿》。母亲王氏是宝坻人。嘉庆庚午（1810），高占魁去世之后，年仅十四岁的高继珩，即先后由其舅舅王古愚（殊渥）、王㝅厓（殊洽）抚养、教育。王古愚早年出仕，高占魁去世之后，立刻将高继珩母子接至山东官署当中，为高继珩历延名师，使高继珩受到了全面而系统的教育。王㝅厓亦是宝坻名宿，嘉庆甲戌（1814），高继珩自山东回到宝坻，由王㝅厓继续对高继珩的教育。高继珩成长于这样的文化环境当中，积累了丰富的传统文化修养与写作能力，为日后的诗文创作打下了良好的基础。在高继珩的影响与教育下，其子女后来也都擅长文学。子高铭鼎、高铭盘均能诗，高铭盘尤为出色；女高顺贞，不仅是擅长诗文的才女，也有政治远见和政治眼光，很是难得。

高继珩中举之后，曾荐馆于天津徐氏十余年。这期间，高继珩是以梅成栋、崔旭等为代表的天津诗人和文人集团当中的重要成员："时梅丈树君成栋、崔丈念堂旭结梅花诗社，社中数十人，寄泉诗出，每夺其帜。"（樊彬《高寄泉小传》）高继珩的文学成就，陶樑称其"才力闳畅，波澜富有，性灵风骨，兼擅所长"，并以徐陵、庾信、王勃、杨炯等相比（陶樑《培根堂诗钞・小引》）。张世光则认为："寄泉天才亮特，学海澜翻。状貌伟岸，容物指伯仁之腹；文章洪奥，登科符子瞻之年……发摅性情，则惊神泣鬼；体状物类，则刻楮镂冰"，甚至拿司马迁、班固来比喻其史著成就，拿关仝、荆浩来比喻其绘画上的成就（张世光《培根堂诗钞・序》）。这些评价可能不无夸张，但也说明高继珩早年的文艺、学术成就已经达到了一定的高度，在畿辅地方产生了较大的影响。离开天津以后，高继珩从直隶到广东，以微末小吏奔走海内三十年，将豪迈而又深情的胸臆，同世道沧桑与身世感慨结合起来，诗文日显深挚纯熟、老笔纷披。

高继珩对于诗、词、曲、古文、骈体文（包括辞赋）、笔记小说等各种文体，均抱着一种开放的心态，都有所涉猎。高继珩为诗强调真挚，一如其人："诗到能传只一真，日轮出浴总鲜新。”(《寄怀马鹤船即题其三研斋诗卷时乙未除夕二鼓后也》)类似这样的说法，不止一处，下面这段话，或许能够代表其诗歌观念，甚至整个的文艺观念：

> 《诗》三百篇以道性情，惟真故传，千古不易。彼抚汉魏之皮毛，分唐宋之畛域，哓哓于格调间，而按之如空瓠然，其真亡矣。善诗者，达其胸臆所欲言，而学问见焉，阅历深焉，涵养具焉。无意为诗，自鸣天籁；不沾沾于格律，而格律悉符。惟得于天者厚，而成于人者深。所谓工夫在诗外，非虚语也。
>
> （高继珩《王侣樵国均诗序》）

高继珩的诗作，让人看到李白、韩愈、杜牧、苏轼等人的影子，可以看出高继珩学古的功夫，同时又不为古人所束缚，也不以此自标高格。这在以复古为尚、流派纷争的清人当中，实属难得。在这方面，对于高继珩诗作的评价，作为《永平诗存》编选者与《寄泉类稿》编定者，史梦兰在《止园诗话》中的评判，应该比较客观：“(高继珩)诗以发抒性情为主，而格调自然合拍。不沿宋派，亦不自诩唐音。尤工于结束，每篇末俱饶有余致，绝不作一颓唐衰飒语。”史梦兰的评价，总体上与樊彬、陶樑、张世光、张维屏、符葆森等人的评价一致，但更加具体，并列举了许多诗句作为例证，切实而详尽，实属可信。

高继珩像通常的传统文人一样，对于词曲的态度，可能不及诗文来得严肃。在高继珩不多的词作当中，某些词作从用语、修辞上，似乎都是比对、模仿着前人的作品完成的，这本身或许包含有游戏成分。尽管如此，作者高超的文艺才能有时恰恰借此轻松随意的心态，能得到别样的呈现：

> 缀红凝碧，寒林晚、凭空勾起秋兴。断云天半漏斜阳，欲带栖鸦暝。认几点、巢痕树顶，小桥流水相招引。有远嶂归樵，趁暮霭、肩挑冷翠，来觅霜径。
>
> 村外过客停车，商量贳酒，玉鞭遥指帘影。爱他枫叶和人醉，一色酡颜

映。恁冷艳、教谁记省？新词含露吟清迥，似访来老倪迂，皴染疎烟，写将幽境。

（高继珩《霜叶飞·秋林》）

这样的词作，仅从技艺层面讲，似乎放入唐宋人集中也不逊色。虽然总体上没有超出传统的境界，但造语新奇、笔触如画，写出萧索清幽的秋景，非常人所能。而“有远嶂归樵，趁暮霭、肩挑冷翠，来觅霜径”，更是道前人所未道，近乎神来之笔。

高继珩的古文，朴实无华而真意蕴结，说理透彻，叙事得法。往往于应酬之作当中也能翻出新意，加入己意，生动感人。在清代骈体文复兴的潮流当中，骈体文应该是高继珩曾经着力之所在，也确实不同凡响。像《白秋海棠赋》，可能是其早期的作品，文笔缥缈不测而又情深文明，充分体现了作者高超的文学才华与深厚的传统文学修养。像《瓶菊赋》将状物摹形与身世感喟、抒情说理结合起来，有动人心魄的力量。《李北痴先生遗稿序》将豪纵而缠绵的笔致，挽结为传主舅、甥关系及与作者自己经历遭逢的相关与相似性，使得文章的情理，具有了立体化的纵深。

二

高继珩的著述当中，在著作权问题上比较有争议的是《国朝畿辅诗传》。《国朝畿辅诗传》署名为陶樑编、崔旭校订，但这只是个论资排辈的形式上的署名方式。客观地说，《国朝畿辅诗传》的编选，高继珩应该是事实上的主要贡献者，徐世昌甚至认为此书的著作权应该归高继珩，而被陶樑“攘之以为己有”（徐世昌《大清畿辅先哲传·高继珩》）。那么，徐世昌的这种说法是否有道理呢？

应该说，有意选辑畿辅地区诗歌的肯定不只是高继珩，当然更不只是陶樑。而人们心目当中的畿辅诗歌选本，也不一定就是后来看到的《国朝畿辅诗传》所呈现出来的面貌。人们今天看到的署名陶樑编、崔旭校订的《国朝畿辅诗传》，共六十卷，选录清顺治三年(1646)至道光十七年(1837)近二百年间畿辅人士八百七十五家诗作。古人编选此类书籍的态度，一般都很严谨，梅成栋自言编选《津门诗钞》三十卷，费其"数十年掇拾辛劳"(《津门诗钞·弁词》)，以《国朝畿辅诗传》的规模，更不可能是一朝一夕之功。高继珩屡屡言及其自弱冠之年，即开始用心于此，穷二十余年之力，辑得五百余家(樊彬《高寄泉小传》中说是六百余家)畿辅诗人之作。这个数量较之后来《国朝畿辅诗传》之成书规模，已经完成一半乃至四分之三以上。再加上后期成书时高继珩的工作，说高继珩是该书的主要贡献者，并不为过。这个事实，当时高继珩的师友们似乎也都清楚，屡见于各人的诗文，以及关于高继珩诗文著述的各种序跋、题辞当中。高继珩自己对于这个过程，有过清楚的记述：

> 道光岁在丙申，夫子约珩为大名之游。先是，崔丈念堂以《畿辅诗》屡辑未成，属同搜采。既而念翁之官山右，濒行谆谆諈诿。继珩采访二十余年，集诗五百余家，顾以绵力，不克集事。夫子欣然乐观厥成。既抵馆，命课公子读书，并从事选政。时梅丈树君、崔丈念堂均来大名。复约边君袖石，共襄斯役。旁搜博采，朝夕商榷，得诗八百余家，付之剞劂。
>
> (高继珩《陶凫芗少宗伯师红豆树馆诗跋》)

与陶樑在《国朝畿辅诗传》的序言和凡例、《培根堂诗钞·小引》当中回避实质问题、含糊其词相比①，关于《国朝畿辅诗传》成书的这个过程，高继珩表达得

① 比如陶樑在《国朝畿辅诗传》的《凡例》当中，罗列了五百余种诗集，但其实我们知道，在清代的印刷技术与传播条件下，诗歌选本的核心工作，并不是文献搜集和文献基础。同时，《凡例》又说："……闻崔明府旭、高孝廉继珩家有旧本，因各出所藏，互为考证……"，崔旭的所谓"旧本"，下文会讲到，其实只是一份《畿辅诗人待征录》，而且在道光六年就已转赠高继珩；高继珩的所谓"旧本"，却是完成大半的《畿辅诗传》初稿。这么说无疑是混淆了两种"旧本"的本质区别，也抹杀了高继珩的巨量的实质性工作。在《培根堂诗钞·小引》当中，陶樑称他自己任大名知府后，"聘君(高继珩)天雄书院主讲，并襄校《畿辅诗传》"，所谓"襄校"究竟是个什么性质、什么程度的工作，其实完全是可以讲清楚的，但这里恐怕也是有意含混其词。

很明白，也合乎情理。这其中的基本事实是，高继珩与崔旭在道光四年相识于天津，崔旭即以张晓园主持编选《畿辅诗钞》未成，语之高继珩，高继珩当时虽谦让未遑，已隐然有自任之意，崔旭因此而“私喜者累日”（崔旭《铸铁研斋试帖序》）。而事实上，高继珩实际上的选辑工作其实应该早已开始。道光六年，崔旭出任山西蒲县知县，临行之前，即将《畿辅诗人待征录》赠给高继珩。崔旭长高继珩三十岁，当时已经年届花甲，又远宦山西，因此此举本身，可能意味着崔旭自认为已无法完成此项工作，而将其全面移交给高继珩。此后，道光十二年，陶樑补大名知府，至道光十六年，才招高继珩至大名。道光十六年，高继珩四十岁，距其起意编选畿辅之诗的“弱冠”之年，正好二十年。如前所说，以《国朝畿辅诗传》的规模，既不可能是一时之功，也不可能是“屡辑未成”、半途而废的崔旭等人的功劳。如果没有高继珩前期的大量工作为基础，就不能有在陶樑主持下，崔、梅、边等人一起进行的最后的总成工作，更不可能在短短几年之后，即在道光十九年，便全部成书并且完成刊刻。

在此种情形下，陶樑只许高继珩以“襄校”之功（陶樑《培根堂诗钞·小引》），显然与事实出入太大，并非实情。而像高继珩那样的真性情之人，一方面感戴陶樑的知遇之恩，同时陶樑又是师辈与上司，所以于此事确实未曾多作计较；但另一方面，又有读书人的耿介与天真，所以也屡作不平之鸣，即始终认为此书主要是自己的劳动成果，陶樑只是助其完成“奢愿”、刊刻成书而已（《祭陶凫香师文》）。关于《国朝畿辅诗传》的编选与成书过程，高继珩在诗文当中表述过很多遍，而基本的说法与态度也从未改变。徐世昌本人主持编辑了不少大型丛书，对此类著作的编辑程序和工作机制，应该是比较了解的，所以徐世昌的说法虽略过激，但不无道理。总体上说，《清画家诗史》所说的《国朝畿辅诗传》初稿为高继珩辑成的看法，比较妥当。自然，这么说也并非否认陶樑对于《国朝畿辅诗传》的贡献，但正是在高继珩工作的基础上，陶樑后来才召集众人，加入己意，迅速完成了该书的编辑与刊印。当然，再加上后来的工作，高继珩对于此书的贡献，也就不只是“初稿”了①。

三

《高继珩集》②整理所采用的底本，以《清代诗文集汇编》③第六百册所影印的《培根堂全稿》(《培根堂集》)为主。据《清代诗文集汇编》介绍，《培根堂全稿》为清道光至同治间迁安高氏私刻本。仅从影印本就可以看出，《培根堂全稿》的刊刻，实在算不上精良。除了全书并非整体新刻，而是用不同时期的书板拼合而成之外，异体字的使用杂乱而随意，还有好些比较明显的错误，尽管无书可校，推想也应该是刊刻过程当中造成的问题。《清代诗文集汇编》所影印的《培根堂集》二十二卷，含《培根堂诗钞》十二卷，《海天琴趣词》一卷，《词余》一卷，《养渊堂古文》一卷，《养渊堂骈体文》二卷，《味经斋制艺》一卷，《铸铁砚斋试帖》二卷，《铸铁砚斋试帖续编》二卷，同时附有高继珩之女高顺贞《翠微轩诗稿》三卷。《汇编》所取应为《培根堂全稿》的前十二卷(此处的“卷”与二十二卷的《培根堂集》的“卷”的概念不同)。但《培根堂全稿》还包括第十三卷《演教谕语》，第十四、十五卷《蜨阶外史》，以及第十六卷《蜨阶外史续编》，大概因为非“诗文”，所以为《汇编》所不取。

但影印本的《清代诗文集汇编》有不少地方无法辨识。在这种情况下，整理本用国家图书馆普通古籍馆所藏的一部清同治甲戌年(1874)刊《寄泉类稿》(《培根堂全稿》)进行了复核。此书一函六册，如与卷首所附《培根堂全稿目录》相校，则缺《铸铁砚斋试帖》与《铸铁砚斋试帖续编》。就函套尺寸与新旧程度

---

① 关于编选《国朝畿辅诗传》主要工作出自高继珩，事实上还有不少文献可以征引。限于篇幅与文章的性质，本文这里不准备对这一问题作系统考证，而只是就基本情况进行一些说明。总之，在《国朝畿辅诗传》的作者问题上，陶樑本人的说辞游移飘忽，避重就轻，不足为凭，不能仅凭陶樑的自陈就下结论。而综合来看，这里提供的几个相互独立的证据系统(高继珩自述、高继珩亲朋师友的佐证、徐世昌与李濬之等人的旁证)，与陶樑的一面之词相比，更为可信。

② 《高继珩集》，高继珩著，张大为整理，社会科学文献出版社 2020 年 9 月版。

③ 《清代诗文集汇编》(全书 800 册)，上海古籍出版社 2010 年版。

看，又不像丢失一两册书之后，另配函套的情形。其中情由，一时无法推测，大概率是因为《培根堂全稿》实际上只有一套拼合而成的书板，可以勉强凑成《全稿》全书，但在不同时期、不同情况下刊印时各有取舍的原因。好在本次整理《制艺》《试帖》部分因时间问题无法完成，暂不收入，因此一时也用不上。但因为整理者发现这部还算比较便于利用的古籍较晚，所以整理本当中的《演教谕语》用的是光绪癸未年(1883)津河广仁堂刊本，最终没有来得及替换底本。《蜨阶外史》正、续编，则以此种同治刊本为准。

高继珩是典型的中国传统知识分子和文人。他生当中国历史前所未有的衰变与倾颓时代，虽然经术纯熟、竭忠尽智，但和当时大多数的士人一样，并没有找到真正有效的济世良方与变革之途。而高继珩的文学作品，就整个中国文学史来说，也肯定达不到一流水平。尽管如此，其作品还是可以给人以各个方面的启发与艺术的熏陶，考文证史、参稽一方风土人情、地方文化之功，更不待言。我们不应让这个执着而又洒脱、诚朴而又磊落的灵魂，湮没于历史的尘埃当中。本次整理，《培根堂全稿》当中还有《味经斋制艺》《铸铁砚斋试帖》没有收入，而《培根堂全稿》之外，可以征稽的著作、诗文还有不少，以后如有机会，当作进一步的增补与修订。

灵魂的浩劫与转身

——读寇宗鄂的诗

寇宗鄂先生既是诗人又是画家，但我们在他的诗歌当中读到的，很少有那种通常意义上的“诗情画意”；同时，一般来说，寇宗鄂的诗歌也并没有先锋的理念与炫目的修辞。他坚守着的，好像只是某种简单、质朴的新诗的概念与相应的型制，但仍然有着某种有深度的、令人感动的东西在其中。后者肯定不只是率直的情感抒发和沉痛的历史感喟那么简单，而是包含了一个有关灵魂的故事。

一

寇宗鄂这一代诗人，无疑经历了荒诞的历史灾祸和苦难，同时也经历了个人生活上的巨大意外。这些在寇宗鄂的诗歌当中，留下了深刻的、多方面的印记。在寇宗鄂的一些诗歌当中，反复讲述着这种突如其来的变故，以及之前的压抑与之后的创痛：“那一次大火/是前所未有的悲剧/比砍伐更残酷/纵火者/给历史留下一个/特大的悬案”（《失火的森林》）。而像《休眠的火山》这样的诗歌，可能更多的是在大的时代历史条件的强大气压与剧烈震荡下，一种个体生命的内在变故、蜕变的隐喻：“虽然/那不过是一次流产的政变/不过是一次血腥的冲动/一次猛烈的醒悟/但这已经足够了。”不过，即便这些可能是相对早期的诗歌，已经有着足够的符号化与象征化程度，也不好就看作是对于历史事件的简单记述与胸臆的直接抒发。当然，更主要的是，它们在对于外部时代历史的无疑是痛苦、无力的观感经验当中，奠定了诗人的灵魂对于世界的感应模式、处理程序，以及相应的敏感领域、节奏与痛点：“像假寐，但并非/生命的衰竭/逃过一次次浩劫/然后等待着/又一声春雷。”(《冬天的树》)

在这样的过程中，得到锤炼的，不仅仅是诗人那像久历寒冬的“冬天的树”一样顽强的生命力，同时还有真正的内心宁静与安详，以及对于人生真谛的透彻领悟：

> 通向新世纪/这里是必经的路口/生命已不允许我踯躅和停留/既然阳光站在墙外不肯进来/那就让灯光与我作伴/睡觉是一件不情愿的事/人生苦短，因此/不甘心让日子的一半/躺在梦里
>
> (《虎坊路甲15号》)①

像这样的诗歌，在相当程度上融入了生活当中的现实内容与经验细节，但它叠加着写实与隐喻、理性与想象的双重光影，从而从某个时空体验的交汇点上，真切而自然地记录了诗人个人生活经历与相关感悟，仿佛毫不费力，同时又触手可感。

但对于诗歌、诗性或者诗人的成长来说，与其将上述这些看作是写作素材与题材主题的一种时间性的编排，倒不如看作一个关于灵魂的故事；而那些来自历史的、现实的、外部的灾难，不如看作一个真诚的、优秀的诗人在其生命历程当中，或迟或早都要以某种方式经历的灵魂浩劫与精神重建：“说你在回家的路上/正构想一首/浪漫又苦涩的诗/因一场突如其来的灾祸/转瞬被生生地截断//于是留下一段未了情/和一条生命之根/隐没在惊异与惋惜/和丛生的凝窦里//其实人对身后的思虑/远胜于眼前的考量/对与错有时只在一念之差/爱情

① 宗鄂：《宗鄂抒情诗》，漓江出版社2014年版，第38页。

被磨损是必然的/但必定付出血的代价//有一种文字叫鸟虫篆/是唯一的解读方式/既高古又现代/让诗和诗人的灵魂/惊险而悲壮地/转身。”(《诗殇》)这里记述的,或许是一个真实的生活事件,但由于这种外在的意外事故与生活经验,促进了诗人灵魂脱胎换骨的“转身”,也同样是事实——这样的情形,在各种诗人、作家、艺术家那里屡见不鲜。“转身”的灵魂,不缺乏骨骼和硬度:“钙从血肉里生长出/人类的骨头/是置入肌体里的钢筋/敲起来会发出/金属的响声//钢筋可以弯曲/而骨头/即便被生生地敲断/也宁折不弯”(《骨头的硬度》);同样,它也没有放弃梦想和忠诚的担当:“背上驮起千斤份量/驮起主人的梦想/迎着烽火狼烟/驮起一个江山社稷。”(《马的忠诚》)所以,灵魂的“转身”,根本上说不是像世界上的绝大多数人那样,回归于世故与圆滑,而是在涅槃重生当中,“轮回”到更真实、更原始的自我。在这个意义上,“人生原来是一条环形的路/家既是起点也是终点”(《团圆》);同样也是在这个意义上,向着生命的“故乡”回归(《根》),向着泥土的母性致敬(《母性的泥土》),向着传统的“祖母”寻求庇护(《祖母》),决定了诗人在世俗生活和日常经验层面上,大部分的生命价值取向与精神诉求。寇宗鄂的这些诗,在人们司空见惯的素材与主题上,倾注了自己独特的生活经验与情感模式,写得真情实意,令人动容。

二

但所谓的灵魂“转身”与“轮回”,显然不止于如此。它的更重要的轨迹,是回到诗人灵魂的“鸟虫篆”般的先天基因和原始密码当中——这样的灵魂原型的自我观照与自我发现,或许同时也正是诗人苦苦寻觅的最根本的“艺术符号”。诗人在一株古老的柏树上,同样看到了灵魂轮回的故事;或者不如说,正因为将这个故事外化为一个被观照的、客观的对象,而将这个灵魂故事演绎得更加周全和完整,也可以说,更加“浪漫”:“我的一幅晋柏逢春图/肯定是个浪漫主义/应梦床告诉我/呼唤涅槃的晋柏/魂兮归来。”(《晋柏》)如果说灵魂的故事是“浪漫主义”,那么这个“浪漫主义”有着远超艺术和诗歌本身的旷古的悲怆和无言的伤感。人类历史上各个文明、各种文化都流传有自己的轮回故事,但它们或者被哲学家的理念劫持,或者被抵押给了神学家的神话。诗人至少比哲学家更容易相信灵魂轮回的传说,因为这个故事对于诗人的魔力或许就在于:还有什么比一遍又一遍地观照和经验自己的生命历程更让人伤悼、动容,从而使之具有一种明知是悲剧、却无法遏制的致命的诱惑力呢?

> 当你遇到某一件事情/你会觉得似曾发生/好像是在昨天/好像是在前世/一切都那么熟悉/却又那么陌生/让你相信/又无法说清/有时你觉得上帝就在身边/有时又觉得荒诞/命运总是不由自主/总在无形的掌握之中/理想和现实/总是隔着一层云雾/似有若无/真实的真实得虚伪/虚伪的虚伪得真诚
>
> (《第六感觉》)①

在灵魂轮回这样的神秘观念当中,某种意义上,包含着诗人的认识论和价值观:"科学和上帝无法彼此替代/生命消失了灵魂/也许真会萌芽/轮回使世界永生/危机也不是耸人听闻/生和死/永远行走在半路上。"(《失火的森林》)诗性让人们习惯性地珍重与肯定经验的自然整体与总体性,但当凝视这种自然格局时,却又疑窦百出、歧义丛生。在这方面,东方的智慧在于,谦抑地看护和把握自己的灵魂状态,静观万物,让自己的灵魂与世界一起升华,以期在更高的自然层面上、在自然之道的层面上,与世界、与自我重新相遇。在这个意义上,跨越世俗意义上的生死界限的轮回观念,总体上正是在对于自我的坚持当中,穿越前世今生之间浩瀚时间之海的一种"迂阔"、敻远的"转身"。它貌似神秘,却实际上更多的只是一个诗意的灵魂故事或者神话;或者说,它有着一种令聪明、圆滑、理性的"现代"人所难以理解的悠远、迟缓乃至"愚昧"的诗意。

从灵魂观照和考校的视野出发,诗人痛感"灵魂的疏松如同土地的沙化/使生命失去春天的感觉",并对于这样的灵魂状态意义上的"另一种生态问题",进

① 宗鄂:《宗鄂抒情诗》,漓江出版社 2014 年版,第 23 页。

行了有力的刻画:“开江的季节有冰裂的阵痛/欲望的潮水漫过河堤/梦的鳞甲互相挤压碰撞/如荒漠深处的狼群/发出饥饿的嗥叫。”在欲望横行的荒漠与丛林状态中,诗人看到,“灵魂的救援与生命的抢险/是中国也是地球村的/一个宏大而艰难的命题”(《另一种生态》)。这样的视角,其实也说明诗人已经从对于主观性的、审美主体式的自我的执着当中解脱出来。而这带来的不仅是诗歌内容与主题上的变化,同样也是从诗歌写作机制、修辞方式的根部,从灵魂面对世界的方式上发生的根本性转换:

> 把驴一生的辛苦/风干,再削出/一层薄薄的皮,然后/经过精雕细刻/再剪辑成戏剧/人和驴就这么/生死相依不离不弃//在夜晚演出才可以/把黑夜演绎成/清明的白昼/一切都是影子/一举一动/被一根线牵引着/离不开幕后的掌控//唱腔也有板有眼/旋律是老腔老调/听起来激昂高亢/影子有嘴却发不出声/声音从背后发出/很像演双簧/已经几千年了/这是最古老的//假唱
>
> (《皮影》)①

就像那片薄薄的“驴皮”一样,这首诗有着节制、硬朗的修辞和意绪表达。隐喻和现实穿插、映带,写出犹如皮影戏表演一样的光影迷离的诗性氛围,以及在其中呈现的冷静和理智的洞察。后者将那些锐利的智性锋芒,恰切地收敛、掩藏在皮影般的观感经验背后,在一种反讽性的平衡当中,将驴和人、黑夜和白昼、影子和现实的关系,重新加以组织和审视,比之对于现实的批判性维度,包含了更丰富的意蕴。在这背后,体现的是诗人看待世界和生活的高度、诗人的灵魂层次,都提升到了一个更高的层级上,从而使得诗人对于生活、人生的理解及与世界的相处方式,也显得更加通透、周全和圆融。

① 该诗为寇宗鄂2018年作品。

三

并非是谁都能从那种被外在世界的客观性所界定的灵魂形态与模式当中走出来。寇宗鄂选择的道路是勇敢地“转身”，自觉自愿地走入“轮回”之旅的幽深、旷远的时间深渊，去发现一个更加真实、更加美好的世界秩序，也包括灵魂的秩序。要从总体上界定寇宗鄂这样的诗人，并不是一件很容易的事情，或许用寇宗鄂自己用到过的“唯美主义”一词，庶几近之：“一个不洁净的生存/唯美主义/该多么孤独。”(《洁癖》)但这也需要立刻加以补充说明，否则便会被误解：寇宗鄂这样的一个“唯美”的灵魂，对于生存的“洁净”的需要，与对于“孤独”的躲避，其说出来的理由，似乎都太形式化、表面化，因此，其中肯定包含了超越艺术美之外的更广泛的内容，与隐秘的深意。所谓的“唯美”、甚至“自我”本身，更像诗人的一个强寻的借口、外在的表象与借力的阶梯：“匍匐的命运以加倍的勇气/挣扎着，于/跛足的历史人间的倾斜/寻求平衡/悲，不是结局/美的形体毁灭，灵魂/依然站立。”(《悲剧的力量》)在“唯美”的生命外壳与“命运”的悲剧性对冲当中，既然在时间的轮回之环内部“生和死”都是相对的(“永远行走在半路上”)，因而悲剧也并非结局：事实上，在轮回之旅当中，诗人更加关注的是灵魂本身，而灵魂也借此超升于无限与自由当中。于是，客观性的时间原本是人世生活与人类个体生命无法超越的：“时间化妆成一位/跛足的老人/而我们永远都/落在它的后面。”(《只有时间永远年轻》)此时，灵魂在历经千磨万劫与自己重新照面的同时，实际上也洞穿了时间本身，从而实现了真正的解脱、超越与永生。它就此走向、走入自身更内在、也更宽广的深处，背后是浩渺如星空般的轮回之海……

在思想中裂变的生命狂喜与疼痛

——读杜康《一个人和他的影子》

杜康的诗集《一个人和他的影子》，正像那富有思考和哲理意味的题目一样，在多向度的题材拓展与写作方式尝试当中，确实有着突出的沉思和思辨性特征。作者因此担心它的诗性品质(《代后记：诗想》)。事实上，知、情、意的平均等分与静态并列，只是康德式的天真的“审美”幻觉，在人性和心意能力构造当中，本来也没有什么纯粹的“情感”或“思维”构成，而思想也并没有我们想象的那么抽象、纯粹和客观，从一个更高远的视野来看，它也并不比情感更加远离与外在于人性与人的心灵。认为诗歌必须恪守“情感”的范畴，恰恰只是某种抽象的“理论”教条与“理论”枷锁；按此图式堆积的黏腻的“情感”糖画，背后恰恰只是某种抽象的理论性。执着于“情感”与“审美”以及它们之间单纯、直通式关系，或许只是一种抽象的“信仰”：

美不再是一种信仰
更多体现于各类具体事物上

(《元素》)

美原本不可能是一种“信仰”，把美变成“信仰”的，正是康德这样的西方所谓现代性哲学关于人性的激进理解。在此基础上，才可以把“美”孤立地抽象出来加以“信仰”，但这只是把信仰本身也变成了形式与“理论”。当生活本身的象征性光晕和徽记消失，“更直接，更原则，更从容”(《元素》)的生活现实，却并不代表它更简单、更单纯，事实上它更加难以索解。因此，要理解我们这个现实世界的复杂性，就需要不断地以“刺客”式(《代后记：诗想》)的思想锐度与决绝意志，不断走出自身，不断越界，以将更多的东西包括进来的方式，来重新构建我们的心灵的丰富性与立体性，重新理解世界经验的秩序与构成。

思想的重量，使得诗人在与现实世界的“不合拍”的错位当中(《坐慢车出门旅行》)，返回自然的源头(《一片树叶的心情》)、灵魂的原乡、生命的元始。于是人们所熟知的固化、蒙尘的日常生活经验的表皮被揭去，一个万物有灵的世界呈现在眼前。《诗》这首诗以回环、复调的修辞，将本源与现象、原因与结果、隐微和显白、庄重与戏谑综合起来，而诗歌本身或许也就存在于这种错综、复沓的经验结构当中。因此这首诗是关于诗之诗的“元诗”写作。以这种“元诗”性理解为核心，在它所综络着的思想界面当中，原有的经验壁垒被打破，日常性的时间被加速或终止，并且变得似乎富有物理性的重量，生活世界的边界也由此被消解与重置：

悬在彼此头顶的钟突然响了
于是彼此想起还有很多事情等着彼此
于是彼此握手道别
彼此挥手
然后彼此各走各的路

路的尽头彼此重逢
彼此老友般交谈起来
才知道彼此之间原来彼此彼此

(《彼此》)

这里或许有着某些生活经验的原型，但它的诗性意味不只限于某种现实经验场景的重现。将生活的原始经验与其象征结构不动声色地叠加起来，是杜康的出色诗才之一(《不速之客》)。这种叠加手法不仅需要思想的洞察力,来发现它们深层本质层面上的盘根错节的诗性关联,同时将经验本身加以剪裁与塑型、以抵达诗性的明晰度的过程,也需要准确把握思想剪刀的尺度与力度。在这其中,作者多维立体地书写生命的狂喜(《春天的六个节气》)与无端的疼痛(《为一支香烟而作》),以及这其中对于生命本源与意义的拷问(《某年某月的某一天》),是其诗歌的基本主旨及给人印象最深刻的地方。

冬眠的蛇盘成一盘绿太阳 在泥土的深处
坟冢的幡猎猎作响 一只白色鸟 默立其上

(《凝眸。或灵魂的一次漫游》)

像这种凸显修辞本身的激越力量的诗歌,或许是出于作者早期的诗作,或许是出自某种生命创痛的记忆而不得不发,在杜康的诗歌当中并不是主导性的,杜康诗歌更多的还是以智性的、自然的语态与修辞,展开的世界审视与生命凝思。这可能意味着诗人写作理念与心态方面的一个变化过程。在沉思当中,世界安静下来,作者倾听花瓣绽开(《我听到一朵花轻轻绽开花瓣》),倾听阳光走过的声音(《倾听阳光走过的声音》),或者被自己的心跳喊醒(《聆听心跳》)。在这种情况下,诗歌就是以诗性的逻辑对于生活世界和生活经验的重新理解、重新组织(《神奇树》)。后者可以认为本身就是某种思想形态,或者也可以是新的思想诞生的河床。

在源于思想的催化作用而裂变的经验格局当中,诗人不仅在审视世界,也在审视自我。诗人审度与考索身体里的生命之树(《多少年,没听懂一棵树的话》),同时,也与"另一个我"恋爱与对谈(《思想的美》):

……夜深了。年少的我
踮着脚,潜回现在的躯体
与内心窖藏多年的葡萄酒
一杯一杯称兄道弟

(《思想的美》)

在杜康的诗歌当中，这种与自我的对话，具有系统性的经验重构和诗学意义，而不仅仅是一般性的“自我理解”“自我反思”之类。对自我构成的立体性与多维性的理解，反过来也与对世界、对生活与生命本身的理解深度互为因果。它导致的是醇厚、成熟与立体的诗境。

杜康诗歌当中还有一种自我理解，这也就是对于诗歌自身的语言、传统的理解，《夜读唐诗》《一个人的春江花月夜》《词句练习》等是这种趋向的代表篇章。诗人“夜读唐诗”，认为自己是“大唐边境的一个漫游者”（《夜读唐诗》），从这种视角出发，这些篇章着力于对中国诗歌的传统、诗歌语言与某些古典意境进行某种新的诠释与解读。这其中往往有一种轻微的反讽意味，但这种反讽意味并非是要颠覆与解构中国诗歌与语言的古典传统，而是试图在一种更为宽阔的、真实的时代历史经验的地基上，来重新理解与拥抱传统。对于如何理解、接续与重建中国诗歌传统的连续性问题来说，这是杜康诗歌当中值得引起人们重视、也值得继续着力的一个向度。

杜康的写作在各种可能性当中切换，体现了一种包容性与丰富性。诗人似乎也乐于停留在这种不确定的、多向度的可能性当中（《一首诗的三种写法》）。根据一种所谓后现代的世界观，我们不可能从根本上、整体上理解这个世界，而只能提供一种理解的视角或者“范式”——这意味着一种多元主义。但多元主义并不是“很多种”主义，或者“很多种”理解世界的方式，而只是“一种”主义和“一种”理解方式：这是一种认为这个世界根本上不可理解的理解方式，是一种关于世界的“不可理解性”的理解方式。作为诗歌来说，如果我们认为它的高度终究取决于它怎么（当然是以诗歌的方式）理解这个世界，而不是技艺、修辞与残疾的“审美”的话，那么，在关于世界、关于生活的一个相对稳定的理解向度与阐释模式基础上，形成由某种主导“旋律”与主要“声部”所涵盖的写作模式、诗歌体式的多样性，才是值得期待的境地。这是我们在很多伟大的诗人那里能够看到的情形，也是作为读者对于杜康诗歌乐观其成的完善与“完成”之境。

流过内心的河流

——慕白诗歌片论

康德以来的西方所谓现代性美学的理论观念，建立在一系列特定的“现代”理念与思想方式基础上，它最终的结果，是把文学艺术看成某种审美地球仪式的人工制品。文学艺术当然是一种人工制品，但在古典时代，它更像一张地图，在上面标示着中国传统当中上南、下北、左东、右西的空间方位，由此，它让人置身于现实的时空秩序与时空方位当中，“越过”乃至“忽略”这种人造的地图、平面的图画，或把地图本身看作空气，而去理解世界本身的现实格局与现实关系构成。当将地图的空间方位标示为上北、下南、左西、右东时，这表明了人们把地图本身当成一个实体化的对象、一个客体的某种“理性”，但它很有可能遮蔽认知的眼光。而地球仪则是一种刻意的伪造与仿制：不是说它在形态上更像地球，而是说围绕着它的思维方式、认知观念，与由此出发的“眼光”“视角”，就是对于理解世界的目击道存的自然眼光的浅薄歪曲与抽象，人们一不小心，就会被自己的“眼光”和“视角”给欺骗了。康德美学与审美诗学从根本上首先并不是塑造审美趣味与审美眼光，而是首先塑造对于世界的审美地球仪式的空洞理解方式与抽象拟制方式。“相比于美，我更喜于真”（《行者·序》），慕白从一开始，就几乎是出于本能地拒绝了这样的“美”与“审美”。

或许有人会说，“现代性”的宣言就是“理性”，“现代人”的基本特征，就是他是“理性”的、是“清醒”的：我是真理，因为我是理性的个体。慕白没有被这套所谓“现代”的神话所欺骗，写出了即便是“现代的”“理性的”的个体，其内在构成的“复杂”；或者说，正因为它是“理性的”“现代的”，所以才恰恰是没有理由地“复杂的”：

我曾经目睹过许多事物的真相
但我不敢说出来，我就是我自己的佞臣
我喉咙的葛洲坝，挡住滚滚长江东逝水
我在纸上流放，我无力为自己招魂

（《与芷父夜游长江兼致屈原书》）

“我就是我自己的佞臣”，这并不是道德意义上的不高尚，屈原的忧愤当中，确实包含这种背叛自己的绝望；同时，屈原的自沉也不只是出于生活伦理意义上的失败或品德清高，当然更不是忠实于“个体写作”的美学——在这种情况下，审美当然是自欺欺人的谎言。但要理解这些，不仅需要超出审美和美学的肤浅眼光，也需要超越在道德的肉身上培植的更深层的谎言。屈原沉江，从深层意义上说，是在超越道德化的“忠诚”与“高风亮节”的层面上，决定不再做“自己的佞臣”，是对于在纸上的流放的终结，是对于自己的内心的河流的忠诚。屈原在那“方寸之间”的波澜当中，显然感受到某种“致命的诱惑”，可以用来平息作为“自己的佞臣”的焦虑和负罪感：屈原以一种破坏性、否定性的方式，将自己拆解与融化进内心的汨罗江所代表的更大的秩序与法则当中，从而终结与颠覆了“个体写作”内在的“现代”观念结核与思维强迫症。

但所有这些，都说明屈原只是屈原，屈原没有办法拖着自己的河流去流浪：

不等时间追赶，我转身下山
沿着溪流，看见脚边一只蜗牛在爬呀爬
身后也拖着一条自己的河流

（《登莲花尖》）

这一点，是屈原无法理解更无法做到的，同样，屈原也还没有“现代”到令我们羞愧的地步：这种被人们在屈原身上发现的“现代性”，差点借美学的名义，证成了某种比之流浪与背叛更加虚假的道德——“渔父”式的所谓独立个体的道德。后者不过是身体道德的另一种极致化表现而已，却又无法像老子和庄子一样，打开通向另一种世界秩序、意义秩序的门径。

慕白显然处于屈原之外的另一传统当中，慕白对于屈原的反讽姿态，似乎可以说明这一点。但慕白同样也没有被所谓“现代性”的美学与诗学传统的河流裹挟。慕白所有的诗歌当中，都流淌着一条内心的河流，并由此绽放开来一方堪称奇观的诗歌景致。那这条河流究竟是什么？慕白的另一部诗集的书名已经揭晓：我行其道。那么“道”是什么？“道”既是莲花山下的羊肠小道，也是峰顶上的万千风景；既是最高的价值理念，也是日常生活当中的一饮一啄、一蔬一饭：

请原谅一个行路者的迷失
他忘记给你们交代，台回山
高台村，下山蛇，这些村庄的道路
它们同时出现，只会在一首诗里
和十五的月亮一起升起来
安详又从容，轻盈而透明

（《客至台回山》）

在中国文明传统当中，把这从最高处到最低处的整体称之为“道”，而“道”的秩序、“道”的标准，就是在其内部流淌的自然的法则、自然的秩序、自然的河流，所以也可以称之为“道法自然”“自然之道”：“以旅者视角，无论仰望、平视、俯视，目之所及，对正在逝去的人和事，信手粗略的记录，呈现，仅此而已。”（《行者·序》）然而，“旅者”视角之所及，前提正是沉入内心的河流的水面之下、忠诚于内心的河流，并由此出发，对于“视角”的解构——解构掉只有靠由康德式抽象理性的“三脚架”支撑的这种“视角”，才能认识世界的神话：

……面对一条江，你最好
不要随波逐流，也不要很快走开
明智勇敢地选择无人的洼地，安静地观察

（《龙游吟》）

或者说，忠实于内心的河流，不仅太阳和月亮都没有掉下来（《登莲花尖》），而且可能只有解构掉这些外在的、可疑的至少是片面、抽象的“视角”，内心的河流才得以与整个世界的大化周行之内在节奏和韵律合拍，从而携带着后者的深层秘密，与自身融会贯通：

……只要让心拐个弯
村庄虚影的背后，一条河流，加上另一条河流
就能到达上帝居住的天堂

（《千岛湖水祭》）

这种与自身的会合与和解，不是道德意义上的自欺，同样也不是康德式“现代人”通过概念理性而斩获的同义反复式的“现代性”虚无。它是在已经快要被我们切割、肢解得支离破碎的文明的大江大河当中，才能够被恰当理解的生活秩序与价值秩序。而审美，不过是浮在水面上的粼粼波光：当你想认真地捕捞它时，就被自己给骗了，康德式的“美学”的理念，只是一些浮渣漂沫，或者像被丢弃的饮料瓶一样僵硬而空洞。

“诗人”，则是一个写在水上的名字。

“儿童诗”的真实世界

——读陈曦的“儿童诗”

什么是儿童诗？读陈曦的“儿童诗”，相信人们或多或少都会在心中产生这样的疑问。或许人们会有各种各样的答案：儿童诗可以是写儿童的诗，也可以是带有童真、童趣的诗，可以是儿童写的诗，也可以是写给儿童读的诗，等等。在这些看似感性、随意和“无辜”的定义当中，出现了统治我们的文学观念与文学认知的文艺理论的概念系统：题材、主题、作者、读者……接下来，通过这种似乎并没有那么重要的文艺理论观念，我们生活于其中的这个世界，被划分成了文本与世界、内容与形式、主体与客体……然而，这一切真的能够说清楚什么是“儿童诗”吗？真的能让我们更准确、全面地理解“儿童诗”的诗性经验所带来的教益吗？

在陈曦的诗歌当中，充满了熟练运用的现代诗歌的修辞技艺、写作技艺：拟人、移情、换喻、灵视、嫁接……经历西方现代主义诗歌洗礼的当代诗人，都把修辞技艺和写作“手艺”看得很重要。不过，在陈曦的“儿童诗”当中，这些诗歌写作和修辞技艺作为“技艺”好像不是很重要，或者说是“儿童诗”使得它们不仅仅是“技艺”，因而似乎是失去了作为“技艺”对于现代诗歌的重要性。这从阅读的直观感受上，就是让人感觉不到现代主义诗歌修辞那种触目惊心的突兀之感，相反，它似乎是着重于一种还原或者“调和”，“调和了幸福的所有色彩”（《春天，没有人不展望幸福》），从而通过这种调和，重建了一种具有纵深性的和谐、圆融的心灵时空：

今夜的星空下
我撑起长篙向深处划去
排开那些还很小的年岁
含着笑直抵落了泪的湖
湖心坐着一个比我更寂寞的孩子

（《今夜的星空》）

这样的“儿童诗”，其实绝大多数都不是真正的儿童的心智所能写作或理解的，说它们具有“童真”“童趣”也太过浅表化。这个心灵的世界或许不无某种童话般的“乌托邦”色彩（《这个冬天，好温暖》），但不管是“乌托邦”还是诗歌“技艺”的背后，显然有着某种更重要、更深厚的经验基础，与一个更加阔大的认知视野：

我把对你的想念
都背进古诗里
月色与桃花 清风与细雨

现在
我正为你酝酿一首诗
却无法靠在你怀里
轻轻地 轻轻地
念给你听

（《我可以想你吗》）

这首诗中的“你”，指的是诗人生活过的作为“童年的天堂”的村庄。在这里，诗歌与世界有着一种本质上的错综、交错甚至是协同、共生关系，与此相比，那种基于"现代"科学认知与物质利益交换的人与世界关系，成为一种派生性东西。然而，恰恰是这种派生性的东西，却反过来进一步统治了这个"现代性"与"现代人"的世界构成方式，以及人们的道德与情感关系。于是，这个世界越来越像康德哲学，由此写出的诗歌，越来越符合某种号称以"审美"为主旨的文艺理论。屈原与荷马，同孔子与柏拉图一样，头脑里是一套总体性的世界观或世界理解，而充斥现代诗人头脑当中的或许是对于世界整体的糊涂认识，但却有一套完整的文艺理论（美学）。西方的现代主义和后现代主义诗人，只是颠覆了一套文艺理论（美学），却没有颠覆这套未必靠得住的文艺理论（美学）背后的世界观念；或者说，只是颠覆了一套貌似世界观与总体性哲学的文艺理论（美学），却没有、也不可能告诉我们在这个世界上人应该怎么生活，诗应该怎么写。这样的碎片化的诗歌经验与空转的艺术技艺，无论多么珍稀，也只是像大海上的浮萍一样连自己都无法加以定位与评判，或者像艳丽的毒蘑菇一样无助于人们的生活，它们无从让人们全面地理解与认知这个世界，并在这个世界上更好地生活下去。

因此，在这里，很想把陈曦的"儿童诗"称之为一种"反向的现代主义"：它没有着力展示世界的"荒谬"和"虚无"，但却重新构筑或不如说重新发掘、激活了一种真实的世界经验。正因为失去了后者这个基础，使得很多现代主义诗歌在批判世界的荒诞的同时，遗忘了自身立足的根基，于是让自己同世界一起荒诞起来——甚至比被批判的这个世界更荒诞。在陈曦的"儿童诗"背后，或许在一切优秀的、成功的诗歌背后，是一种罕有却并非虚妄的真实经验，是一种值得人们无限尊崇而非嘲笑的高尚道德，是一种纯真而非幼稚（或美其名曰"童真"）的高贵情感，它们出自诗人对于这个世界的初始性的感动和总体性理解、认知，并通过诗歌将它们进行了一种整体上的重建与升华。某些现代美学认为，艺术就是要对于世界进行疏离、抗衡与审美的批判，但如果诗歌真正全面地、圆融地理解了这个世界，那它无论如何都不会停留在以一个尖利的经验碎片与这个世界相互敌对的状态，更不可能是这个世界的敌人。不仅不是美学上的、艺术上的敌人，更不会是道德上、情感上的敌人：

读着诗歌的人是不会去质疑幸福的
好像世界很小很小
而温暖却很大很大

（《读一首诗》）

或许只是一种偶然的结果(应该有着各种各样的这样的机缘,“儿童诗”只是其中之一):当我们想把陈曦的“儿童诗”纳入我们通常的文学观念框架来进行理解时,“儿童诗”恰恰让我们的文艺理论观念常识尴尬失效,或者说让诗歌与文学的本质比较全面地呈现出来。就像说《浮士德》是励志主题、《红楼梦》是爱情小说一样,在这里,只能把“儿童诗”看成一些不那么重要、不那么负责任的标签。“把最简单的快乐打造成最纯粹的幸福”(《读一首诗》),“儿童”只是作为诗人的“简单的快乐”的诗思的起点,或让我们看到的“幸福”的表象或结果。而这两者之间,就是一个完整的、实在的世界,它“并不远,更不抽象”(《天涯》):不管它是出自儿童还是写给儿童,是一种童真的主题还是儿童题材,它是与所有人的人性可以沟通、交流的,是有意义的美好生活所必须的,它与我们生活的这个现实世界穿插、交叠在一起,二者之间并没有什么本质的界限。因此,它是诗人自己、以及诗人邀约的一切能够真正地理解“儿童诗”带出的本质经验的人们,生活于其中的真实世界。

郑敏访谈录

采访者:张大为

时　间:2002 年 10 月 27 日

问:您能否简要介绍一下您写诗的经历、您的诗歌探索与所受的影响?

答:我的写作应该说经过了很多阶段,随着阶段的不同,我的感受也在变。我的感受变了,我写出的诗的内容也就不一样了。上中学的时候,我就开始读西方文学作品和英文小说。那时我们受益最深的就是"世界文库",那时的翻译绝对没有商业的操纵,绝对是文化的。我那时比较欣赏抒情一点的。后来开始真正接触诗是进西南联大以后的事情。上大学以后就开始写诗了,开始时写的诗比较单纯,后来就加进一些哲学的思考。20 世纪 40 年代以前,我的诗歌应该是比较接近于一种古典的韵味。因为我学哲学,念德语,因此就听了冯至先生的课,冯至先生翻译了里尔克《给一个青年诗人的十封信》,我看了以后就特别能接受,里尔克对我的影响是深刻的。我到美国念书的那个阶段,没有怎么写诗,但是我对英美文学、主要是英国文学进行了系统学习,丰富了自己的审美能力。其后我又努力培养自己对西方音乐和艺术的鉴赏力,这些都起到了陶冶心性的重大作用,在日后的写作中成为我自己的文化宝库,时时成为我想象力的养分,起到丰富诗的内涵的效果。1979 年之后,我觉得我应该了解西方现在发展到什么地步了,于是我开始补上 20 世纪 50 年代至 1979 年这阶段的西方诗歌创作、诗学和哲学新理论。在这个阶段我阅读了美国 20 世纪 70 年代的诗歌，后来翻译出版了一本《当代美国诗选》。一方面我很欣赏美国当代的诗人能从生活中挖掘出很多东西，另一方面，我又总觉得他们的诗形式特别散，我并不喜欢形式的松散。所以我的(美学)追求中，还是没有放弃意象派的成分。

问：您好像在一篇文章中讲过，您的诗歌从总体上讲，还是东方韵味，虽然在很多方面受到西方的影响。从帮助读者理解您的诗歌着眼，您能否解释一下在您的诗中东方韵味与西方影响的关系？

答：我特别相信诗歌与哲学是近邻，这要从我所受的教育说起。我是在 1939 年完成我的中学教育的，我们那时受到五四新文化传统的影响，与古典的东西关系非常淡薄。所幸在 1939 年考入西南联大时我决定主修哲学而不是外文，今天想来这个选择对我此生所走的道路起着决定性的作用。首先它引我进入东西方哲学文化的视界，扩大了我对文学艺术的探讨，开拓了我观察世界不同文化的视野。其中，西方哲学史上对我一生影响很大的就是柏拉图的哲学。柏拉图的哲学给予了我一种超越(凡俗)人生的追求。然后，我又读康德的作品，康德也涉及这个问题，康德哲学就是分析“物自身”到底是什么。但是从文学角度对我影响比较大的是歌德和里尔克。在中国哲学史里我特别醉心于老庄和魏晋玄学的意境，汤用彤先生讲的《魏晋玄学》，对我的影响也是很深的。后来，冯友兰先生开了《人生哲学》课，他讲“天地境界”，他就把这些都包括进去了。这些东西渗透进了我的生命。走到今天，我越来越觉得对我来说，西方和东方完全不是分离的，而是趋向融合的，它们的共同点是对超越物质局限性的向往，姑妄名之为东西方超越主义的理念。在艺术表达方面希望有言外之意，弦外之音，诗虽尽而音犹存的意境。在这方面最令我折服的就是陶渊明的“采菊东篱下，悠然见南山。山气日夕佳，飞鸟相与还。此中有深意，欲辨已忘言”(《饮酒之五》)。“忘言”“忘己”正是我最崇尚的东方境界。

问：您的诗歌语言给人的印象是非常独特的，它有一种宁静、光洁、富有雕塑感的质地。如果说，您的诗歌从 20 世纪 40 年代到今天在感情色彩、主题技法上可能有一些变化，但这种语言的质地可能是比较贯穿始终的。这是否与您对诗歌语言的追求有关？您的诗歌语言的理想是什么？

答:应该这么说,我是在追求一种口语里头的文学语言。五四以后,比如刘大白,追求的是一种地道的口语,其他如徐志摩、卞之琳、冯至他们都是在追求一种文学语言,以口语为基础的文学语言。可是这个特别难,难在哪儿呢?我们的古典语言、古典汉语,我们宣布它死亡了。它还没死,但是我们已经下定决心让它死掉了。其实我觉得这个做法太生硬了。如果我们当时不那么做,我们也可以从古典语言中进行转化。每一个国家都有口语和文学语言,我们很不幸地把我们的文学语言给切断了。唐诗是古典诗歌的高峰,我读唐诗的时候,就感到,难怪意象派要来中国来找。其分量、深度、内涵是非常了不得的。这么宝贵的文学语言,就因为宣布它死刑了,使得后代的人,尤其今天的人,就觉得没有希望了。

问:蓝棣之先生在《九叶派诗选》的序言中曾经说过您的诗歌追求本来就不限于审美。您怎样看待诗和美的关系?

答:我认为美是一种超越的境界。诗的美不是个别字句的美,而是它能够在平凡的生活中带给你一种突然的境界上的顿悟和提高。

问:您有一篇重要论文叫《诗的内在结构》。面对后结构主义和后现代主义诗歌,您认为是否还能从"内在结构"的角度解释诗歌的本质特征?当然,您曾经讲过,金斯伯格的诗中也有超验的关怀,但是这种关怀是否一定需要通过这种结构层次的和深度的关系来表达?

答:我觉得这个并不矛盾。人们有一种误解,认为后结构主义要打破所有的结构,实际上它肯定了结构功能。没有一个永恒的结构,中心也在变,就像爱因斯坦说的,我们看到的有形的东西,其实它是一种能。有形和无形,存在和不存在都没有绝对的界限。这和中国的"道"的境界是相通的。"有"并不是本来就有,而是从"无"转化来的。结构只是一种暂时的、变化中的结构。解构主义并不是一种永久的破坏,而可以说是一种变化中的转型。

问:您怎样开始研究解构主义的?解构主义对于您和您的写作有什么影响?

答:1986 年我在美国访学期间开始研究德里达。德里达对西方自柏拉图以来两千年的哲学思想的错误进行了一次全面的检查,其错误有两个方面,一是二元对立，一是逻各斯中心主义，绝对中心。我总结历史上的所有错误，无非是两个：一个是绝对的对抗，二元对立；一个是绝对的中心，不能容纳多元。如果你跳出这种认识，你就会觉得处理方法不应该是这样。这几天发生的事情我们都知道，恐怖主义冒出来，就是因为不能宽容。人与自然的关系也是这样。我相信一个神秘的我，你必须承认，这个宇宙有超出你的认识能力之外的东西存在，你必须承认有神秘存在。你的理性并不能使你掌握绝对的真理。我很欣赏浪漫主义中那种人和自然的亲密关系。中华文明一直在和宇宙进行交流，中国古代的儒释道都在寻求与自然的沟通。这也可以说是一种神秘，但不像西方那样，由上帝来统治你的命运，由一个绝对权威来压在你的头上，所以中国文化没有宗教的内容。当你的认识改变以后，你看世界的眼光就不一样了，你所觉悟到的东西也就不一样了，所以当你写诗的时候，你的表达也就不一样了。解构主义所主张的“无”生万有的思维使它十分接近老子关于“道”的宇宙观及中国的阴阳相互转换的理论，因此它引起我极大的兴趣，加上德里达对汉语文化的推崇，和他极富哲学内容的语言学，更使我意识到中国在20世纪对汉语文化有过两次重创，对自己五千年光荣文化传统的粗暴否定带来巨大的民族精神的损失。这些新的认识使我1979年后的诗和论文在内容中融合了后结构主义（解构主义）精神和中国古典哲学的精神境界，在诗歌艺术上吸取了广义的西方现代主义的表现手法。

问：您如何看待从所谓朦胧诗到新生代乃至20世纪90年代以来诗歌生态的变化？

答：这其中好像找不出多少内在的联系。朦胧诗的一个很大的贡献，就是它实现了一种突围，从那种政治化、单一化的语言与情感中突围出来，开始讲自己的话了。但是问题就在于我们的教育没有跟上去。在这期间，北岛他们对于20世纪40年代的诗歌普遍有一种惊奇的发现。朦胧诗后来就被后现代风格的诗打乱了。语言和情感扭转过来以后，年轻的诗人不再满足于退回去写，而这时，因为西方已经进入后现代阶段，有许多东西译介过来，于是就开始了后现代的诗歌写作。我觉得当下诗歌界非常浮躁，其实谁也不对，谁也不错，写诗为什么非要分成许多团伙？当然，美国也有许多诗歌流派，但是，你要承认，美国它是非常多元的，各有各的风格，各种风格都可以自由地去写作。

问：您怎样来看待中国新诗的前景？

答：我觉得这要从教育抓起。我们一直缺乏一种对于五四以来传统的全面的检讨与反省。我们一直有一种文化上的自卑感，把国家的落后归结于“落后”的文化，因而把它从教育体系中分离出去了。我们这一代已经感到这是一种很大的损失。对于中国古典的东西，我们当时也读了一些，但是当时我们的心态就是一边读，一边觉得这没用，这是死东西了，我们当时都是这样的心态，绝对没有在私塾里读得那么真诚。今天的年轻一代，在汉堡包、电子游戏、网络中成长起来，他们脑子里对于中国古典文化传统完全是一片空白。今天的新诗问题，就像一个孩子长大了，但还是半文盲。因此，我一直认为新诗到现在没有自己的传统。其实，任何创新都只能在对传统的继承中进行。我们首先应当找回我们的语言与文化的传统，这实际涉及的就不再是新诗问题，而是国民素质和教育问题。

绿原访谈录

采访者:张大为

时　间:2002年11月28日

问:您是怎样开始写诗的?您的诗歌受到哪些中外诗人的影响?

答:1937年抗日战争爆发后,我开始读报,读救亡宣传品,同时接触新文学读物。最早、最久、最深刻感染过、震撼过我的,是鲁迅的作品,包括他的小说、散文和散文式的诗《野草》,它们奠定了我对文学的终生虔敬。后来,读到抗战以前出版的《望舒草》和《鱼目集》,还读到当时如明星耀眼的诗人艾青在《七月》上陆续发表的、今天已家喻户晓的名篇。我自幼倾慕古典诗词,迄无率尔操觚的胆量;不料在这几位新诗诗人的招引下,竟被引发了我对新诗的尝试。囿于幼稚、浮浅的爱好,我并不懂旧体诗难写,新体诗更难写这个深层次的道理,距离真正的诗还相当远。无庸讳言,我也是从模仿起步的(当年初学写诗者的模仿对象大都是艾青),幸亏不久受到嘲笑而得以纠正。通过广泛阅读和细致比较,包括从英语发现惠特曼、桑德堡及其他一些摆脱各种格律的现代诗人,我逐渐认识到,满足于在风格上与某名诗人近似,毕竟是误区;凭借笨拙而迟钝的探求,自觉地建立自己的风格,才是唯一的出路。想到古人有云,"诗宜自出机杼,不可寄人篱下",更坚定了我在自己的园地里进行原始性开垦的信心,尽管一路上经历了无数次失望、沮丧和彷徨。

问:诗歌在您的人生历程和著述生涯中占有一个什么样的位置?

答:让诗进入我的"人生历程"和"著述生涯",是1942年第一部诗集《童话》出版以后。谈到诗和我的不解缘,少不得提一下我的生活史的几个阶段。第一阶段即20世纪40年代,我从20岁到30岁,生活在民族危亡、半封建统治和白色恐怖之下。《童话》结束了暗淡童年的梦幻之旅,我的诗开始体现一个流浪青年对于受苦受难的平民的靠拢和归化,并在某种意义上成为我反抗不公平、不公正、不公道世界的武器。面对一个严峻的时代,我和同代诗人们只能服从民族和人民的律令。要我们当年抛弃粗犷的诗句,沉醉于当今时尚所鼓舞的个人化、精致化,那简直是不可想象的。第二阶段即20世纪五六十年代,我从30岁到40岁,被认为坚持"异己的、危险的艺术价值观",处于被误解、歧视、隔离、孤立的状态……这时诗被挤压得销声匿迹,偶尔在风云雷电的间隙里露一下脸,只能留下几行几段呻吟、叹息式的残篇。第三阶段即20世纪60年代到80年代初,其间包括不堪言说的"文革"十年,我长年从事体力劳动。待环境略见宽松,诗又悄悄回到身边,便利用余暇,写了篇数不多的一些分行体生活素描,后来被几位青年学者纳入他们所谓的"潜在写作"。第四阶段即20世纪80年代直到今天,随着"拨乱反正"的战略部署,我恢复了正常的生活方式,重新获得写作和发表的权利。同样利用余暇,写了几本诗,除少数几篇,大都难以令自己满意。而今我已年逾八旬,"回首向来萧瑟处,归去,也无风雨也无晴"。但在自然迫令定格之前,还想认真思考一下,诗对我究竟是什么,和我又有什么关系。正如一首少作所说:"我和诗从没有共过安乐,我和它却长久共着患难。"那么,似乎可以这样说:诗对我从不是空洞的形式,不是僵硬的格律,不是有待满足的嗜好,不是取乐或牟利的工具;它随时随地对我只能是一种自我监督、自我检验、自我鞭策、自我救护、自我突破、自我生成而已。

问:您最喜欢的诗人有哪些?您的诗歌理想是什么?

答:世界古代伟大诗人们的杰作,不论后人懂不懂、喜欢不喜欢,都是他们应当继承的宝贵遗产。至于现当代诗人,凡是出自真情实感而能写出感动人的作品的作者,我都喜欢,但说不出最喜欢其中哪一位。这是因为,我认为,没有一位诗人能使读者获得人生所缺乏的全面满足,而不需要再读其他诗人。当然,由于性格的差异,不同诗人对不同读者的吸引力是不相等的,例如,比起精雕细刻的婉约派,我更喜欢大刀阔斧的豪放派,虽然任何艺术判断都未可绝对化。至于诗歌理想,我想我在自己的诗中已经作出了回答,这里只能说:我是一个有条件的艺术至上者,以人生至上为前提的艺术至上者;时代、环境和个人性格注定了,我不可能钟情于唯美主义,不可能为纯诗而诗。

问:您曾用“葱”与“蜜”的关系来解释诗歌与政治、思想、哲理的关系。这是一种非常圆通的解释,可以化解过去很多在这方面的无谓的争执。过去的争执一方面反映我们诗歌的社会学、伦理学状况,另一方面也反映了新诗的不成熟。如果大家都能用这种圆通的眼光来理解诗歌,能平心静气地去写作,也许就可以看作一种诗歌趋向成熟的标志了吧。不知是否可以这样理解您的意思?

答:拿“葱”与“蜜”比拟诗的思想性(包括所谓政治性)和艺术性,以二者之间并不存在对抗性矛盾的科学论断,试图化解认为二者不可并存的偏见,是我当年对于新诗界一场辩论的基本态度。其实,这个譬喻是蹩脚的,是不必要的。中外文学史以不可辩驳的例证指明,二者在一部作品中有时结合在一起,有时并不相结合,足见二者结合在一起是可以的,不相结合也是可以的。唯一不可以、也办不到的,是一方强求另一方出局,以图永久保持“有我无你”的一统局面。

问:以您六十多年的写作经历,您如何从总体上评价中国新诗近一个世纪的成就?

答:近一百年来,中国新诗经历了“五四”初期新、旧体的转换,20 世纪 30 年代西方诗歌某些手法的引进,40 年代走出书斋和人民相结合,50—80 年代在古典诗词和民歌的基础上为政治服务,20 世纪末叶以来统一标准的瓦解、风格多样化和诗心多元化的发展等成败得失及一系列酸甜苦辣,不论从具体作品还是从对于诗的本质的认识来说,中国新诗均已渐趋成熟,取得了历史认可的成就,令人对它的未来抱乐观的态度。在新诗发展的洪流中,出现这样或那样一些盲点和误区,参照各国的经验来看,也可以说是正常的,经过历史潮汐的淘汰,最终会留下真正的精英。认为中国新诗“面临穷途末路”,是没有根据的;存心“唱衰”中国新诗,更是不应该的。

问:您对于西方文学有着深厚的修养,您认为中国新诗可以向西方诗歌学习些什么?或者说,中国新诗的差距在哪里?

答:马克思预言“世界文学”的出现,已有一百多年。中国新诗在向世界文学做出贡献的同时,向各国优秀诗人的成功经验学习,照说是理所当然。问题不在于学不学,而是学什么和怎么学。事实上,统一的“西方诗歌”是没有的,纯粹的“现代主义”也是没有的。我们面对的是不同国家以不同文化背景和不同时代而相区别的各个诗人及其作品。他们也像中国诗界一样,既有深沉的严肃的大诗人,也有肤浅的、轻佻的小诗人,不过,中国新诗多年来备受挫折,很少有休养生息的机会,迟至改革开放才托庇初现生机,而西方诗歌的现代化发展比较稳定、比较持久,为几代诗人培护出良好的生存环境。虽说苦难出诗人,那是就主观条件而言,从客观上来说,不能不促使我们和他们之间出现较大的差距。作为现代诗人,他们在主题发掘、题材选择、手法运用以及母语的掌握等方面,经过多元的探索,积累了坚实的经验,并达成广泛的认同,从实践上到理论上开凿出诗与社会生活各方面,如诗与历史、与自然、与科学、与政治……相通的各种渠道;而我们多年来只破不立,习惯荒芜,白手起家,四顾茫然,只能由诗人自己凭借直觉对诗意作艰苦的捕捉。借鉴西方诗歌的成功经验,像向古典诗词吸取养料一样,是每位中国诗人固有的权利,也是他们为促进中国新诗健康发展应尽的义务。向别人学习,不是从未必可靠的译本中一味寻章摘句,更不是脱离自己的生活根据地,沿着别人的窠臼亦步亦趋,以至于造成邯郸学步的苦果;我以为,主要在于通过结合实践的广泛阅读,对对象达到通脱的宏观认识,学习他们对世界、对人生、对自己进行诗意把握的经验,从而提高自己的创新能力和独立精神。当然,要系统介绍各国诗歌的优秀成果,还需要诗评家和翻译家同诗人们的通力合作。

问:您既是诗人,又是翻译家,在世界诗歌的视野中,您对中国新诗的发展有哪些希望?

答:中国新诗的发展前途如何,取决于当前已有一定成就的诗人们的继续努力。不揣浅陋,贡献几点自己未必做到的祝福:一是充分认识创作的艰难。以搏兔如搏虎的精神向艰难挑战。每次提笔,如临大敌:像是第一次写,过去从没有写过，才不会为省事而蹈常袭故，以至重复自己；又像是最后一次写，今后再也不会写，才不致吝惜最后一点潜能，而留下遗憾。二是作为完整意义上的诗人，能通晓整个文学领域及其各部门的异同，从而不断开创新的可能性。三是除了会写诗，还(要)下功夫把汉语(文章)写好。语言欠锤炼，摆不脱与社会相隔阂的习惯性的“绮语”，是不少青年诗人的通病。四是不为诗名所累，不以诗人自居。以普通人的姿态和普通人交朋友，是诗人不可或缺的生活基础。五是诗与人的一元化是诗人之为诗人的先决条件，绝非不重要。特别要和广大人民一条心，关心国家大事和世界大事，积极投身于中华民族伟大复兴的壮丽事业。

于坚访谈录

采访者:张大为

时　间:2002年11月19日

问:能否简述一下您的诗歌创作与活动?

答:我从20世纪70年代开始诗歌的写作,早期写的是旧体诗词。新诗是1973年左右开始写的。我最早发表的作品是在1978年昆明的一个叫《地火》的民间油印文学刊物上。大学时代,我又和别的朋友办过油印刊物《犁》(1980)、《高原诗辑》(1982)。1984年,与韩东、丁当等人共同创办了民间刊物《他们》。1989年3月我出版了第一本诗集《诗六十首》(云南人民出版社),1992年我自费出版了第二部诗集《对一只乌鸦的命名》(国际文化出版公司),2000年12月我出版了《于坚的诗》(人民文学出版社)。写作诗歌的同时,我也写作散文,出版有《人间笔记》《棕皮手记》《云南这边》等。

问:您认为您的诗歌与古典诗歌有怎样的关系?面对巨大的文化与语言的断裂,您认为新诗与古典汉语诗歌在哪些方面可以达到有效的沟通?

答:中国古典诗歌对于我的影响是很大的,我的青年时代、最年轻的那些时光,是在阅读背诵古典诗歌的乐趣里度过的。云南,由于偏僻遥远,自然世界、风土人情在很多方面都保持着朴素天真的状态,与古典诗歌所描写的世界比较吻合,使我对中国古典诗歌心领神会,好像它们是当代诗歌。而那时候的当代诗歌我觉得与我对世界的感受没有多少关系，它们只属于那时代的文化教育，不得不接受的知识的一部分。在表面上，我们是用白话文在写作，但白话并非今天才开始的，只是它一直被贵族文化遮蔽着而已。我把“五四”看成一种文化解放，解放的前提是，它必须有可以“解”、可以“放”者存在着。当代文化与古典文化之间果真存在着不可逾越的断裂吗？我对那些来自教材的历史结论表示怀疑。1966年我12岁，我曾经跟着父亲偷偷地把自己家里的所有书都付之一炬……但三十年后，我已经看见人们在重新祭孔了。一百年发生的事情对于置身于这个时代现场的人是非常严重的，但对历史长河来说，或许事情没有那么严重。当然，作为当代人，我绝不会低估那十年的影响，那十年间所做的事情，也许在历史上需要若干个世纪才可能完成。显而易见，今天中国人与古代文化之间的关系不再是一种大众化的、日常性的、天然的关系，而是极少数先知和天才的神秘体验和孤独而冒险的重返。在我看来，新诗和古典诗歌的联系依然是诗歌最基本方面的联系，七律平仄作为有限的形式可能对现代诗歌来说是过时了，但古典诗歌所表现的那些基本的世界观、美学立场、修辞方式并没有过时。例如“窈窕淑女，君子好逑”“不义而富与贵，于我如浮云”，这些经常出现的诗歌主题，例如对朴素的推崇，例如宋词中的叙事方式，蒙太奇式的剪接语言空间的手法……在许多西方读者眼中，中国古典诗歌其实是“当代诗歌”。我看塔可夫斯基的电影、塞尚和巴尔蒂斯的画，以及托马斯·特朗斯特罗姆的诗歌、海德格尔和德里达的文章，都经常有类似中国古典诗歌里面那种司空见惯的思维方式似的内容。

问：您强调日常经验对于写作的重要性，但是经验之所以为经验，就在于它是不可定义的、人们无言地栖息的沃土。“经验”一旦绝对化、本体论化，就成了一个无穷后退的、不可把握的黑洞。革命现实主义的小说未尝不强调经验，人们最为诡谲的幻想也未尝不可以构成最真实的经验，而且不一定不是“日常”的。把经验作某种范围的限定或者只强调限定于某种范围的“日常”经验，这其中是否包含了一种悖论的成分？

答：经验，在世界中，它与过程、行为、体验、事象、细节、在场有关。如果我说“经验”这个词的话，我指的是——经，经历；验，体验。在诗歌中，经验其实是对某个曾经体验过的语词世界的回忆，某些语言在世界中发生了，某个词来到了世界中，成为一种经验，诗就是对那些经验的回忆。强调经验与中国世界普遍的乌托邦、形而上、想当然的思维习惯给我的生命造成的窒息有关，我们的教育到今天依然在灌输这种思维方式。我认为我国的文化教育在本质上是超验的。在中国文化中，人们更容易痛快地接受海子式的诗歌（某些西方读者也喜欢把中国看成一个超验的世界。朦胧诗的某些部分也恰好证明了这一点），而对基于经验世界的诗歌的"诗性"满怀狐疑。人们经常把诗歌中的想象力与幻想混为一谈，想象基于经验，有"象"管着，"象"产生经验。幻想则是天马行空，抽象的。经验并不导致所谓"现实主义"，因为经验并不根据典型化的要求来预设现实。经验其实是从不知道中开始的，经验是黑暗的，诗歌是照亮经验的光。诗歌是回忆，但永远不可能回到现实。因为诗歌本质上就是虚构，它再怎么描述事实，它也不是事实本身。人们只是觉得某些语言更接近事实罢了。因此在诗歌中强调虚构、幻想，在我看来，是对语言缺乏信心。齐白石说，不似则欺世，太似则媚俗。欺世的诗歌靠的是超验，与中学的某些教育方式相似（庸俗的超验，在那种教育下，学生从学校获得的不是关于世界的生活经验，而是幻想、憧憬未来）。所以超验的诗歌的读者群通常是青春期人群。"太似"的诗歌把世界看成胸有成竹的东西，现实主义拒绝经验，因为在经验世界中，并没有是非，并没有可以把握的整体，更没有可以代表整体的典型，只有局部、细节、过程。我还是那句话：看见世界比思考世界要困难得多。

问：任何一种文化，在是一种压抑与遮蔽的同时，必定也是一种对于生命能量与乌托邦想象的满足，如果不存在这种交换补偿的过程，那么它一定是无效的或无意义的。您似乎把文化纯粹看作一种消极的东西，您认为仅仅是在处理与消化的过程中超越现有的文化，就可以成就一种伟大的诗歌吗？

答：我对当代文化的那些阻碍着创造力、阻碍着"看见"的东西比较敏感。这些东西比我想象的要多得多，它们在某些方面甚至已经成为我们生活的基本元素、维持我们生命的东西。当代文化的传统在我看来，基于这些方面：维新、拿来（不是鲁迅意义上的拿来而是盗用）、生活在别处和未来主义。现代主义的陈词滥调令我胸闷。我们其实有两个传统，古典的和当代的。如果在一百年前，古代传统是巨大的遮蔽者的话，那么今天，我看到的是，那艘满载文言文和格律的巨船正徐徐沉入黑暗的大海。而趾高气扬的现代主义也不过是在诗歌中终结于麦当劳。

文化是一个宏大空洞的概念，诗歌来自诗人具体的对世界的感受，如果一个诗人总是感伤的，那么他必然有具体的体验。如果我的愤怒是真实的，我必须忠实于我的感觉，一个诗人如果为了所谓诗歌事业——“超越”什么的，策略地调整自己的写作，或者从所谓文化的眼光来选择自己在诗歌中的位置，那是非常可笑的，在这方面从来没有出现过诗人。诗歌是未知的。一个诗人怎么可以自以为他在写伟大的诗歌？如果他知道什么是伟大的诗歌，他又写什么呢？难道为了伟大的诗歌就可以拒绝为自己的母亲写一首温暖而渺小的诗歌？是的，在图书馆里有着堆积如山的伟大诗歌，但是与一个刚刚提起笔来进入诗歌的诗人有何关系？诗歌不是描红，是最基本的创造活动，诗人永远面对混沌，一个今天的诗人进入诗歌与一个《诗经》时代的诗人进入诗歌并无二致。伟大的诗歌是什么，我不知道。我知道的只是我自己的刻骨铭心的诗歌。

问：所谓“拒绝隐喻”不知是否可以这样理解：它所拒绝的不是在技巧与局部修辞意义上的隐喻，而是拒绝某种普遍性的意义机制？

答：我的《拒绝隐喻》一文的副标题是：一种作为方法的诗歌。对隐喻的解构必须从具体的单词开始。离开具体的词，隐喻又是什么？文化无论如何庞大，总是从一个个词生发开去的。世界从一个单词开始。语言本身就是关于世界的一种隐喻。诗人怎么可以拒绝隐喻呢？问题正在于此，这是一个悖论。诗是困难的，它的魅力在于它总是从自我否定和反抗中寻找出口。诗要确保自己的不成功。世界被隐喻统治着，隐喻已经成为巨大的空洞，要说话非常困难。但是在隐喻死亡的地方，隐喻诞生了。拒绝隐喻，就是把它从已经死亡的喻体里拯救出来。隐喻是不知道的，是诞生着的。

问：您怎样看待中国新诗与西方诗歌的关系？

答：西方诗歌，具体说，就是翻译过来的诗歌。翻译过来的是什么？从拉丁字母到汉字，其间损失的不只是弗罗斯特说的那些，多了(去了)。语感，就是诗人絮絮叨叨的口气、语境、韵律、字体排列的美感。汉字那种圆通的感觉、气势、视觉形象与拉丁字母那种单向度线性前进是可以互换的吗？翻译过来的只是诗歌的大意而已，而且如果一个词，它在母语里面有六层含义，翻译过来还剩两层就不错了。而且诗人从来不会只用某种公共语言写作，即便是英语，它也可能是爱尔兰某个岛上的英语，或美国南方一乡村的英语……千姿百态，但翻译过来，给我的印象是英语诗人都说一口标准的普通话。我读翻译诗歌，基本感觉都是，那意思还不错。语感强的诗根本译不过来，因为诗的品质在它的身体、口气，而不仅是意思。玩语词组合游戏的诗比较好译，因为词的出现不是诗人浑然一体的自然冲动，而是思考的结果。没有语感，风马牛不相及的词、句子非逻辑地硬性组合，这种诗相对好译一些。

有人说，西方诗歌对当代中国诗歌产生了“本质的”影响，这种似是而非的说法是我们时代的诗歌谎言之一。我想对于没有语感的或者讲标准普通话的诗人可能如此，但对语感来自方言母语的诗人是无法影响的，西方诗歌可以提供理解世界的观点，但无法把语感传递到一个汉语的身体里面去。“李白乘舟将欲行，忽闻岸上踏歌声，桃花潭水深千尺，不及汪伦送我情。”主要是语感产生的快感，意思并不深刻，并不难懂，也可以说没什么意思，有点意境吧。翻译过去就什么也没有了。

我的语感来自母语和早年对中国古典诗歌的背诵，我觉得一首诗如果没找到某种口气是写不下去的。如果诗歌没有语感，就会像集装箱那样可以标准化，与西方接起轨来也就容易得多了。我认为有两类诗人——世界诗人和国际诗人，世界诗人从来不以为他在世界之外，有走向世界的使命，相反，是世界走向他的诗歌。用四川话写作的李白是一个世界诗人，他从来不知道所谓“国际”。国际诗人是全球化时代的产物，其潜在的取悦对象是以英语为通用语言的国际诗歌沙龙。西方诗歌对中国当代诗歌的影响，就像中国古典诗歌对西方现代诗歌的影响一样，只是在有限的方面，在通过阅读学习可以掌握这一面。而在天生的、天才的那一面，与身体有关的这一面，永远无能为力。

问：您怎样看待汉语新诗的前景？

答：当代诗歌当然会有人写下去。中国毕竟是一个有着几千年诗歌传统的国家，说汉语的人拒绝诗歌是不可思议的。我以为，汉语是更具有诗性而不是思考、分析世界的语言，事实也是如此。20 世纪 90 年代的某个时期，诗歌冷清到零度以下，我的很多朋友要么写小说、要么做生意去了。但昨天我到互联网上一看，吓一跳，又出现了那么多玩儿命写诗的人，就像一个浪头重新翻上来的鱼群，真是活蹦乱跳。所以中国永远不愁没有诗人，我担心的是，诗歌在我们这个时代是否总是青春期的小打小闹？在李白时代，诗歌的力量甚至影响了一个帝国的质量、精神、风度、气质、骨头和生殖力。

李瑛访谈录

采访者:张大为

时　间:2003 年 4 月 18 日

问:您是怎样开始诗歌创作的?

答:20 世纪 40 年代初,正是我国抗日战争最艰苦的阶段,国家危难,民不聊生,处在沦陷区凋敝小城读中学的我,整日只有迷惘和惶惑,许多心头的谜团得不到解答,便从图书馆借书来读,想从中找到答案。从这时开始,我接触到"五四"新文学,最初是鲁迅的小说,后来又读到高尔基和普希金等一些外国作家的作品,当时只是盲目地阅读,但有些小说中人物的命运和诗中的激情,深深地感染了我。那时,学校的国文老师喜欢写诗,我父亲又是旧制师范毕业的,他对中国古典小说和诗词的倾慕,都对我产生很大的影响,促使我开始尝试写作。作品自然都是表现当时心头的彷徨、苦闷、困惑和疑虑。后来我和同学们一起组织了一个"田园文艺社",开展文学活动;又联系到一家小报的副刊发表作品,就更增加了我写作的兴趣。应该说,当时我对诗、对文学,既不理解其深刻含义,也未认真做过思考,只是出于幼稚的爱好和肤浅的兴趣。1942 年春,我的一首诗《播谷鸟的故事》第一次得到发表,这是我创作生涯的开始。直到后来我考入北京大学,才对文学有了进一步的认识,也较多地发表了一些诗作,坚定了我写诗的决心。

问:是什么样的诗歌信念和精神动力支持着您进行了长达60年的创作、完成50本诗集的写作奇迹?诗歌与您的生命历程有怎样的关系?

答:在我的一生中,诗始终伴随着我,即使在我最繁忙的工作中,只要稍有余暇,我便读诗、写诗或对诗进行思考。特别是当我苦闷痛苦时,便拿起诗来读,诗常给我以慰藉、解脱,给我美的情感享受,使我暂时忘却烦恼。尤其是当我一次次处于逆境时,我常以诗来排遣消极纷乱的思绪,使我进入另一个世界。许多中外诗人的诗集诗选和《全唐诗》,都是在我一次次的下放中断断续续读完的。其中不少诗,给我增加了生活的力量、希望和勇气,每读到一首好诗,无论中国的还是外国的,常使我兴奋多日,捧读再三,直至烂熟于胸。我的不少写边防、海防和农村生活的诗,也都是在我下放部队和农村时直接得到的。可以说,从我接触诗起,便与诗结下了不解之缘,诗营养了我的思想感情、性格禀赋,滋润了我的心灵,帮助我生活和成长。但诗也给我带来了不少磨难和痛苦。应该说,诗带给我的苦难远远超过给我的欢乐,这是我始料不及的。这些深埋心底的历史隐痛,过去很少向人倾诉……但我仍然要说,有诗为伴我是幸福的。它使我不甘心就这样度过一生,总想实现我过去梦寐以求的自由创作的生活。这正是我至今虽已进入暮年却仍不懈追求的动力之一。

写作是复杂的精神劳动,要写出精品,不下决心做艰苦的努力是不行的。同时,诗人也必须是一个耐得住寂寞的人,是一个沉湎于心灵、甘心在孤独中安身立命的人。写作虽是个体劳动,但绝不是个人的事,这些都是我从很早就知道的。我是主张诗人讲使命感和责任感的,这是对诗人的道德要求。诗人的劳动,诚如布拉加说的:别问诗人是什么职业,这是对他的侮辱,如同问太阳和月亮从事什么职业一样,这也是对它们的侮辱。也正如希尼说的"从某种意义上说,诗歌的功效等于零——从没有一首诗阻止过一辆坦克,在另一种意义上说,它又是无限的",说得多么好啊!我从未想做诗人。我认为发生于任何诗人身上最可怕的事情,就是他总是意识到自己是一个诗人;我也从未想过以写诗来做吃饭的主业或晋升的阶梯。我只是觉得人活着总要做一些有益于人的事情。总要给生活以乐趣和积极的影响。既然我从很早就对它有至死倾心的热爱,并选择了这条路,就无悔地走下去,不管成果如何,只要是怀着对诗的忠诚和对美的高度自觉做了严肃认真的探求,这就够了。

问:20世纪五六十年代,您曾出版过《红花满山》《静静的哨所》等许多部军旅诗集,这些诗在军旅内外影响很大,也使您成为军旅诗的代表人物,至今仍有人称您为"军旅诗人",您如何看待这件事情?

答:说我是军旅诗的代表人物,愧不敢当。部队过去确实涌现了许多很有才华的优秀诗人,不少人至今仍活跃在诗坛上,为诗歌发展做出很多贡献,这是有目共睹的。至于称我为"军旅诗人",大概是因为过去我发表和出版了许多军事题材的诗作,再加上在部队工作,所以这么叫也很自然。这其实是一个光荣的称谓。但从另一方面说,我在写部队题材作品的同时,还写了大量军外题材的作品,军外题材作品的数量远超过我写部队题材的作品。特别是从1988年离职至今,十五年间,我出版的16本书中,由于未再接触部队,就再没有写一首军旅诗了。若从我全部诗作的总量看,部队内容的诗约占三分之一。所以,如今要对一个诗人做整体评价,应阅读和研究他的全部作品,若只根据他的工作范围和部分作品做简单归类,然后据以评价,难免不够准确和全面。诗人不是球员,可以被某国、某个企业或某个俱乐部雇佣或买走,诗人是时代的一部分、历史的一部分,他应当属于他的民族、他的国家和他的人民,在哪里工作,并不重要。

问:近些年来,您发表了大量西部诗歌,出版了多部表现西部风物、精神的诗集,您似乎没有参加"西部诗群"的群体写作,但您的西部诗歌中却有大量精品流传,如《我骄傲,我是一棵树》《我的另一个祖国》《饥饿的孩子们的眼睛》《一只山鹰的死》《逆风飞行的鸟》等,有些还曾获奖。能否谈谈您的西部诗歌创作呢?

答:谢谢你读了我许多诗作。20世纪50年代,我第一次去新疆,看到浩瀚无际的大西北,着实使我震惊。那时我除感到祖国的辽阔苍凉外,就是深觉人民生活的艰辛、大自然的雄奇严酷以及悲壮的原生之美。我就想,以后我一定要重访这里。这里是产生唐代边塞诗的地方,这里会教我生活和思考。以后又有机会去西藏,和新疆相比,有许多决然不同之处,它的大自然、它冷峻的品格、它特殊的文化背景、它深奥神秘的色彩,使我迷惑甚至畏惧。尽管那时到新疆、西藏去,交通和生活都十分不便,冒了许多危险,吃了许多苦头,却越发坚定了我以后要深入访问整个祖国西部地区的决心。我想对那里的自然、历史、哲学、宗教,生命和诗,作更深些的思考,并尽可能写点什么。从那以后,总觉西部高原的神奇和悲壮时时在诱惑着我,但"文革"一过就是十年,我的这个愿望始终埋在心底,不敢示人。直到新时期来了,有了较为宽松的环境,我就想我的宿愿有了实现的可能。在这以后的十多年里,我陆续访问了十几个省区,作了大量采访笔记。每次居留的时间,长的近两个月,短的七八天。后来,我便先后写出了《戈壁海》《雅鲁藏布江上的霞光》《祁连山寻梦》《青海的地平线》《贺兰山谷的回声》《红土地之恋》《漓江的微笑》《黄土地上的蒲公英》《黄土地情思》等,加上以后零星修改完稿的共约300首,分别编进陆续出版的七本诗集中。现在有些诗在国外已有译本。20世纪末,祖国吹响了西部大开发的号角,我过去十多年里到过的那些地方,如今开始起步腾飞了,这是多么振奋人心的消息!当时访问中曾接触到的一些人,有的还一直和我保持着联系,他们经常告诉我一些那里发生的事。但过去访问过的一些地方,有些相关作品至今还未能写出或未能完全定稿,我很想再创造条件,尽可能努力地去完成它们,并希望能比现在的作品有所超越。

问:在几乎没有边界的题材范围之内您进行诗歌写作,所需要拥有的是一种怎样富足的情感状态和精神状态?您能谈谈这方面的体会吗?

答:我的确接触了比较广泛的生活领域,写了不少各类题材、各种主题的诗作。虽然我一直把自己看作一个业余作者,但生活在这样一个轰轰烈烈不平凡的年代,使我必然要保持对现实的深切关注,把心灵的触须敏锐地伸向所感知的每一个角落。一个经历了人类史和民族史上大灾难的人,一个从战场上走下来的人,不可能不对他所处的时代和时代的变化变得十分敏感。因此,在心理上,我尽可能保持着一个诗人所应具有的感受能力、直觉能力、洞察能力和激情。我有幸走过许多地方,从国内到国外,经历了许多终生难以忘怀的场景:看到一个饱经磨难的古老民族奋起推翻旧世界的悲壮场面,看到火线上战士即将投入殊死厮杀那动人心魄的豪情,看到深山腹地不得温饱的孩子们的眼睛,感受到在时间和人们心灵褶皱里隐藏着那么多闪光的深刻美好的东西……怎能不使我浮想联翩、百感交集,怎能不使我把对生活的认识和对历史的反思引向对终极的追问，这种强烈的不可遏止的创作欲望，这种勃发性甚至近乎疯狂忘形的情绪状态，常使我寝食不安，不得不立即动手把它们写下来。当然创作时，我总是力求使复杂的生活现象尽可能得到准确鲜明的表现。我不会闭门造车，无病呻吟，我的诗都是根据生活中原生的事实的激发，心有所感、情有所动而写出来的。每位诗人都有各自不同的感受方式和写作习惯，我的习惯是：尽管在第一时间写下的东西难免匆忙和粗糙，也尽管在生活面前常感到文字和艺术形式都失之于浅薄、软弱和力所不逮，但它所保留的原始真情是十分可贵的。写下后放一放，择时再作潜心的润饰和修改。有时由于工作关系，一直搁置很久方能定稿。但当我重新拾起它们时，我的心会重新燃烧起来。当然，这时很可能使我对当时的感受又有了新的认识和更深层的理解。因此我始终认为，没有生活激发的强烈冲动，艺术的创造不可能发生；而缺乏深入的理性思考和精心的艺术处理，就难免草率和粗疏。当然，诗人的创作激情是长期生活积累、情感体验、理性思考的结果。生活是生生不息的，永远在自身的基础上以变化多姿的身影向前运动，诗人的创作也由此获得了永不枯竭的源泉，而诗人的艺术追求和发现也同样应是永无止境的。

问：在不同阶段，您的诗歌写作风格与艺术追求有哪些变化？在思想解放后期，我们注意到您的诗歌有了很大变化，更加贴近表现现代人自我内心的真实，抒写人生旅程，使诗更内在、更深沉凝重，艺术手法也更丰富了。您是怎样转变写作风格与艺术追求的？

答：作家的风格是作家在创作总体上表现出来的思想与艺术的个性特点。一个成熟的作家，总会从思想与艺术的完美统一上，追求属于自己的独特艺术风格。这种风格表现在创作的各个环节、渗透在作品的许多因素之中。这是和作家的生活经验、精神个性、思想人格、艺术素养、脾气秉赋等密不可分的。这就是刘勰所说的“各师其心，其异如面”、苏轼讲的“其文如其人”。作家的创作风格是其刻意追求、独辟蹊径的结晶，除上面所说的主观因素外，历史、时代、环境、民族等是铸成作家风格的客观因素。一般来说，诗人在长期艺术实践中所凝定的艺术风格，会在一个相当长的时期内保持相对的一贯性和稳定性。但制约艺术风格的主客观因素的发展与变化，往往也会使其风格随之发生某些变化。

在我所经历的六十年创作历程中，最初尝试写作时是不稳定的，谈不到风格。及至大学读书时，受到冯至、朱自清、沈从文等先生的教诲，他们深刻的人文精神，丰厚的文化底蕴；他们诗文中的含蓄深沉的韵致，细腻优美的情感形态，令人难忘。当时读到艾青的诗时，眼前为之一亮，它清新的气息和浓郁的诗情，那种洒脱、自然的质朴的美使我惊异，大大拓宽了我对诗美的认识。之后读到何其芳、绿原等人的诗我也十分喜爱。那时能涉猎到许多中外古今名著，自然影响了我的文学观念、艺术风格和气质。我不太喜欢某些过于苛刻的带有理性色彩和惯于分析思维的诗歌，当然，我理解和尊重作者的思想个性和传统。我更喜欢充满东方文化意韵的抒情味浓、联想丰富、结构精湛、语言典雅的诗，歌德的反映资产阶级上升时期欧洲文化和他基本建立在唯物主义基础上的哲学、美学思想，以及海涅提出的积极浪漫主义的主张，和他坚持艺术必须具备本质的真实等，也给我留下很深的印象。我那时所写的诗，从艺术倾向到语言表达，有较浓的知识分子气息。

大学毕业后我参军当记者，立即投入紧张的战斗。在此之后几年的战斗生活中，在当时倡导的现实主义创作原则下，受生活的激发，我追求的是在原有认识的基础上，力求使自己所写的作品反映战斗生活，能为广大战士接受和热爱；在艺术上，我主张再不能仍停留在当时部队风行的快板诗、枪杆诗这类简单的“兵歌”上，从形式到语言必须发展、提高，诗要有诗味，要具有较深的思想内涵和较强的诗美素质。这时，我的创作风格较大学时有了变化。其后，在强调文艺为政治服务和长期处于封闭状态、政治运动频繁的年代里，我所写的诗，包括一些重大题材的作品，仍始终坚持诗必须是诗，必须通过艺术手段传达思想感情，要能给人以心灵共鸣、震撼与值得回味的艺术享受。即使当时有人指责我采用的文学语言是“学生腔”，艺术上加强抒情，运用了一些有助于增强表现力的简单艺术手法，也被说成是“小资情感”，但我一直未改初衷。

改革开放后，随着社会的发展和科技的进步，人类所面临的生存环境发生了深刻的变化，面对着身边的新生活，和成长起来的具有更为深刻、更为丰富与复杂的心灵世界的新人，以及逐渐走向成熟的读者，从接受角度考虑，诗除了感染人之外，还应对人有智性的启迪、精神意识的震撼，以及语言的愉悦等。因此我感到，我们的诗如仍囿于过去的形式、长期惯用的艺术手法、模式化的思路和陈旧的词语，显然是不够了，必须从对诗的观念到多种现代艺术技法的运用再到意象的营造、语言的选择，以及美学追求等多方面，从一个新的文化层面上寻求探索和突破。诗人必须具有现代意识，才能深入现代人的心灵。当然，这绝不是脱离时代和生活的浅薄的无病呻吟，甚至是低俗的宣泄。诗人要尊重他所处的时代和读者，不能盲目创新，追求怪异。特别是这时能接触到许多过去长期难以读到的外国不同形式、风格的诗作，使我在进一步继承传统的同时，研究、借鉴西方诗作中某些新鲜的优秀的东西，力求使自己的诗既具深刻的思想智慧，又富较强的艺术魅力。我常想，中国诗人写的诗必须是中国诗，否则，寄人篱下就太可悲了。这是我漫长迂回的新的精神经历。我的艺术追求和作品风格，自然又有了新的变化和发展。

一个真正的诗人，应该永远是一个拓荒者，他常常要离开人们走惯的熟路去开辟一条新径，学诗几十年使我深感诗的训练之残酷和艰辛！

问：您经常关注当下的诗坛状况吗？您如何评价汉语诗歌一个世纪的成就及其前景？

答：作为一个生活在今天并为诗辛勤耕耘的作者，自然十分关注诗坛的状况。尽管艺术生产与物质生产发展之间存在着不平衡的关系，且艺术的生产发展有其自身的规律，但一定时代的文艺受一定时代社会生活和物质生产的制约，并随一定时代社会生产的发展而发展是无疑的。近百年来，我国新诗从“五四”时期打破了旧体诗的“格”与“律”的严格限制，取得了在形式表现、语言表达上的诗体大变革。这个发展过程，经历了从半新、半旧、半自由、半解放，到全新、全自由、全解放的过程。其间，外国诗歌艺术技巧的引进，起了很大推动作用。最初，新诗处于发育成长阶段，将其视为实验性的文本尝试与探索的产品也未尝不可。新时期以来，宽松的社会环境和丰富多彩的现实生活，给诗人们提供了充分自由表达、自由抒情的广阔空间，在诗人思想解放、观念演变和个性得以充分发挥的情境中，新诗的路子越走越宽，创作取得了骄人的实绩，可以说达到了空前的高度。而在此之前几十年的岁月里，诗歌在艰辛的探索成长中，诗人们执着地追求，惨淡经营，但阵阵肆虐的风雨，严重影响和干扰了诗歌的成长和发展。对于这几十年漫长复杂年代中的诗歌该如何评价，现在似乎认识不一，需要实事求是、深入细致地考察和分析，但有一种全面否定的说法，是否过于简单、武断、有所偏执呢？

对当前诗坛状况，我的看法是：一方面，有人认为新诗面临末路，即将消亡，这种悲观论调是没有根据的。新诗的成长，需要时间和一个过程，需要在不断探索、认识和扎扎实实的艺术实践中逐渐走向成熟。另一方面，在肯定诗歌取得巨大成就的同时，也须看到还存在良莠不齐的状况，一些关涉诗歌繁荣发展的问题，还值得进一步认真思考。比如：诗要更多地关注国家民族的命运和时代生活的回响，要讲思想的内蕴深度、心灵的真情和对诗美的要求，要进一步重视民族文化传统的研究和继承等。社会有关方面也需给予更多关注和健康引导。当今社会存在巨大的物质诱惑，我相信，这一背景下的我国诗人，会在不断地学习和实践中，逐渐调整自己，使冷静的艺术沉着多于纷扰与喧嚣，自觉、历史、全面地根据文化自身的发展逻辑，就诗在道德、价值与美学等方面做出思考与回答。在老、中、青诗人之间，在诗人彼此之间，存在一些不同的认识和不同的观点是正常的，应以开放的心态和高度融合的气魄，学会倾听、理解、自省和宽容，使不同认识、见解、形式风格的诗作都得到尊重，时间和广大读者将对我们做出客观的评价。令人高兴的是，这些年来涌现了不少很有才华、有敏锐艺术感觉和高度表现能力的中青年诗人，他们对诗做了多方面的尝试并取得了卓著的成就，这是十分可喜的。要保护和尊重这种艺术上的创新精神。创新精神是一个人可贵的品质。我对新诗的发展前景是乐观的。因为从现在广大诗人队伍的沉思中，我看到一种真正现代化的健康的诗歌精神在上升。

雷抒雁访谈录

采访人:张大为

时　间:2003 年 6 月 25 日

问:您近年来的主要作品包括哪些?这些作品在题材、技法、风格方面有哪些新的开拓和发展?

答:2000 年,我出版了一本《激情编年》,自选了从 1979 年到 1999 年这 20 年的诗歌作品。因为是以编年方式编选的,在题材、技法、风格方面的变化就十分明显。说到变化,牛宏宝博士写了一篇文章《变革时代的抒情诗人》,全面地对我的诗歌写作进行了分析,说我在进入 20 世纪 90 年代之后,“从前期的那个以社会参与和社会承担为主调的诗性‘自我’”,“转向一个对多元生活进行领悟的诗性‘自我’”。牛博士在对我的诗歌进行了细致分析之后,将其概括为“雷抒雁的诗具有一种动态的、戏剧性冲突的诗性力量,而他所创造的意境却已不是古典诗歌的那种空间化的宁静境界,而是心灵震颤所发出的旋律,它们总是处于奔跑、跳跃、驰骋的状态之中,就像从灵魂中飞出的一阵飙风”。旁观者清。我以为也许他说的是对的。进入 21 世纪,我的诗歌创造其实已处于休眠状态。偶尔也有诗作发出,但写下的东西,基本都尘封在本子里。先前那种视诗歌为生命,说要献身诗歌的海誓山盟都冷却了。我以当年写诗的疯狂写了大量散文和随笔。几年来,先后出版了差不多五本散文随笔集,如《写意人生》《与风擦肩而过》《雷抒雁散文随笔》等，而且尚有集子在出版社即将印出。自然，这里有市场的原因，也有对诗歌状况沮丧而引起的创作兴趣的转移。虽说是在写散文、随笔，但诗情的冲动，以及以诗意认识生活的独特视角，实实在在地影响着我的写作。也许某一天我还会写小说，或其他的东西。但我不会忘记写诗，我会把更多需要向社会倾诉的东西交给其他的文学形式，而让诗更单纯一些。一个真正的诗人或作家，不会在文学形式的选择上从一而终。那是在浪费生命、生活和才情。除非你只有一门手艺。

问：时至今日，您诗歌写作的基本动力和最大关怀是什么？

答：渴望宣泄。有想说的话，无论是因了自己，还是因了社会，因了别人。这是动力！一切进入诗人视角和思维的东西，都应该是关怀对象。诗人的感情幅员应该更广阔。达尔文认为人类把同情扩大到对待“一切有知觉的动物”，是“一种可贵的德行”。美国的文化人类学家摩耳则把“将仁爱之心推及于全动物界”，是“人类同情的最后目标”，是人类“感情的最远边境”。如果只关怀自己，你可能是个自恋者；只关怀自己一个小圈子的人，你可能是狭隘的私利者。检点诗人的创作及行为，便可以看到他感情幅员的宽窄。达尔文把人类感情幅员的宽窄几乎视为人类进化的一个标志。自私的情感可能处在人类进化的低级阶段。

问：时下，有人宣称“历史”已经终结，您的诗歌与“历史”是或者您愿意让它们是一种怎样的关系？

答：“历史”是一个时空概念，如何会终结？一个国家、一个民族、一个时代、一个人，都有自己的历史，而且在不断地书写自己的历史。历史，如人的指甲，剪掉旧的，又生出新的。除非这个人死了，不生长了，终结了。现实发生的一切都难逃进入历史；现实不过是历史伸向前去的脚步，不要希望它终结。过去我们总想写“史诗”，想让诗歌变成历史的胫骨，或者翅羽。当然也可以，但很难。屈原可以！几千年就他一个。时也，运也，才也！其他的诗歌，只是历史身上掉下的翎羽、汗毛、血污、泪珠，或尘屑。不过，这也足够了。

我在《激情编年》“写在前边”里有这样一段谈到诗与历史的话：“这些诗不是对历史的追忆。它是历史的情感见证。即便不是对一个个伟大事件的述说，也是由那些事件的波动，在心灵留下的擦痕。……诗的细微，常常是一片草叶，一道擦痕，甚至一条逝去的波纹，让人们认识时间在心灵里留下的真实足印。”诗人应该有一个宏大的历史观，不要轻言是历史和非历史，而是要记录一些独到的关于历史的是与非。

问:这二十多年来，随着巨大的社会、历史变迁，人们感受诗歌的方式无疑发生了很大变化，诗歌似乎直接楔入我们的经验而不再需要经过某些共同的历史叙事和宏大观念的中介，对此，您怎样看?

答:这是一个事实。可以反驳理念，却无法抹杀事实。但并非全部的事实。这次抗击“非典”，我就看到各个群派的诗人都写了诗，开了各种朗诵会。当然，会有不同的写法来反映各自对诗的理解。但不能否认这些诗都是共生在抗击“非典”这个宏大的历史之树上。这一场人类抗击灾难的共同行动，成了诗歌创作之时的共同“中介”。我只是遗憾我们现在没有屈原，没有但丁，甚至艾青，没有能将“历史叙事和宏大观念”楔入诗歌的伟大写手。不是诗歌本质的拒绝，是诗人的苍白、脆弱，构成了一个时代的悲剧。我们没有那么大的胸襟、志向和腕力，因此，无法驾驶历史的烈马。不能把失败的历史叙事诗篇当作否定的根据。我看到过一些这样的“大”诗，但基本都是失败的，因为他们驾驭的貌似是烈马，其实只是被牵了缰绳的驯马，甚至是游乐场里的木马。

诗人的自我放逐是令人沮丧的。诗歌不只是走到了生活的边缘，更落在了阅读的边缘。诗歌像从伊甸园逐出的蛇，被神念了咒语，只能爬行在地上，以泥土为食。诗歌现时成了愚昧族群中的女子，出嫁时必得父母搭上丰厚的嫁妆，否则就会死于出版社这个嫌贫爱富的“夫家”的火焚。可是，只埋怨出版社有用吗?他们为什么要印诗集，处在阅读边缘的诗集常常成了出版社的累赘和羞耻。不要总说国外，以为诗人、诗歌不过是闲人、闲事，疯人、疯事，麻烦人、麻烦事，恶人、恶事。普希金、叶赛宁等诗人仍然“活”着，甚至被他们的民族崇奉为灵魂，他们的书没有因为时过境迁而被遗忘。出版他们的书，有时是出版社谋利的救命草。

问:您怎样看待一个诗人的艺术人格?

答:所谓艺术人格，其实是诗人人格在艺术中的一种流露。如果没有人格，艺术人格大约只能是作秀的脂粉。作品的品格，与人格品质应该是一致的。那些充斥着色情、狂乱、暴虐的作品，我无法相信作者会是充满正直、同情和富于融和力的。反过来，许多人品很好的人，也许会写些粗糙的、难以卒读的作品。我觉得这可能与他们选错了写作方向有关，为什么一定要当诗人呢？不好的作品往往会伤及他们的人品。当然，艺术和人格不一致的也有。譬如周作人，文章写得不错，人格上多有瑕疵。这也是没有办法的事，这就是事物的复杂性了。

问：面对后现代与后工业场景，您认为诗意或者诗歌的基本可能性在哪里？

答：“后现代与后工业”，我们已喊了许多年了。我们其实与现代化、工业化距离还远得很，且不说“后”了。只要你走出城市五十里，到那里的农村问问、看看，便知道我们“现代”和“工业”的水平了。我们“后现代”的感觉是移植来的，是为了在文学上和西方“接轨”，许多“先驱”便在“现代前”，先验了许多“现代后”。不过，就文学创作来说，这并不违背想象的规则。如果追逐别墅的宽敞、轿车的舒适，只是为了体验脱离群体的挤压与孤独感，似乎这诗意来得奢侈了一些。如果身处贫困乡村，也依葫芦画瓢慨叹公路打破封闭生活的宁静，佳肴伤害了野菜粗粮的清爽，电灯刺破了油灯摇曳的诗趣；后现代的感觉是有了，但那并非是他们真实的心理追求与价值取向。

诗意，永远是人对环境的独特情感体验。这个“环境”，既包括山水草木这些第一自然，也包括人类建设创造的第二自然，更包括人与人之间、人与社会之间的关系所营造出来的情感环境。不要把诗意单一化，正像不应该把诗歌单一化，以为“我”以及和“我”相类的一伙的作品才是诗的唯一。诗坛的弱化和分化正是单一化造成的恶果。切断社会进程的历史，孤立地看待和评价诗人与诗歌，“各领风骚三五年”。有一阵子，诗坛如春秋时期，“不义”之战不断，尚未进步到“战国”。诗意在生活里到处存在，诗歌创作的可能性在于诗人心灵的接收和创造能力。同样的一个地方、一种场景、一段情感，有的人可以写成好诗，有的人可以写成一般的诗，有的人则以非诗的内涵写成一些诗行一样的短句。生活场景的变化，有时不一定影响诗意的情感表现。比如爱情，自古至今，无非是爱、不爱、若即若离、藕断丝连的不爱又爱。至于如何表现为诗，就看诗人感受和表现的本事了。

问：作为鲁迅文学院的领导，您对诗歌教育有怎样的见解？

答：所谓“诗歌教育”，不过是文学训练。首先，要从改变思维方式上接近诗，让一个具有诗质的人，从新闻、从说故事、从发牢骚的视角，变为诗化视角。把“新闻”写成“煮豆燃豆萁”，把“故事”写成“浔阳江头夜送客”，把“发牢骚”写成《离骚》。不如此，永远都是“外行”写作。其次，多读、多分析、多体味各种类型的诗歌作品。认识诗意的多样性、丰富性和诗歌创作的复杂性。最后，多写。在大量失败的作品里发现成功。改变当代文学现状，必得先学会读诗、懂诗，再进入其他文学形式，自诩不懂诗意的作家，是可笑的作家。司汤达说过，文学的训练是“残酷的训练”。江湖上的假把式，都是虽经训练但不肯进行“残酷”训练的人，只好花拳绣腿。

辛笛访谈录

采访人:张大为

时　间:2003 年 5 月

问:能否介绍一下您近年来的诗歌活动与主要作品?

答:我已年过九十,体衰多病,近年无法外出,不再参加社会上的诗歌活动。这些年出版了两本散文随笔集《嫏嬛偶拾》(上海教育出版社 1998)和《梦余随笔》(江苏古籍出版社 2003),重版了 20 世纪 40 年代旧作《夜读书记》(增“夜读续记”,陕西师大出版社 1998)、出版旧体诗集《听水吟集》(中国香港翰墨轩出版社 2002)、中英文对照的《王辛笛短诗选》(中国香港银河出版社 2002)。20 世纪 90 年代写了近二十首新诗。进入 21 世纪,新诗写得不多,偶然情感受到触动或精神尚好,有兴致时也写一些,有七八首吧。旧体诗倒是一直在写。

问:在您的诗歌中,对于古典诗词的美感与意境的承袭是人所共知的。对您来说,这是一种临时的策略还是有意的追求?它是一种个人行为还是具有普遍的诗学意义?

答:就我个人来说,由于接受私塾教育有年,最早是写旧体诗词开始的,我自认为旧体诗的处女作超过了新诗处女作。待到接触“五四”新文化思潮,我转而醉心于西方 19 世纪诗歌以至现代诗歌,置线装书于不顾。但在写新诗的过程中,旧学基础还是起着潜移默化的作用。年事既长,逐步体味到我国古典诗词精华之所在,由于汉字语言结构、词汇、句法本身更适合于现代诗歌的写法。

中国诗歌史上远的不说，在8世纪李商隐、李贺等诗人以至宋词中都不乏有和现代诗歌不谋而合的成功之作，对我写新诗很有启发。尽管我至今未放弃旧体诗的写作，有时觉得更能表达婉约蕴藉的诗情画意，但我仍认定新诗是不可逆反的主流，我们既可以从西方诗歌获得借鉴，也可以从我国古典诗词中汲取营养来丰富和发展中国新诗。对古典诗词的美感与意境及炼词炼句的承袭对我而言是有意的追求，吸取古典诗词的长处可以弥补白话诗水分过多的不足。我认为，年轻一代学写诗也要从古典诗词中汲取营养，这应该具有普遍的意义。

问：您曾表达过对于李商隐、周邦彦、姜白石、龚自珍等人的具有象征主义风味的古典诗艺的欣赏。这种对古典的欣赏与受到西方现代主义诗歌的影响在您这里是一种什么样的关系？是前者统摄后者，还是后者囊括前者？抑或是在现代诗歌意识的基础上对它们的融会贯通？

答：我是以前者统摄后者，因为我是中国人，我离不开自身的传统。我所认为的传统包含我国古典诗艺的优秀传统和中国新诗的优秀传统，以此双重传统去吸收、融化西方的影响，然后将这三者作为自己诗歌创作不可缺少的营养素，但必须植根于中国的土壤中，展现时代的特征，以自身的生命感悟创造出具有特色的现代诗。在大学和留学期间，我比较广泛地吟味了西方诗歌，从荷马史诗到20世纪的现代诗歌都有所涉猎，但我的审美选择偏向从莎士比亚、17世纪玄学派诗人约翰·多恩，经法国象征派马拉美、兰波，直至现代派中的里尔克、艾略特、叶芝、霍甫金斯、奥登等。由于对中国古典诗词比较熟悉，西方现代诗的艺术手法和风格使我感到似曾相识，阅读的直觉和积累告诉我在李义山、周清真、姜白石、龚定庵诸人的诗词中也有类似的表现。所以我发现中外诗歌有不同，但也有相通之处，似不能完全以新旧、中外做绝对的区分。我对中外诗歌的选择带着我所无法脱离的中国文化传统，当然还有我个人的印记，以及对时代、人生的感应。

直到今天我仍然想，我们如果运用一些半文不白的词汇、典故，只要运用适当，必然会给新诗添加一种难能可贵的魅力。正如艾略特所讲，一个诗人过了二十五岁仍然不懂得尊重传统、继承传统，以至发展传统，是大可不必再把诗写下去了。当然，不论古为今用，还是洋为中用，都要在“化”字上苦下功夫。如果食古不化或食洋不化，那也就不可取了。中国文言贵在言简意深，而古典诗词的内涵蕴藏尤为丰富，不论四声、格律、对仗都是讲究有来历的。很多美妙之处只能意会，不可言传。所以如果能够把古典诗歌的传统恰当融入新诗中，必可为新诗开拓前所未有的思路。

问：您觉得新诗的不足何在，如何克服？

答：汉语本身是一种诗化的语言。古典诗歌凭借平仄、对偶、押韵等形成格律，故能赋有结构严谨、抑扬顿挫、诗味隽永的特色。而新诗从一开始就提出语、文合一的革命要求，对于过去的格律一无依傍，只能从语言的天然节奏中（天籁）来发掘摸索出诗歌的节奏（人籁），这就事倍功半，难于成形。试想，无韵律、无节奏、大白话，想怎样写就怎样写，这又如何能成为诗呢？加上现在不少诗人以为写诗是最容易不过的事，随手一挥，都成为诗，这就更是等而下之了。是不是可以说，新诗先天不足，后天失调呢？要克服这样的不足，似可从三方面着眼苦下功夫：

一、从时代感受着眼。进入21世纪以后，我国的现代化建设必将有更长足的进步，凡属爱国的中华儿女，只要不自外于改革和拓新，而一直贴近生活，接触社会，必能从感觉上捕捉到无数印象和心得而形诸诗歌创作。生活永远是创作的源泉，何况现代生活瞬息万变，如不紧紧追随把握，真情实感从何而来呢？

二、从语言和格律着眼。毫无疑问，汉语是诗的语言，也是世界上最美丽、最丰富的语言，仓颉造字，沿至《说文》，即有六义之说。今天我们如果翻开《辞源》《辞海》，随手拈来，即可发现汉语词汇的无比丰富，形象节奏无比繁复，更不用说吟咏古人的诗集了。如果希望新诗和古典诗歌媲美，则格律化方面也仍需继承—开拓—创新。试看诗经、楚辞、唐诗、宋词、元曲，哪一个时代没有特殊的创造？尽管新诗来源要求语文合一，但诗歌之所以为诗歌，如果不是以哲理见长，自成一派之外，则格律（节奏）、押韵、甚至对仗、平仄仍不能不有所讲究。诗人的语言要锤炼，要捕捉语言的节奏感、美感、形象感；诗人的思想感情要提炼，要能表达出历史感、时代感、社会感，庶几可以无负于诗歌的使命，无负于人民和社会的殷切期望。

三、要善于向古典诗歌、“五四”以来的好诗以及优秀的外国诗歌学习。新诗原系由口语化及西化而来，但绝不能数典忘祖，削足适履。而即使是西方现代诗人，在反叛传统的同时也看重对传统的再选择，就如艾略特在《传统与个人才能》一文中所说之义，必须善于向传统学习，取其所长，神而化之，从而丰富新诗的创作，使之成为新诗不可或缺的营养因素。这一理论在今日已为诗歌界广泛接受，但在实践上似又大大落后于要求。诚所谓“知难，行亦不易”。古人云：“熟读唐诗三百首，不会吟诗也会吟”，这一想法仍应为我们大家所重视。

问：您很注意探索新诗的节奏，能否举例说明？

答：现在大家都感到新诗太自由，需要有一种格律来规范，而且是容易朗朗上口。能注意到新诗的缺陷是好的，但须知学习古典诗词的长处并不等于简单的模仿，新诗的节奏应该比词的长短句变化更丰富些，已不可能恢复到中国传统的绝句、律体。如果走回到那条老路上去，既不符合新诗发展的规律，也无法包容现代人丰富复杂的思想情感。我认为探索新诗的节奏比模仿旧体诗的格律更重要，不是外在的形式，而是有内在的要求，新诗的语言应体现出节奏，而节奏应随着情绪有所变化。也就是说，节奏应该随着思想情感的起伏而变化，这就要求每一诗行的停顿单位也必须随着节奏而有增减，不可能统一固定不变。我在这方面的尝试有《门外》《姿》《杜鹃花和鸟》等。诗行根据语言的停顿、思想感情的变化而有长有短，甚至在一行诗句中为了强调情感的起伏而使用逗点却不分行，造成一种或舒缓或急骤的节奏。即使形式上看似整齐划一，语言表达上也要通过停顿的变化来展示情绪的抒发。

20 世纪 40 年代我曾写过唯一的一首方块诗，实际上是一首实验诗，题为《月光》，每行均十一字，不用标点，每节均五行，一共三节。看形式是豆腐干体，整整齐齐，实际上有内在的变化，表现在语言的停顿上，抒发对月光充满神圣而纯粹的情感，流露当时知识分子的心境：一面要追求高洁的人性和纯粹的美，而保持着一种倔强、一种固执，发出对高洁和纯粹的颂赞，一面又有些无奈。该诗三节，每行内的停顿（用“、”表示）为：

何等、崇高、纯洁、柔和的光啊
你充沛、渗透、泻注、无所不在
我沐浴于你、呼吸怀恩于你
一种清亮的情操、一种渴想
芬芳热烈地、在我体内滋生

你照着、笑着、沉默着、抚拭着
多情激发着、永恒地感化着
大声雄辩着、微妙地讽喻着
古今、山川、草木、物我、的德性
生来须为创造、到死不能休

你不是宗教、是大神的粹思
凭藉贝多芬的手指、和琴键
在树叶上、阶前土地上、独白
我如虔诚献祭的猫、弓下身
但不能如拾穗人、拾起你来

第一节头一行前半基本是两字一顿，有三顿，但最后是五字一顿，第二行先是三字一顿，中间是两字一顿，最后则是四字一顿；第三行五字一顿，六字一顿；第四行七字一顿，四字一顿；第五行又是五字一顿，六字一顿。同样十一字一行，各行字数、顿数都因为语言随情绪起伏而有变化，故不觉板滞。第二节五行的停顿为第一行先是三字一顿，中间两字一顿，后面再变化为三字一顿；第二、三行又变化为五字一顿，六字一顿；到第四、五行又有长短停顿的不同。第三节的第一、二行都是一个停顿，但前一行是五字六字间一顿，后一行是八字三字一顿，又有不同；第三行是四字一顿，五字一顿，最后是两字；第四、五行又只有一顿，但第四行是八字三字一顿，第五行是七字四字一顿。第二、四行相同的停顿，其他都不同。因此，视觉上是方块体诗，读来却是自由体的感觉。所以我以为有脚韵当然好，但不必刻意追求，而更应该提倡腹韵(即句中韵)，以求丰富中多变化，建行与节奏也要根据诗中表达的思想感情的要求变化而变化。在语法、建行、词藻运用方面，既要照顾到汉语的传统用法，又要有所创新，才能把所要抒发的思想感情婉约而丰富地表达出来。

(辛笛口述，王圣思整理)

李松涛访谈录

采访人:张大为

时　间:2003 年 7 月 15 日

问:组诗《深山创业》应该算是您的成名作了,读者正是从那些散见于各报刊的同名组诗中认识您的。您的创作怎么会从“创业”开始?

答:这与我的知识青年经历有关。在创作意义的“生活”上,我几乎别无选择,有限的亲历与见闻只能派生出这些汗味茧质的灵感。在那以阶级斗争为纲、从事生产有罪的荒唐年月,我并非自觉地歌颂了春种秋收中诚实的劳动。应该承认,《深山创业》自 1976 年在《诗刊》复刊号发表之后,确实给我带来了鼓舞,也带来了声誉。而后我用差不多两年的时间,把全国的省级刊物覆盖了一遍。谢冕教授近年在《20 世纪中国新诗》中指出:“李松涛带来了山野的《第一缕炊烟》,他在政治充斥诗行的年代,把来自田野的成熟的秋声邀回到诗中,人们从他的《盛秋》一诗里欣喜地与久违了的声韵之美重逢。”当时,我是地道的青年诗人。

问:以诗言情得天独厚,因此中外便有许多情诗的千古绝唱,令人不可思议的是,我们曾经有过那样的历史时期,文学作品、文艺作品不许表现爱情,婚姻被从书刊、影视、舞台上“赶尽杀绝”。您在那特定时期的爱情诗写作,无疑具有挑战意味,这需要相当大的勇气。我想知道是一股什么样的激情或冲动让您敢于犯忌、敢于冒险?

答:1976年秋冬之际,当时刚刚扫除了“四人帮”,包括文艺在内的许多领域还处于尚待改观的禁锢之中。生活中普遍存在的爱情,艺术中普遍没有,这让人想不通。一个蓄谋已久的念头在我心里逐渐强烈起来:写几首爱情诗!“文化大革命”搞了十年,而“爱情”在文坛上消失了远远不止十年。欠缺应该弥补,于是我动笔了。仍是深山的背景,仍是创业的人物,但那些风华正茂的青年不再只是工具般地埋头苦干,他们有了必有的爱情,有了必有的婚姻。臧克家先生在《谈李松涛的诗》说:“‘四人帮’倒了之后,爱情诗,呼之不出。松涛来了长信,信内附有他实践的作品数首,我回信大赞其成。”这组小诗随即到了《诗刊》,破例由作品组的全体编辑传阅、投票,圈定五首做了插图,这之后又相继惊动了主编李季同志、顾问张光年同志。几经波折,组诗后来在1977年12月12日《文汇报》上以《创业者的歌》为题发表了。这是全国最早的表现爱情的文艺作品,空谷足音,顺理成章地引起了反响,责任编辑罗达成先后转给我千余封读者来信,大家为又一个死硬的禁区被突破而喜悦。不久,为了我的又一组爱情题材的诗能否发表、如何发表,李季同志在编前会上讲了自己的想法,又专门同我谈了一次,出于慎重考虑,他建议把其中一首《山路情》改作《在山路上》。这首有男有女的短诗,终于发在了1977年第12期《诗刊》上,但刊物的目录上既没有作品的题目,也没有作者的姓名,“等”而下之了。这便是爱情诗在该刊消失十多年后的首次羞答答亮相。在爱情题材多得数不胜数且佳作迭出的今天,蓦然回首寡情少爱的当年,不胜感慨。虽然我再也写不出爱情诗了,但我满怀深情地看待它的繁荣。在艺术的探索中,动脑和动笔之际是需要一点无畏气度的。但愿日后在一派健康的氛围里,不再有什么题材非得艺术家、编辑家们动用荣辱沉浮的抵押去展开行动。

问:一个诗人的写作习惯常常决定一个作者的风貌,您有何独特的写作习惯吗?

答:从写作方式上说,我倾向于集中一段时间研磨一个题材。我携笔从戎后创作的系列组诗《带韵的边风》,情况也和《深山创业》类似。这是题材上的“集束击发”,还有体裁上的“列队出动”,比如小叙事诗的写作。我在习诗的早期曾写过几部长篇叙事诗,长度均在五千行上下,种种原因都失败了。但它给了我分行叙事、写人、抒怀的基本训练。我的某些小叙事诗在发表之初产生过一些影响,《诗刊》《人民文学》《解放军文艺》都曾载文评介。陆陆续续几十篇写罢发出,结为三本小叙事诗专集。我个人体会,集中操作的好处是思路单纯,便于凝视;弊端是有时创作储备跟进滞后,不免"硬写"。所以,这不能算经验,只能称经历。从形式上着眼,我的创作阶段大致脉络是:先组诗,而后小叙事诗,继之以长诗。

问:说到长诗,便要提及您获首届鲁迅文学奖的长诗《拒绝末日》。评论界称之为"盛世危言""警世与醒世之声",您自己是如何评价这部作品的?

答:《拒绝末日》获奖,如同我的多数作品一样,它也是有感而发的产物。时下,从山清水秀到山穷水尽,仿佛咫尺之遥。《拒绝末日》既是一种痛彻肺腑的实感,也是一种亡羊补牢的呼吁,我更愿意把它看作是对自己的"律审"。

问:那我们就来聊聊您刚面世的新著《黄之河》。我注意到有评论家在《诗潮》上撰文剖析了这部作品,宣称:"这部十二易寒暑,十二易其稿的佳作,是诗人以生命和灵魂投入的诗歌艺术精品,其思想力量、认识价值、审美品格、感情力度和语言光彩足以让诗坛惊异和激赏。"您自己如何看待这个问题?

答:作品一经印刷就只能听凭议论、毁誉由之了。当然,能拥有一部让自己欣慰的作品,是我文学最初也是最终的梦。在中国,黄河是一个根系的代称。而选择了"水",在环保大行其道的今天,又等于选择了一个热门话题。激情和灵感在"水"里洗过脸,朦胧的思绪日见清晰。对于一部长作而言,结构乃生死攸关的要事,所以,我希望读者能注意到我在结构上从宏观到微观的努力。我采取了线性与板块相结合的组织方式:共设十二章,每章三首诗为一个单元,整体便呈现了这样的三条线:从河源到入海口,十二处自然景观;从孔子到毛泽东,十二位历史人物;从清明到春节,十二个民间节日。这景物、人物、风物,既是历史的,又是现实的,总括是民族的——"国货"。表现上的具体设计是:风景系列分行,有韵;人物系列为诗性散文,或称散文诗;而节日系列分行,但无韵。布局上,着力营造内容与形式的互动,参差起伏,希望能对视觉和心理会产生调剂作用,在审美的愉悦中避免阅读疲劳。

问:《黄之河》何以写了十二年?那是一个呕心沥血的时段吗?

答:从落笔到竣稿,一边寻找支点,一边等待灵感,一边奋力书写,断断续续经历了"一打"春秋。在稳定的长诗整体风貌中,我有意保留了作品衍化过程中的运动痕迹,以及不同时期时尚的因子、前卫的元素,我想这会增加长诗的斑斓性。亦苦亦乐。我何尝不知道写着累,读着也有悖轻松。《黄之河》自序题目便是《甘愿沉重》,我也幻想让自己的诗更轻松一些、更随和一些,可我不会,始知生就的骨头长成的肉,我只能是我了!

问:1998 年秋天的张家港全国诗歌座谈会上,您有一个大会发言,题目是《民谣是诗人的一面镜子》,有人认为您似乎在倡导向民谣看齐,可以做这样的理解吗?

答:我听到了这种声音。我认为如果稍微留心体味,也不至于产生这种误解。20 世纪末,也就是我们置身其间的那个历史阶段,无疑是让文学、更是让诗歌为难的季节。诗歌的属性决定了它必须含蓄,而现实却是一个张扬、暴露,本质上直奔主题的功利时代。悲观论者认为岁月已经视诗歌为弃物,而诗人们在寻找诗歌萎靡困顿的因由和探求诗歌重振雄风的出路之际,也更多地强调着外部的原因。我的那个发言,只是把民谣当作了校正笔势的一个参照系,觉得诗人应该把目光收回来审视一下自身。我说当今那大面积生长且活力勃发的民谣,难道不能让为诗者深思吗?同一时空中,两者的形态基本无异,一类生机勃勃,枝繁叶茂;一类苦苦挣扎,冷落衰微。民谣是野生的绿色食品,其"盛"的根本原因是它关注现实,反映了人民大众的喜怒哀乐。在此有必要申明一点,那会儿的民谣还没有今天这许多"黄"。历史上的大诗人和小诗人一起构成了优秀的诗歌传统,形成了关心民间疾苦的文化血脉。我崇尚把个人才智的光芒,化为众人心头的暖意。诗人应该在精神上与时代同步,在感情上与人民保持一致。当民族奋力前行之时,应该看到诗人的汗水。寒来暑往,我那个发言的主旨,依然是我今天的立场:面对无所不在、无所不包的民谣,诗人应该自察自省!

问:一个诗人,无论何时都要真诚地歌唱,只有这样,作品才会清晰地保留住不同时代里不同的精神轨迹。您认为诗人最重要的品质是什么?能谈谈您对诗与诗坛的看法吗?

答:我想把"诗人"二字分开解析。对"诗"来说,最重要的是要表现才华;对

“人”而言，最重要的是要表现良知。那么，在我看来，诗人最宝贵的品格则是“用才华表现良知”。我认为所谓创作，说到底不过是对以往文化成果、现实生活体验反刍后的个性整合。有的诗是以“劲”动人，有的诗则是以“味”感人，我是既强调“味儿”，同时也看重“劲儿”的人。先前，我“极恐”自己的诗与别人不一样；后来，我又“甚怕”自己的诗与别人一样。我想，这“恐”“怕”之间大约可以译出“追求”二字来。在摧毁与重建中驻足，在放弃与坚持中行走。一个诗人的前途在自己前方的荆棘丛后边，绝不在别人的脚窝里。我曾这样含糊地界定诗歌：“它是心和心相互取暖的交流，它是人和人精神上彼此增援的方式。”对诗各有理解且各行其是，并不是坏事，这保证了“园艺”的多样性。诗坛应该是多种声音交响的荟萃或汇流之地，有强调头脑的，有强调铁肩的，有强调肝胆的，还有强调下半身的——自上而下，突出什么的都有。总的感觉是诗坛越来越正常了，而正常就好！关于缺憾，我极其赞赏赵恺先生的看法：中国诗坛并不缺少诗的砖瓦，缺少的只是诗的建筑。

问：听说您常与疾病打交道，“疾病是财富”的说法您同意吗？记得王鸣久先生几年前在《诗探索》发表了一篇谈您近作的文章，题为《憔悴的坚守》，这五个字能否概括您的诗歌状态和生命状态？近期还有什么创作计划吗？

答：一而再、再而三的剧痛，不能不影响到人的思维方式。长时间来与疾病周旋，我在离手术台和太平间很近的地方，肯定要想一些常规日子里不想的事情。在疾病频繁的敲打下，我感到自己的心绪已基本上安静了下来，对于人生和艺术，我采取了一种妥协式的平和态度。世无不老之人，你的劳绩，让你某一段光阴或某一个时刻活生生地存在过，足矣！近月，我神迷于市郊农村，购三间旧房，掘一口深井，雪夜闭门一把山柴烧热炕，倚窗听雨顺手拈来乱翻书。于鸡鸣犬吠的清新中测定力、养静气，偶有所思所感所悟，便录于纸上——这是一种无差遣便无压力的“无计划”写作。虽仍旧戎装在身，已预入解甲归田之境。也正是在那自由自在、自娱自乐的岁月里，我惊异地发现，放松的状态下更容易与灵感不期而遇。

野曼访谈录

采访者：张大为

时　间：2003年8月26日

问：您是如何开始诗歌创作的?

答：当我写下"第一句"和"第一个标点"叫诗的那个年代，是一个风狂雨骤、内忧外患的年代。在这国家民族和个人处于生死存亡的历史关头，新诗挺身而出，高度发挥了"炸弹和旗帜"的功能，它如狂风似炸雷，在鼓舞人民群众的斗志，歌颂抗击日寇的英雄战士，尤其是表现那占据时代中心的千百万人民群众的悲悲喜喜、爱爱憎憎的诗篇，时时刻刻在冲击着我的心灵，为那"炸弹"和"旗帜"所震撼、所激励。我狂热到无以复加，也拿起笔写了许多激情如火却是粗糙不堪的"分行的东西"。1944年我曾在一篇题为《再出发、再歌唱》的长篇诗论中引用诗人H.海涅的话："在我的墓志铭上刻绘的，是战士的剑，不是诗人的桂冠!"确实，占据我心灵的，就是"战士的剑"，从来也没有什么"桂冠"。

我如痴如狂地爱上新诗，是时代所给予的，也和我的书香之家不无关系。父亲的国画和书法，在县里颇有点名气。至今，我那破落的家的大厅门口，横匾上面还刻着"书画草堂"四个大字。不过，我真正爱上新诗，还是1938年在梅县东山中学读书的时候。那是一所地下党领导的学校，救亡抗日的洪流在那里涛飞浪卷。那年广州诗人蒲风主编的《中国诗坛》杂志创刊，面向群众，十分活跃。

我怀着有点神秘的心情，壮着胆子去敲叩这“王国”的大门。令我意外的是，蒲风竟是这么热情，敞开“诗坛”的大门。不久，在蒲风和广州众多著名诗人的支持下，我主编了《中国诗坛》(梅县版)。这时我简直像着了魔，开始有意识地把新诗创作作为自己对文学的追求。尤其是广州陷落前夕，蒲风携笔从戎，梅县也成了抗日前方。1939 年夏，蒲风从增城前线脱险归来，在他的建议之下，马上把《中国诗坛》(梅县版)改为《中国诗坛岭东刊》，他也积极参加了编辑工作。这就将我对新诗的追求，引向了一个有声有色广阔的缤纷世界。

问:诗歌在您的人生历程中占有一个什么样的位置？它与人生具备何种关系？

答:我从 1938 年起开始诗歌创作，已有 65 年了。诗，占据了我整个动荡的人生。1939 年，国民党公开封禁了我主编的《孩子纵队》，还扣留了两期《中国诗坛岭东刊》。当时我写了《银发飘飘的歌者》等诗表示我的愤慨。这首诗的最后一节写着:“梅江上银发飘飘的歌者/今天呀，以剑代诗/执着剑，噙着泪/向人民哭泣的地方奔去……”地下党的同志告诉我，邮局检查“异党分子”信件的名单中，有我的名字，劝我尽快离开。这使我第一次意识到:诗与革命血肉相连的关系。1942—1944 年，我在粤北主编《诗站》，连续发表了《积雪期》《箭在弦上》等诗篇，对现实进行了无情的控诉和鞭挞。在《枪边的梦》一诗中，我曾经写道:“握住枪/握住土地/握住吸血者的意志/哭泣的，可以笑了。跑着的可以站起来了/现在是我的敌人/都请站出来吧/我晓得了，对于吸血者/只有枪/才是不可抗辩的言语。”1946 年 6 月上海崔万秋主编的《笔》，曾经转载这首诗，在“后记”中说:“野曼的诗《枪边的梦》，是有血有泪的作品，特别对这时代，作者算是有了交代。”1977 年北京《新文学史料》第二期沈栖的《抗战文学乐章中的一个音符》一文中，曾赞扬了这首诗。

1946 年 8 月，抗日战争最后胜利的鞭炮声，把我迎到了广州。我在妻子的支持下，筹办了“新世纪文学出版社”，主编了《新世纪文学月刊》，还与黄宁婴编辑出版《中国诗坛》。谁知这些刊物一出版，又被国民党封禁。我与作家司马文森等开展了揭发、控诉国民党反动派等一系列的抗议活动。不久，我又一次被列入黑名单，司马文森通知我“立即离开广州”。于是在一个白色恐怖的夜晚，我携妻带子奔往香港。我的苦难和苦难的诗，已化为一体。面对这样一个血与火的时代，诗人对时代、社会和人民怀着崇高的责任感和使命感，（这）几乎是同时代诗人的（共同）天性……不错，诗在我人生的历程中相喜、相悲、相哭、相慰、相爱、相随。我曾经写下了一个公式："诗＝生命"（按：我不能说"生命＝诗"）。还写下了"生命宣言"："诗，是生命的喧哗，生命的追寻，生命价值的最高体现，而生命又是属于人民的，它为追求而献身。为了这一追求，我将终生奋发，鞠躬尽瘁！"

问：您在诗歌中好像经常写到爱，从这些诗中可以感到一颗炽热的诗心在跳动。是否可以说，"爱"除了是您诗歌的重要主题外，也是您写作的主要动力？

答：是这样！我写过《爱的潜流》《爱的宣言》《爱着是美丽的》《妻爱》等许多有关"爱"的诗篇和散文。1987 年 8 月，广东电视台还为我拍摄了电视纪录片《爱的追求者》，记录了我一生对爱的追求。我在这"电视纪录片"的"结束语"中说过："爱着是美丽的。因为爱是心灵上永恒瑰丽芬芳的花束。人们因为爱而存在，而美丽，而欢欣，而幸福，而追求，而献身。爱也将产生强大的动力，创造出奇迹。世界将因为爱的成熟而变得生气蓬勃，美轮美奂，异彩纷呈。"在"文革"结束后，我的诗文中经常写到爱，而且成为我"诗歌的重要主题"。我有一些较好的诗篇也得力于爱的动力。这是因为，在过去血泪交织的年代中，我和我这一代的许多人，不只曾经长期失去爱，而且长期无休止的被污辱、被损害、被奴役、被歧视……因而焦渴地期望得到爱，以"爱"来抚慰受伤的心灵。为此，我在花城出版社出版了诗集《爱的潜流》，发行了 2 万多册；还在该社出版了散文集《妻爱》，发行了 12 万多册。这说明广大读者对爱的渴求。这也是我炽热追求爱的缘由，也是人类炽烈追求爱的共性和天性。

问：写诗歌逾 60 年，您对于诗歌的基本观念以及诗艺的追求，有哪些方面的变化？

答：诗，作为一切文学中的文学，作为最真最善最美的心灵艺术，作为最凝练最精美的语言晶体，它令我如醉如痴，几乎为它折腾了一生。老诗人绿原兄说我"从四十年代初的长诗《积雪期》（刊于邹荻帆、曾卓、绿原主编的《诗垦地》）到《告别 20 世纪留言》（刊于 2000 年 1 月号《诗刊》），全程充满自然、生活、爱和南方诗人的活泼形象，形成你60年不变的艺术风格”。寥寥几句，却指点了我的创作全程。这里说的“不变”，应理解为“不变”中有变。“不变”，是说我的诗作从整体风格而言，“把四十年代的自由诗所达到的水平保存了下来”；“有变”，是说我在过去的几个历史时期中，在艺术上有所追求、有所开拓。如在(20世纪)60年代，新诗界提倡“新诗在古典诗歌与民歌的基础上发展”时，我对自己的诗作加强了音乐性，这是区别诗与散文、小说等其他文体最主要的特征，过去注意不够，这是一变；还有是在(20世纪)80年代新诗潮初起期间，我又注意丰富了诗的意象，这是使诗提升的重要艺术手段，这是二变。将来一定还要变，“变”是绝对的，“不变”是相对的。诗之所以为诗，必须在艺术上不断地有所发现、有所创造，而不要故步自封、闭门造车；但最重要的，诗必须根植于现实生活、贴近生活，因而诗人必须满怀热情地去拥抱生活，去拥抱时代、拥抱世界、拥抱祖国和人民。当然，也要冷静地去思考人生。德国诗人德·爱亨德勒夫在《给诗人》一文中说：“诗人是世界的心灵。”因而诗人首先要有一个纯洁、真诚、崇高的心灵，其次，才能成为“世界的心灵”，才能创作卓越的诗篇。在这一问题上，我始终是一个小学生、一个初来者。正如我于1943年在《诗站》发表的题为《我是新来的幼小者》一诗中写的：“我是新来的幼小者/我以惊奇的目光/凝视着这世界!”

问：前几年，您反驳“新诗衰亡论”，对新诗前景持乐观态度，这是否是您一贯的认识和看法？

答：1996年1月25日《华夏诗报》98期发表了我的万言长论《中国新诗正喧腾于一片辉煌的空间——驳“新诗衰亡”等奇谈怪论》，马上引起了海内外诗人的强烈反响。众多诗人、诗评家如吴奔星、绿原、宋垒、钱光培、张同吾以及台湾的罗门、香港的张诗剑等都发表了文章，支持我的论述，他们认为这是“令诗人鼓舞的宣言”“所做的考察和论断，相当精彩”“读到宏文，实在痛快淋漓，令人振奋”，等等；也有位诗评家对此种说法表示怀疑，他于1997年6月在《星星》诗刊第6期发表题为《诗要突围》一文中说：“关于新诗的现状，当下似乎有三种不同估计。一种是‘中国新诗正喧腾于辉煌的空间’，代表人物是野曼，他的高论见于他主编的《华夏诗报》。”他的说法不无贬义，但我欣然接受。我怀疑这位先生并未细读我的长论，因而断章取义。我认为，有些诗人对新诗现状的估计，持悲观的态度，主要是他们的视角所及，只限于市场经济对文学艺术（主要是对严肃文学，包括新诗）所造成的极其狭小的负面影响，即市场拒绝新诗，特别是出版部门取消了过去计划经济时期为诗人包印包销诗集的做法，诗人们因而产生了失落感，说什么“新诗已走到了绝路”。他们原来所拥有的新诗价值观突然错位，他们的标尺突然倾斜，因而闭目塞听，无视于市场经济另一个为新诗的繁荣和发展所提供的更大更广阔的辉煌空间，这就是市场经济催生了数千个诗社、上千个民间新诗报刊，还有风起云涌的“诗会”，和无法计量的诗集（特别是那些长期被出版社拒之门外的无名的青年诗人的诗集出版）等，在中国诗歌史上是空前的、绝无仅有的。我对新诗的前景一贯持乐观态度，并非无因。其次，由于对外开放，新诗潮的涌现，促进了新诗审美特征的多元化，这是新诗坛的一次嬗变，但在一些诗评家的误导下，却引向了全盘西化的斜路。不少青年诗人在艺术上玩弄意象迷宫、语言游戏，其晦涩离奇、语法紊乱，不知所云，已到了紊乱不堪的地步，有人惊叹：“新诗完了！”而我对此，只将其看作一个正在移动的过程。中国台湾 1956 年初起就曾经历“西潮汹涌”的时期。许多诗人也曾“不自觉地乞怜于西方的缪斯”，醉心于“横的移植”。足足折腾了近 20 年，他们才大梦初醒，终于提出了“回归传统，拥抱现代”（洛夫语）、“吸收传统，反哺现代”（痖弦语）等口号。人家早在 40 多年前已经“转轨”了，而我们不少的“先锋”们还在“方兴未艾”。前车可鉴。对于新诗的前景完全没有理由感到悲观。何况，在“全盘西化”的演练中，也并非一无所得。众多当代青年诗人从这一“演练”中，在艺术上吸取若干有益的东西，也培育了自己。应该鼓励各种具有创造性的尝试。诗评家对此应该善于引导，而不是误导。还有，确实我们诗坛已涌现出一大批才华横溢的青年诗人。这是诗坛的未来，他们的出现，使新诗的前景喷发出令人欣喜的光芒。

问：您在团结和组织海外中文诗人的诗歌活动方面做了大量工作，您能否概括介绍一下海外中文诗歌的情况？

答：中国台湾一直是诗歌的重镇，优秀诗人之多，是其他地区的中文诗歌无法企及的。已有 30 年历史的诗刊《创世纪》和前几年创刊的《台湾诗学》以及

《葡萄园》《秋水》《大海洋》等诗刊，几乎团结了中国台湾的主要诗人与诗评家；而中国台湾乡土诗人主编的《签》，则集合了本土诗群。中国香港和中国澳门回归后，作为特区纳入了本土文学的板块，但诗歌报刊仍然保持着面向海外的特点。中国是一个诗歌大国，也是最大的诗人出口国。海外诗人之多、作品之丰，一直雄居世界首位。有人对东南亚各国中文文学的创作力量做过排列，诗歌创作一直名列榜首。有感于此，我在两岸尚未开通的情况下，于 1988 年 1 月 20 日首先叩开了中国台湾诗歌的大门，与台湾诗人洛夫、向明举行了《海峡两岸诗人首次热线电话》(见 1988 年 1 月《南方日报》《周末报》)。又以这一个起点为契机，对东南亚各国和地区的诗人展开了广泛联系，同时于 1993 年 6 月 25 日和中国香港诗人犁青倡议成立了“国际诗人笔会”，至今已隆重举行了九届规模盛大的、高层次的笔会。它联系了二十多个国家和地区的中文诗人，在推动和繁荣中文诗歌的创作上起到了一定的作用。就当下而言，亚洲仍然是海外中文诗歌最大的板块。以诗歌为重点的《香港文学》《诗网络》《当代诗坛》《中西诗歌》等新诗报刊，把海内外众多的诗人都溶入其中。属于东南亚的新华诗群、马华诗群、泰华诗群、菲华诗群、越华诗群等，不只是诗人众多，而且诗歌创作相当旺盛。尤其新加坡中文诗群实力最强，不少诗人在海内外都有一定的影响。还有，北美的《新大陆》诗刊、澳大利亚的《酒井园》诗刊以及欧洲的“龙吟诗社”、北欧的《花露》等，可以说是华文诗歌的要塞。以上只是我从视角平面做出的叙述。毫无疑问，各国华文诗群都是以中华民族共同的语言、共同的血缘作为载体，因而有割不断的“中国意识”和“中国情结”，以强大的生命力，向全世界渗透，叩击着全球。

郑玲访谈录

采访人:张大为
时　间:2003 年 10 月 28 日

问:您能回顾一下您写诗的经历吗?

答:我幼年学语的时候就开始背诗,虽然不解其意。我的堂祖父做过清朝末年的知县,因为酷嗜诗酒,不重仕途,上任不久便辞官返乡,他晚年最大的快乐就是教我背诵唐诗、宋词乃至元曲。上中学后,我接触到一些现代诗人的作品,得到极大的乐趣。每当放学后,我总爱搬一条小板凳到山崖上去做作业。有一天,正当夕阳西下,云彩变幻莫测,恍若巨鸟或野人的姿态,仿佛要把我裹挟而去,于是将作文写成诗,取个名叫《想飞》。其时,我并不明白这就是我与诗神最初的邂逅,不料被老师拿到《江津日报》发表了。从此,我有幸加入当时的一个文学社团"诗的会",读到不少国内外诗人的名著。这些诗集是我成长的地方。旧体诗词和抗日救亡诗歌中的忧患意识,潜移默化地培养出我一种气质——使我渴慕悲壮的事业,后来我离家出走,参加解放战争中的湘南游击队,多半是受了诗的影响。1950 年我在一个文工团工作,开始正式发表作品,也因此被调到出版社任诗歌编辑。当时的工业建设激动着我,写了一些歌颂普通劳动者的诗篇。我的《长江大桥诗二首》被工人写在他们的工具箱上,给了我莫大的鼓舞。但过了不久我就为诗受难,中断创作 20 余年。

其实，说“中断”是不确切的，最痛苦的生命也有它秘密的向往，处于死亡边缘的生命也有它闪光的时刻，诗是与人同在的，诗和痛苦是相生相连的，在按捺不住创作冲动的情况下，也会写几句。“文革”期间，我被迫迁徙深山僻壤，在当时无论你写什么内容的诗都会被认为是写“变天账”，因此不敢保留片言只字，我只好把诗稿背熟以后付之一炬。总以为珍藏在记忆里别人无法夺走，但是日子久了，它们只剩下朦胧的影子。直到 1979 年我得到彻底平反之后，才在《小人鱼的歌》《流放的乐园》等诗中，重新给那些影子以血肉，使它们复活起来。

那段生涯给了我无法言说的苦难，也给了我莫大的好处，它将我的诗魂冰封在深山的大雪里，免于被当时“假、大、空”的热风吹得变质，以致我能以“见真性情”的审美原则来检验自己的作品。也许，真如三岛由纪夫所说：在文学上肉体衰老之后，才开始有艺术的青春。近十年来，我为多种疾病所围困，但又常常感觉与青春重逢，旧的热情与旧的希望带着新的热情与新的希望而再生。的确，今天这个世界每天都在重新创造，充满了诗意，使人无法不继续写诗。我的诗作题材多半是从自我的内心感受来写当代人的悲欢、奋斗以及友谊、爱情和亲情。自然，诗不单是存在于现在，也存在于现在还不存在的东西之中，也存在于我们正在追求的东西之中。不管你活到了什么样的高龄，诗人永远有责任使自己成长。所以，我仍处于不断学习与探索之中，我既读当代已有定评的老诗人的作品，也热爱某些青年诗人的好诗。我希望我的诗能以民族的、现代的、充满青春气息的审美精神来表现自己对人生的感受，从而与世界沟通。至于我的创作实践如何，应该让别人根据我的作品去评说。

问：读您的诗，总让人觉得在深情绵邈中有一种沉思的品质，不知道这个感觉是否正确？

答：谢谢你！每一个诗人都期待和自己心灵相通的读者，你对我的诗的理解，无疑是对我继续写诗意志上的增援。能够获得有相当水平的同时代的欣赏者，是我最大的幸运。

问：一个古老的话题，在诗中，您如何处理情感与语言之间的复杂关系？

答：当一首诗萌动之时，一定有一种情感、一种体认、一个世界和一个自我。因此，诗人在创作中总是力求能够唤起情感反应的语言。一个人之所以写诗，看起来有点鬼使神差的味道，其实是与他的血液、秉性、信念等相关的，每个诗人都由于各自的气质和审美兴趣而选择着个性化的语言。我写诗的时候，语言仿佛自动来到。我审视它们，加以选择、取舍，对那些罕见的、矫揉造作的或已经用滥了的词语抛弃不顾。一心选择活色生香的、能歌善舞的、能负荷我的思想情感的语言，然而，灵感如花香般飘忽，你把它捉住，囚在语言的瓶里，就失去了原有的神秘。所以，我经常是不顺利的，有时遇到暗礁，一个词就把一首好诗给葬送了；有时把一些词呆板地组合在一起，造了一枝绢纸的玫瑰，虽染色而不馨香，更没有流动的美感；有时控制不住激情，在波涛上冲浪，看不到语意的深度，危险而不确切。这时，就要告诫自己：勒住情感的缰绳，去做肃穆的静思，潜到水下，去发现语义的深渊，把理性成分和激情成分结合成不可分割的统一体。若能如此，诗的最奥秘的暗示本质就会来和你相聚，你的诗就会径直到读者的隐性和孤独中去了。但是，从这种经验之中，我到底获得多少成功，那就很难说了。我曾经写过一首《与诗苦恋》："我要你的是圆月/你给我的是残月/我始终见不到/我渴望的那一面/哪怕追随你到天边。"写诗是一切历险中最伟大的历险，我只能说我不会停止前进，但也许永远不会到达。

问：您所欣赏的中外诗人有哪些？您对他们有何借鉴、作何评价？

答：吸引过我的诗人很多，中外古今都有。我既醉心于楚辞、唐诗、宋词、元曲，也珍爱现代的徐志摩、艾青和七月派诗人的杰作。俄罗斯黄金时代的普希金、莱蒙托夫，白银时代的阿赫玛托娃、茨维塔耶娃和叶赛宁等诗人，都是我所倾慕的。白银时代流派纷呈、群星灿烂的繁荣景观尤其使我震撼。比之英国浪漫主义崛起时期、法国象征主义勃兴时期的诗篇，我觉得更为亲切、更使人动情，他们那种与生活血肉相连的富有悲剧美的诗，尤其有重量。他们倾诉了自身和民族的痛苦，从而减轻了我的痛苦，使我感到自己从孤独走向人间，使我认识到诗之所以不朽，就在于它用语言的珠玑建起一条通往世界情谊的路，以此结合人类。

我既欣赏与自己气质相近的诗，也向往与自己迥然而异的风格，从相反的地方去观察，世界更为宽广，有利于扩大自己的基本风格。因为正是这许多诱人的范例使我崇拜、效法以致从事创作，所以，我坚信诗的进步是靠吸引力获得的。大师们的诗追逐着我，促使我跑入自己所不熟悉的领域，先是陌生、疑惧，继而惊喜地发现，我找到了自己灵魂的故乡。你问我从大师们那里有何借鉴，我说不清楚，正像我说不清楚虹霓是如何出现、如何消失的一样。我只是领悟到：好的诗并不领导你前进，而是让你自己去披荆斩棘。依据以上所说，你可以看得出来我是尊重中外诗歌传统的。而传统自己明白它必须活在现代里才有生机。不管你愿不愿意，它此时就活在现代里。传统是流动的，是持续发展的。继承传统不能如街头的石像，无论发生了什么都以同样的姿势站着，对当今的麻木不仁，绝非诗人品质。继承传统也是不断调整自己文学素质的过程，调整并非去迎合流行时尚，而是真诚地去适应时代的进步。希腊诗人埃利蒂斯说得很好："诗人像建筑师，他是好是坏，那就要看他盖的是天堂还是地狱。"

李琦访谈录

采访人：张大为

时　间：2003年5月24日

问：作为一种纯粹和成熟的境界，您的诗境出自您个人宁静的性情。您最初写诗时，在哪些方面受到其他诗人的影响？

答：纯净和成熟的境界，我想我肯定是没有达到。所谓宁静的性情，其实也许是因为我有些沉寂吧。我天生不是热闹的人，人多的时候，总容易不安，心脏也不舒服，为什么（这样）自己也说不清楚。至于说最初的创作，我想是受俄罗斯文学的影响。很多老哈尔滨人在文化、生活上都受到俄罗斯文化的影响，我的家庭也是这样。我从识字起就开始读书，阅读的兴趣和没完没了的好奇心曾令父母担心，因为我被认为到了痴迷的程度。而尤为令人不解的是，在我爱读的那些书中，有很多是大多数人不爱看的诗集。我十一二岁时就开始喜欢诗歌，看不太懂也爱看，为什么也说不清。就是被语言那种分行的形式、音韵之美，那种至今也难以说清的混沌又朦胧的东西打动。当时读得最多的是19世纪俄罗斯作家的作品。我看到的最早的诗集是普希金的《欧根·歌涅金》（今译《叶甫盖尼·奥涅金》）。那时我13岁。记得我曾为达吉亚娜一遍遍流下泪水，觉得自己的一生从此都会和诗歌里的世界有关。说起来我的文化启蒙是从异域文化开始的。到现在我依然喜欢俄罗斯诗人的诗歌。我对于灵魂、自由、正义、艺术、美、爱、苦难这些神圣字眼的理解，有相当大的比重来自俄罗斯艺术家的赐予。

问：您的诗歌好像难以归入女性诗歌的范畴，您怎样看所谓的女性写作、女性诗歌？

答：女性诗歌的范畴是什么呢？我不知道。我的诗倒是多次被选入女性诗歌文库出版。我是个女人，女人的生理构造、社会属性，使我具有自己的心理结构、思维方式。在对世界的倾听和倾诉中，女人更细腻、更敏感、更真实、更有神秘的直觉。20 世纪 70 年代末期，我和一些写诗的年轻人与女诗人林子过从亲密。我能把自己最隐秘的心事告诉她，也是最早读到林子《给他》这组诗的读者之一。那时，这组日后轰动诗坛的诗尚是手稿。作为一个喜欢诗歌的年轻女孩，我先被林子老师的优雅和漂亮吸引，而后更为这美丽率真的诗句感动。我觉得这真是一个女人的诗，它所散发的那种芬芳热烈的气息，那种字里行间的柔软与坚韧的和谐，绝对是女性化的。从那时我发现，我对女人的诗歌格外敏感：萨福、茨维塔耶娃、阿赫玛托娃、米斯特拉尔、狄金森、李清照，我总是更容易被女性的诗歌所打动，并且相信自己和她们精神的树林间有一条相通的秘密小路。无论在生活中还是写作中，我都不大喜欢“男女都一样”这样的话。时代再不同，男女也是不一样的。我觉得女性写作的倡导者或实践者们，愿意在文本意义上强调自己的女性立场，愿意在自己举起的旗帜下汇集和前进，可能是出于无意，也可能出于自觉。至于我自己，女性意识与生俱来。我只是遵从心灵的指引、写自己愿意写的东西。至于我的诗歌是否归于女性诗歌的范畴，没想过。有一点我能肯定，我的诗歌定会留下我作为一个女人的精神印痕。因为即便是不写诗，我也是个与众不同的女人。

问：写诗这些年，您的写作在情感基调和总体风格等方面有过哪些转折？这些转折的动因来自哪里？美学上的考虑还是生活阅历的变化？

答：我的变化不算太大，但还是有一些转折。20 世纪 80 年代初我像当时众多写诗的年轻人一样，对那些被译介过来的西方诗歌更倾心。我的诗里有浮光掠影的东西，也有概念化让人不舒服的地方。说来应当提起我在大学里教书的经历——20 世纪 80 年代我教了数年“大学语文”，主要讲古典文学。对古典文学的讲授和系统学习，让我如沐月光一样，感受到了古典诗词那种难以言传的魅力。你怎么可能在李白和李清照这样的诗人面前心高气傲？对古典文学的大量解读帮助了我，中国诗歌高古的境界和语言的纯粹滋养了我，使我看到了与异域文化相互辉映的东方之美。我感受到了中与西、古与今那些优秀诗人灵魂上的契合。从写作手法到做人的操守及精神品格，我相信自己受到了熏陶。每个诗人都有自己对世界解释的空间，我找到了自己的空间。我觉得身体和灵魂里的什么东西醒了，对那些流行的、观念的、“文化”的、花哨的东西，有了自觉的疏离。我写的是我自己的感受，首先我就要忠于我自己。别人的承认对于我有什么真实的意义呢？大约是从1986年写作《死羽》以后，我的诗歌开始趋向更自然、更内在，写起来也更从容了。到了20世纪90年代以后，随着人的成长和阅历的增加，悲凉和惆怅越来越深，内心的判断和认识也更“固执”。对于简单生活的追求与习惯，对诗歌认识的逐渐深邃，我不再介意字与词的雕琢，让文字随心而行，语言可能有些散文化，但的确离我追求的朴素境界更近了。我最大的感受是：年轻时候的写作释放的愿望很大，而现在越写越小心，越写越想吸纳，一边写，一边好像情不自禁地把什么藏进心里了。

问：您怎样理解诗歌的基本属性，抒情、生命体现还是别的什么？对您来说，诗歌和诗歌写作意味着什么？

答：诗歌的基本属性在我就是灵魂的倾吐。对我来说，此生成为一个写诗的人，是上天赐给我的福分。如果不写诗，我很难过。诗歌和诗歌写作是我生活中最洁净、最结实的部分。没有什么能让我离开诗歌。诗歌变成了我的宗教，我相信它。它提升了我的生活，让我面对这样一个缺乏诗意的生存环境，有了一种实在的精神支撑。我有时甚至觉得人在写作中时才是真实的生活，而具体实在的生活倒像虚幻的。我现在的写作已经不是为了发表。相反，这些年我写作从未停止，而发表的愿望已越来越淡。对我来说，诗歌是照耀我平淡生活的一束天堂之光，因为这束光的引领和照耀，我的生存有了意义，我的柴米油盐也变得有意味了。

问：在当今诗坛上，您和您的诗一样显得非常宁静，您对于当下诗坛有什么看法呢？

答:这也许和性格有关。我小学二年级就跳级,到了一个新的集体,周围同学都比我大。此后在相当长一段时间,我的同伴都比我要大几岁。我除了和几个亲近的伙伴要好,和大家基本上是隔离状态。此后在任何集体,我都好像做不到和大家“打成一片”。我老是被人谆谆告诫:不要骄傲,要团结大多数人。其实那“骄傲”是内心的羞怯,是让人心中难过的孤单,却一再被人误解。所以,我就越来越“宁静”了。慢慢自己也习惯了这种状态。我常看到有人写“平常心”这样的话,我就发现我可能没有平常心。在我的精神生活里,我认为我和很多人是不一样的。不久前一个朋友特意从南方打来电话。她说,她从一份资料上看到,我的星座和出生时辰验证了我这个人有定力,不会轻易受什么左右。我觉得很有意思。在我的潜意识里,确实不喜欢为任何潮流所裹挟这样的事情。从小到大,我属于那种外表文静却锋芒在内的人。说实话我想不起来去关心“当今的诗坛”,我是为我自己而不是为什么诗坛写作,名声从来不是判断的标准。另外,对于主义和理论论争这样的事情,我缺少责任感和热情。

对当下诗坛,仅就我的一知半解,我觉得还行吧。比起周围那些早已满面尘垢的人,真正热爱诗歌的人都还单纯。20 世纪 80 年代时,由于我们夫妇都写诗,我们家不知接待了多少南来北往的诗人。那时只听对方说一句“我是写诗的”,就是同志了。或酒或茶,彻夜难眠。现在一切都有了变化。诗歌界也是如此。我想,如果仅仅是学术意义上为诗歌而争论,为诗歌而探索,它至少体现了诗人的创造力和我一直认为可贵的质疑精神。我只是不喜欢以诗作秀的人,尤其反感那些伪善和虚浮之作。所谓诗坛,其实和其他各种“坛”有一致之处,那就是难免鱼龙混杂。

问:今后在写作方面有哪些计划?

答:我不是计划在前的人,今后和从前基本差不多。慢慢地生活,慢慢地写。我不久前出版了一本散文集,同时又开始了一些艺术随笔的写作。前年我写了几大组诗,写写改改,今年把它们完成。另外,读一些好看有趣的书,走几个地方,把近年来写的诗编一本书。就这些吧。

后 记

这本名为《文明理性与文明诗学》论文集，仍然是文明诗学书系的一种，基本意图是对于文明诗学观念的一种延展与演绎。但内容比较庞杂，大体包含了五个部分的文章：

一、关于文明理性、文明儒学、文明诗学的文章。这些文章都是在《文明诗学》完成之后写的，比较能够代表我本人最近的观点和看法。“文明理性”是文明易学、文明儒学、文明诗学等背后的共同基础。“文明儒学”以后将另成系列，这里仅收一长两段三篇文章，起到参酌理解“文明理性与文明诗学”问题主旨的作用。关于《三体》的长文，是对于“文明诗学”观点的一种运用和印证，也可以表明“文明诗学”并非对古旧的历史形态的总结，同时也指向未来，而且可以进行文学作品的批评实践。

二、除了近年新写的文章之外，还有几篇读书笔记性质的短文。另外，就是多年前的几篇虽不能代表我现在的观念、但还算比较齐整的论文，它们没有进入各种专著，或者作为论文发表时进行了比较大的修改或改写，因此也收录在这里。借此可以表明今天我所批评的对象，事实上我本人是有过比较系统的研究的。

三、关于几位前辈学者的学术思想或者著作的评论文章，写的时候要遵循这一领域内的认知语境、观念状况与文章写法，但还是可以在一定程度上体现我现在的一些看法和立场。

四、是关于几位诗人诗作的评论文字，基本情况与第三类文章相同。

五、2003年前后，我在首都师范大学读书期间，帮忙在《诗刊》作一些编务工作。当时做了大概十篇左右的诗人访谈，这些访谈录直到今天还在不断有人引用，大概还有些用处。尤其是关于郑敏先生的一篇，当年直接引发了关于新诗传统问题的较大规模的讨论，相关文章无数，这其中的争议直至今天也莫衷一是，似乎还不算完结。转眼间近二十年过去，当年被访谈的多位先生、连同当时《诗刊》上半月刊负责人李小雨老师，均经仙逝，想来不禁令人感慨岁月无情。这里将这些访谈收录在这里，也算是对于逝者的一种怀念。

感谢天津社会科学院出版社一直以来的无私支持，以及各位同事的大力帮助，在此谨致以诚挚的谢意！

张大为

2022年5月9日